Der Himmel über Quickborn

KIRSTIN MESSERSCHMIDT

DER HIMMEL ÜBER QUICKBORN

Roman

Für Conny

1.

„Liv, gib mir das Salz!"

Ich legte die Gabel weg und schob den Salzstreuer mit einem großzügigen Schwung über den Tisch zu Charlotte. Char-*lett.* mit *ett.* Darauf bestand meine Mutter, denn ihrer Meinung nach ließen sich Tom Cruise und Madonna nicht gern von einer Reporterin interviewen, deren Vorname wie das Niesen eines Elefanten klang.

Für unser Abendessen mit Tante Kathy hatte Charlotte die Bleikristallgläser aus dem Schrank geholt, die jetzt zwischen den Frühlingsgestecken auf dem schwarzbraunen Esstisch stark an die Blumenvasen auf Opa Giovannis Grab erinnerten. Beinahe hätte der Salzstreuer die unglaublich teure Sauciere erwischt, was die Beerdigungsstimmung wohl perfekt gemacht hätte.

Tante Kathy saß mir gegenüber und schob die Bohnen auf ihrem Teller von links nach rechts.

„Und, Liv? Freust du dich auf die neue Schule?",

Ich sank auf meinem Stuhl zusammen.

„Könnte kotzen vor Freude."

Charlotte schaffte es trotz meiner Bemerkung irgendwie weiterzulächeln. Nur die straff gespannten Sehnen an ihrem Hals verrieten, was sie wirklich dachte.

Kathy beeilte sich mit dem Kauen – wahrscheinlich, um meine Worte nicht allzu lange im Raum schweben zu lassen, aber Francos Rinderbraten war so zäh, dass die Zeit auf meiner Seite war. Normalerweise lobte Kathy die Kochkünste meines Vaters in den höchsten Tönen. Heute allerdings hielt sie sich diplomatisch zurück.

Mit der Einrichtung unseres neuen Hauses hatte Charlotte sich wieder einmal selbst übertroffen. Wann immer die Einrichtungsläden in diesem Land ihr Sortiment um Saisonartikel wie Porzellankürbisse, Seidensonnenblumen oder Watteschneeflöckchen an Nylonschnüren erweiterten, stand Charlotte Gewehr bei Fuß, um die neuen Auslagen leer zu kaufen. Aktuell baumelten von den frisch gebeizten Deckenbalken im Esszimmer unzählige pastellfarben bemalter Ostereier, blassgelbe Plüschküken und Blumengirlanden. Möbel, Tapeten und Teppiche hatte sie in den Farben Weiß, Creme, Cremeweiß und Elfenbein besorgt. Überall Schnörkel, Schleifchen und Rüschen. Es fehlten nur noch Marzipanrosen. Charlotte, Franco und ich lebten seit sieben Tagen in einer verdammten Hochzeitstorte. Einzig der massive Esstisch, der ein Erbstück von Opa Giovanni war, durfte als großes schwarzes Loch aus der Reihe tanzen.

Kathy räusperte sich, während sie noch kaute. Offenbar dachte sie angestrengt über ihre nächste Frage nach, während meine Stimmung sich mit jedem Atemzug verfinsterte. Morgen war der erste Schultag, und ich würde aus der Torte springen müssen, um meine neuen Mitschüler und Lehrer mit meiner Ankunft in Quickborn zu überraschen. Quickborn am Arsch der Heide.

„Franco! Kannst du vielleicht mal versuchen, *keine* Flecken auf die guten Sets zu machen!"

Charlotte fuchtelte wild mit der Gabel, während sie meinen Vater zurechtwies.

„Verdammt, pass mit dem Glas auf!"

Franco, der direkt neben mir saß, zuckte kurz zusammen, als hätte man ihn beim Klauen erwischt, und sah an sich herunter. Dort, wo sein dicker Bauch die Tischkante berührte, teilten sich das feine Spitzenset und sein XXL-Poloshirt einen stattlichen Rotweinfleck.

„Sorry."

Er begann, hilflos mit einer Serviette auf dem Fleck herumzutupfen, was – ich hätte es ihm vorhersagen können – nur dazu führte, dass Charlotte aufsprang und, während sie schon den Deckel des Salzstreuers aufschraubte, um den Tisch herumstöckelte.

„*Nein, nein, nein!* Jetzt hör auf, das zu verreiben! Wie oft denn noch: Gegen Rotweinflecken hilft *nur Salz*!"

Ihre Stimme klingelte in meinen Ohren. Ich konnte Francos Angstschweiß förmlich riechen, aber sein Gesicht blieb starr. Für einen Außenstehenden hätte er wohl völlig gelassen gewirkt.

Während Charlotte seinen Bauch salzte, schielte Franco schon wieder auf die Kroketten. Ich schob die Schüssel ein Stück in seine Richtung und er bedankte sich mit einem hilflosen Blick.

Eigentlich hatte ich immer Charlotte die Schuld an Francos Übergewicht gegeben, denn ich konnte seit meinem ersten Lebensjahr täglich dabei zusehen, wie er auf jeden ihrer zänkischen Angriffe zuverlässig mit einer Fressattacke reagierte. Aber seit seine Schwester Kathy ebenfalls von Jahr zu Jahr immer dicker wurde, gab ich meiner Mutter höchstens noch eine Teilschuld: Fünfzig Prozent Veranlagung, fünfzig Prozent Kompensionsfett.

Franco und ich verstanden uns meistens wortlos, was erstaunlich war, denn unterschiedlicher als wir konnten zwei Menschen kaum sein. Seit ein paar Jahren ließ sich unser Verhältnis eher mit einer eigenartigen, generationsübergreifenden Freundschaft vergleichen als mit einer richtigen Vater-Tochter-Beziehung, weshalb ich das Wort *Papa* irgendwann einfach abgeschafft hatte. Warum das so war, hatte ich mich selbst oft gefragt, und letzten Endes war ich zu dem Ergebnis gekommen, dass es mir schlichtweg an Respekt fehlte. Mein Vater war ein Goldhamster, ich ein Tasmanischer Teufel. Ich rebellierte, er resignierte. Fast immer ging es dabei um Charlotte, denn die Art, wie sie ständig auf ihm herumhackte, trieb mich in den Wahnsinn. Natürlich tat sie es nicht nur bei Franco, aber *ich* konnte mich wenigstens wehren. Während ich knurrend um mich biss, ertrug Franco jeden Tritt meiner Mutter wie ein schlappohriger alter Familienhund.

Während Charlotte noch tupfte und salzte, begann sie, über Franco und seine Essmanieren zu sprechen, als säße er gar nicht mit am Tisch. Kathy war es sichtlich unangenehm, und auch ich verlor allmählich die Geduld. Das langsam anschwellende Pochen hinter meinem rechten Auge kündigte an, dass ich wütend wurde. Hätte nicht Tante Kathy mit am Tisch gesessen, wäre Charlotte längst etwas an den Kopf geflogen, aber da ich mir vor meiner Lieblingstante nicht die Blöße geben wollte, zwang ich mich, nicht länger über die misshandelten Gefühle meines Vaters nachzudenken. Stattdessen konzentrierte ich mich auf morgen früh, was meine Wut auf Charlotte in Wut auf meine zukünftigen Mitschüler verwandelte. Ich wusste mit einhundertprozentiger Sicherheit, dass diese kackarroganten Bonzenkinder mich morgen in der Luft zerreißen würden.

„Ich mache zu Hause immer Weißwein drauf, das hilft auch ganz toll“, sagte Kathy und lächelte pausbackig.

Der Blick, den Charlotte aus ihren dramatisch getuschten Augen auf sie abfeuerte, war mehr als tödlich. Charlotte beendete ihre Arbeit an Francos Hemd und tippelte zurück an ihren Platz, wo ihre grünen Bohnen mittlerweile kalt geworden waren, was sie sogleich vorwurfsvoll bemängelte. Schuld an der Bohnenkrise war selbstverständlich Franco.

Ich beäugte den rosa Fleck und stellte fest, dass sich nichts verändert hatte, aber ich sagte nichts.

Wir aßen schweigend weiter. Besteckklappern auf Porzellan, Kaugeräusche, eine gluckernde Weinflasche. Eine der Osterrosen auf dem Tisch verlor ein Blatt. Die Sonne stand tief und warf goldenes Licht durchs Fenster. Als Franco begann, lautstark an einem Maiskolben zu saugen, wünschte ich, ich hätte meinen Walkman dabei gehabt. Oder eine Kirchenorgel.

„Ich setze große Hoffnungen in die neue Privatschule“, sagte Charlotte an Kathy gewandt. „Am Elisengymnasium sind nur Schüler aus gutem Hause.“

„Und was soll ich dann da?“, fragte ich, aber Charlotte ignorierte mich.

„Rektor Frankfurter ist ein sehr fähiger Mann, und dazu noch äußerst sympathisch. Und Olivia hat versprochen …“

„Nenn mich nicht so!“, zischte ich.

„Das ist aber dein Name, Kind.“

Wir starrten uns an.

„*Liv* – hat versprochen, es dieses Mal nicht zu versauen. Stimmt's Liv?“

Das Pochen hinter meinem Auge wurde stärker.

„Du machst das schon“, sagte Tante Kathy schnell. Und dann:

„Dein Braten ist übrigens sehr lecker, Franco.“

Ein dezenter Versuch, mich zu retten. Aber Charlotte hatte sich bereits festgebissen.

„Sie haben da dieses Projekt. Es heißt ‚*Falcon Quest*‘ und soll die sozialen Kompetenzen der Schüler fördern. Beziehungen aufbauen, Konflikte lösen. Es klingt ganz wundervoll. Da spare ich mir am Ende noch den Psychiater!“

Der halb durchgekaute Brei aus Kartoffeln und Mais kam in meinem Mund zum Stillstand. Ich kniff die Augen zusammen, weil Charlottes Gesicht im Rhythmus des Pochens vor meinen Augen verschwamm. Meine Gabel landete scheppernd auf dem Teller. Das ganze Haus hielt die Luft an.

„*Deinen* oder meinen Psychiater?“, fragte ich.

Charlottes deutlich verzögerte Antwort war ein Zucken mit der nachgemalten Augenbraue, gefolgt von perlendem Gelächter. Dabei warf sie eine Hand in die Luft, als wolle sie eine Fliege verscheuchen.

Kathy eilte mir zur Hilfe: „Kennst du denn schon jemanden an der neuen Schule, Liv?“

Doch Charlotte war noch nicht fertig.

„*Wer* von uns beiden ist denn geisteskrank, *Olivia*?“

Mein Hirn pulsierte wie ein Hüpfball.

Charlotte stand auf, um das Dessert zu holen, und sie wäre mir dadurch fast entwischt. Gerade noch rechtzeitig sprang ich auf, hob meinen Teller vor die Brust wie einen Frisbee, und feuerte ihn in ihre Richtung. Die Fliehkraft sprühte Soßenfontänen auf Kathys Kleid und schleuderte den Petersilienstrauch vom Tellerrand in die Kapuze meines Pullovers. Der Teller verfehlte Charlotte nur knapp und krachte stattdessen mit voller Wucht in ihre geliebte Trophäenvitrine.

Es war viel lauter, als ich es erwartet hatte. Tausend winzige Scherben flogen in alle Richtungen. Ein Golfpokal kippelte und fiel kopfüber heraus. Kordeln und Schärpen verhedderten sich in Schönheitskrönchen, Reitmedaillen landeten auf dem Teppich. Das klirrende Chaos glänzte und glitzerte im Kerzenschein wie ein amerikanischer Weihnachtsbaum. Charlotte kreischte, aber nur ganz kurz. Franco saß mit aufgerissenen Augen da, zu keiner Regung fähig.

In diesem Moment passierte etwas mit Kathy. Ihr Mund öffnete sich. Gleichzeitig schwebte ihr Zeigefinger in meine Richtung und zeigte auf meine Schulter. Was war los mit ihr? Die Antwort kitzelte mich zärtlich am Ohr: Ich hatte Salem geweckt. Mein kleiner Freund saß auf meiner Schulter und knabberte an der Petersilie, wobei seine Tasthaare an meinem Ohrläppchen entlangstrichen. Ich warf einen Blick zur Seite in seine glänzenden Knopfaugen.

„Das ist ja süß! Ich hatte früher auch mal eine Ratte!"

Charlotte nahm Kathy an der Hand und zog sie hinter sich her in die Küche.

„Komm, wir gehen dir die Soße abputzen", sagte sie, und dann über ihre Schulter zu mir: „Du bist tot."

Franco saß noch immer regungslos am Tisch.

„Dieses Biest!", zischte ich und suchte seinen Blick. Von Franco kam nur ein leises Schnaufen. Er tupfte sich mit der Serviette das Gesicht ab, rutschte mit dem Stuhl zurück und stand auf.

„Geh lieber nach oben", sagte er und versuchte, streng zu gucken.

Ich zögerte kurz und stand dann vom Tisch auf, aber ich ging nicht nach oben. Stattdessen flüchtete ich in den Vorgarten, um Charlottes Gemecker nicht mehr hören zu müssen.

Es duftete nach Löwenzahn. Die letzten Sonnenstrahlen des Tages streckten den Schatten unseres Hauses über die komplette Rasenfläche bis auf das Nachbargrundstück. Eine Katze beobachtete mich vom Dach des gegenüberliegenden Carports aus, als ich mit Salem in der Hand auf den Asphalt trat.

Wir hörten das Geräusch im selben Moment: Ein Knall, laut wie Chinaböller. Im nächsten Moment schob sich etwas, das aussah wie eine zerknitterte Papiertüte auf Rädern, über den Hügel in Richtung unseres Hauses. Es war ein uralter brauner Volvo, der in zehn Metern Entfernung zum Stehen kam. Ein Mann stieg aus, klappte fluchend die Kühlerhaube auf und suchte dann im schwarzen Rauch seine Hosen- und Jackentaschen nach etwas ab. Als er mich entdeckte, hob er die Hand und kam zielstrebig in meine Richtung. Sein kräftiger Körper (einer von der Sorte, bei dem man nicht recht wusste, ob es sich eher um Muskeln oder Speck handelte) steckte in einer grauen Sportjacke, unter der ein T-Shirt in der Farbe seiner Augen hervorblitzte: Swimmingpoolblau. Störrisches Haar hing ihm bis über die Ohren und die orangene Abendsonne verlieh seinem Blick eine übernatürliche Intensität.

„Hallo. Hast du ein Taschentuch dabei?"

Unter einem seiner Augen befand sich bereits ein Schmutzfleck. Ich schüttelte stumm den Kopf, völlig überrumpelt von seiner Erscheinung.

„Mist."

Der Mann drehte grußlos ab, während er gleichzeitig seine Sportjacke über die Arme nach hinten rutschen ließ und sie zu einem Knäuel zusammendrückte. Ich starrte auf sein breites, wasserblaues Kreuz. Als er sich noch einmal zu mir umdrehte, lächelte er plötzlich.

Eine Minute lang hantierte er im Motorraum herum, richtete sich dann auf und putzte seine rußschwarzen Hände mit einer sauberen Ecke seiner Jacke ab.

„Schick.“, rief ich mit Blick auf sein Auto.

Er grinste breit – schöne Zähne.

„Mein ganzer Stolz.“

Er schenkte mir noch einen langen Blick und sprang dann wieder auf den Fahrersitz, um mit großer Anstrengung (er brauchte vier Versuche) den Motor zu starten.

„Tschüss“, rief er über den Lärm hinweg und fuhr los, „bis morgen!“

Ich sah ihm nach und versuchte noch, seine Worte zu deuten, bis er um die nächste Ecke verschwunden war. Dann schüttelte ich vorsichtig Salem aus meinem Ärmel und setzte ihn zurück auf meine Schulter. Seltsame Leute hier in Quickborn.

Zurück im Haus schlich ich mich unbemerkt auf mein Zimmer. Dort schloss ich die Tür, schaltete den Fernseher ein, setzte Salem in seine Burg (eine selbstgebaute dreistöckige Konstruktion aus Sperrholz, die schon an allen Ecken angenagt war und ziemlich nach Rattenpisse stank) und warf mich aufs Bett. Charlottes Stimme drang aus der Küche bis in mein Zimmer. Sie motzte schon wieder. Sofort war meine Wut wieder da und ließ mich wie wild auf die Fernbedienung einschlagen. Die unerschütterliche Selbstgerechtigkeit meiner Mutter war kein Geheimnis. Jeder konnte ihr täglich im Frühstücksfernsehen dabei zusehen, wie sie ihre prominenten Opfer denunzierte. Sie lästerte, log und lachte über jeden Prominenten, der ihr zwischen die Finger kam. Es war ihr Job. Aber dass sie jetzt sogar ihre eigene Tochter vor Publikum fertigmachte, war die absolute Höhe!

Auf MTV lief Blind Melon, das Video mit dem dicken Mädchen im Hummelkostüm, deren Problem dem meinen so ähnlich war: Sie wurde *nur* verarscht. Von der Wand über meinem Bett aus blickte Kurt müde auf mich herab. Sein Anblick beruhigte mich.

Kurt.

Ich atmete tief ein, verschränkte die Arme hinter dem Kopf und versank in seinen Augen. Langsam beruhigte sich mein Herzschlag. Es gab nicht viele Bilder, auf denen Kurt lächelte, aber *wenn* er es tat, dann sah er immer ein bisschen irre aus. Ich glaube es lag daran, dass Lächeln ihn enorm angestrengte.

Es war erst ein paar Wochen her, dass ich mein Zimmer in unserer alten Wohnung in Schutt und Asche gelegt hatte, weil Charlotte mir verboten hatte, eine Karte für das *NIRVANA*-Konzert in der Alsterdorfer Sporthalle zu kaufen. Ich habe geschrien und geheult, sie auf Knien angefleht und ihr lebenslangen Sklavendienst angeboten, aber sie ist trotzdem hart geblieben.

„Es wird ja nicht das letzte Mal sein, dass dein Angebeteter ein Konzert in Deutschland gibt."

Ich *schwöre*, dass sie das wortwörtlich so gesagt hat!

Nach meinem Nervenzusammenbruch, den Charlotte komplett ignoriert hatte, war ich in Hungerstreik getreten, aber der hatte nur zwei Tage gedauert, denn dann war Kurt mit einer Überdosis ins Koma gefallen. Die Ärzte hatten tagelang um sein Leben gekämpft. Der Jahrhundertkrieg zwischen Charlotte und mir war dadurch erstmal vom Tisch gewesen, denn ich war aus lauter Angst um Kurt fast gestorben. Tagelang hatte ich die Wohnung nicht verlassen, weil ich jede Minute mit dem Schlimmsten gerechnet hatte. An einem Morgen hatte Franco dann die Zeitung aufgeschlagen und vorgelesen, dass das Konzert auf Ende April verschoben worden war. Kurt ging es besser – das war die gute Nachricht.

Die schlechte war: Auch auf dieses Konzert durfte ich nicht gehen.

Seitdem plante ich meine Flucht aus diesem Familienknast. Es waren nur noch zwanzig Tage bis zum Konzert, und ich würde dort hinfahren – egal, was ich dafür tun musste.

Ich schloss die Augen und dachte so stark an Kurt, dass es wehtat. Dann, endlich, tauchte er auf. Er saß auf ein paar Teilen Schmutzwäsche in meinem alten Sessel. Die Strickjacke hing schief auf seinen schmalen Schultern und die strähnigen Haare fielen ihm ins Gesicht. Eines seiner Beine baumelte über die Armlehne.

„Sie hat es schon wieder getan!", sagte ich. „Vor Franco und Kathy! Dieses Miststück!"

Kurt hob den Blick. Seine überirdischen Augen blickten verständnisvoll. Sogar im abendlichen Halbdunkel meines Zimmers leuchteten sie wie zwei *WICK BLAU* im Schwarzlicht.

Er sagte nichts. Das tat er nie.

„Sing für mich!", bat ich ihn.

Kurt stand auf und kam näher. Als er sich auf die Bettkante setzte, schloss ich die Augen und tastete mit einer Hand nach dem Schalter für die Stereoanlage. Die ersten Zeilen von *Polly* sang er so dicht an meinem Ohr, dass mir schwindelig wurde. Ich wollte ihn gerade zu mir ins Bett ziehen, als es plötzlich an der Tür klopfte. Meine Vision von Kurt verpuffte in einer knisternden Wolke. Der Hauch seines Atems verschwand.

„Wer ist da?", fragte ich.

„Ich", antwortete Kathys Stimme.

Ich stand auf und öffnete die Tür. Kathy lächelte mild. Ihr Kleid war mit verriebenen Soßenflecken übersät. Auch ihr Haar hatte offenbar etwas abbekommen, denn eine verklebte schwarze Strähne kringelte sich an ihrem Ohr entlang bis auf ihre Brust. Sie bewegte sich vorsichtig und spähte in alle Ecken, bevor sie sich in Kurts Sessel setzte. Ich ließ mich zurück aufs Bett fallen.

„Wo ist er?“, fragte Kathy.

Wahrscheinlich meinte sie Salem und nicht Kurt.

„In der Burg.“

Kathy machte einen langen Hals, begutachtete Salems Behausung und grinste.

„Wie lange hast du ihn denn schon?“

„Seit wir hier wohnen. Er ist wirklich lieb. Und ein bisschen verrückt.“

Kathy kicherte und wischte sich ein imaginäres Staubkorn von der Handtasche, die sie auf ihren Schoß gestellt hatte.

„Das liegt wohl in der Familie.“

Sie öffnete den Druckknopf der Tasche.

„Apropos. Ich habe es nicht vergessen.“

Es raschelte und zwei Päckchen Marlboro Light kamen zum Vorschein.

„Light?“

„Die anderen hatten sie nicht.“

„Macht nichts“, sagte ich. „Danke.“

Sie gab mir die Tüte mit den Zigaretten drin und sah mich streng an.

„Ich bin deine Tante und sollte auf dich aufpassen, anstatt dich mit Tabak zu versorgen.“

„Du bist auf jeden Fall die coolste Tante der Welt!“

Ich schob die Hüfte nach vorn, zog einen Zehn-Mark-Schein aus meiner Jeanstasche und hielt ihn ihr hin.

„Lass stecken.“

„Danke, Lieblingstante!“

Kathy seufzte.

„Wer war denn der Mann da gerade?“, fragte sie.

Ich sah sie verständnislos an.

„Draußen“, sagte sie, „Der mit dem Auto?“

„Ach so. Keine Ahnung.“

„Was wollte er denn von dir?“

„Ein Taschentuch. Sein Auto ist liegengeblieben.“

„Hm“, machte Kathy.

„Was denn?“

„Sein Blick.“

Ich lächelte unsicher.

„Ja, Liv. Den hab ich auch gesehen, sogar von hier drinnen. Du passt hoffentlich auf dich auf. Und *ihm hier* traue ich auch nicht über den Weg“, sie zeigte auf das Poster von Kurt über meinem Bett, „Der guckt dich mit *genau* dem gleichen Blick an. Sie sind überall, diese Schelme. Überall!“

Wir lachten.

„Gehst du mit mir zum *NIRVANA*-Konzert?“, fragte ich dann.

„Ach, Liv.“ Kathy seufzte. „Deine Mutter …“

„Wir tun einfach so, als hätten wir irgendwas anderes vor.“

Kathy schüttelte den Kopf.

„Und wenn dann was passiert? Oder dein Gesicht im Fernsehen ist, weil du in der ersten Reihe stehst und deinen BH auf die Bühne wirfst? Nee, Liv, das schaff’ ich nicht. Charlotte macht mich ’nen Kopf kürzer!“

„Dann muss ich wohl alleine hin. Ich stelle mich vor die Halle und gehe erst weg, wenn Kurt mich persönlich holt!“

„Du spinnst, Liv!“

„Erzähl mir mal was Neues.“

Kathy lachte.

„Wie sieht es denn an der Front aus?“, fragte ich, während ich in der überfüllten Stifteschublade meines Schreibtischs nach einem Feuerzeug suchte.

„Dein Vater sprüht mit Teppichschaum herum und Charlotte gibt ihm Anweisungen.“

„War ja klar.“

Wir starrten eine Weile vor uns hin. Kathy dachte wahrscheinlich an ihren armen Bruder, das hilflose Wollschaf im Pitbullzwinger. Ich dachte an Charlotte und ihren abscheulichen Überlegenheitskomplex. Wieder begann die Wut, von innen gegen meinen Schädel zu pressen. Ich musste in ein Kissen boxen, um nicht auszurasten. Dann warf ich es mit voller Wucht gegen den Kleiderschrank. Kathy beobachtete mich wenig beeindruckt.

„Ich bin nicht stolz drauf, nur dass du es weißt“, sagte ich kleinlaut.

Eine kleine Feder huschte dicht an Kathys Kopf vorbei und taumelte langsam zu Boden.

„Das dachte ich mir schon“, sagte Kathy, „Aber du tust auch nichts gegen dein kleines Problem, oder?“

„Wenn ich es täte, würde ich wohl im Knast landen. Ich bin jetzt fünfzehn, die würden mich lebenslang …“

„*Das* meinte ich nicht!“, lachte Kathy.

Ich wühlte weiter in der Schublade und fand endlich das Feuerzeug.

„Willst du auch eine?“

Kathy zog eine Zigarette aus der Schachtel und nahm dann das Feuerzeug entgegen.

„Es gibt Medikamente dagegen“, sagte sie, während sie den ersten Rauch ausblies.

„Ich bin doch nicht bekloppt!“

„Das sagt ja auch keiner. Aber manchmal arbeiten bestimmte Hirnregionen …“

„Hast du *Schneewittchen* nicht gelesen?“

Kathy hielt ihre Zigarette auf Mundhöhe und sah verwirrt aus.

„Die böse Königin? Ich muss aufpassen, dass die Alte mir nichts ins Essen mischt! Ganz sicher lass ich mich *nicht* mit Medikamenten ruhigstellen!"

„Hm", machte Kathy.

Wir rauchten schweigend, bis sie aufstand und das Fenster öffnete.

„Deine arme Ratte kriegt ja Lungenkrebs hier drin."

Durch den Fensterspalt wehte kalter Wind ins Zimmer – aus dem sonnigen Abend war eine stürmische Nacht geworden. Sprühregen befeuchtete die Tapete.

„Euer neues Haus gefällt mir. Es ist so ... *groß*. Gute Gegend hier, oder?"

„Was immer du unter *gut* verstehst. Die Straße ist so piekfein, dass die Hunde sich nach dem Kacken den Arsch abwischen! Und guck dich da draußen mal um! Hier ist *nichts*! *Nichts*! Nicht mal eine Packung Kaugummi bekomme ich hier!"

„Charlotte wollte unbedingt hierher, oder?"

Kathy aschte auf eine Untertasse, die am Nachmittag noch ein Stück Marmorkuchen beherbergt hatte.

Ich schüttelte den Kopf.

„Quatsch. *Sie* wollte nach Blankenese. Aber das kann ja keiner bezahlen. Oh Gott, was musste Franco sich alles anhören, weil er so wenig Geld verdient. Quickborn ist nur die Notlösung. Hauptsache ein Golfclub in der Nachbarschaft. Sie kann sich ja trotzdem jeden Morgen ihre Riesensonnenbrille aufsetzen und auf dem Weg zum Sender einen Schlenker über Blankenese machen."

„Um mit 'ner Brötchentüte aus dem Treppenviertel ihre Kollegen neidisch zu machen?"

„Genau!"

Wir lachten so laut, dass Salem sich genervt ins Innere der Burg verkroch.

„Und ob Franco jetzt in Altona, Blankenese oder *fucking* Quickborn auf dem Dachboden sitzt, ist eh egal.“

„Hm“, machte Kathy wieder und nickte.

„Und morgen geht die Schule los. Bist du aufgeregt?“

„Quatsch“, sagte ich, „Ich hab nur keinen Bock auf diese Scheiße. Die haben da nicht mal Osterferien! Ich hätte jetzt eigentlich frei. Was soll denn das für eine bescheuerte Schule sein?“

Ich boxte wieder, diesmal in die Matratze.

„Du, ich denk mal, die bereiten dich auf das richtige Leben vor. Im Berufsleben gibt’s ja auch nicht so viele Ferien. Vaddern hat früher immer zu Franco und mir gesagt: Erwachsen sein ist wie jeden Tag Mathearbeit schreiben!“

„Na geil.“

„Du bist bald sechzehn, meine Liebe! Viel Zeit zum Rumgammeln bleibt dir nicht.“

„Ich gammel nicht rum!“, protestierte ich.“

„Ich weiß, Liebes. Ich meine nur, dass diese Schule vielleicht gar nicht so verkehrt ist.

Kathy drückte ihre Zigarette aus.

„So. Ich werd‘ dann mal.“

Sie stand auf und strich ihr fleckiges Kleid glatt. „Viel Glück morgen!“

„Danke. Grüß Hamburg.“

„Mach ich. Und du schlaf gut. Träum von Kurt.“

Ich errötete.

Nachdem Kathy die Tür hinter sich zugezogen hatte, blieb ich noch eine Minute lang sitzen, rauchte auf und dachte an morgen. Zwanzig Charlottes könnten mir kein so schlechtes Gefühl bereiten wie ein einziger Gedanke an die neue Schule. *Elisengymnasium,* wie das schon klang! Nach reichen Möchtegern-Wunderkindern, die einen auf Bohème machten. Zweihundert Monster in Teenagerkostümen, die nur darauf warteten, mich in meine Einzelteile zu zerlegen.

In Gedanken ging ich meinen Kleiderschrank durch, auf der Suche nach etwas, das meine Position nicht noch verschlechtern würde. Am besten schwarz. Haare offen oder als Zopf? Mütze? Kapuze? Ich nahm meine Schlafklamotten von der Sessellehne, um im Bad weiter nachzudenken. Im Spiegel das gewohnte Bild: Zwei gigantische Pickel leuchteten links und rechts von meinem Kinn und ließen mich aussehen, als hätte ich mir nach dem Spaghetti-Essen nicht den Mund abgewischt. Kotz! Warum konnten diese Scheißbakterien sich nicht eine andere Beschäftigung suchen? Ich nahm ein Wattepad und träufelte etwas Clearasil drauf. Es brannte wie Feuer auf meiner Haut. Unten im Haus knallten Charlottes Schuhe in einem rhythmischen KLACK-KLACK-KLACK auf die Fliesen, und ich fragte mich, wie das von mir hinterlassene Schlachtfeld wohl mittlerweile aussah.

Ehrlich, ich tat diese Dinge nicht mit Absicht. Dieses Gefühl, für das ich nicht einmal einen Namen hatte – diese drückende, heiße Wut, kannte halt nur zwei Wege: Rein oder raus. Rein würde bedeuten, nach kurzer Zeit zu implodieren und als träge umherschwappende Glibbermasse in einer bleichen Menschenhülle zu enden. Also war raus meine einzige Möglichkeit. Obwohl meine Wutausbrüche zugegebenermaßen ab und zu ein bisschen Schaden anrichteten, waren sie sehr nützlich. Sie hatten etwas Reinigendes. Clearasil für die Seele. Ich warf das Wattepad weg, putzte mir die Zähne, wechselte die Klamotten und ging zurück auf mein Zimmer, wo ich die Stereoanlage lauter drehte. Kurt sang immer noch *Polly*. Ich hatte aus Versehen auf Repeat gedrückt.

Draußen tobte der Sturm und warf Regentropfen gegen mein Fenster. Salem lief unruhig in seiner Burg hin und her, weshalb ich ihn ins Bett holte, um ihn zu beruhigen.

Ich kraulte ihm den Bauch, während meine eigene Angst langsam durch meinen Körper kroch. Nur noch ein paar Stunden. Wahrscheinlich würde ich kein Auge zubekommen. Salem und ich kuschelten so lange, bis ich endlich Kurts Arm um meine Taille spürte. Er rutschte zu mir heran und küsste mich in den Nacken. Mein leises Bauchkribbeln wurde sofort von der Angst niedergewalzt. Normalerweise hätten wir geknutscht und vielleicht langsamen, flüsternden Sex gehabt. Aber ich war viel zu nervös. Kurt spürte es und hielt mich einfach fest in seinen Armen, stundenlang, bis ich irgendwann tatsächlich einschlief.

2.

Nicht einmal der Blick in Kurts Augen konnte mich beruhigen, als ich am Dienstag aufwachte und feststellte, dass Ostern vorbei war. Ich musste zur Schule. Zitternd vor Aufregung ging ich ins Bad, wobei mir jeder Schritt so sehr widerstrebte, dass ich glaubte, die Schwerkraft hätte sich über Nacht verdreifacht. Ich kämmte mein Haar langsamer, putzte die Zähne gründlicher, überprüfte fünfmal den Inhalt meines *NIRVANA*-Rucksacks, sah noch einmal meinen Stundenplan durch, und erst, als mir wirklich nichts mehr einfiel, setzte ich Salem in die Kapuze meines Pullovers und ging langsam nach unten. Zum Glück war Charlotte längst aus dem Haus. Ihre Schicht im Sender begann manchmal schon um sechs Uhr, und da sie extra-extra-extralange in der Maske brauchte, musste sie an solchen Tagen schon um halb fünf aus dem Haus.

Ich kam an der kaputten Vitrine im Esszimmer vorbei. Ohne ihre Glasscheibe sah sie aus wie ein klaffendes Maul mit lauter Goldzähnen. Ich rechnete nicht damit, in den nächsten Tagen die Strafe dafür zu kassieren, denn Charlottes Strafen waren wie Rattengift: Sie schlichen sich leise von hinten an, wenn man längst nicht mehr mit ihnen rechnete. Vielleicht würde eines Tages plötzlich meine Lieblingsjeans verschwunden sein, oder ich bekam grundlos während der kompletten Sommerferien Putzdienst verordnet. So etwas war tatsächlich schon vorgekommen, obwohl – und das muss man sich mal reinziehen – wir schon seit Jahren eine Putzfrau hatten. Eine Putzfrau und einen Gärtner. Alles, was noch fehlte, war eine persönliche Assistentin für Charlotte. Bis jetzt mussten Franco und ich für den Job herhalten.

Franco stand an der Arbeitsplatte in der Küche und hob nur kurz die Hand, zum Zeichen dafür, dass er meine Anwesenheit bemerkt hatte.

„Cornflakes?“, fragte ich und öffnete die Kühlschranktür. Während er geräuschvoll in einer Tasse rührte, holte er mit der freien Hand zwei Schüsseln aus dem oberen Schrank.

„Gerne.“

„Warum bist du so früh schon hoch?“, fragte ich.

„Ich wollte dich zur Schule bringen.“

Schule. Mir drehte sich der Magen um. Am liebsten wäre ich direkt wieder ins Bett gegangen. Mein Blick wanderte aus dem Fenster zur schattigen Auffahrt unserer Nachbarn, von der gerade ein Mercedes in die Morgensonne rollte.

„Womit denn?“, fragte ich.

„Charlotte hat einen Außendreh und Holger hat sie mit dem Dienstwagen abgeholt. Wir können also den Jeep nehmen. Nur wenn du willst, natürlich.

„Also ehrlich gesagt …“, begann ich.

Franco unterbrach mich: „Ach klar, ist ja peinlich, wenn der Olle mitkommt. Du willst bestimmt lieber den Bus nehmen.“

„Ich glaube, ich nehme das Fahrrad“, sagte ich.

„Aber da brauchst du ja ewig! Musst du dann nicht quer durch den Wald fahren?“

„Die paar Minuten werde ich wohl schaffen.“

ahnte ich, dass ich auf dem falschen Weg war. Hatte ich die Bahnschienen übersehen? Irgendwo in diesem Geflecht aus winzigen Straßen mussten die Schienen verlaufen. Ich würde ihnen nur folgen müssen, um zur Schule zu kommen.

Ich hielt an und lauschte auf das Geräusch der Bahn, aber ich war schon so weit in die grüne Hölle vorgedrungen, dass nicht einmal mehr ein Auto zu hören war. Also kehrte ich um und fuhr zurück – oder ich versuchte es zumindest, denn mein Weg endete in einer Sackgasse. Ein schlammiges Stück Weg, ein mit knorrigen Bäumen bewachsener Hügel und ein kleiner, kreisrunder See, den die Morgensonne in ein wimmelndes, giftgrünes Kunstwerk verwandelte. Es war wunderschön, aber etwas störte das Bild: Am Ufer des Sees stand eine einsame, gelbe Telefonzelle. Ich hätte das Fahrrad abgestellt und mir diesen verzauberten Ort genauer angesehen, wenn mich nicht ganz plötzlich die in einiger Entfernung hupende Bahn zurück in die Realität geholt hätte. Es gab keine Ausreden mehr. Ich musste zur Schule.

3.

Das Schulgelände mit seinen kasernenartigen Gebäuden, kalten Betonbänken und dem Golfrasen versprühte einen gnadenlosen, militärischen Atem. Im Winter, als Charlotte und ich für die Anmeldung hier gewesen waren, hatte es ohne Scheiß wie das Ende der Welt ausgesehen. Jetzt, wo die frühreifen Bäume schon Blätter trugen und es zumindest ein paar Krokusse und junge Farne gab, die sich schleimend und tropfend wie außerirdische Embryos an den Rändern der Wege entrollten, sah es wenigstens ein bisschen nach Leben aus. Weniger Fort Knox, mehr Area 51.

Mir war längst schlecht vor Aufregung, als ich mein Fahrrad anschloss und mit steifen Beinen in Richtung des roten Platzes vor dem Haupteingang ging. Obwohl der Unterricht in fünf Minuten beginnen sollte, waren erstaunlich wenig Schüler da. Eine Gruppe von fünf sehr gekämmten Mädchen hatte mich bereits ins Visier genommen. Ihre schlanken, in Pastellfarben gehüllten Körper und das fließende blonde Haar, mit einer einzigen Handbewegung zu einem seidigen Vorhang gezaubert, ließen sie beinahe schwerelos wirken. Ich stellte sie mir als zukünftige Ärztinnen vor, wie sie über die

Flure der Schönheitskliniken schwebten, in denen Charlotte neuerdings so viel Zeit verbrachte.

Ich zögerte und kaute auf meinem Daumennagel, während der Rucksack mit den vielen neuen Büchern schwer auf meine Schulter drückte. Die Ärztinnen bewegten sich jetzt in einer geschmeidigen Choreographie in Richtung Eingang. Diese Grazie kam zweifellos von den teuren Ballett- und Reitstunden, die ihre Eltern ihnen finanzierten. Kurz vor der Tür blieben sie stehen und warteten auf meinen Vorstoß. Ich sah auf den zerknüllten Ausdruck in meiner Hand. Mein Klassenlehrer hieß Marc Schleiss. *SCHLEISS?* Trotz der Aufregung musste ich grinsen. Es war natürlich kein so tragischer Lehrername wie *Otze* oder *Ständer* (zwei geschlagene junge Männer, die an meiner alten Schule vor lauter Namensverhohnepiepelung kaum einen Fuß auf den Boden bekommen hatten). Aber trotzdem – wenn Herr *Schleiss* nicht zufällig arschcool war, dann sah ich schwarz für unsere Zusammenarbeit.

Ich versuchte, meinen trampeligen Gang in ein leichtfüßiges Schlendern zu verwandeln, während der Wind exklusive Düfte zu mir herüberwehte. *Chanel No.5*. Und das in Quickborn.

Die fliegenden Ärztinnen musterten mich kühl, als ich, schwarz wie die Nacht, in ihre Richtung lief. Niemand lächelte. Mit der Beharrlichkeit eines Schneepfluges überspielte ich das leichte Unbehagen und trieb sie auseinander, um zur Tür zu gelangen.

„Guten Morgen“, sagte eine von ihnen.

Schlammgrüne Augen betrachteten mich aus dem stupsnasigsten Gesicht, das ich je gesehen hatte. Ich blieb stehen und suchte nach Operationsnarben.

„Willkommen am Elisengymnasium“, sagte sie, ohne meinem Blick auszuweichen.

„Danke", antwortete ich voller Misstrauen und wollte meinen Weg durch die Tür fortsetzen, als ich blindlings mit jemandem zusammenkrachte. Während die Ärztinnen in dankbares Gelächter ausbrachen und davonschwebten, spürte ich schon das dumpfe Pochen hinter meinem Auge. Vor mir kniete ein blond gelockter Typ und sammelte den Inhalt seiner zu Boden gefallenen Brotdose auf. Sein welpenhafter Anblick dämmte meine Wut etwas. Ich bückte mich nach einer Gurkenscheibe, in die erstaunlicherweise schon ein Fußabdruck eingraviert war.

„Iieh."

Der Typ fuhr hoch, als hätte er mich gerade erst bemerkt.

„Oh! Hi! Ach, lass liegen."

„Tut mir leid. Hab' dich nicht gesehen", sagte ich.

„Macht nichts. Bist du die Neue?"

Er musterte mich genau.

„*Natürlich* bist du das! Wir sind in derselben Klasse. O… irgendwas mit O?"

Seine Begeisterung war ansteckend. Ich lächelte unsicher, suchte den bevölkerten Flur nach den Ärztinnen ab und fand sie schließlich in einer Reihe aufgestellt an der gegenüberliegenden Wand. Im fahlen Licht der Leuchtstoffröhren wirkten ihre glatten Lipglossgesichter so leblos wie bemalte Gipsmasken.

„Ha, ich hab's: Olivia!"

„Nenn mich Liv, okay?"

„Okay. Liv. Du musst bestimmt zum Lehrerzimmer, oder? Komm, ich bring dich hin."

Ich wollte ihn nach seinem Namen fragen, aber er fegte schon mit wehendem Hemd durch die Flure wie ein außer Kontrolle geratener Zauberbesen.

„Marc!", rief er aus großer Entfernung einem stämmigen Mann zu, der sich vor dem Lehrerzimmer aufgebaut hatte. Er kam mit quietschenden Turnschuhen vor ihm zum Stehen. Einige Sekunden später trat auch ich in sein Sichtfeld.

Ich erkannte ihn erst auf den zweiten Blick, weil er statt im swimmingpoolblauen T-Shirt nun in einem braunen Cord-Anzug steckte. Sein Haar war gekämmt, sein Gesicht sauber.

„Morgen, Walter!", sagte er, und dann zu mir: „Ach, *du* bist Olivia Ballato?"

Sein Blick war streng, aber ein Zucken seiner Mundwinkel verriet ihn. Er hatte es die ganze Zeit gewusst.

Ich nickte. „Liv."

„Bist du eigentlich mit Charlotte Ballato verwandt?"

Ich hätte gerne mit „Ja, leider" geantwortet, aber stattdessen sagte ich: „Sie ist meine Mutter."

„Das ist ja toll. Ist sie privat auch so bissig wie im Fernsehen?"

„Wie ein Alligator."

Herr Schleiss lachte so plötzlich und laut, dass Walter und ich die Köpfe einzogen.

„Wir haben viele Kinder von Prominenten auf der Schule. Du wirst dich bestimmt schnell einleben."

Ich sah zur Seite und versuchte zu erraten, welches Promipaar so grausam gewesen war, ihr Kind *Walter* zu nennen. Und warum duzte er Herrn Schleiss eigentlich? Im nächsten Moment trieb selbiger uns schon die Treppen hoch in Richtung Klassenraum.

„Willst du dich selbst vorstellen, oder soll ich es tun?", fragte Herr Schleiss über seine Schulter, als wir in einer Reihe vor der Tür standen. Das Herz schlug mir bis zum Hals.

„Das können Sie machen."

Meine Stimme zitterte. Walter klopfte mir aufmunternd von hinten auf den Rücken, Herr Schleiss öffnete die Tür und ich betrat wie eine Wurst zwischen zwei Brötchenhälften das Raubtiergehege.

Grünes Sonnenlicht fiel gefiltert von den jungen Blättern einer Eiche durch zwei große Fenster. Der Klassenraum war viel zu groß für die kleine Klasse von maximal zwanzig Schülern. Drei der fünf Ärztinnen saßen mit ausdruckslosen Mienen in der hintersten Reihe und starrten mich an. Ansonsten herrschte ein beruhigendes Durcheinander: Leute saßen auf den Tischen oder hatten die Füße oben, alle alberten herum, redeten und lachten. Wer schnell noch seine Hausaufgaben erledigte, wurde dafür mit Radiergummis und Papierkugeln beworfen.

„Fresse halten!", brüllte Herr Schleiss in den Raum.

Alles wurde still.

Ich wäre vor Schreck beinahe hingefallen. Walter grinste verschwörerisch, und auch ein paar andere Schüler schienen sich über das Gebrüll zu amüsieren.

„Das ist Olivia!", brüllte er weiter.

Mein Innerstes kräuselte sich zusammen, während ich zu einer Korrektur ansetzte, aber Walter kam mir zuvor.

„Liv! Sie heißt Liv."

„Setzen, Liv!", sagte Herr Schleiss, diesmal zum Glück ohne zu brüllen, und deutete auf einen Platz in der ersten Reihe. Damit war alles gesagt. Besser hätte ich mich ihnen auch nicht vorstellen können.

Ich setzte mich und Herr Schleiss warf seine Tasche krachend auf das Lehrerpult. Anschließend stemmte er die Fäuste in die Hüften und ließ den Blick durch die Klasse schweifen. Walter ging betont langsam durch die Reihen (dieser Raum war seine Bühne – er war eindeutig ein Schauspielerkind), und nahm dann in der Mitte Platz. Neben mir saß ein schwarzhaariges Mädchen – außer mir die einzige nicht-beigefarbene Person in diesem Raum. Ich rang mir ein Lächeln ab, während Herr Schleiss mit dem Unterricht begann.

„Glückwunsch, Leute! Englisch fällt aus! Miss Brown hat ihre Stimme verloren! Willkommen also zur Vertretungsstunde Deutsch! Wir analysieren Gedichte!"

Herr Schleiss schien den militärischen Tonfall selten einmal abzulegen. War das das pädagogische Konzept dieser Schule? Dann wäre es kein Wunder, dass Charlotte mich hierhergeschickt hatte.

Jeder von uns bekam ein Gedicht ausgehändigt. Während die Klasse in konzentrierter Stille arbeitete, beobachtete ich Herrn Schleiss, der mit großem Energieaufwand an die Tafel schrieb. Er machte dabei einen höllischen Lärm, und da er so stark mit der Kreide aufdrückte, brach sie ihm ständig ab. Als er fertig war, warf er den letzten Kreidestummel auf den Lehrertisch, legte seine Jacke ab, ging zum Fenster und sah nach draußen. Ich fragte mich, warum ein Typ wie er Lehrer geworden war. Er hätte genauso gut Heizungsmonteur sein können. Oder Rugbyspieler. Seine Hände waren grob, seine Turnschuhe schmutzig. Es war schwierig, sein Alter einzuschätzen. Vielleicht dreißig? Oder älter? Mir gefiel die Art, wie sein Haar sich weigerte, den Gesetzen der Schwerkraft zu folgen. Und seine Augen. Kathy hatte Recht – er hatte denselben glühenden Blick wie Kurt.

Ich schreckte hoch, als meine Sitznachbarin etwas sagte.

„Hi! Ich bin Aylin."

Sie musterte mich aus großen braunen Augen. Zwei Inseln in einem Meer aus Sommersprossen.

„Hi", sagte ich.

„Bist du die Tochter von Charlotte Ballato?"

„Ja."

„Boah, du Arme!"

Ich lachte, woraufhin Herr Schleiss sich blitzartig zu uns umdrehte.

„Ja, *Liv*?!"

Errötend schüttelte ich den Kopf.

„Sorry."

Nach einem langen, strengen Blick wandte Herr Schleiss sich wieder dem Fenster zu. Für den Rest der Stunde sagte niemand einen Ton.

Die kurze Pause nach der Deutschstunde reichte gerade einmal aus, um ein paar Worte mit Walter zu wechseln, der mich sofort nach dem Klingeln in Beschlag nahm. Ich erfuhr, dass seine Eltern keine Schauspieler waren, sondern Rechtsanwälte, und dass er Herrn Schleiss deshalb duzte, weil die beiden privat befreundet waren. Walter war angehalten, von seinem Privileg nicht während der Schulzeit Gebrauch zu machen, was ihm aber herzlich egal war.

In der zweiten Stunde hatten wir Wirtschaft. Ein drahtiger kleiner Lehrer mit Bürstenhaarschnitt prügelte uns durch zehn Seiten Steuerrecht, ohne auch nur eine einzige Zwischenfrage zuzulassen. Ich gab mir maximal vier Wochen an dieser Schule. Zwischen den Stunden blieb Walter in meiner Nähe, wofür ich ihm dankbar war, denn auch die Gruppe der zukünftigen Ärztinnen ließ mich nicht aus den Augen.

Der Schulhof dampfte kaum merklich in der Vormittagssonne. Walter und ich schlenderten in Richtung Kiosk.

„Ich bin so müde", sagte er mit einem Gähnen, „Es ist unmenschlich, so früh aufstehen zu müssen."

Ich schirmte meine Augen vor der Sonne ab, um ihn besser ansehen zu können. Seine Wimpern glänzten schneeweiß. Überhaupt wirkte bei Tageslicht alles an ihm unnatürlich hell.

„Im Winter finde ich es schlimmer", sagte ich.

„Das ist ja noch mal ein ganz anderes Thema. Ich finde, im Winter sollte man komplett zuhause bleiben dürfen."

Wir stellten uns in die Warteschlange vor dem Kiosk.

„Was wollen diese Tussen eigentlich von mir?", fragte ich. Walter reckte den dünnen Hals und folgte meinem Blick. Die Ärztinnen, die uns die ganze Zeit gefolgt waren, bezogen ein paar Meter von uns entfernt Position.

„Die Barbies? Sie suchen ein Opfer. Pass lieber ein bisschen auf, was du zu ihnen sagst. Jessica zerlegt dich, bevor du überhaupt das Messer siehst."

„Welche ist Jessica?"

„Die mit der Stupsnase, die aussieht wie Kelly Taylor."

„Im selben Moment zuckten Jessicas Augen wieder in meine Richtung."

„Was stimmt denn nicht mit der?"

„Sie war ein hässliches Kind", sagte Walter.

„Das war ich auch."

„Kaum zu glauben!"

Ich bestellte einen Kakao und ein Käsebrötchen bei der Verkäuferin im Kiosk.

„Zwei Mark", blökte sie.

Erst jetzt merkte ich, dass ich mein Portemonnaie im Klassenraum vergessen hatte. Hektisch suchte ich in den Taschen meiner Jeans nach dem Zehn-Mark-Schein von gestern, musste aber zu meinem Schrecken feststellen, dass ich eine andere Hose trug. Der Druck in meinem Kopf war schon da, bevor überhaupt etwas Schlimmes passiert war.

„Brauchst du was?“, fragte Walter hinter mir, während die Warteschlange schon unruhig wurde. Aus dem Augenwinkel sah ich, wie die Gruppe um Jessica aufgeregt tuschelte.

„Mach zu!“, rief jemand vom hinteren Ende der Schlange.

Ich warf einen Blick dorthin. Ein Oberstufenschüler mit kurz geschorenen Haaren bleckte die Zähne, die im Gegensatz zu seinem weißen Oberhemd buttergelb waren.

„Mach schon, nimm“, sagte Walter.

Ohne Jessica und den Schreihals aus den Augen zu lassen, nahm ich den Geldschein aus Walters Hand und bezahlte damit unsere Bestellungen.

„Wer ist der Kerl?“, fragte ich und deutete mit dem Kopf auf das Ende der Warteschlange.

„Dennis Prösch. Noch so einer, mit dem man sich nicht anlegen sollte.“

„Warum?“

„Kannst du seine Schuhe sehen?“

Ich warf einen weiteren Blick zum Ende der Schlange. Im selben Moment machte Dennis einen ungeduldigen Ausfallschritt und erleichterte mir den Blick auf seine polierten Springerstiefel unter der hochgekrempelten Jeans.

„Das sieht ja scheiße aus!“

„Diese ganzen Typen mit den roten Bomberjacken sind auch welche“, flüsterte Walter.

„Was denn? Clowns?“

„Na … Nazis oder so.“

Ich wusste nicht, ob ich lachen oder Angst haben sollte. Obwohl ich von ihnen gehört hatte, hatte ich noch nie einen echten Neonazi live gesehen.

„Wie bitte? Ist das hier eine Schule oder ein Auffanglager für schwer erziehbare Jugendliche?“

Jemand hinter mir kicherte. Auch Dennis schien mich gehört zu haben, denn er warf mir aus seinen schmalen Augen einen stechenden Blick zu.

„Nicht so laut!", flüsterte Walter, während er mich ungeschickt vom Kiosk wegdrängte. Als wir drei Schritte gegangen waren, begann Dennis hinter meinem Rücken zu brüllen: „*Ballato!*"

Ich blieb stehen. Das Pochen in meinem Schädel war mittlerweile so stark, dass ich kaum noch denken konnte.

„Wir haben es alle gesehen, Ballato! Das war das letzte Mal, dass du jemandem an dieser Schule Geld geklaut hast! Spaghettifresser!"

Mein Skelett versteifte sich bis in die Fingerspitzen. Ich wusste nicht einmal, was er meinte, aber eigentlich war es auch egal – das weiße Hemd wollte Krieg! Walters ängstliche Versuche, mich zurückzuhalten, scheiterten an meinem energischen Vorstoß in Dennis' Richtung. Als ich nur noch einen Schritt von ihm entfernt war, stopfte ich den Strohhalm in meinen Nesquick-Tetrapak und drückte ab. Auf der fein gebügelten Nazileinwand erblühte ein Schoko-Milch-Aquarell in den wenig überraschenden Farben von Elbwasser und schmutzigen Socken. Unverständliche Brüll-Laute übertönten das Kreischen der Fünftklässler, die von der Tischtennisplatte zu uns herübersahen. Dennis fuchtelte mit den Armen, schlug mir das Tetrapak aus der Hand und wollte auf mich losgehen, aber zwei seiner Freunde in albernen roten Jacken und Lonsdale-Pullovern hielten ihn zurück.

„Alter, komm klar!", brüllte ihm einer ins Ohr, als wäre Dennis extrem schwerhörig, „Frankfurter hat dich schon auf der Liste! Noch ein Ding und du fliegst!"

Ich tat zwei schnelle Schritte rückwärts, um aus der Reichweite von Dennis' Armen zu gelangen. Seine

Schlangenaugen schienen Feuer zu fangen, während er mich wütend anstarrte. Nur zögerlich lösten seine Freunde die Umklammerung. Dennis schnaufte wie ein Rindvieh.

Ich wagte noch einen unerschrockenen Blick in seine Augen, wartete, ob er noch einmal auf mich losgehen würde und ging dann zurück zu Walter, der sich mittlerweile bis zur Tischtennisplatte davongeschlichen hatte. Ihm war deutlich anzusehen, dass er nicht mehr mit mir gesehen werden wollte: Er starrte zu Boden, sprach nicht und ging nur widerwillig und mit ein paar Metern Abstand mit mir zurück ins Gebäude. Erst im Schutz der dämmrigen Flure schien sein Sprachzentrum wieder langsam hochzufahren.

„Ich wusste es! Ich bin ein Freakmagnet!"

„Ein was?"

„Freakmagnet! Jemand, der Freaks magisch anzieht."

„Und ich bin der Freak, oder wie?"

„Ganz eindeutig."

Wie auf ein Stichwort steckte Salem den Kopf aus der Tasche und hielt schnuppernd die Nase in die Luft. Ich schirmte ihn mit der Hand ab, während ich mich zu allen Seiten umsah. Dennis schien uns nicht gefolgt zu sein, und auch von Jessica und den Ärztinnen war nichts mehr zu sehen. Das Pochen in meinem Schädel ließ langsam nach und machte Platz für warme, wohltuende Gleichgültigkeit.

„Du musst dich ja nicht mit mir abgeben", sagte ich zu Walter. „Hab dich nicht darum gebeten."

Walter grinste und trottete langsam neben mir her in Richtung Biosaal.

Nach den theoretischsten und damit langweiligsten Bio-, Physik- und Musikstunden, die ich je erlebt hatte, saß ich wieder in der ersten Reihe unseres Klassenzimmers und blickte in die Augen von Herrn Schleiss.

Er hatte sich auf Aylins und meine Tischkante gesetzt, während der Rest der Klasse mit der uns aufgetragenen Gruppenarbeit begann.

„Olivia Ballato“, sagte er langsam.

Dieser Blick? Worüber amüsierte er sich eigentlich so?

„Du hast dir also schon an deinem ersten Tag hier Freunde gemacht?“

„Woher wissen Sie das?“

„Ich hatte Pausenaufsicht.“

„Hab’ Sie gar nicht gesehen.“

„Ich wollte auch nicht stören.“

Ich lachte.

„Ist das der Sinn einer Pausenaufsicht?“

Herr Schleiss stützte sich auf seine Hand und lächelte.

„Ich wäre schon gekommen, wenn es wirklich ernst geworden wäre. Aber es machte den Anschein, als hättest du Dennis ganz gut im Griff gehabt. Das kann nicht jeder von sich behaupten. Aber lass mich dir trotzdem einen Rat geben: Geh dem Jungen lieber aus dem Weg.“

Ich wusste nicht, was ich antworten sollte. Die Frage, was so jemand überhaupt auf dieser Schule zu suchen hatte, schien mir anmaßend.

„Aber eigentlich wollte ich noch etwas anderes von dir“, sagte Herr Schleiss.

Ich hob erneut den Blick und beobachtete, wie er seine Armbanduhr am Handgelenk drehte.

„Deine Mutter und Direktor Frankfurter haben sich wegen des *Falcon Quest* in den Haaren. Die Förderung gilt leider nur für 10- bis 14-jährige, deine Mutter ruft aber ungefähr zehnmal am Tag bei Frankfurter an, damit er dich trotzdem in die Gruppe lässt. Könntest du ihr vielleicht verständlich machen, dass es an dieser Schule keinen Promibonus gibt?

Wahrscheinlich kann sie ihn sonst überall ausspielen, aber bei Frankfurter wird sie damit nicht durchkommen. Da kann sie sich auf den Kopf stellen!“

Wie peinlich! Charlotte konnte sehr unangenehm werden, wenn sie ihren Willen nicht bekam.

„Sag ich ihr“, antwortete ich. „Obwohl ich nicht glaube, dass es viel bringt.“

„Das hab ich mir schon gedacht. Deshalb hatte ich noch eine andere Idee: Ich leite die Theater-AG, die noch ein Mitglied vertragen könnte. Wir treffen uns zweimal die Woche, entweder in der Schule oder in unserem Proberaum unter dem Jugendzentrum am Heidmoor. Es ist zwar kein *Falcon Quest* mit Zertifikaten und so, aber der Effekt ist derselbe: Gruppenarbeit, Rhetorik- und Präsentationstraining, und, und, und. Vielleicht wäre das ein guter Kompromiss für euch?“

„Das ist nichts für mich“, sagte ich.

„Warum denn nicht?“

„Einfach … weil ich mich nicht gerne zum Affen mache.“

Er brach in lautes Gelächter aus.

„Es ist deine Entscheidung, Liv.“

„Danke für das Angebot“, sagte ich.

„Falls du es dir noch anders überlegen solltest, bist du jederzeit willkommen.“

Herr Schleiss zupfte seinen Pullover zurecht, rutschte von der Tischkante und trat vor die Klasse.

Sofort war Aylins Kopf auf meiner Seite des Tisches.

„Gut, dass du nein gesagt hast. Das sind alles Freaks da, echt!“

„In der Theater-AG?“

„Ja. Geh da bloß nicht hin!“

„Was tun die denn?“

„Nichts, sie sind einfach Freaks."

Ich sah zu Herrn Schleiss, der sich ans Lehrerpult gesetzt hatte und in sein Deutschbuch vertieft war. War er auch ein Freak? Ausgerechnet dieser Satz von Aylin war es, der mich schließlich doch neugierig machte.

4.

Als ich am Nachmittag nach Hause kam, war niemand da. Ich drehte MTV im Wohnzimmer auf volle Lautstärke und setzte mich an den Küchentisch, um meine Hausaufgaben zu machen. Salem lief zwischen meinen Büchern herum, ich aß Kekse, trank Limonade und sang mit, als plötzlich eine mit Einkäufen beladene Charlotte mitten in der Küche stand. Ein Blick von ihr reichte, um mir ein schlechtes Gewissen zu machen. Ihre Mundwinkel zeigten so stark nach unten, dass sie aussah wie ein wütender Karpfen.

Ohne ein Wort nahm ich Salem und ging ins Wohnzimmer, um die Musik leiser zu drehen. Als ich zurückkam, trampelte Charlotte bereits KLACK-KLACK-KLACK zwischen den Küchenschränken hin und her. Fluchend versenkte sie beide Hände in einer Einkaufstüte und zog schleimig-glänzende Lebensmittelverpackungen heraus, die sie nach und nach in die Spüle stellte.

„Siehst du! Die Eier sind kaputtgegangen!“

Sie streckte mir die klebrigen Hände entgegen.

„Und das ist jetzt *meine* Schuld?“

„Du machst mich noch wahnsinnig mit deinem Lärm! Wie bist du nur so ein rücksichtsloses Kind geworden?“

Ich befühlte meine pochende Schläfe.

„Wie bist du nur so eine Diva geworden?"

Charlotte reagierte nicht. Ich beobachtete sie eine Weile, wie sie tief über die Spüle gebeugt die Rillen eines Senfglases vom Schleim befreite. Normalerweise redete sie so lange auf mich ein, bis ich mich in aller Form für mein Fehlverhalten entschuldigte. Aber heute hatte sie ausnahmsweise gute Laune.

„Ich hatte heute Marie Lamprecht im Interview, hast du mich gesehen?"

Mit einem lauten KLACK trat sie in mein Sichtfeld. Ich mied ihren Blick.

„Nein."

Wie denn auch? Ich war in der verdammten Schule!

„Schade, ich war so gut! Die blöde Zicke stand am Schluss ganz schön dumm da. Hält sich für die größte Schauspielerin der Welt, und dabei ist sie auch nur eine dumme Kuh, die ihren Ehemann betrügt."

„Mhm."

„Sie wäre fast nicht in die Sendung gekommen, weil ich doch ihre Affäre mit Daniel Brell aufgedeckt habe. Aber Vertrag ist Vertrag! Tja, und da hab ich sie natürlich heute gefragt, wie ihr Ehemann, der feine Herr Politiker, so mitten im Wahlkampf mit der Affäre seiner Frau zurechtkommt. Und weißt du, was *sie* gemacht hat? Sie ist aufgestanden und gegangen. Einfach so! Vor laufenden Kameras! *Peiiin-lich*!"

Charlotte machte eine Pause, als würde sie auf meinen Applaus warten, und als dieser ausblieb, bekam sie wieder das Karpfengesicht.

„Wie sieht es eigentlich hier schon wieder aus, Olivia? Hausaufgaben am Küchentisch will ich nicht mehr sehen! Hörst du mir eigentlich jemals zu, wenn ich mit dir rede?"

Der Boden im Esszimmer knarrte und Franco erschien in der Tür.

„Hey", sagte er und kratzte sich am Bauch.

„Franco! Ich dachte, du bist gar nicht da!"

Ich fühlte, wie meine Muskeln sich langsam entspannten und lehnte mich zurück.

„Ich habe oben gearbeitet."

Charlotte schnaufte, schüttelte den Kopf und entschleimte weiter ihre Einkäufe, wobei sie etwas wie „ge-*ar*-beitet" vor sich hin murmelte. Dass Franco Tage und Nächte lang mit seinem Dobson-Teleskop in den Himmel guckte, war für Charlotte keine Arbeit, sondern pure Realitätsflucht.

Franco verdrehte hinter ihrem Rücken die Augen und setzte sich zu mir an den Tisch. Er hatte den Geruch von Mottenkugeln und geschmolzener Schokolade vom Dachboden mitgebracht.

„Wie war dein erster Schultag?"

„Du meinst, abgesehen davon, dass ich jetzt eigentlich Ferien hätte?"

Ich machte eine Pause, aber die erwartete Reaktion blieb aus.

„Alles Idioten!", sagte ich.

Wieder reagierte niemand.

„Walter ist ganz nett."

Charlotte spitzte die Ohren.

„Walter, ja? Was machen seine Eltern?"

„Mein Klassenlehrer heißt *Schleiss*!"

Ich sah Franco erwartungsvoll an und er grinste.

„Na und?", blökte Charlotte.

„Hallooo? Schleiss! Wie *Scheiß*, kapiert?"

„Oder Schweiß!", lachte Franco.

Charlotte schnaufte schon wieder.

„Da find ich *Frankfurter* aber lustiger. Wie ein Würstchen!"

Jetzt lachte Charlotte. Franco und ich sahen uns entsetzt an.

„Apropos Frankfurter", sagte ich. „Ich habe eine Nachricht von Herrn *Schweiß* für dich: Du sollst das arme Würstchen in Ruhe lassen. Er wird nicht nachgeben mit dem *Falcon Quest.*"

Charlotte lachte ihr landesweit bekanntes Hexenlachen.

„Das hätte der wohl gerne. So schnell gebe ich nicht auf. Wir müssen da *dran*bleiben, Olivia!"

Beim Wort ‚dranbleiben', schüttelte sie ihre Arme, als wollte sie mit Handkantenschlägen die gerade gekauften Kohlköpfe zerhacken. Eierschleim spritzte auf den Boden.

„Klar", sagte ich mit versteinertem Blick, offenbar zu Charlottes Zufriedenheit.

Franco schenkte mir einen mitleidigen Blick. Ich ihm auch. Dann nahm ich meine Sachen und ging nach oben.

Eigentlich hatte ich vorgehabt, meine Hausaufgaben fertigzumachen, aber auf MTV lief *Smells Like Teen Spirit.* Ich war total gefesselt von Kurt. Ein Blick in seine Augen und alles war vergessen. Ich legte mich ins Bett und träumte ihn herbei. Das Video war noch nicht einmal zu Ende, als Kurt schon im Zimmer stand. Er tat so, als wäre er zu schüchtern.

„Willst du nicht herkommen?", fragte ich.

Kurt war tatsächlich manchmal schüchtern, aber in diesem Moment war er wohl einfach nur zugedröhnt. Ich fand es sexy. Je zugedröhnter Kurt war, desto heißer waren unsere Nächte. Er kam zu mir. Ich wollte ein Stück rutschen, um ihm Platz zu machen, aber er ließ sich einfach direkt auf mich fallen – schwer, unkoordiniert – und begann, mich zu küssen. Seine Zunge war träge und heiß, seine Hüften pressten sich an meine. Ich vergrub meine Finger in seinem Haar und genoss das Prickeln auf meiner Haut, als er begann, meine Jeans zu öffnen. Sein T-Shirt fiel zu Boden, danach seine Jeans. Kurt stöhnte leise, als ich meine Hand in seine Boxershorts schob. Das Blut rauschte in meinen Ohren. Meine Wangen glühten. Er war unglaublich.

Als es später an meine Tür klopfte, war es schon acht Uhr. Ich schreckte aus meinem heißen, verklebten Traum auf und blinzelte in die Dämmerung meines Zimmers. Schwummrig ließ ich mich zurück fallen und dachte an Kurts Hände auf meiner Haut.

„Essen?"

Franco steckte den Kopf zur Tür rein. Der Duft von Lasagne zog ins Zimmer. Mein Magen reagierte mit plötzlichem, lautem Knurren.

„Ohne Fleisch?" fragte ich.

„Eine mit, eine ohne."

Ich zögerte. Eigentlich wollte ich nicht nach unten gehen, zu Charlotte. Aber der Hunger war stärker.

„Ich weiß", sagte Franco, als hätte er meine Gedanken gelesen. Er sah müde aus.

„Geteiltes Leid ist halbes Leid."

Er hielt mir die Tür auf und ich ging voraus.

In aller Stille nahm ich am Esstisch Platz. Charlotte thronte in ihrem schweren Samtkleid am Tischende, während Franco in die Küche ging und mit der großen schwarzen Auflaufform zurückkam.

„Kindersarg?", fragte ich.

Ich wurde nicht müde, unsere Familienzusammenkünfte mit Beerdigungsvergleichen zu etwas Besonderem zu machen.

„Reiß dich zusammen, Olivia!", fauchte Charlotte.

Als Nächstes kam eine zweite, viel kleinere Auflaufform – Die vegetarische Lasagne. Charlotte zeigte mit dem sorgfältig manikürten Finger darauf.

„Und hier drin ist Platz für deine Ratte, wenn ich sie noch einmal auf dem Küchentisch erwische!"

Franco und ich tauschten einen Blick. Sie hatte ja doch noch einen Rest Humor.

Es dauerte bis zum Pudding-Nachtisch, bis wieder jemand etwas sagte.

„Ich komme am Freitag in die Schule, um mit Direktor Frankfurter zu reden."

Ich sah Charlotte an, den Mund voll Pudding. Das konnte nicht ihr Ernst sein.

„Wiescho?"

„Sprich nicht mit vollem Mund! Du wirst bei diesem *Falcon Quest* mitmachen, ob du willst oder nicht."

Eine Druckwelle rollte durch meinen Schädel. Wollte sie mich ernsthaft mit lauter Zehnjährigen in dieses Seminar stecken? War das Teil einer genialen Zermürbungsstrategie?

„Du wirst eh keinen Termin bei Frankfurter bekommen", sagte ich.

„Ich brauche keinen Termin. Ich gehe einfach hin."

Ich stellte mir vor, wie Direktor Frankfurter und Herr Schleiss sich am Freitag in der Turnhalle verbarrikadieren würden, um Charlotte zu entkommen. Volle Kanne mit Turngeräte-vor-die-Türen-schieben, Äxten und Schrotflinten – wie in einem Zombiefilm.

Da ich nicht schon wieder mit Essen werfen wollte, versuchte ich einen Kompromiss.

„Herr Schleiss hat mir eine Alternative zum *Falcon Quest* vorgeschlagen: Seine Theater-AG. Die hat einen total guten Ruf an der Schule."

Zwar war ich mir sicher, niemals einen Fuß auf eine Theaterbühne setzen zu wollen, aber um dieser Selbsthilfegruppe für verhaltensauffällige Kinder zu entgehen, nahm ich dieses Risiko gern in Kauf. Außerdem war mir jedes Argument, das Charlotte der Schule fernhielt, äußerst willkommen.

„Schauspielunterricht?", fragte Charlotte.

„So ähnlich."

„Umsonst?"

„Ja."

„Aber du findest Theater doch blöd?"

„Richtig. Deshalb dachte ich, dass die Idee dir gefallen könnte."

„Ich war ja auch mal an der Schauspielschule", sagte Charlotte, ohne auf meinen Seitenhieb zu reagieren. „Dein Opa hat mich damals angemeldet. Ich war die beste in der ganzen Klasse. Und ich hätte eine ganz große Schauspielerin werden können, wenn Mutter es mir nicht versaut hätte, diese missgünstige Kuh. Sie hat mich einfach von der Schule genommen, weil sie der Meinung war, es wäre Geldverschwendung."

Ich verbuchte Charlottes Worte als Teilsieg. Sicher würde sie nicht in die Fußstapfen ihrer Mutter, der missgünstigen Kuh, treten wollen, indem sie mir das Theaterspielen verbot.

„Du könntest Schauspielerin werden", sagte sie. „In irgendwas musst du ja gut sein."

Ihr Blick schweifte ab. Während sich vor Charlottes Augen die Hollywood Hills ausrollten, kratzte ich eine tiefe Rille in die Unterseite des Esstisches.

Charlotte war schon immer gut darin gewesen, die Wahrheit zu ihren Gunsten zu verbiegen. Sie wollte, dass ich keine Talente hatte, also hatte ich keine.

Auch Franco teilte dieses Schicksal. Charlotte hatte nie einen seiner Artikel gelesen, und dabei waren sie wundervoll! Er hatte das Talent, eine weit entfernte Sternenexplosion in ein literarisches Popcornkino für Erdenbürger zu verwandeln.

„Es ist der Neid der Talentlosen“, hatte Franco einmal gesagt, „Du bist eine Konkurrentin, Liv!“

Seine Erklärung war gut, aber sie hatte eine Schwachstelle: Warum schickte Charlotte mich auf teure Privatschulen, wenn sie mich lieber hinterm Tresen eines Fast-Food-Restaurants gesehen hätte?

„Gut. Melde dich sofort an!“, sagte Charlotte, „Und ich will diesen Schleiss kennenlernen.“

„Ist nicht bald mal Elternabend oder so?“, fragte ich.

„Ach, viel bessere Idee: Ich lade ihn einfach zur Gartenparty ein.“

Wieder sah ich den Wahnsinn in ihren Augen aufblitzen. Gerade noch in den Hollywood Hills und jetzt schon in unserem Vorgarten. Charlotte hatte schon so lange von dieser Hochzeitstorten-Haus-und-Garten-Nummer geträumt, dass sie bereits vor zwei Jahren angefangen hatte, die Gästeliste für unsere erste Party zu schreiben. Sobald der Sommer über Quickborn hereinbrechen würde, kämen die pastellfarbenen Lampions in die Bäume, die Hollywoodschaukel auf die Terrasse und die weiß lackierten Echtholz-Gartenmöbel auf den frisch gemähten Rasen. Charlotte hatte schon alles skizziert: Wildblumen in Wassergläsern, ein Aperitif aus Rosé und Curaçao, Crepes mit Puderzucker, Erdbeeren und Sahne, Highballs aller Couleurs und ein Sushi-Buffet. Eine Party wie aus dem Design-Katalog.

So sehr ich auch Angst vor einem Zusammentreffen von Charlotte und Herrn Schleiss hatte – mir vorzustellen, wie er Charlottes Einladung folgen und mit seiner bloßen Anwesenheit die feine Party sprengen würde, versetzte mich in ein prickelndes Hochgefühl. Wahrscheinlich würde er das Sushi mit den Fingern essen, Charlottes verspielte

Cocktails gegen ein Bier eintauschen und jeden zweiten Gast beleidigen. Sollte er Charlotte verstimmen, was wirklich nicht besonders schwer war, dann wäre es wohl vorbei mit meinem Theater-Kompromiss. Aber vielleicht war es das sogar wert.

Nach dem Essen ging ich nach oben, wo Kurt schon auf mich wartete. Das Fenster stand offen, und obwohl die Sonne längst hinter den Häusern verschwunden war, hing die milde Wärme der letzten Stunden noch im Raum.

„Hey", sagte ich. Ein lauer Wind strich durch Kurts Haar. Er lächelte sein Grübchenlächeln.

„Ich muss noch Hausaufgaben machen", sagte ich, setzte mich aufs Bett und breitete meine Bücher aus.

Englisch. Bio. Mathe. Ich las und las, aber ich verstand nichts. Meine Gedanken schweiften ab. In meinem Kopf war nur Charlotte. Als ich das nächste Mal auf die Uhr sah, war es schon elf. Mein Ringbuchblock war statt mit einem Aufsatz über Insektenatmung mit wütenden Charlotte-Karikaturen vollgekritzelt. Ich zerriss das Papier und warf die Fetzen quer durchs Zimmer. Immer das Gleiche: Die Wut, die niemals Ruhe gab, blockierte meine Gedanken. Mein Kopf war wie ein mit Sand zugeschüttetes Flussbett. Ich war schon als Kind wütend gewesen. Charlotte erzählte gern – manchmal auch im Fernsehen – von meiner viel zu frühen und strapaziösen Geburt und benutzte dabei Worte wie „freigebissen" und „kampfbereit". Ich für meinen Teil glaube, dass ich es einfach sehr eilig gehabt hatte, aus ihr herauszukommen. Wenn ich nur daran dachte, wurde mir schlecht. Dass ich da drin gewesen war, meine ich. Dieser gehetzte, keifende, chemisch behandelte und koffeingetränkte Körper soll ernsthaft ein Kind ausgetragen haben? Da kann doch nichts Gutes bei…

Andererseits war es drinnen wahrscheinlich viel sicherer gewesen. Denn kaum war ich ihrem Körper entkommen, hatte ich auch schon mit dem Rücken an der Wand gestanden. Erst mit den Jahren hatte ich begriffen, dass diese lauernde Feindseligkeit, die immer ein Teil unseres Familienlebens gewesen war, normalerweise nicht zum Programm gehörte. Meine Schulfreundinnen bekamen Küsse und Umarmungen von ihren Müttern. Sie durften ungestraft bezaubernde, kleine Mädchen sein, jung, hübsch und glücklich. Bei uns zu Hause war das anders. Ein zu lautes Lachen, ein gemütlicher Vater-Tochter-Nachmittag auf dem Sofa, ein lauter gedrehtes Lied im Radio. Das alles hatte fast immer schlimme Konsequenzen gehabt: Strafarbeit, Vorwürfe, Belehrungen, Verbote. Es war stets wichtig, dass man nie vergaß, wer als Einziger in der Familie große Opfer brachte. Charlotte ging arbeiten. Charlotte organisierte unseren kompletten Alltag. Charlotte hatte ihren Körper ruiniert, um mir das Leben zu schenken. Franco und ich waren nur das parasitäre Vater-Tochter-Gespann, das ihr die Haare vom Kopf fraß.

Je glücklicher wir waren, desto gefährlicher lebten wir. Also waren Franco und ich irgendwann dazu übergegangen, nur noch heimlich Spaß zu haben. Wir gingen buchstäblich zum Lachen in den Keller. Eine Weile hatte es gut funktioniert, aber irgendwann war die Stimmung umgeschlagen. Es ging uns nicht mehr gut. Unser Äußeres hatte sich nach innen gekehrt. Wir hatten uns selbst vergiftet. Bei Franco war es die dauernde Müdigkeit. Wenn er durchs Haus schlurfte, sah er fast immer aus, als würde er gleich vorn überkippen. Er war lustlos, energielos, leblos.

Bei mir war es diese Wut. Heiß, pulsierend, allmächtig.

Wir hatten die Kontrolle verloren. Weltschmerz war zur Gewohnheit geworden.

⚜ ⚜ ⚜

Die Chance, in dieser Nacht noch meine Hausaufgaben zu schaffen, war verschwindend gering. Ich feuerte den Block auf den Schreibtisch und legte mich auf die Seite. Kurt saß noch immer in seinem Sessel.

„Komm her", sagte ich.

5.

„Wie kannst du morgens noch in den Spiegel gucken? Was tust du denn den ganzen Tag lang? Nichts!“

Ich wachte auf, weil Charlotte direkt vor meiner Zimmertür herumschrie. Salem, der die ganze Zeit auf dem Bett spazieren gegangen war, saß im kalten Licht der Straßenlaterne auf der Bettkante und schnupperte neugierig. Zuerst dachte ich, dass sie *mich* anschrie, aber es stellte sich heraus, dass Charlottes Beleidigungen allein Franco galten.

Ich stand aus dem Bett auf, schlich barfuß zur Tür und sah durch den Spalt in den Flur. Charlotte stand, die Hände in die Hüften gestemmt, am oberen Ende der Treppe und brüllte in die Ecke des Flurs, wo Franco müde auf dem Boden saß. Die Tür zum Schlafzimmer stand offen, im Hintergrund lief der Fernseher.

„Ich habe etwas Besseres verdient als *das hier*!“

„Etwas Besseres als *mich*, meinst du wohl“, sagte Franco ruhig.

„Versteh es, wie du willst! Ich kann dich ja nicht mal mehr auf Veranstaltungen mitnehmen. Was soll ich den Leuten denn sagen? Der wartet darauf, dass ein Stern blinkt? Und er isst gerne Kekse? Soll ich *das* sagen?“

„Ich bin Wissenschaftler, Charly."

„Wissenschaftler? So wie der Typ, der sich ein Jahr lang nur von Eiscreme ernährt hat?"

„*Halts Maul*!"

Ich hielt die Luft an. Plötzlich war alles still.

Es dauerte eine Weile, bis Charlotte ihre Sprache wiederfand.

„Was hast du gerade gesagt?", fauchte sie.

„Ich habe gesagt, dass du deine Fresse halten sollst!"

Charlotte schien völlig aus dem Konzept gebracht. Sie machte erst einen Schritt nach vorn, als wolle sie Franco eine scheuern, ging dann aber wieder zurück und ließ die Arme hängen. Charlotte war sprachlos. Ein historischer Moment. Leider aber konnte ich ihn nicht genießen, denn die Gefahr schwebte im Raum wie giftiger Nebel. Der Nächste, den sie in die Finger bekäme, wäre dem Tode geweiht. Mein Herz schlug so heftig, dass ich Angst hatte, sie könnte es hören. Lautlos trat ich von der Tür zurück, legte mich wieder ins Bett und lauschte flach atmend in die Dunkelheit. Irgendwann nahmen sie die Diskussion wieder auf, aber die Stimmung war anders – vorsichtig, tastend. So als hätte Franco ein großes Kristallglas auf dem Boden zerschmettert und sie müssten nun aufpassen, nicht in die Scherben zu treten. Ich setzte die Kopfhörer meines Walkmans auf und hoffte, dass Kurt mich mit seiner Musik auf andere Gedanken bringen würde. Er spielte und sang so laut er konnte, aber die Stimmen in meinem Kopf blieben. Mein armer Franco. Wie hielt er es überhaupt aus, Nacht für Nacht mit diesem Monster in einem Bett zu schlafen? Die Antwort: Gar nicht. Gut, dass er endlich anfing, sich zu wehren.

Es war schon fast zwei Uhr. Ich skippte zu On A Plain und stellte irgendwann fest, dass es im Haus still geworden war. Hoffnungsvoll legte ich die Kopfhörer weg und drehte mich auf die Seite, aber als ich gerade wieder weggedämmert war, erhellte ein Blitz das Zimmer, gefolgt von sattem Donnergrollen. Es hatte keinen Zweck. Diese Nacht war nicht zum Schlafen da. Mit müden Augen suchte ich im Schein der Schreibtischlampe nach Salem und fand ihn völlig verängstigt im Kopfkissenbezug.

Nachdem ich ihn in Sicherheit gebracht hatte, griff ich unter das Bett und zog den Schuhkarton heraus, der meine Zukunft enthielt. Wann immer meine Perspektivlosigkeit mich in den Wahnsinn trieb, kippte ich seinen Inhalt auf meiner Matratze aus und dachte an den Tag meiner Entlassung aus diesem Irrenhaus. An das freie, kreative und aufregende Leben, das ich in Seattle führen könnte. High Schools, Grunger, Garagenbands, Autofahren mit 16. Und vor allem: Kurt. Dieser Karton würde mich zu ihm bringen. Ab und zu brachte Kathy mir ein neues Stück für meine Sammlung mit – ein Prospekt für ein Austauschjahr in den USA, eine Rolle Luftpostaufkleber, ein neues Wörterbuch, eine zerlesene Ausgabe des Rolling Stone Magazine. Die Konzertkarte war seit Neuestem das Juwel in meiner Sammlung. Aber Kathy war längst nicht mehr die Einzige, die mir Material lieferte. Auch Charlottes Kameramann Holger, seines Zeichens geschiedener Erbmillionär mit Kontakten in der internationalen Musikszene, hatte sich in letzter Zeit als guter Fluchthelfer entpuppt. Ich sah ihn nicht oft – ab und zu gab es eine Party in seinem schickimicki Elbblick-Anwesen, oder er blieb auf einen Kaffee, wenn er Charlotte von der Arbeit nach Hause fuhr. Aber *wenn* wir uns sahen, dann gab es nur ein Thema: Kurt. Einer von Holgers Freunden hatte das legendäre Interview mit Courntey Love bei den Music Awards geführt, bei dem sie behauptet hatte, ihre Tochter habe drei Köpfe. Nur durch Holger wusste ich von Kurts ständigen Magenschmerzen, und dass er nichts mehr außer Makkaroni mit Käse aß. Holger war auch derjenige, der mir eines Morgens in unserem Hausflur in Altona heimlich einen handgeschriebenen Zettel mit Kurts Adresse zugesteckt hatte. Kurts Adresse! Fast wäre ich Holger um den Hals gefallen. Aber was derartige Zuneigungsbekundungen anging, musste ich mich beherrschen, denn es gab ein Problem: Franco hasste ihn.

Dieser blondierte Lackaffe in Shorts (Zitat Franco) verkörperte alles, was Charlotte an Franco vermisste: Geld, Schönheit, Leichtigkeit, reiche Freunde. Franco schlug sich mit schlecht bezahlten Forschungsartikeln durch, während Holger, der nicht einmal das Kreuzworträtsel im „Stern" zur Hälfte lösen konnte, einen auf Hugh Hefner machte. Ich verstand, dass das an Francos Ego kratzte, bezweifelte allerdings, dass seine Eifersucht viel mit seiner Liebe zu Charlotte zu tun hatte. Vielmehr führte Holger ihm mit der Naivität einer verrückten Ballerina in Flip Flops vor, wie leicht das Leben sein konnte, wenn man nicht so viel über alles nachdachte. Er war nichts als ein liebenswerter Spätjugendlicher, der aus Versehen reich geworden war. Holgers kleine Sammlung aus neuen Freunden, die zusammen mit dem ganzen Geld quasi über Nacht in sein Leben getreten waren, wirkte wie ein Magnet auf Charlotte. Und leider auch auf mich. Dass diese Tatsache einem Hochverrat an Franco gleichkam, war mir durchaus bewusst. Trotz seines buddhistischen Temperaments war Franco immer noch Italiener. Und das bedeutete: Er hatte seinen Stolz.

Der Karton glänzte zitternd im Wetterleuchten. Ich strich über seine Oberfläche, öffnete den Deckel und betastete meine Schätze: Ein Stadtplan von Aberdeen, einer von Seattle, drei Touristenführer, zwei Prospekte von High Schools, ein paar ausgeschnittene Zeitungsartikel, ein altes Original-Konzertticket, das ich in einem Plattenladen in Hamburg gekauft hatte, und Kurts Kurzbiografie als Computerausdruck. Der Schnipsel mit Kurts Adresse steckte in einem zusammengeklebten Stück Klarsichtfolie, damit er haltbar blieb. Bald würde ich zu ihm fahren, und dann würde alles anders werden! Mein Plan, am Hinterausgang der Konzerthalle auf ihn zu warten, war schon nicht schlecht, aber dort wäre ich nur eine von Tausenden. Ihn hingegen an einem Sonntagmorgen in Seattle mit einer Tüte Katzenfutter im Arm zu überraschen (er war auf Fotos ständig mit irgendwelchen Katzen zu sehen), war tausendmal besser. Er musste mir nur die Tür öffnen. Wahrscheinlich klingelten jeden Tag hunderte von Leuten bei ihm – woher sollte er wissen, dass *ich* es war? Ich würde mich mit ihm verabreden müssen.

„Schreib ihm einen Brief!“, hatte Holger im Flur gesagt.

„Was soll ich ihm denn schreiben?“

„Ein Gedicht, einen Liebesbrief, völlig egal!“

Vielleicht hatte Holger Recht. Kurt in einem Brief mein Herz auszuschütten, war das Einfachste der Welt. Ein Brief war unaufdringlich. Ich konnte ihm all die Dinge schreiben, die ich niemals über die Lippen bekäme.

Plötzlich spürte ich Adrenalin. Ich schaltete das Licht an, setzte Salem in seine Burg, nahm meinen Block und den Kugelschreiber vom Schreibtisch und schrieb los. Die Worte fielen geradezu aus mir heraus, so dringlich waren sie. Wie hatte ich sie überhaupt so lange für mich behalten können?

Ich fragte Kurt, ob es ihm schon besser ginge, fragte nach der kleinen Frances, was für Fortschritte sie machte, und ob er sie mitnehmen würde, wenn sie die Tour fortsetzten. Nach

Courtney fragte ich nicht. Ich zog es vor, die Existenz von Kurts Ehefrau so gut wie möglich zu ignorieren.

Als Nächstes schrieb ich über mich, Franco, Kathy und Salem, über dieses Kuhkaff mit dem lustigen Namen (für Kurt wäre er doppelt lustig) und von dem Gefühl, ein Leben lang im falschen Film zu sein. Ich wusste, dass Kurt es verstehen würde, denn es musste ihm genauso gehen. Wir – Kurt und ich – bewegten uns täglich an der Schwelle zum Wahnsinn. Wir waren Gestrandete, Aliens, die auf dem Weg zu ihrem Heimatplaneten irgendwo falsch abgebogen waren. Wir waren seelenverwandt. Kurt kannte mich, denn ich war nichts anderes als eine jüngere, weibliche Version von ihm selbst.

Ich wollte einfach nur in seiner Nähe sein. Ich brauchte ihn. Und vielleicht wusste Kurt es noch nicht, aber er brauchte mich ebenfalls. Es war nicht gut, Seelenverwandte zu lange getrennt zu halten. Ich setzte alle Hoffnungen in den Schüleraustausch im nächsten Jahr. Meine gepackte Reisetasche wartete schon seit Monaten im untersten Fach meines Kleiderschranks auf meine Abreise. Alles, was mir fehlte, war Charlottes Erlaubnis.

Eine Sekunde lang blitzten zwei strahlend blaue Augen vor mir auf. Aber es waren nicht die von Kurt. Ich lehnte mich zurück und dachte an Herrn Schleiss. Natürlich würde ich für Kurt jederzeit alles zurück lassen. Aber … wenn Herr Schleiss mitkommen würde nach Seattle, dann wäre es eigentlich auch nicht schlecht.

Ich bat Kurt um eine Antwort, unterschrieb den Brief mit einem Liebesschwur und stopfte ihn schließlich in meinen Rucksack, um ihn gleich am nächsten Tag abzuschicken.

Um halb vier lag ich noch immer wach. Sämtliche Versuche, endlich zur Ruhe zu kommen, waren meinen Gedanken an den morgigen Tag zum Opfer gefallen. War es die Angst vor dem Aufwachen, die mich am Einschlafen hinderte? Gegen vier nahm ich mit großer Dankbarkeit ein Magenknurren zur Kenntnis. Ich musste nicht mehr schlafen – ein vorgezogenes Frühstück würde mich über den Rest der Nacht bringen.

Auf Zehenspitzen schlich ich nach unten, wo mir der blinkende Videorecorder den Weg zur Küche leuchtete. Doch da leuchtete noch etwas anderes: Durch den Spalt unter der Küchentür schimmerte ein blasser Streifen aus Licht. Offenbar war ich nicht die Einzige, die nicht schlafen konnte. Langsam drückte ich die Tür auf und entdeckte Franco, der am Tisch saß und ein Sandwich aß.

„Was machst du denn hier?", fragte er.

Ein Zipfel Rucola hing ihm aus dem Mundwinkel, neben ihm auf dem Tisch stand zischelnd unser neuer Sandwichtoaster, in dem ein paar Käsereste tanzten. Es duftete herrlich.

„Kann nicht schlafen."

„Verstehe."

„Und du?"

„Kann mich nicht auf die Sterne konzentrieren."

Ich überlegte kurz, ob ich ihm sagen sollte, dass ich den Streit mitgehört hatte, aber wahrscheinlich wäre es ihm nur peinlich gewesen. Ich öffnete den Kühlschrank und steckte den Kopf hinein.

„Willst du eins?", fragte Franco über das Klirren der Saftflaschen hinweg.

Als ich mich umdrehte, zeigte er auf die zweite Hälfte seines Sandwichs.

„Was ist drauf?"

„Schinken und Käse."

„*Franco*!"

„Oh. Scusi." Er hob entschuldigend die Hände. "Kein Fleisch für Signora Cobain. Es ist noch Lasagne im Kühlschrank."

„Das ist besser."

Ich beförderte die Rattensarg-Auflaufform auf den Küchentisch, grub eine Portion Lasagne aus und stellte sie in die Mikrowelle.

„Erzähl mir von der Schule!", sagte Franco zwischen zwei Bissen.

„Was willst du hören?"

„Egal."

„Hmmm. Also. Kurz zusammengefasst: Alles scheiße."

Franco lachte.

„Klar! Und warum?"

„Wo soll ich anfangen? Wir hätten eine blutrünstige Mädchenclique, einen Dorfnazi, einen Haufen hochbegabter Streber …"

„Sind die gefährlich?", fragte Franco.

„Nur, wenn man sie mit ihren Bauplänen für die Zeitmaschine im Werkraum allein lässt."

Beim Lachen pustete Franco ein paar Brotkrümel über den Tisch.

„Ich meinte nicht die Streber, Blödi!"

„Nee", sagte ich, „Alle harmlos. Zumindest nicht schlimmer als Charlotte."

Franco bemühte sich um ein angemessenes Grinsen, aber er war so voller Sorge, dass seine Mundwinkel auf dem Weg nach oben irgendwie stecken blieben. Die Mikrowelle machte „ping" und ich stand auf, um die Lasagne herauszuholen. Franco kämpfte sichtlich mit sich selbst. Er sah mich lange an, bevor er sein Sandwich wieder in die Hand nahm.

„Du hast vorhin was gehört, oder?"

Ich kaute übertrieben lange auf meinem Bissen Lasagne herum, bevor ich ihm antwortete.

„Ja, aber ich hab nichts verstanden. Worum ging es denn?"

„Ach, das Übliche. Nicht so wichtig. Das Gewitter war cool, oder?"

„Ja. Wunderschön", sagte ich.

Als wir mit dem Essen fertig waren, machte Franco mir noch ein Pausenbrot, während ich unsere Teller in die Spülmaschine stellte und die Krümel vom Tisch wischte. Mit dem feuchten Lappen in der Hand sah ich aus dem Fenster und stellte fest, dass es bereits dämmerte. Der Regen hatte aufgehört, die ersten Vögel zwitscherten.

Charlotte erschien frisch geföhnt in der Tür, ihre riesige Lederhandtasche über dem Arm.

„Seid ihr *schon* oder *noch* wach?"

Es war wirklich selten, dass sie ohne einen aggressiven Unterton mit uns sprach, aber heute war offenbar einer dieser Tage. Sie strahlte. Jeder Pinselstrich saß perfekt. Nichts schien ihr die Laune verderben zu können. Franco hingegen schon, denn bei Charlottes Anblick verhärtete sich sein Gesicht. Und beim erneuten Versuch zu lächeln, verrenkte er sich so sehr, dass er am Schluss aussah wie die Portraitzeichnung eines Psychopathen.

„Ich lass euch wieder den Jeep hier. Holger holt mich ab. Wir drehen heute an der Ostsee."

Und KLACK-KLACK-KLACK war Charlotte zur Tür raus.

Ich atmete aus.

„Holger …", brummte Franco.

„Gut, ich mach mich dann mal für die Hölle fertig."

Ich warf den Lappen in die Spüle und ging nach oben. Kurt begleitete mich.

6.

Der zweite Schultag glich insoweit dem ersten, als dass die Ärztinnen den ganzen Tag lang subtile Signale des Hasses in meine Richtung aussandten. Sie beobachteten mich, und so begann ich, sie ebenfalls zu beobachten. Zugegeben, es war ein faszinierender Anblick. Wie kühler Geisteratem streiften sie durch die Flure – jede abrupte Bewegung hätte den Zauber ihres Auftritts zerstört. Mir fiel auf, dass sie durchaus liebevoll miteinander umgingen. Wie sie sich gegenseitig Flusen von den Pullovern zupften, ein Päckchen Kaugummi teilten oder solidarische Blicke austauschten, sobald ein Objekt ihres Missfallens ihren Weg kreuzte, das hatte etwas Schwesterliches. Inmitten des Eisnebels, der sie ständig zu umgeben schien, brannte das Flämmchen echter Freundschaft. Von Walter erfuhr ich ein paar Dinge über Jessica. Zum Beispiel, dass sie Lipgloss mit Erdbeergeschmack benutzte (wie auch immer er das herausgefunden hatte), und dass ihre Familie einen Bobtail namens Bobo hatte. Sie schnitt in keinem Schulfach jemals schlechter als mit einer Zwei ab, und bei einem Reitunfall hatte sie sich im letzten Jahr das Knie verletzt, weshalb sie nun nicht mehr Ballett tanzen konnte. So viel unnützes Wissen. Nur den genauen Grund für ihren Hass auf mich erfuhr ich nicht.

„Der Mensch ist von Natur aus ein Sadist“, sagte Walter, als wir uns nach der Wirtschaftsstunde an einen Tisch unter dem Regendach des Schulhofes gesetzt hatten und unsere Frühstücksbrote auspackten.

„Nur, dass die meisten ihre Triebe unterdrücken. Wir müssen uns permanent unterwerfen, weil es nicht anders geht in der Gesellschaft mit ihren Regeln und Gesetzen. Und – naja. Vielleicht sind nicht alle Menschen ausnahmslos schlecht. Es kommt ja auch darauf an, was du aus dieser Veranlagung machst, ne.“

„Du redest wie ein alter Mann“, sagte ich.

„Das sagt meine Oma auch immer zu mir.“

Walter zerknüllte das Stück Alufolie, in das sein Mittagessen eingewickelt gewesen war, und biss genüsslich in ein gummiweiches Salamibrötchen. Ich rümpfte die Nase.

„Woher hast du deine Theorie?“, fragte ich.

„Das ist keine Theorie, es ist ein Fakt. Hast du mal vom Stanford-Prison-Experiment gehört?“

„Nö.“

Wollte ich auch nicht.

„Da haben sie ein paar ganz normale Leute in einen Knast gesteckt. Manche mussten Gefangene spielen, die anderen durften die Wärter sein. Du glaubst nicht, was das plötzlich für Monster waren! Die haben ihre Häftlinge in Stücke gerissen. Einfach, weil sie es konnten. Gib jemandem Macht, und du wirst seinen wahren Charakter kennen lernen. Ist wirklich immer so. Überall auf der Welt werden Schwächere gequält. So wie du jetzt.“

„Du denkst, ich bin schwach?“

„Nein, aber *sie* denken das.“

Unsere Blicke wanderten zu den Ärztinnen, die mit überkreuzten Beinen und an die Brust gedrückten Büchern in einem Kreis vor dem Eingang standen.

„Da haben sie sich aber gewaltig geirrt. Ich lebe mit dem Mutter-Alien zusammen! Dagegen sind die Barbies hier nur gepuderte Goldhamster.“

„Na, wenn du meinst.“

Einen Moment lang sagte niemand etwas.

„Was sollen die denn schon tun?“, fragte ich schließlich.

„Gemeine Dinge halt.“

„Das kann ich auch.“

Walter lächelte, aber da war Angst in seinem Blick. Einer seiner Gummistiefel („Es regnet heute noch, ich schwörs!“) tippte nervös auf den Boden.

„Zieh mich da nicht mit rein!“

Ich sah aus dem Augenwinkel, wie Jessica ihren Kopf in unsere Richtung drehte.

„Ich fürchte, du bist schon mitten drin.“

Von Nazi-Dennis sah ich den ganzen Tag lang genauso wenig wie von Herrn Schleiss, bis sie plötzlich beide gleichzeitig in meinem Sichtfeld auftauchten. Ich war für die letzte Stunde Deutsch zu spät dran und eilte durch die dämmrigen Flure, als ich sie in einer Ecke des Treppenhauses entdeckte. Dennis stand mit verschränkten Armen an der Wand, während Herr Schleiss wild gestikulierend auf ihn einflüsterte. Etwas lag in der Luft. Ich rechnete jeden Moment damit, dass Dennis ihm eins drauf geben würde.

So unauffällig wie möglich versuchte ich, an ihnen vorbei zu kommen, als Herr Schleiss sich plötzlich zu mir umdrehte.

„Hey!“, rief er fröhlich.

Ein bisschen *zu* fröhlich vielleicht. Hatte ich die beiden bei irgendwas erwischt? Herr Schleiss rückte seine Gesichtszüge gerade und Dennis guckte, als hätte er in eine Zitrone gebissen.

„Du bist zu spät!“ sagte Herr Schleiss streng.

„Blitzmerker“, antwortete ich und setzte meinen Weg fort. Ich rechnete damit, jeden Moment für meine Frechheit angebrüllt zu werden, aber es passierte nichts. Vier Schritte, sechs Schritte …

„Warte, ich komme mit!“

Es war nicht leicht, meine Überraschung zu verbergen, als Herr Schleiss zu mir aufschloss und die Führung übernahm. Gemeinsam gingen wir den Flur entlang. Er sprach nicht, und das irritierte mich. Da war so viel Platz für ein paar Worte, und trotzdem machte er nicht davon Gebrauch. Als wir vor dem Klassenraum ankamen, wollte ich ihm den Vortritt lassen, aber er blieb vor der Tür stehen. Seine hellen Augen blitzten spöttisch.

„Wenn ich vorgehe, kriegst du einen Eintrag wegen Zuspätkommens.“

Ich hielt seinem Blick stand.

„Schon klar.“

„Du glaubst mir nicht?“

Seine Mundwinkel zuckten. Ich beschloss, ihn auf die Probe zu stellen.

„Was ist?“, fragte er.

„Warum dürfen *Sie* zu spät kommen und *ich* nicht?“

Herr Schleiss hob eine Augenbraue.

„Weil ich der Boss bin.“

„Aber Sie sind hier nur angestellt!“

„Ja, genau. Und zwar, um so kleinen Kampfhasen wie dir mal zu zeigen, wo der Hammer hängt.“

Ich atmete langsam aus und wartete auf das Erdbeben in meinem Kopf, aber es kam nicht.

„Und? Wo *hängt* er?“, fragte ich.

Herr Schleiss grinste breit und marschierte an mir vorbei in den Klassenraum.

„Schnauze!“, hörte ich ihn von drinnen rufen.

Neugierig folgte ich ihm. Der Ausdruck, mit dem Aylin mich ansah, war voller Entsetzen, vielleicht auch ein bisschen Bewunderung. Es war still geworden im Klassenraum. Ich setzte mich, die Blicke der anderen ignorierend. Herr Schleiss zog das Klassenbuch zu sich heran, befeuchtete einen Finger und begann, sehr langsam darin zu blättern. Die Aufmerksamkeit der gesamten Klasse war ihm sicher, als er seinen Füller aus der Tasche zog, sorgsam den Deckel abschraubte und hoch konzentriert einen Eintrag machte. Dabei schienen ihm die i-Punkte besonders viel Spaß zu machen.

Als er fertig war, klappte er mit einer eleganten Bewegung das Buch zu und lächelte. Die stechende Neugier über den Inhalt seines Eintrages hielt nur ein paar Sekunden an, denn als ich merkte, dass etwas Entscheidendes fehlte, wurde ich nervös. Seine triumphierende, überhebliche Art hätte mich stinksauer machen müssen. Normalerweise hätte mein Hirn zu kochen begonnen und ich hätte diesem Diktator sein beschissenes Klassenbuch an den Kopf geworfen. Aber nichts passierte. Wo war meine Wut hin? Ich horchte in mich hinein, klopfte an alle Türen, hinter denen sonst rund um die Uhr das pulsierende Grauen gezüchtet wurde, aber ich wartete vergeblich auf eine Antwort. Sie war weg. Meine Wut war weg.

Herr Schleiss sah mich an, ich starrte ratlos zurück. Für alle anderen musste es wie ein Blickgefecht ausgesehen haben. Sie hatten ja keine Ahnung, dass ich längst besiegt worden war. Herr Schleiss offenbar schon, denn jetzt schenkte er mir ein strahlendes, unschuldiges Lächeln. Ich sah zu Boden.

War ich gerade rot geworden? Sein Lächeln war schön, genau wie seine Augen. Ein unerwarteter Schwall von Zuneigung wärmte und benebelte mich wie ein heißes Lavendelbad.

Ohne meine Wut fühlte ich mich nackt und hilflos.

Herr Schleiss begann mit dem Unterricht. Netterweise verzichtete er für den Rest der Stunde darauf, mich anzusehen. Aber das musste er auch gar nicht. Ich war weichgeklopft. Matschig wie ein Teller verkochter Spaghetti.

Was zur Hölle tat dieser Mann mit mir?

7.

Der Himmel war gelb. Schwere Wolken ballten sich hinter dem Schulgebäude und drohten mit Starkregen. Ich zog fröstelnd meinen Pullover zu und beeilte mich, zum Fahrradständer zu kommen, und noch bevor ich ihn erreichte, fielen die ersten Tropfen. Um nicht bis auf die Knochen nass zu werden, mied ich die Landstraßen und entschied mich für einen Zickzack unter den dichten Bäumen der Nebenstraßen entlang. Ich schlängelte mich durch zugewachsene Wege, fuhr über Baumwurzeln und Schotterpisten und musste schließlich an einer Kreuzung halten, da ich glaubte, mich verfahren zu haben. Alle Straßen sahen gleich auch. Es gab in dieser grünen Hölle nichts, woran ich mich orientieren konnte. Der Regen wurde stärker, und schon bald ließ er sich nicht mehr von den Bäumen abhalten. Ich fuhr weiter – irgendwo musste ich ja herauskommen. Ein Bach am Straßenrand mutierte zu einem reißenden Fluss. Es war kalt, es war windig, ich hasste diesen Ort. Als ich schließlich die Gartenkolonie erreichte, atmete ich erleichtert auf. Ich war am grünen See mit der Telefonzelle.

Schlotternd warf ich mein Fahrrad in den Schlamm und rannte das letzte Stück weg, bis ich die Uferböschung erreichte. Heute, ohne die Sonnenstrahlen, die sich durch die Algen bis zum Grund kämpften, lag der See tiefschwarz in seiner Mulde. Die Gischt der einschlagenden Regentropfen ließ das Wasser rau und fest wirken. Ich lief zur Telefonzelle, stieg ein und zog die Tür zu. Endlich Windstille. Unter dem ohrenbetäubenden Prasseln des Regens sah ich mich um. Der Telefonhörer fehlte, die Tasten des Telefons waren mit roter Farbe verklebt, die bis auf die Metallbox unter dem Telefon getropft war. Wer hatte das Ding hier hingestellt? Und vor allem: Warum?

Ich setzte mich und wartete. Mit jedem meiner Atemzüge beschlugen die Fensterscheiben ein Stück mehr, bis ich schließlich völlig von der Außenwelt abgeschnitten war. Nach einer Weile ließ der Regen langsam nach und aus dem Prasseln wurde ein sanftes Knistern. Ob Franco schon ins Auto gestiegen war, um nach mir zu suchen? Er musste sich doch Sorgen machen. Ich öffnete die Tür einen Spalt und ließ einen Luftschwall herein, als ich plötzlich Stimmen hörte.

„Sie haben eine Pistole und draußen sitzt Ihr Gorilla. Was bleibt mir anderes übrig?“

„Das ist kein Gorilla, sondern ein Cherub.“

„Ein was?“

„Ein Cherub. Ich weiß nicht, ob Sie mit der Bibel vertraut sind.“

„Ich habe den Film gesehen.“

„Die Cherubim sind Wächterengel – jene Kollegen, die den Menschen das Eindringen in den Garten Eden von der Ostseite her verwehren.“

„Von der Ostseite her?“

„Ja, das ist die kritische Stelle.“

„Es gibt im Paradies eine kritische Stelle?“

Ich lugte durch den Türspalt. Zwei Typen in Regenkleidung liefen gummistiefelquietschend durch das nasse Ufergras. Sie hatten die Kapuzen tief ins Gesicht gezogen und ihre Hosen waren bis zu den Knien nass. Eine der Stimmen kam mir bekannt vor.

„Jetzt ab Auftritt Vito", sagte die bekannte Stimme.

„Michaela, der Teufel kommt angesaust."

„Gut, dann gebe ich ihm die Bühne frei. Herr Schwanz ist in seine Aufgabe eingeführt. Oder?"

Beide lachten.

„Äh ... Herr *Schwarz* ist in seine Aufgabe eingeführt. Oder?"

„Vito, würdest du dem Teufel unseren Gast vorstellen?"

Als sie in Richtung meiner Zelle kamen, schloss ich vorsichtig die Tür und klemmte mich von innen an den Griff. Ich hatte keine Lust, hier draußen irgendwelchen Dorfnazis zu begegnen.

Jemand zog an der Tür.

„Was ist denn jetzt los? Die geht nicht auf!", sagte die eine Stimme.

„Was? Lass mich mal."

Ich stemmte meine Turnschuhe gegen das Telefonzellengehäuse und hoffte, dass der Beschlag an den Glasscheiben noch eine Weile halten würde. Der hatte Regen aufgehört; nur die letzten dicken Tropfen von den Bäumen fielen mit einem lauten PLOCK auf das Dach. Wieder zog es an der Tür, aber meine Festung hielt stand.

„Tatsache! Vielleicht waren die Bullen hier!"

„Und haben die Tür mit Sekundenkleber zugeklebt, oder was?"

„Was weiß ich, Mann. Ich hoffe nur, das Zeug ist noch da drin!"

Ratlose Stille. Nur der Wind in den Bäumen war noch zu hören.

„Marc!“, rief der eine plötzlich. Und jetzt erkannte ich ihn auch: Es war Walter.

„Die Tür ist zu!“

Es dauerte ein paar Sekunden, bis ich die dritte Stimme hörte – es war die von Herrn Schleiss.

„Wieso das denn? Geht mal zur Seite.“

Ich war, schwitzend vor Anstrengung, noch immer in Position und stemmte mich gegen das Gehäuse.

„Nanu“, sagte Herr Schleiss. „Besetzt.“

Ich dachte nach. Was sprach dagegen, jetzt einfach da rauszugehen?

„Du meinst da ist jemand drin?“, fragte Walter. „Dann hat er wahrscheinlich unser …“

„Pssst!“, machte jemand. Alle schwiegen.

Lange passierte nichts, und irgendwann war ich mir nicht mehr sicher, ob die drei überhaupt noch in der Nähe waren. Während ich noch immer wie ein Insekt an der Wand klebte, drehte ich den Kopf zur Seite und suchte nach dem *Zeug*, von dem sie gesprochen hatten, aber da war nichts.

Noch immer war alles still. Waren sie weg? Ich konnte nicht mehr. Meine Muskeln gaben nach, ich rutschte vom Türgriff ab und landete auf dem sandig-feuchten Boden. Vorsichtig öffnete ich die Tür und sah durch den Spalt nach draußen. Ein Windstoß fuhr in meine Jacke und ließ mich frösteln, gleichzeitig tropfte es vom Telefonzellendach auf meine Kapuze. Nichts außer Gras, Bäumen und Wasser. Aber als ich aus der Telefonzelle trat und mich den Büschen zuwandte, erschrak ich: Ich blickte in drei ernste Gesichter. Nein, nicht ganz. Walter und ein großer Typ mit Brille blickten finster drein, Herr Schleiss hingegen lächelte sein Colgatelächeln.

„Na?“, sagte er, als wäre es das Normalste der Welt, dass ich plötzlich aus einer schrottigen Telefonzelle an einem Seeufer trat.

„Hi“, sagte ich.

Ich spürte, wie meine Füße kalt wurden.

„Und, was treibt dich in die Gegend?“, fragte er.

Ein unerwarteter Sonnenstrahl brach durch die Wolken und ließ seine Bartstoppeln glitzern.

„Ich wurde vom Regen überrascht … Und euch – äh *Sie*?“

„Theaterprobe.“

„Im Regen?“

„Auch im Schneesturm, wenn's sein muss. Das befreit den Geist und festigt die Textsicherheit.“

„Aha.“

„Wo wir hier gerade so nett zusammenstehen“, sagte Herr Schleiss mit einem Schmunzeln, „hast du es dir noch mal überlegt wegen der Theatergruppe?“

Walter reckte neugierig den Hals.

„Ja. Nein. Weiß ich nicht“, sagte ich.

„Das klingt schon mal besser als gestern.“

Mein Blick streifte den Typen mit der Brille und blieb an Walter hängen.

„Wie viele seid ihr denn?“

„Mit mir sind wir fünf“, sagte Herr Schleiss und kam damit Walter zuvor. „Walter kennst du ja, und das ist Bela. Er ist in der Zehnten.“

Der Brillentyp nickte.

„Bela? Wie der von den Ärzten?“

Walter verdrehte die Augen.

„Er heißt *Adalbert*. Aber Bela klingt natürlich *viel* cooler.“

Bela knuffte Walter in die Seite.

Adalbert, Walter, diese reichen Leute quälten offenbar gern ihre Kinder.

„Uns fehlt nur noch eine Lilith", sagte Herr Schleiss.

Sein Blick war durchdringend, fordernd.

Von der anderen Seite des Sees aus näherten sich zwei weitere Gestalten.

„Da kommen Aylin und Martin."

Ich sah genauer hin. Tatsächlich, es war Aylin! Dieselbe Aylin, die mich gestern noch zu meiner Absage an die *Freaks* beglückwünscht hatte. Unsere Begegnung schien ihr nun ziemlich unangenehm zu sein.

„Das ist Martin", sagte Walter und deutete mit dem Kopf auf den dürren, sommersprossigen Jungen, dessen bleiche Hand sofort in die Höhe schnellte, um meine energisch zu schütteln.

„Gut, wir machen dann mal weiter", sagte Herr Schleiss,

„Überleg's dir, ja?"

Ich nickte.

Während ich die Böschung hinaufstieg, nahmen sie ihren Dialog wieder auf.

„Weshalb tragen Sie keinen Pferdefuß?"

„Der ist so umständlich auf der Bühne."

Zitternd vor Kälte stieg ich aufs Rad und fuhr los.

8.

Ich hatte gerade die Haustür hinter mir zugezogen, als Franco, die blutüberströmten Hände von sich gestreckt, aus der Küche gelaufen kam.

„Komm *nicht* hier rein! Bleib wo du bist!"

Es ist soweit, dachte ich.

„Ich muss hier erst sauber machen!"

Franco stieß mit dem Hintern die Küchentür wieder auf und verschwand. Ich folgte ihm bis zur Türschwelle.

„Franco?"

„Ehrlich Liv, bleib draußen! Das hier willst du nicht sehen!"

Ich sah durch den schmalen Türspalt in die Küche. Franco hatte mir den Rücken zugedreht; seine Arme steckten bis zu den Ellenbogen in einem Mülleimer. Was auch immer da drin war, es war widerlich. Der metallisch-fischige Gestank fuhr mir in jede Pore. Als Franco sich mit einem Stück schwabbelig-blutiger Glibbermasse in den Händen plötzlich umdrehte, musste ich würgen.

„*Gott, Liv!* Ich hab doch gesagt …"

Ich torkelte rückwärts, die Tür fiel zu und der Rest von Francos Worten blieb in der Küche. Im Wohnzimmer sank ich auf die Couch und versuchte, meine Atmung wieder unter Kontrolle zu bringen. Ein paar Minuten später kam Franco. Er ließ sich in den Sessel fallen und seufzte.

„Puh."

Ich starrte ihn an.

„Hecht süß-sauer", sagte er.

„Du hast ein Tier getötet? Das ist so *widerlich,* Franco!"

„Hör mal, junge Dame, ich hab gesagt, du sollst draußen bleiben."

„Warum bringst du Tiere mit nach Hause, um sie in unserer Küche zu zerfleischen?"

„Wegen deiner Mutter. Sie ist nämlich der Meinung, dass ich nur Angeln gehe, um meine Ruhe vor ihr zu haben."

„*Stimmt* doch auch!"

Franco lachte.

„Aber das muss sie ja nicht wissen."

„Ist sie hier?", fragte ich.

„Nein, Oma hat vorhin angerufen und sich beschwert, dass wir sie an Ostern nicht eingeladen haben. Danach musste Charlotte vor lauter Stress erst mal shoppen gehen. Das kann dauern."

Franco streckte sich im Sessel auf beachtliche Größe, wobei sein Bauch unter dem Shirt hervorquoll.

„Sorry, Kleines. Ich sage nur: *It's okay to eat fish 'Cause they don't have any feelings.* Kommt dir das bekannt vor? "

Ich stutzte. Es war eine Textzeile von Kurt.

„Dein Vegetarierfreund Kurt hat das geschrieben!", sagte Franco.

„Woher weißt du das?"

„Ich hab die Platte gehört. Muss doch wissen, mit wem meine Tochter da oben so viel Zeit verbringt."

Ich errötete und Franco grinste.

„Kurt ist ein Genie! Aber dieser Song ist gequirlte Scheiße!"

„Meinetwegen", sagte Franco und wurde plötzlich ernst. „Ich hab schlechte Nachrichten, Kleines."

Erschrocken sah ich auf.

„Was?"

„In der Zeitung stand heute, dass das Konzert abgesagt wurde."

„Nein …" Meine Stimme war schwach. Es schnürte mir die Kehle zu. „Warum denn?"

„Tut mir so leid, Liv! Ich dachte, es ist nicht ganz so schlimm für dich, weil du ja sowieso nicht gehen darfst."

Ich schluckte. Franco hatte keine Ahnung! War er wirklich davon ausgegangen, dass ich am Abend des Konzerts brav zu Hause gesessen und meine Hausaufgaben gemacht hätte?

„Was ist denn passiert?"

„Die Ärzte sagen, er muss sich noch schonen. Aber die Termine werden auf jeden Fall nachgeholt. Es dauert bestimmt nicht lange, Süße. Und sieh es mal so: Jetzt hast du *noch* eine Chance, um deine Mutter zu überzeugen. Du wirst bald sechzehn! Ich lege ein gutes Wort für dich ein, okay?"

Ich bezweifelte stark, dass die magische Sechzehn etwas ändern würde. Aber Franco zuliebe rang ich mir ein Lächeln ab.

„Danke."

„Außerdem wird das Konzert doch viel besser, wenn Kurt sich richtig auskuriert hat. Glaub mir, ich kenn das von früher. Wenn man krank auf der Bühne steht, kommt nur Mist raus. Und willst du denn nicht, dass er wieder ganz gesund wird?"

„Doch."

Zumindest in diesem Punkt hatte Franco Recht. Kurts Gesundheit sollte auch für mich an erster Stelle stehen. Wie ging es ihm wohl gerade? Ich dachte an den Brief in meiner Tasche. Es war gar nicht schlecht, dass ich vergessen hatte, ihn abzuschicken. Vielleicht würde ich ihn noch einmal umschreiben.

Franco verschwand noch einmal in die Küche und kam mit ein paar Snacks zurück: Belegte Brote für uns und eine Erdbeere für Salem. Wir saßen zu dritt auf dem Sofa, aßen und sahen fern, irgendwann breitete ich meine Hausaufgaben auf dem Wohnzimmertisch aus und Franco machte sich daran, den Hecht und das Risotto für das Abendessen fertig zuzubereiten. Als er mich irgendwann weckte – ich war auf der Couch eingeschlafen und er von einer Flasche Wein ziemlich betrunken – fuhr der Jeep gerade auf die Auffahrt. Die Scheinwerfer blendeten mich durch das Fenster wie ein heranrasender Zug. In letzter Sekunde sprang ich von den Gleisen, rannte nach oben und stellte mich tot.

KLACK-KLACK-KLACK … „FRAAAAAAAAAAANCOO OOOOOOOOOOO!!!“

Erst zum Frühstück wagte ich mich wieder aus meinem Zimmer, schlich auf leisen Füßen nach unten und ging in die Küche. Dort stellte ich zwei Sachen fest. Erstens: Franco war nicht da. Wahrscheinlich lag er mit einem Kater im Gästezimmer. Zweitens: Sein Hecht und das Pilzrisotto waren verschwunden. Dafür stand der Herd nun voll mit schmutzigen Töpfen und Pfannen, die immer noch nach totem Fisch stanken. Ich stellte mir vor, wie Franco nach einem mehrstündigen Artilleriebeschuss von Charlotte mitten in der Nacht in die Küche geschlichen war und sich das komplette Vieh reingezogen hatte. Nicht einmal eine ganze Flasche Rotwein schien ihn gegen Charlottes Angriffe zu immunisieren.

Als hätte ich sie mit meinen Gedanken heraufbeschworen, stand Charlotte plötzlich im Türrahmen, und da sie im selben Moment auch das Chaos in der Küche entdeckte, sagte ich „Guten Morgen" zu einem frisch geschminkten Karpfengesicht.

„Was soll das? Olivia!"

„Was soll was?", fragte ich.

„Tu nicht so blöd."

„Du meinst die Töpfe da? Keine Ahnung. Schätze, du hast Franco gestern mit deinem Geschrei etwas demotiviert.

„Nicht in diesem Ton!" Charlotte klackerte zurück zum Treppenabsatz und schrie: „FRANCO!"

Die Stille im Haus war ohrenbetäubend. Ich hatte Mühe, mir ein Grinsen zu verkneifen, was Charlotte nur noch wütender machte.

„Du räumst das jetzt auf!"

„Ich muss aber zur Schule!"

Anstatt mir zu antworten, ließ sie mich einfach stehen und ging zurück nach oben. Ratlos stand ich in der Küche.

Ein Blick auf die Töpfe, ein Blick auf die Uhr, ein Blick auf meinen letzten Rest Selbstachtung. Die Sonne brach durch die Wolken und schien ins Küchenfenster und eine plötzliche Vision von Herrn Schleiss brachte mich zum Lächeln. Die Entscheidung war gefallen.

Ich schulterte den Rucksack, verließ das Haus und lief über den Rasen zur Garage, um mein Fahrrad zu holen. Ich dachte schon, ich wäre ihr entkommen, doch Charlotte wäre nicht Charlotte, wenn sie diesen Schachzug von mir nicht vorhergesehen hätte.

„Du! Sollst! Das! Sauber! Machen!"

Ihr Oberkörper hing aus dem Schlafzimmerfenster.

„Ich muss zur Schule!", rief ich, „Warum machst du es nicht selber?" „Ich habe in meinem Leben schon viele Töpfe gespült!"

„Was soll das für ein Scheißargument sein?"

Charlotte überlegte kurz.

„Mach das sauber oder ich schmeiß deinen Fernseher weg!"

Ich versteinerte. Das war keine leere Drohung. Mein erster Walkman, mein Lieblingspullover, der kleine Rauhaardackel Sam, den wir aus dem Tierheim adoptiert hatten, die Party zu meinem zehnten Geburtstag – das alles war Charlottes Erziehungsstrategie zum Opfer gefallen. Sie wusste genau, wie sie mir die größtmöglichen Schmerzen zufügen konnte, und sie machte oft und gern davon Gebrauch. Uralte Wut schwappte aus dem dunkelsten Ort meiner Erinnerung zurück in die Gegenwart. Mein Schädel hämmerte, mein Gesicht brannte. Am liebsten hätte ich Charlotte und ihr selbstgefälliges Grinsen wie eine Schließbudenfigur vom Fenster weggeballert. Hätte ich bloß eine Waffe gehabt.

„Mach selber!"

Ich verabschiedete mich im Geiste von MTV.

Charlotte riss die Augen auf und verschwand vom Fenster. Ich wusste, dass sie auf dem Weg nach unten war. Ich setzte meinen Rucksack richtig auf, stieg aufs Fahrrad und wollte losfahren, aber sie war blitzschnell neben mir, packte mich am Arm und zerrte mich mit grober Gewalt vom Rad und zurück in die Küche.

„Du räumst das jetzt sofort auf!"

Unter ihrer millimeterdicken Make-Up-Schicht schimmerte ihre rote Gesichtsfarbe durch, so wütend war sie. Ich schaffte es, mich aus ihrem Griff zu lösen. Sie versuchte ein weiteres Mal, mich zu packen, aber ich wehrte sie ab. Gerade wollte ich an ihr vorbei aus der Küche laufen, als sie mir wie aus dem Nichts eine scheuerte.

Der Schmerz kam unerwartet. Es schepperte in meinen Ohren. Sobald ich aufgehört hatte zu taumeln, griff ich nach dem Spülschwamm, der am Grunde eines Topfes in einer trüben Brühe aus Fischabfällen und Tomatensauce schwamm und warf ihn ihr mitten ins Gesicht. Charlotte kreischte. Ich konnte sehen, wie die Konturen ihrer Augen dahin schmolzen wie ein Gemälde von Dalí, bevor sie sich wegdrehte und ohne ein weiteres Wort aus der Küche lief. Schach matt.

Kurze Zeit später war ich auf der Landstraße und stellte mir vor, wie Charlotte vor dem Schminkspiegel saß und ihre grüne Reptilienhaut von neuem mit Farbe bedeckte. Sicher würde sie zu spät zur Arbeit kommen. Ich dagegen war erschreckend früh in der Schule. Nachdem ich eine Weile in der frischen Morgenluft auf einer Bank gesessen hatte, entschloss ich mich, im Eingangsbereich der Turnhalle den Rest meiner Deutschhausaufgaben zu erledigen. Es war neu, dieses Hausaufgabenmachen. An der alten Schule hatte ich nie einen Grund dafür gesehen, und dabei war es dort nicht viel einfacher gewesen, sich ohne Hausaufgaben durchzuschummeln. Tatsächlich war der Grund für meinen plötzlichen Sinneswandel weder das Wort *Eliteschule,* noch die Tatsache, dass ich über Nacht plötzlich vernünftig geworden war. Im Gegenteil. Es war hochgradig unvernünftig. Schuld an meinem plötzlichen Streben war jemand, der sich immer öfter in meine Tagträume schlich. Es war verrückt, aber ich wollte ihn beeindrucken. Nur wegen ihm kam ich überhaupt noch hierher. Der Grund war Herr Schleiss.

Ich saß im Durchgang zu den Kabinen, den Rücken an der Wand, die Beine ausgestreckt, und las den *Zauberlehrling.*

Nach und nach kamen die ersten Schüler, lungerten herum, erledigten ihre Hausaufgaben oder lehnten einfach schlaftrunken an der Wand. Trotz seines turbulenten Starts war es ein gedankenvoller, friedlicher Morgen. Aber nur so lange, bis die Ärztinnen kamen. Ich sah sie schon von weitem durch das Glas der Turnhallentüren. Zwei von ihnen hielten die Flügeltüren auf, während Jessica und die anderen mit quälender Langsamkeit hereinschwebten. Obwohl ihre Präsenz die Luft gefrieren ließ und alle anderen aus ihrer Morgentrance riss, ignorierte ich sie.

Jessica stieg umständlich über meine ausgestreckten Beine, als wäre dies der einzige Weg, um zu den Kabinen zu gelangen. Als die anderen ihr folgten, ahnte ich schon, dass sie einen Plan hatten. Elegant wie Zirkusponys hob eine nach der anderen die zierlichen Füße und schwebte über mich hinweg. Nur die letzte Blondine stolperte in schauspielerischer Schöpfung über meinen Fuß, schrie auf und warf sich zu Boden wie ein italienischer Fußballer. Obwohl ich kurz zusammenzuckte, weigerte ich mich noch immer, sie anzusehen.

„Sag mal, tickst du noch richtig?“, schrie Jessica mich an.

Sie half ihrer wimmernden Freundin vom Boden auf, während die anderen Schüler die Köpfe in unsere Richtung drehten.

„Das wirst du bereuen, Ballato!“

In ihrer konstruierten Dramatik erinnerten die Mädchen mich so stark an Charlotte, dass ich gar nicht anders konnte, als sie auszulachen. Der Sportlehrer kam, ich wurde mit fantasievollen Ausschmückungen verpetzt und schließlich durften Jessica und ihre Freundin den Sportunterricht schwänzen.

Gerade wollte ich aufstehen, um den anderen in die Umkleidekabine zu folgen, als plötzlich Aylin vor mir stand. Sie hielt mir die Hand hin, um mir hochzuhelfen.

„Na, wieder trocken?“, fragte sie.

Ich starrte sie an. Was dachte sie, was sie hier tat? Sollte das ein Entschuldigungsversuch sein? Während ich, ohne Aylins Hand zu nehmen, vom Boden aufstand, kam Walter zu uns.

„Na, Mädels? Worüber redet ihr?“

„Nichts“, sagte ich.

Als Aylin ohne ein weiteres Wort in die Umkleidekabine verschwand, sah Walter mich seltsam an.

„Was hast du mit ihr gemacht?“

„Nichts.“

„Warum haut sie dann ab? Habt ihr euch gestritten?“

„Ja, um *dich*, Walter.“

„Echt?“

Ich verdrehte die Augen, ließ Walter stehen und ging in die Umkleide.

9.

Ich betrachtete mein Gesicht im Spiegel. Es war die reine Katastrophe, besonders im Licht dieser flackernden Neonröhren auf dem Schulklo. Meine kläglichen Versuche, die Pickel an meinem Kinn mit Abdeckstift zu übermalen, waren in einer bröckeligen Olivencremefarbenen Schicht geendet, die aussah wie eine ansteckende Krankheit. Der Rest sah nicht viel besser aus: Meine Haut war fahl, die Haare strähnig, meine Augen verquollen. Es musste diese Schule sein. Sie würde mich zerkauen und ausspucken, bevor Charlotte „Besserungsanstalt“ sagen konnte. Gerade wollte ich mich selbst von meinem Spiegelbild erlösen, als die Tür aufging und eine Ärztin nach der anderen sich in den Waschraum drängte. Jessica stellte sich mir direkt in den Weg.

„Kann ich mal durch?“, fragte ich.

„Wohl eher nicht. Du kannst dich erst mal entschuldigen!“

Ich lachte.

„Dafür, dass deine Freundin zu blöd zum Laufen ist?“

Ich hatte es noch nicht einmal zu Ende ausgesprochen, als Jessica mir mit voller Wucht gegen das Schienbein trat. Ich schrie, mehr vor Überraschung als vor Schmerz.

Jessica gab ihren Rucksack an eine ihrer Freundinnen ab. Ich festigte meinen Stand, während Wellen heißen Blutes durch meinen Kopf rasten. Mit jedem Herzschlag erhöhte sich der Druck.

Ich schrie sie an: „Was willst du eigentlich von mir, du behinderte Dorfbratze?"

Ohne zu zögern griff Jessica nach meinen Haaren, zog meinen Kopf zur Seite und wollte mich zu Boden schleudern, aber ich trat ihr gegen das Knie, worauf hin sie jaulend zusammensackte. Plötzlich gingen die anderen vier auf mich los. Eine riss mir den Rucksack von der Schulter, zwei prügelten mich zu Boden. Sie traten mir in den Bauch und in die Rippen, Ich krümmte mich vor Schmerzen, hustete atemlos Beleidigungen in alle Richtungen und schlug mit letzter Kraft um mich, aber sie waren stärker. Wahrscheinlich verlor ich kurz das Bewusstsein, denn irgendwann, sehr plötzlich, war alles still.

Mein ganzer Körper tat weh. Ich drückte mich mühsam vom Boden hoch und lehnte mich gegen die Wand. Blut tropfte auf den Boden. Mein Atem rasselte wie ein verstopfter Staubsaugerschlauch. Als ich meinen Rucksack nehmen wollte, merkte ich, dass er verschwunden war. Sie mussten ihn gestohlen haben. Aber wozu? Behalten würden sie ihn sicher nicht. Mit donnernden Schmerzen machte ich mich auf die Suche. Ich durchsuchte alle Ecken des Schulgebäudes, spähte in Mülleimer und in die Büsche rund um den Schulhof, fragte in der Cafeteria nach und versuchte sogar, unter der Wasseroberfläche des kleinen Schulteichs etwas zu erkennen. Aber mein Rucksack blieb verschwunden. Als ich gerade im bestimmt abgelegensten, finstersten Teil der Schule suchte, klingelte es zur Deutschstunde. Ein Schwindelanfall zwang mich in die Knie, kurz darauf bekam ich Nasenbluten. Ich zog mich schlingernd an einer Türklinke hoch, stoppte die

Blutung mit dem Ärmel meines Pullovers und machte mich auf die Suche nach der nächsten Toilette. Auf einem langen, dunklen Flur kam mir Herr Schleiss entgegen. Er blieb erst in einiger Entfernung stehen, als könne er nicht glauben, was er sah, bevor er mit schnellen Schritten auf mich zukam.

„Liv! Was machst du denn?"

Für ihn musste ich wie eine Betrunkene ausgesehen haben.

Er hielt mich ungeschickt an den Schultern fest und sah mir ins Gesicht. Das verschwommene Glühen seiner Augen wirkte beruhigend wie eine Lavalampe.

Ich lächelte, keine Ahnung warum. Sein Atem roch nach Brausepulver. Herr Schleiss zog ein Taschentusch aus seiner Hosentasche und reichte es mir.

„Liv?"

„Ich bin gegen den Türrahmen …"

„Hat Dennis das gemacht?", unterbrach er mich, „Ich *bring* den Kerl *um*!"

„Nein."

„Wer war es?", fragte Herr Schleiss.

Ich zögerte. Es hätte niemandem geholfen, die Ärztinnen zu verpfeifen. Im Gegenteil – dadurch wäre vielleicht alles nur noch schlimmer geworden.

„Es war ein Unfall", sagte ich.

„Komm erst mal mit, wir müssen dich verarzten."

Mit weichen Knien machte ich ein paar Schritte. Als mir schwarz vor Augen wurde, wollte ich mich an einer Wand festhalten, aber Herr Schleiss legte seinen Arm um mich und stützte mich beim Laufen. Letztlich *trug* er mich mehr in Richtung Krankenzimmer, als dass ich selbst ging.

Wie er mich so festhielt und an seine Seite drückte, schienen meine Schmerzen sich in Luft aufzulösen. Ich brauchte gar kein Krankenzimmer. Alles, was ich brauchte, war seine Umarmung. Schließlich setzte er mich ab und rief über das Telefon nach der Schwester, die nur eine Minute später zur Tür hereinrauschte.

„Tut dir der Kopf weh? Ist dir schwindelig? Woher kommt die Schramme da? Was hast du heute gegessen?"

Ich beantwortete alle ihre Fragen, mal mehr, mal weniger wahrheitsgemäß, während Herr Schleiss ungeduldig von einem Fuß auf den anderen stieg. Warum ging er eigentlich nicht in die Klasse?

„Du solltest zu deinem Hausarzt gehen", sagte die Schwester schließlich und beendete ihre Untersuchung. Ich zuckte mit den Schultern. Herr Schleiss blinzelte mich an.

„Sie hat Recht."

„Mein Vater holt mich nachher ab", log ich, „Ich werde ihn bitten, mich zum Arzt zu fahren."

Obwohl ich seinen Blick kurz abschweifen sah, schien meine Antwort ihn zufriedenzustellen. Er wartete darauf, dass die Schwester uns allein ließ und setzte sich dann neben mich auf die Krankenliege.

„Willst du nicht lieber jetzt schon deinen Vater anrufen, damit er dich abholt?"

„Nicht nötig. Es geht mir super!"

Herr Schleiss sah mich lange von der Seite an.

„Ich durchschaue dich."

„Wie bitte?"

„Bloß keine Schwäche zeigen, oder?"

Ich sah im Augenwinkel, dass er grinste.

„Kann ich dir sonst irgendwie helfen?"

Ich zögerte.

„Mein Rucksack wurde geklaut."

„Von wem?"

„Netter Versuch.“

„Okay, anders. Wo hast du ihn zuletzt gesehen?“

„Auf dem Mädchenklo hinter der Turnhalle.“

„Das ist doch schon mal was. Nach der Stunde helfe ich dir beim Suchen. Ich schätze mal, deine Hausaufgaben wurden auch geklaut?“

Dieses Grinsen! Ich hätte ihn treten können!

Im Kunstraum arbeiteten bereits alle mehr oder weniger motiviert an hässlichen Pappmascheeköpfen. Nach einer Ermahnung fürs Zu-spät-Kommen setzten Walter und ich uns gemeinsam an einen Tisch und begannen mit der Arbeit.

„Wo warst du denn vorhin?“, fragte Walter und hustete Papierstaub.

„Hab mich verlaufen.“

„Ha, das ist mir am Anfang auch passiert. Diese Schule ist ein einziger Irrgarten, oder?“

Während ich eine Stunde lang versuchte, meinen Pappmascheekopf wie Kurt aussehen zu lassen, redete Walter ununterbrochen. Ich hörte ihm nicht zu – mein pulsierender Ganzkörperschmerz war lauter. Gerade staunte ich über die makellos schönen Pappmascheebüsten der Ärztinnen (keine Frage, die Chirurgenkarriere war gesetzt), als plötzlich die Tür aufflog und Herr Schleiss in den Kunstraum rauschte. Er ignorierte die empörten Fragen der Lehrerin und kam an unseren Tisch. In einer Hand hielt er seine Kaffeetasse, in der anderen meinen Rucksack. Ich musste gegen einen Anfall von unkontrolliertem Grinsen ankämpfen; Walter machte ein selten blödes Gesicht.

„Wieso hast du ihren Rucksack?“, fragte er.

„Er war im Müllcontainer“, sagte Herr Schleiss.

„Sie sind in den Müllcontainer gestiegen?“, fragte ich.

„Kam gerade noch mit dem Arm dran.“

Während Walter Herrn Schleiss einen Vogel zeigte, nahm ich den Rucksack entgegen und drehte ihn vor meinen Augen hin und her. Er war voll mit cremefarbenen Flecken – vielleicht Pudding oder irgendein Brotaufstrich.

"Guck doch mal rein, ob etwas fehlt."

Ich öffnete den Reißverschluss und warf einen Blick ins Innere.

„Sieht gut aus."

Herr Schleiss lächelte zufrieden und wandte sich zum Gehen.

„Danke!"

„Gern geschehen."

Walter beäugte mich skeptisch.

„Kannst du mir das erklären?"

Da ich ihm nicht antwortete, sondern immer noch die Tür anstarrte, die gerade Herrn Schleiss verschluckt hatte, drehte er sich nun ebenfalls um.

„Ist da irgendwas?"

„Er ist nett", sagte ich.

„Wer?"

„Herr Schleiss."

„*Nett?* Er ist ein Despot!"

„Ich dachte, du magst ihn."

„Tu ich ja auch. Aber *nett* finde ich ihn trotzdem nicht."

10.

Es passierte in der Französischstunde. Ich saß zusammengesunken mit meinen Ganzkörperschmerzen in der ersten Reihe, Aylin wippte nervtötend mit dem Stuhl und Frau Schäfer zeigte im Sekundentakt auf Schüler, um Vokabeln abzufragen. Meine Gedanken kreisten um die Ärztinnen, deren Präsenz in der letzten Reihe sich seit Beginn der Stunde jeder Faser meines Körpers bemächtigte. Ich musste zugeben, dass ich die Dorfbarbies deutlich unterschätzt hatte. Sie mochten vielleicht mit Mistgabeln kämpfen, aber sie taten es mit Leidenschaft. Wenn ich an dieser Schule überleben wollte, würde ich gröbere Waffen brauchen.

„*Das Fahrrad.* Aylin!"

Frau Schäfers Zeigefinger schnellte in unsere Richtung und die schwebende Kufe von Aylins Stuhl knallte auf den Boden.

„Le vélo."

„Bon. *Der Brief.* Olivia!"

Frau Schäfer sprach meinen Namen derart widerlich aus, dass ich die Fingernägel in meine Oberschenkel graben musste, um nicht auszurasten.

„Keine Ahnung", sagte ich zum Zeigefinger.

„Pardon?“

Ich verdrehte die Augen.

„Je ne sais pas, verdammt!“

Frau Schäfer kräuselte die Lippen und machte sich eine Notiz, bevor sie das Kinn reckte und sich zur Klasse drehte.

“Qui peut aider Olivia?”

Als ich mich ebenfalls umdrehte, nicht ohne vor Schmerzen das Gesicht zu verziehen, sah ich, dass alle fünf Ärztinnen die Finger hoben. Ihr verschworenes Lächeln jagte mir einen Schauer über den Rücken.

„Jessica!“, rief Frau Schäfer.

Während Jessica antwortete, sah sie nicht die Lehrerin an, sondern mich.

„La lettre.“

Sie betonte Jedes! Einzelne! Atom! dieses Wortes. Dabei hielt sie ein Stück Papier in die Höhe, sodass ich es sehen konnte. Es war mit blauem Kugelschreiber beschrieben und kam mir seltsam bekannt vor.

„Bon!“

Frau Schäfer wippte davon und ließ mich, den personifizierten Autounfall, in Ruhe in meine Einzelteile zerfallen. So unauffällig ich konnte, öffnete ich meinen Rucksack und begann, darin zu suchen. Ich stach mich am Zirkel, zerknüllte lose Zettel aus dem Physikunterricht, fand einen alten Schnürsenkel und ein paar verstaubte Lakritzbonbons. Tabakreste und Brötchenkrümel blieben unter meinen Fingernägeln hängen und brannten in der Schürfwunde auf meinem Handballen. Die Wahrheit jagte ein unangenehmes Prickeln über meine Haut: Mein Brief an Kurt war weg. Sie hatten ihn gestohlen.

Mein Hirn schien zu kollabieren. Gleichzeitig mit der Erkenntnis, dass die Ärztinnen den Brief hatten, kroch glühende Angst durch meinen Körper. Was würden sie damit anstellen? Mein Hirn brannte, mein Herz raste. Es fühlte sich an, als hätte mir jemand einen Topf mit kochendem Wasser übergeschüttet.

Das Rauschen in meinen Ohren übertönte Frau Schäfers Stimme. Am liebsten wäre ich sofort rausgestürmt, aber diesen Triumph gönnte ich ihnen nicht. Also blieb ich sitzen und ertrug stumm die Qualen, bis der Unterricht vorbei war.

Auch in den kommenden Stunden versteckte ich mich nicht, denn ich wusste, dass es keinen Zweck hatte. Stattdessen blieb ich für den Rest des Tages gut sichtbar in der Nähe der Ärztinnen. Ich wollte es hinter mich bringen, servierte mich ihnen quasi auf dem Silbertablett, aber sie ließen mich schmoren. Jessica lächelte zufrieden, wann immer ich ihren Weg kreuzte. Die bevorstehende Katastrophe presste von außen gegen meine Trommelfelle, benetzte meine Haut mit einem glitschigen Schweißfilm, bereitete mir Kopfschmerzen – es war nicht auszuhalten. Wo immer ich mich gerade aufhielt, die Luft um mich herum schien dick und schwer wie kurz vor einem Gewitter.

Nach der Schule schleifte ich mich nach Hause, sprach in der Küche mechanisch mit Franco, verweigerte das Essen und ging direkt ins Bett. Kurt tauchte auf, aber ich drängte ihn zurück. Ich wollte einfach nicht an ihn denken – schließlich war er derjenige, der mir diese Katastrophe überhaupt erst eingebrockt hatte.

Nicht, dass es jetzt noch wichtig gewesen wäre, denn ich war sowieso dem Tode geweiht, aber selbstverständlich hatte Charlotte ihre Drohung wahr gemacht und den Fernseher aus meinem Zimmer entfernt. So lag ich also in dieser hirnzermarternden Stille auf meinem Bett und versuchte, Kurt zu ignorieren. Stundenlang.

Irgendwann platzte Charlotte in mein Zimmer und überhäufte mich wahllos mit Vorwürfen, die sie offenbar den ganzen Vormittag lang sorgfältig zusammengetragen hatte. Ich stellte mich schlafend und genoss es, für die Dauer ihres Redeschwalls weder an Kurt noch an die Ärztinnen denken zu müssen. Im Angesicht des unberechenbaren Terrors, der nun draußen auf mich wartete, war mir Charlotte als vertraute Feindin geradezu willkommen.

Nichts am kommenden Tag würde es wert sein, ihn zu erleben.

Das Erste, was ich beim Aufstehen fühlte, waren meine lädierten Rippen und mein pochender Schädel. Das Frühstück zog an mir vorbei wie ein Werbefilm für Frühstücksflocken, und da bisher weder Charlotte noch Franco meine Verletzungen aufgefallen waren, hielt mich auch niemand davon ab, zur Schule zu fahren. Klar, ich hätte schwänzen können, mich mit den anderen Assi-Kindern am Bahnhof herumtreiben oder einfach nach Hamburg fahren. Aber es hätte meine Qualen nur hinausgezögert. Ich musste es hinter mich bringen. Also kämpfte ich mich durch den dicken, kalten Morgennebel zu meiner eigenen Hinrichtung.

Mein Auftritt auf dem roten Platz blieb an diesem Tag nicht unbemerkt. Köpfe drehten sich, Augenpaare zuckten in meine Richtung. Ob sie es wussten? Hatten die Ärztinnen nicht einmal bis zur ersten Stunde warten können, um ihren Triumph auszukosten? Konnte die Gier nach meiner Niederlage wirklich so groß sein?

Ich lauschte, witterte und orakelte auf meinem Weg durch das Schulgebäude. Irgendwo würden sie auf mich warten. Dieses Gefühl, jeden Moment überrascht zu werden, war wie ein Kraftfeld, das über meinem Kopf schwebte und sich stetig mit Energie lud. Ich bewegte mich langsam und vorsichtig, fühlte jeden Luftzug. Erst kurz vor Unterrichtsbeginn sah ich die Ärztinnen vor dem Klassenraum, aber sie schenkten mir keine Beachtung. Stunde um Stunde saß ich mit diesem Prickeln im Nacken in der ersten Reihe und starrte auf einen unsichtbaren Punkt über der Tafel. Wie lange noch? Warteten sie darauf, dass ich den ersten Schritt machte? Dann konnten sie lange warten. Falls es auch nur die geringste Chance gab, ihnen vorzumachen, dass diese Sache mich völlig kalt ließ, dann wollte ich sie unbedingt nutzen. Ich plädierte auf gleichgültig.

Die Pausen verbrachte ich allein, oder, wenn es nicht anders ging, mit Walter. Es war schade, dass wir freitags keine einzige Stunde bei Herrn Schleiss hatten, denn er wäre der einzige Mensch gewesen, dessen Gesellschaft ich an diesem Tag ertragen hätte. Ich fühlte seine Präsenz irgendwo in diesen Mauern. Vielleicht war er gerade im Nachbarklassenraum, oder er lief mit energischen Schritten einen Flur entlang.

Nur noch eine Stunde. Unsere Philosophielehrerin rollte mit irrem Blick den Overheadprojektor vor die Leinwand, schaltete das Licht aus und versuchte anschließend im Dunkeln, den Stecker in die Steckdose zu bekommen. Mein imaginärer Punkt war jetzt verschwunden und ich starrte stattdessen auf die schwach schimmernde Leinwand.

Sie fand die Steckdose.

Die Leinwand wurde grell.

Mein Herz blieb stehen.

Woher die Ärztinnen gewusst hatten, dass wir den Projektor benutzen würden, war mir nicht klar. Klar war nur, dass sie Ort und Zeit perfekt gewählt hatten. Ein Murmeln ging durch die Klasse. Ich saß schutz- und sprachlos in der ersten Reihe, während die Ärztinnen sich nur zurücklehnen mussten, um meine Vernichtung im Breitbildformat zu genießen. Im blau-weißen Lichtschein lasen wir auf zwei mal zwei Metern meine Zeilen an Kurt. Viel zu spät kam ich auf die Idee, die Folie einfach vom Projektor zu reißen. Aber sollte ich mir überhaupt die Blöße geben? Oder lieber so tun, als wäre alles ein verrückter, großer Scherz? Es war sowieso zu spät, denn ihr Nervengift hatte mich bereits gelähmt. Ich blieb auf meinem Platz und betete für einen schnellen Tod.

Jemand sang die erste Zeile von *Come As You Are,* bis die Lehrerin ihn zum Schweigen brachte und endlich die Folie vom Projektor nahm.

„Danke für diesen Beitrag“, sagte sie, legte ihre eigene Folie auf und begann mit dem Unterricht.

Jetzt, da es passiert war, war auch die Panik verschwunden. Stattdessen briet ich unter der sengenden Hitze der Demütigung. Langsam drehte ich mich um und sah in ihre blau erleuchteten Gesichter. Jessica blinzelte mich völlig entspannt an. Ein Lächeln umspielte ihre Lippen. Ich spürte die Wut heranrollen. Sie begann, meinen Schädel zu zerquetschen. Dann schaltete mein Hirn auf Autopilot. Ich sprang auf, griff nach meinem Zirkel und lief durch die Reihen nach hinten. Mit jedem Schritt, der mich näher zu Jessica brachte, verblasste ihr Lächeln ein Stück, bis nur noch die angstverzerrte Fratze übrig war, die ich mir bis in alle Ewigkeit einprägen wollte. Die Rufe der Lehrerin ignorierend spannte ich jeden Muskel an und holte zum Schlag aus. Jessica hob ihre Arme, um sich zu verteidigen. Meine Hand mit dem Zirkel schnellte hinab, aber kurz bevor ich sie erwischte, griff mich jemand von hinten an. Er umklammerte mich mit seinen Armen und zog mich von Jessica weg. Ich schlug um mich und versuchte, ihn zu treten, aber mein Gegner war stärker. Er schleifte mich rückwärts aus dem Klassenraum und ließ mich erst wieder los, als wir am anderen Ende des Flurs waren. Ruckartig drehte ich mich um und traute meinen Augen nicht: Vor mir stand Walter. Er wich vor mir zurück wie vor einer giftigen Schlange.

„Du Penner!", schrie ich ihn an.

„Mann, Liv! Willst du von der Schule fliegen, oder was?"

Die Lehrerin kam aus dem Klassenraum und lief mit schnellen Schritten auf uns zu.

„Wir sind gleich fertig!", brüllte Walter.

Selbst mir jagte sein Tonfall Angst ein.

Sie bedachte uns mit einem scharfen Blick, rief: „Beeilt euch!" und ließ uns in Ruhe.

„Was soll der Scheiß mit dem Brief?", fragte Walter. „Willst du so ein Schulpromi werden, oder was? Das ist echt peinlich, Liv!"

„Sie haben ihn mir geklaut", sagte ich.

Walter erstarrte.

„Was?"

„Ja, er war in meinem Rucksack und …"

„Du hast *tatsächlich* einen Brief an Kurt Cobain geschrieben?"

Meine Kiefer mahlten. Ob Walter es bemerkte? Wahrscheinlich nicht, denn er sprach unbeirrt weiter:

„Das ist … du bist ja *bekloppt*, ey!"

Ich spürte, wie ich rot wurde. Der Zirkel rotierte in meiner Hand.

Ich hätte ihn locker gegen Walter einsetzen können. Aber wozu mit Kanonen auf Spatzen schießen?

„Ich frag mich echt, was mit deinem Hirn los ist, Liv!"

Es reichte. Ich schubste Walter gegen die Wand, ließ den Zirkel vor seine Füße fallen und ging. Ich wollte nur noch weg von hier und keines dieser Monster jemals wiedersehen. Am Fahrradständer holte Walter mich ein.

„Du hast deinen Rucksack vergessen!"

Auch das noch. Es war zu peinlich. Ich konnte Walter nicht mehr in die Augen sehen. Ohne ein weiteres Wort stieg ich aufs Rad und fuhr los.

11.

Im Flur roch es nach Kohl und Kartoffeln. Die Küche war unaufgeräumt, der Fernseher lief. Franco war auf dem Dachboden und sang mit Eros Ramazotti, der aus dem kleinen Küchenradio näselte, das ich ihm einmal zu Weihnachten geschenkt hatte. Es passierte selten, dass ich die Hände an die Leiter legte und in dieses stickige, vertäfelte Milbenparadies hinauf stieg, aber an diesem Tag brauchte ich ihn. Sein Augenzwinkern, seine heilende Gelassenheit. Vielleicht würde einer von Francos Philosophie-Anfällen meine öffentliche Demütigung erträglicher machen.

„Hi!“ sagte ich, als ich nach oben kam.

Franco fiel fast vom Stuhl vor Schreck und hörte auf zu singen. Der Haufen Papier vor seiner Nase wurde zu einem hektischen Wirbel aus Blättern und Händen.

„Erschreck mich doch nicht so!“

„Was machst du da?“, fragte ich.

„Arbeiten.“

„Und warum musst du Sachen verstecken?“

Ich deutete auf den Papierstapel, auf dem jetzt seine großen Hände lagen.

„Weil ich dachte, du bist Charlotte. Herrje. Sag doch was, wenn du nach oben kommst!“

Ich wartete darauf, dass er weitersprach. Langsam nahm er die Hände vom Stapel, reckte den Hals, wie um zu sehen, ob Charlotte plötzlich den Kopf zur Dachluke hereinsteckte und atmete dann tief durch.

„Du musst es für dich behalten, aber ich denke über einen kleinen Urlaub nach.“

„Echt? Wann denn?“

„Weiß ich noch nicht. Es soll eine Überraschung werden.“

„Wir drei *gemeinsam*? Du glaubst doch selber nicht, dass das gut geht.“

Franco winkte ab.

„Ach, wer weiß. Vielleicht will sie ja gar nicht mitkommen, dann können wir zwei allein fliegen. Charlotte wird uns auch ganz sicher wegen Geld Stress machen.“

Ich seufzte. Geld, Geld, Geld. Seit dem Hauskauf ging es um nichts anderes mehr. Dieser beschissenen Hochzeitstorte war so vieles zum Opfer gefallen: Charlottes letzter Rest Menschlichkeit zum Beispiel. Oder Francos geistige Gesundheit. Ich wollte gar nicht daran denken, was das alles für mein Austauschjahr in den USA bedeuten würde.

„Willst du was essen?“, fragte Franco.

„Nein, danke.“

Er sah mich prüfend an.

„Geht’s dir nicht gut?“

Die Erinnerung schoss ein und hinderte mich am Antworten.

Ich starrte geistesabwesend aus der kleinen Luke im Dachgiebel hinunter in den Vorgarten.

„Naja“, machte Franco, „ich guck jetzt trotzdem mal nach dem Essen. Kommst du mit runter?“

„Komme gleich.“

Er zögerte.

„Na gut.“

Während Franco hinunter in den ersten Stock stieg, ließ ich mich auf seinen Schreibtischstuhl sinken. Ich wollte nicht essen. Ich wollte gar nichts mehr. Nie hatte ich die Großstadt so sehr wie vermisst wie in diesem Moment. Die Hippies, die Türken, die Punks. Den Duft der Brauerei, der zu bestimmten Tageszeiten über der gesamten Nordstadt hing, die leichte Note von Elbwasser in der Hafenluft, den Geruch der U-Bahn-Schächte, Leute, die nachts am Kiosk ihre Wocheneinkäufe erledigten, den magischen Geist des Fischmarktes in der Nacht. Die watteweiche Anonymität, die einem das Recht gab, einen Fehler zu machen, ohne dadurch gleich zum buntesten Hund im Viertel zu werden. Die Stadt war der sicherste Ort für mich. Sie hatte mich immer beschützt wie eine große Schwester. Ich vermisste sie so. Ich wollte nach Hause.

Unter Tränen wühlte ich in Francos Papierstapel. Bilder von Palmen und Stränden verschwammen vor meinen Augen. Ägypten, Zypern, Spanien. *Warum nicht Seattle,* dachte ich, *warum nicht für immer?*

12.

Ich wusste, dass Franco mit dem Essen auf mich wartete, aber ich hatte weder genug Kraft für eine Begegnung mit Charlotte, noch hatte ich Hunger. Also ging ich statt nach unten in mein Zimmer und brütete über meinem Elend. Die Sonne schob sich langsam über die Häuser, Licht und Schatten wechselten sich ab, Charlotte kam nach Hause, klackerte durch das Haus und rief meinen Namen.

Es war schon kurz vor acht, als Franco an meine Tür klopfte.

„Sie ist weg", flüsterte er von draußen.

Ich bat ihn hinein.

„Wo ist sie denn?"

„Hat sich im Schlafzimmer eingeschlossen, um ihre Sendung vorzubereiten. Lass uns ein bisschen fernsehen. Du musst doch auch Hunger haben. Ich hab dir was in die Küche gestellt."

Da ich mittlerweile tatsächlich ein wenig Hunger hatte, ging ich mit ihm nach unten.

„Ich bin auf dem Sofa", sagte Franco, als unsere Wege sich an der Küchentür trennten.

Der Kühlschrank schnurrte, eine mit Cellophanpapier abgedeckte Schüssel mit Kartoffeln und Kohl stand für mich auf der Arbeitsplatte. Ich wärmte mein Essen auf und ging zu Franco ins Wohnzimmer, der gerade die Tagesthemen eingeschaltet hatte. Ich hörte gar nicht zu, stocherte nur gedankenverloren in meinem Kohl herum. Deshalb merkte ich auch zuerst nicht, dass sie in den Nachrichten über Kurt sprachen. Vielleicht auch, weil Sabine Christiansen seinen Namen so seltsam aussprach: *Kurben. Kurt Kurben.*

Erst als ein Beitrag eingespielt wurde und der Sprecher „*NIRVANA*" sagte, sah ich auf. Unser Fernseher zeigte eine Aufnahme von Kurts Haus. Ich ließ die Schüssel sinken.

„*... Gestern tötete er sich selbst durch einen Kopfschuss ...*"

Mein Schrei blieb stumm. Franco sagte etwas, aber ich hörte nicht hin.

„*... Im Raum über seiner Garage hat sich Kurben erschossen.*

Die letzten Worte seines Abschiedsbriefes an die Familie: Ich liebe euch!"

Irgendwo am Rand meiner Wahrnehmung hörte ich, wie Franco Charlotte ins Wohnzimmer rief. Zu diesem Zeitpunkt war ich längst dabei, mich aufzulösen.

Sie sagten noch mehr Unsinn wie „Crunchrock", als wäre es keine Todesmeldung, sondern eine Witznummer von Rudi Carrell. Dabei waren es doch die Nachrichten. Sie meinten es ernst. Kurt war tot!

Manchmal sagen die Leute es so dahin: „Es hat mir das Herz herausgerissen", wahrscheinlich, ohne es wirklich zu meinen. Seit Kurts Tod weiß ich, dass es die einzig treffende Beschreibung für das Gefühl ist, die Liebe seines Lebens für immer zu verlieren. Mir war ein lebenswichtiges Organ entnommen worden, ohne Narkose und mit stumpfen, rostigen Instrumenten. Anstatt die Wunde zu vernähen, hatte man mich blutend im Dreck liegen lassen. Ich war tot und in der Hölle. Franco redete auf mich ein und versuchte, mich zu umarmen, während ich apathisch am Boden lag. Raum und Zeit hörten auf zu existieren. Das ganze Universum bestand nur noch aus diesem einen, neuen Gefühl. Ich bekam es nicht an die Oberfläche. Es steckte fest. Es war einfach zu groß, und ich wusste, dass ich es nicht aus mir herausbekommen würde, ohne mich selbst dabei in Stücke zu reißen.

Es musste Stunden gedauert haben, bis Franco es letztlich geschafft hatte, mich aufzurichten und zurück aufs Sofa zu setzen. Es war der Moment, in dem er mich kurz allein ließ, als ich langsam zu verstehen begann.

Ich weinte. Franco kam zurück. Ich schrie, ich tobte. Er versuchte, mich festzuhalten, aber ich riss mich von ihm los und schlug auf alles ein, was in Reichweite meiner Arme kam.

Charlotte versuchte, mich von ihren Kristallgläsern und ihren feinen Seidenbildern fernzuhalten, bis sie wieder Franco die Führung übergab. Sie musste in den Sender – einen Beitrag über Kurt Cobain drehen.

Sämtliche meiner Versuche, ebenfalls das Haus zu verlassen, wurden von Franco unterbunden. Er folgte mir auf Schritt und Tritt, trieb mich immer wieder zurück ins Wohnzimmer, um mich von scharfen Gegenständen, größeren Wassermengen, Elektrizität, Fenstern und Türen fernzuhalten. Nach einem verlorenen Wettlauf durch die Küche gab ich schließlich auf. Es war ohnehin aussichtslos, dem Schmerz davonzulaufen – ich würde mich ihm stellen müssen. Entkräftet sank ich auf einen Küchenstuhl. Franco tat dasselbe. Wir saßen in absoluter Dunkelheit und sagten kein Wort. Der Fernseher lief im Wohnzimmer, der Kühlschrank brummte. Irgendwann begann Franco, sich einen Kaffee zu kochen, als plötzlich das Telefon klingelte.

„Wer ruft denn um zwei Uhr morgens hier an?“

Franco stand auf und nahm das Telefon von der Wand.

„Ja? Hi, Kathy. Ja, sie ist hier.“

Franco hielt den Hörer in die Luft.

„Es ist Kathy.“

„Ich kann nicht“, sagte ich unter einem Schluchzen.

„Hast du gehört?“, sagte Franco in den Hörer, „Ja. Ja, mach ich. Genau. Schlaf gut, Kathy.“

Er legte auf.

„Du sollst sie anrufen, sobald du kannst. Egal, um wie viel Uhr. Sie denkt an dich, soll ich dir sagen.“

Ich sagte nichts.

Gerade hatte Franco wieder den Espressokocher in die Hand genommen, als das Telefon zum zweiten Mal klingelte. Er hob ab und schnaufte ein müdes „Ja?“ in den Hörer.

„Es ist Walter“, sagte er zu mir.

Ich schüttelte den Kopf.

„Tut mir leid, Walter, sie will mit niemandem reden. Ja. Kein Problem, ist ja eine Ausnahmesituation. Gut. Tschüss.“

Franco legte den Hörer auf den Tisch und schob ihn mit misstrauischem Blick von sich weg.

„Du sollst ihn anrufen“, sagte er. „So schnell wie möglich.“

„Ich will eine Zigarette.“

„Du sollst doch nicht rauchen!“

„Aber wenn ich rauche, dann geht es mir besser.“

„Na gut“, sagte Franco resigniert. „Ich komme mit nach oben.“

Er begleitete mich in mein Zimmer. Als er sich in Kurts Sessel setzen wollte, schrie ich los.

„NICHT!“

Franco versteinerte.

„Was?“

„Nimm! Den! Bürostuhl!“

Kopfschüttelnd sah Franco sich um, setzte sich auf den Stuhl und sah mir missmutig beim Rauchen zu. Ein paar Minuten später klingelte es an der Tür.

„Was ist denn jetzt schon wieder?“

Franco erhob sich, öffnete das Fenster und lehnte sich hinaus. Der Nachtwind kühlte meine frischen Tränen.

„Wer ist das denn?“, fragte er.

Ich drückte meine Zigarette aus und zog mir die Decke über den Kopf. Nichts hören, nichts sehen.

„Komm mit runter“, befahl Franco.

„Nein.“

„Du kommst jetzt mit runter!“

„Nein.“

Es klingelte ein zweites Mal.

„Okay. Versprich mir, dass du keinen Scheiß machst! Ich bin in einer Minute wieder da.“

Ich antwortete nicht.

Franco zog das Fenster zu, rüttelte an der Klinke, wie um zu überprüfen, ob es richtig geschlossen war und lief dann mit schnellen Schritten nach unten. Ich schlug die Decke zurück und sah zum Fenster. Wie viele Meter waren es wohl bis nach unten? Wie tief musste es überhaupt sein, wenn man auf keinen Fall überleben wollte? Ich stand auf, öffnete das Fenster und sah in den Himmel. Da waren keine Sterne – nur traurige, schwarze Wolken. Ein einziger Vogel war zu früh aufgestanden und besang die Nacht. Ich dachte an Kurt, meinen armen Kurt, und schloss die Augen.

„LIV!“, rief Franco hinter mir.

Erschrocken drehte ich mich um.

„Weg vom Fenster!"

Der Wind blies mir die Haare ins Gesicht.

„Ich wollte nur…"

„*WEG VOM FENSTER*!"

Ich machte einen tastenden Schritt zur Seite, völlig schockiert über Francos nie dagewesene Lautstärke. Er stand noch immer im Türrahmen und streckte mir jetzt die Arme entgegen. Plötzlich schob sich Walter an ihm vorbei ins Zimmer.

„Hey!", sagte er fröhlich.

Er hatte meinen Rucksack dabei und ließ ihn mitten im Zimmer auf den Boden sinken.

„Ich dachte, den könntest du vielleicht gebrauchen."

Ich starrte ihn an wie einen Geist. Walter lief im Zimmer umher, als wäre es völlig normal, mitten in der Nacht bei uns aufzutauchen. Ich warf Franco einen dieser Blicke zu, die sonst nur Charlotte bekam.

„Es ist halb drei Uhr morgens!", sagte er zu seiner Verteidigung. „Ich kann ihn doch nicht einfach wieder nach Hause schicken!", und dann an Walter gewandt: „Pass mal kurz auf, dass sie keinen Mist macht, ja! Ich sage deinen Eltern Bescheid, dass du hier bist. Wo ist die Telefonliste, Liv?"

Ich antwortete nicht.

Walter griff nach dem Block auf meinem Schreibtisch, öffnete wie selbstverständlich ein, zwei Schubladen, fand einen Kugelschreiber, notierte eine Telefonnummer für Franco und gab sie ihm.

„Was ist das für eine Vorwahl?"

„Argentinien. Da sind meine Eltern gerade."

Franco zögerte kurz und ließ uns dann allein.

Walter rieb sich die Hände.

„So", sagte er. „Ich dachte, ich sehe mal nach dir. Schlimm, was da passiert ist, oder?"

Ich konnte gar nicht so schnell Luft holen wie ich schreien wollte.

„Was da *passiert* ist? Hast du überhaupt eine Ahnung…"

Plötzlich fehlten mir die Worte. Atemlos stand ich vor ihm und wollte ihn nur noch schlagen. Bis jetzt waren in dieser Nacht nur Einrichtungsgegenstände zu Bruch gegangen, aber nun hatte Franco mir ein Menschenopfer gebracht. Wie nett von ihm! Walter stand ahnungslos herum, während ich mich nach einer geeigneten Waffe umsah.

„Ich hab Schnaps dabei", sagte er plötzlich.

Es war allein dieser Satz, der ihn vor dem Tod rettete.

Ein Liter Apfelkorn steckte den Kopf aus der Innentasche seiner Jacke, aus der er auch noch zwei kleine Plastikbecher ans Tageslicht beförderte.

Wir ließen die Becher auf dem Schreibtisch stehen und tranken direkt aus der Flasche. Rauchend, trinkend und schweigend saßen wir da – ich auf dem Bett, Walter auf dem Schreibtischstuhl – und warteten auf den Morgen. Irgendwann schlief Walter mit dem Kopf auf meinem Schreibtisch ein und sabberte auf meine angefangenen Physikhausaufgaben.

Ich beobachtete ihn, lauernd, betäubt vom Alkohol, der den unerträglichen Schmerz zu etwas Surrealem machte – als würde ich einen Film über mich selbst sehen.

Gegen halb sechs steckte Franco den Kopf durch den Türspalt.

„Wollt ihr was essen?"

Ich zeigte ihm einen Vogel. Zwar war ich betrunken, aber der Schmerz grub sich noch immer durch meine Eingeweide wie eine Knetgabel. Kurt war tot! Wie zur Hölle hätte ich etwas essen können?

„Ich mach' dir ein Sandwich", sagte Franco.

Er verschwand, aber nach nur dreißig Sekunden stürmte er polternd zurück ins Zimmer. Wahrscheinlich war ihm aufgefallen, dass ein schlafender Walter mich nicht davon abhalten würde, aus dem Fenster zu springen.

Ab diesem Zeitpunkt saßen wir also zu dritt in meinem Zimmer. Walter machte seltsame Schlafgeräusche, während Franco, den Rücken an den Kleiderschrank gelehnt, auf dem Boden saß und Walter immer wieder anstupste. Er schlief wie ein Stein – kein Wunder nach einer halben Flasche Apfelkorn. Als er schließlich gegen sieben Uhr von allein aufwachte, sah er mit seiner einseitig eingedellten Lockenfrisur aus wie eine Drag Queen nach einer wilden Liebesnacht.

Die kurze Verwirrung in seinem Blick legte sich schnell.

Als er uns entdeckte, rieb er seinen Nacken und sagte: „Guten Morgen."

„Kommt mit runter", sagte Franco und rappelte sich ächzend vom Boden auf, „ich mache euch ein Frühstück."

Ich wollte nicht, aber die Jungs ließen nicht locker, bis ich – ungeduscht, ungekämmt und mit verschmierter Schminke – in meine Jeans stieg und den beiden in die Küche folgte.

Schon der Geruch des aufgeheizten Waffeleisens verursachte mir Übelkeit. Ich hatte meine Zigaretten mit nach unten genommen und steckte mir am Küchentisch eine an. Franco war so verzweifelt, dass er meinen Verstoß einfach ignorierte. Er servierte Waffeln mit Sirup, die Walter wie ein ausgehungertes Raubtier in sich hineinstopfte.

„Was haben meine Eltern gesagt?", fragte er mit vollem Mund.

„Du sollst das Zähneputzen nicht vergessen", sagte Franco.

„Das ist *alles*?"

Franco zuckte mit den Schultern und Walter sah geknickt aus.

„Was machen wir denn heute?“, fragte er mich.

„*Wir*?“

„Ja. Es ist Samstag. Wollen wir in die Stadt fahren und shoppen gehen?“

Der Gedanke, in meinem Zustand den ganzen Samstag lang an Walter gekettet zu sein, versetzte mich in blanke Panik. Ich schüttelte den Kopf, aber Walter wandte sich an Franco.

„Ich pass schon auf sie auf, Herr Ballato“.

Ich hätte ihn erschlagen können für seine Überheblichkeit.

„Du kannst Franco zu mir sagen.“

„Ich passe auf sie auf, Franco.“

„Gut. Dann fahrt ihr beide mal. Hauptsache Liv bekommt ein bisschen Ablenkung.“

KLACK-KLACK-KLACK-RUMMS-KLACK-KLACK-KLACK

Franco und Walter zuckten gleichzeitig zusammen.

„Oh Gott, was *ist* das?“, fragte Walter, „Reißen die euer Haus ab?“

„So ähnlich“, sagte Franco müde.

Charlotte erschien im Türrahmen und sparte sich sämtliche Höflichkeitsfloskeln.

„Wer ist das?“

Sie zeigte mit dem Finger auf Walter, der jetzt noch verängstigter aussah.

„Das ist Walter, ein Freund von Liv. Die beiden gehen heute zusammen einkaufen.“

„Hallo“, sagte Walter mit schwacher Stimme.

„Aha. Naja. Viel Spaß.“

Ihr schien auf die Schnelle kein Grund einzufallen, es mir zu verbieten. Und ausgerechnet heute hätte ich ihre Schikanen so gut gebrauchen können.

„Ich geh' ins Bett."

Und KLACK-KLACK-KLACK war Charlotte draußen.

Franco und Walter atmeten hörbar aus.

„Sie sieht besser aus als im Fernsehen", sagte Walter.

Da ihm niemand antwortete, widmete er sich wieder seinen Waffeln.

Nach dem Frühstück räumte Franco den Tisch ab und Walter zog seine Jacke an. Mein Kopf lag schwer auf der Tischplatte. Ich dachte an Kurt. Er würde nie wieder einen Song schreiben. Das war nicht real! Er *konnte* nicht tot sein!

„Kommst du?", fragte Walter.

Er stand fertig angezogen in der Küche und schwenkte eine Tüte mit den restlichen Waffeln vom Frühstück in der Hand.

„Ich muss Nachrichten gucken", sagte ich, schleppte mich ins Wohnzimmer und schaltete den Fernseher ein. Walter folgte mir. Film, Serie, Werbung, alte Leute, Zeichentrick, Alf, Morgenmagazin. Auf MTV lief Werbung. Warum sprachen sie nicht über Kurt?

Verzweifelt stand ich auf und zog meine Schuhe an. Vielleicht würde ich tatsächlich nur draußen an neue Informationen kommen. Ich wäre nicht mit Walter gegangen, wenn ich nicht längst einen Plan gehabt hätte, wie ich ihn schnell wieder loswerden konnte. Franco half mir in die Jacke, ich band meine Turnschuhe zu, und dann folgte ich Walter nach draußen.

„Wenn du einfach mal jemanden anschreien willst", sagte er, "mach ruhig. Manchmal braucht man das ja."

Ich rammte meine Fingernägel in die Handflächen. Wenn er gewusst hätte, was mir tatsächlich geholfen hätte, nämlich, ihn vor das nächste vorbeifahrende Auto zu stoßen, dann wäre er wohl nicht so gesprächig gewesen.

Es war ein düsterer, stürmischer Morgen, der den Ereignissen der vergangenen Nacht beinahe gerecht wurde. Ich hoffte auf lang anhaltenden, kalten Regen. Nachdem wir das Hochzeitstortenviertel hinter uns gelassen hatten, wurden die sauberen Bürgersteige zu sandigen, ausgefransten Straßenrändern. Ich lief wie in Trance, stolperte über Baumwurzeln, trat in Pfützen. Als es endlich zu regnen anfing, machte Walter Anstalten, das Tempo zu beschleunigen, aber ich streckte mich dankbar dem Himmel entgegen. Mein Körper hatte eine Strafe verdient, dafür, dass er, im Gegensatz zu Kurt, noch am Leben war. Ich wünschte mir eine Lungenentzündung. Oder ein Zugunglück. Ich wollte zu Kurt.

Der Gedanke an meinen eigenen Tod ließ mich für einen Moment innehalten. Was, wenn es gar nicht stimmte? Konnte Kurt seinen Tod nur vorgetäuscht haben? Andererseits: Wer, wenn nicht Kurt würde sich das Leben nehmen? Er war der sensibelste, deprimierteste, gestörteste und seltsamste Mensch, den ich kannte! Sensibler als Kathy, deprimierter als Franco, gestörter als Charlotte! Warum machte ich mir etwas vor? Kurt war tot. Ich ging langsamer, während das Regenwasser in eisigen Strömen über meinen Körper lief. Walter hatte mittlerweile seine Jacke über den Kopf gezogen und eierte neben mir her wie ein Geisterbahnerschrecker.

„Kannst du mal nen Zahn zulegen?"

Je näher wir dem Bahnhof kamen, desto mehr Menschen begegneten wir. Sie gingen mit Hunden Gassi, kauften Brötchen, Milch und Blumen, unterhielten sich auf der Straße. Ich war fassungslos. Wieso durften diese langweiligen Dummköpfe hier herumlaufen, während der klügste, talentierteste und schönste Mensch im ganzen Universum *tot* war? Was gab ihnen das Recht? Wie konnte diese Scheiße hier einfach ohne ihn weitergehen?

Während wir an der Haltestelle auf die Bahn nach Hamburg warteten (kurz dachte ich darüber nach, mich auf die Schienen zu legen, aber dieser Bummelzug war definitiv zu langsam, um sich damit umzubringen), begann Walter, auf mich einzureden. Seine Worte perlten an der Verzweiflung ab, die mich umschloss wie eine Schicht aus erkaltetem Wachs. In ihrem Inneren begann die Erkenntnis, mich bei lebendigem Leib zu kochen. Wenn ich versuchte, mir eine Zukunft ohne Kurt vorzustellen, sah ich … nichts.

Die Bahn fuhr ein. Während Walter auf den graffitiverschmierten Sitzen Platz nahm und einfach nicht aufhörte zu reden, blieb ich an der Tür stehen und studierte die Fahrpläne. Die Falttüren der Bahn schlossen so langsam, dass selbst eine 88-jährige im Rollstuhl mich eingeholt hätte, als ich durch den kleiner werdenden Türspalt zurück auf den Bahnsteig sprang. Aber nicht Walter. Er war so vertieft in seinen Monolog, dass er mein Verschwinden nicht einmal bemerkte. Erst, als die Tür zuknallte und Walters staunendes Gesicht langsam an mir vorbei schwebte, schien er zu verstehen: Ich hatte ihn ausgesetzt. Quietschend und Regenwasser versprühend rollte die Bahn in Richtung Hamburg. Endlich allein.

Ich ließ mich auf eine der Metallbänke sinken und weinte im kalten Wind alle Tränen der letzten zwölf Stunden. Eine gaffende Hausfrau, die ihre Kinder vor mir zurückhielt, bekam meinen Mittelfinger zu sehen.

Dass ich entsetzlich fror, merkte ich nur daran, dass meine letzte Zigarette in meiner Hand zitterte wie die Nadel eines Seismographen. Alles war nass, alles tat weh, mein Gesicht war geschwollen und brannte. Irgendwann verließ ich den Bahnsteig, um Zigaretten zu holen.

13.

Als ich den finsteren Laden mit dem Namen „Die Schallplatte“ betrat, verkündete eine kleine Türglocke mein Erscheinen. Ich blieb direkt hinter der Tür stehen und sah mich um, wobei Regen und Tränen vor meinen Füßen zu einem kleinen See zusammenflossen. In schmutzigen Regalen waren CDs und Musikzeitschriften ausgelegt, an den Wänden hingen Konzertplakate und Poster mit den aktuellen Charts. Aus einem der CD-Regale strahlte mir das leuchtend blaue Cover der *NEVERMIND* entgegen. Hinter dem Verkaufstresen stand ein dunkelhaariger Mann, der nicht gerade wie ein Musikexperte aussah – eher wie jemand, der zuhause vor dem Fernseher heimlich DJ-Bobo-Videos nachtanzte. Er schien mich schon vor dem Schaufenster beobachtet zu haben, denn jetzt kam er in meine Richtung und zeigte auf ein Regal, das von oben bis unten mit *NIRVANA*-Fanartikeln vollgestopft war.

„Bist schon die Fünfte heute.“

Als er vor mir zum Stehen kam, zog er ein Taschentuch aus seiner Hosentasche und hielt es mir hin.

„Die wissen alle gar nicht, wo sie hin sollen. Ich habe jedem gesagt: Fahr nach Hamburg. Da treffen sich heute die ganzen Fans. Ich wäre gerne dabei, aber ich muss ja leider arbeiten."

Doch kein DJ-Bobo-Fan. Wahrscheinlich hatte er einfach Pech beim Frisör gehabt. Ich blinzelte eine Träne weg und nahm das Taschentuch entgegen.

„Stimmt es wirklich?", fragte ich mit zitternder Stimme.

Er sah mich fragend an.

„Ist er wirklich … tot?"

Es zum ersten Mal auszusprechen, war schrecklich.

„Sah ziemlich tot aus, wenn du mich fragst."

Ich erstarrte.

„Sie haben ihn *gesehen*?"

„Ja, vorhin auf CNN. Sie haben auch ein Foto gezeigt. Es war natürlich nicht viel zu er …"

„Es gibt *Fotos*?"

„Na ja. Bis jetzt nur das eine."

„Wie …"

Ich brach mitten in meiner Frage ab. *Wollte* ich es überhaupt wissen? Ich ahnte, dass jedes Detail über Kurts Tod in meinem Kopf ein Bild erzeugen würde, das ich nie wieder loswerden würde. Ich sah ihn vor mir, diesen zarten kleinen Mann mit dem überirdischen Lächeln, hörte, wie er leise Interviewfragen beantwortete. Davon sollte nichts mehr übrig sein? Nur noch ein kalter, lebloser Körper? Es war unmöglich zu begreifen. Wollte ich wissen, wie und warum er es getan hatte? War es vielleicht besser, Erinnerungen in Ruhe zu lassen, anstatt darin herumzustochern, um die vollständige Wahrheit herauszupulen? Ich wollte mich an Kurt nicht als Leiche erinnern. Aber so funktionierte es nicht. So groß meine Angst vor der Wahrheit auch war, ich würde keine Nacht mehr schlafen können, bis ich wusste, was mit ihm passiert war.

„Können Sie mir etwas erzählen?“

„Wie viel weißt du denn schon?“

„Fast nichts.“

„Okay“, sagte er und wandte sich zur Verkaufstheke. „Setz dich. Ich bin übrigens Tim.“

„Liv“, sagte ich und schüttelte ihm die Hand.

Ich bekam einen der Stühle hinter dem Tresen. Tim drehte den kleinen Fernseher, auf dem gerade MTV lief, in unsere Richtung.

„Vielleicht kommen ja gleich noch mal die News. Sie bringen ziemlich viel heute.“

Er schob ein paar CD-Hüllen zur Seite und schüttete Apfelsaft aus einem Tetrapak in zwei angelaufene Gläser.

„Ein Elektriker hat Kurt gefunden. Er lag in einem Raum über der Garage.“

Er sah mich an und zögerte, weil mir sofort wieder Tränen in die Augen schossen.

„Bitte, weiter“

„Sie haben einen Abschiedsbrief gefunden.“

„Was stand drin?“

„Der Elektriker hat nur die letzten Zeilen gelesen. *I love you! I love you!*“

Ich bekam eine Gänsehaut.

„An wen ist der Brief gerichtet?“

„Keine Ahnung. Er und Courtney sollen ja Probleme gehabt haben. Und jemand hat sogar gesagt, dass die Band sich auflösen wollte. Kurt soll vor ein paar Tagen aus einer Entzugsklinik in Kalifornien abgehauen und untergetaucht sein. Alle haben ihn tagelang gesucht, und seine Mutter hat ihn dann schließlich als vermisst gemeldet. Die Polizei sagt, er soll seit mindestens vierundzwanzig Stunden tot gewesen sein, als man ihn gefunden hat.“

Mir wurde übel. Tim räusperte sich und schenkte mir einen sorgenvollen Blick.

„Weiter", sagte ich.

„Er hat ein Großkalibergewehr benutzt. Muss ziemlich schlimm ausgesehen haben."

Es war genau dieses Bild in meinem Kopf, vor dem ich panische Angst gehabt hatte: Kurt als blutige, zerfetzte Leiche. Aber es war zu spät. Innerhalb einer Sekunde hatte es sich in die Innenseiten meiner Augenlider gebrannt.

„Du kannst hier bleiben und MTV gucken, wenn du willst. Die amerikanischen Kanäle krieg ich aber im Laden leider nicht rein."

Ich sah aus dem Fenster nach draußen, wo der Regen die Straße überschwemmte.

„Wenigstens, bis es aufhört", sagte ich.

Tim reichte mir ein weiteres Taschentuch, drehte die Heizung auf, damit ich nicht mehr so zitterte, und ging dann CDs sortieren. MTV brachte nichts Neues. Sie sagten in jeder Sendung das Gleiche, nur jedes Mal in einer anderen Reihenfolge. Zu allem Übel sendeten sie Unmengen von Interview- und Konzertausschnitten, die mir das Herz brachen. Warum tat ich mir das an?

„Ich ertrag das nicht", sagte ich irgendwann. „Ich muss raus."

Tim richtete sich von einem der unteren Regale auf.

„Wohin denn?"

„Weiß nicht. Vielleicht nach Hamburg."

„So?"

Er sah an mir herunter und zeigte auf meine nasse Jeans.

„Ich bin nicht dein Vater, aber wenn ich es wäre, würde ich dich davon abhalten."

„Ich teste erst mal, wie kalt es ist", sagte ich.

„Na dann, viel Erfolg. Und mach lieber einen großen Bogen um den Bolle-Parkplatz. Da hat sich gerade der Feind versammelt. Ich hab ihre Autos vorbeifahren sehen."

„Was für'n Parkplatz?"

„Bolle."

Tim zeigte quer über den Busbahnhof.

„Vor dem Supermarkt. Da treffen sich die Jugendlichen gerne, um ein bisschen Unruhe zu stiften."

„Danke für den Tipp."

Tim nickte. „Tschüss, Liv."

Mit einem Frösteln zog ich meine nasse Jacke an, öffnete die Ladentür und die Glocke verabschiedete mich mit leisem Klingeln. Ich begann schon zu frieren, bevor ich überhaupt einen Meter gelaufen war. Und trotzdem hielt ich inne. Ein Gedanke plagte mich. Es war nur eine von hundert Fragen, und in einer Reihe mit all den anderen hätte sie völlig unwichtig geklungen. Und doch quälte sie mich in diesem Moment am meisten: Als ich vor drei Nächten auf meinem Bett gesessen und meine kompletten Gefühle in einen einzigen, fatalen Brief gelegt hatte – war Kurt da schon tot gewesen?

Ich fror entsetzlich. Eine Fahrt nach Hamburg konnte ich mir definitiv abschminken, denn ich schaffte ja kaum den Weg zum Bolle-Parkplatz, ohne mich vor Kälte zusammenzukräuseln wie ein gefriergetrockneter Champignon. Auf dem Parkplatz standen Typen in Bomberjacken im Nieselregen zwischen den Autos, saßen auf Kühlerhauben, rauchten und tranken Bier. In einer Ecke des Parkplatzes hatte sich eine kleine Gruppe von Golffahrern versammelt, aus deren Autos schlechte deutsche Rockmusik dröhnte. Hinter einer Windschutzscheibe glaubte ich, Nazi-Dennis zu erkennen, der mit den Händen im Takt der Musik auf dem Lenkrad herumtrommelte.

Ich hätte einfach umdrehen und gehen sollen. Sie waren viele, und ich war allein. Aber es war einfach keiner der Tage, an denen logisches Denken auf meiner Prioritätenliste stand.

Wie ich so am Rande des Parkplatzes entlanglief, musste Dennis mich zwangsläufig irgendwann entdecken. Er steckte den Kopf aus dem Auto und rief mir etwas zu, bevor er ausstieg und in meine Richtung wankte. Die Dose HOLSTEN in seiner Hand hielt er so schräg, dass er auf dem Weg eine Menge Bier verschüttete.

„Ballato!", brüllte er, „Wer hat *dich* denn eingeladen? Die Zeckenparty ist da drüben!"

Er zeigte auf ein paar Müllcontainer neben dem Supermarkt. „Da könnt ihr euch gegenseitig eure Tigerenten streicheln und um die Oberzecke heulen!"

„Fick dich!", rief ich.

Dennis machte große Augen. Im nächsten Moment knallte seine Bierdose auf den Asphalt und er rannte auf mich zu. Ich war so überrascht, dass ich gar nicht schnell genug reagieren konnte – innerhalb von Sekunden hatte er mich zu Boden gerungen und kniete auf meinem Brustkorb. Einer seiner Kumpels kam angelaufen, aber nur, um dann neben uns zu stehen und zu gucken.

„Sag das noch mal, Zecke!", brüllte Dennis mir ins Gesicht.

Seine schmalen Augen flackerten in Rage.

Ich setzte zu einem weiteren „Fick dich" an, aber bei „F" machte er einen Hüpfer und drückte meine Rippen schmerzhaft zusammen. Es kam nur „Ffffff …" raus.

„Na los, sag es!"

„Fffff…"

Und ganz plötzlich verschwand sein Gesicht. Sein Freund, der uns eben noch zugesehen hatte, rannte wie ein

Beklopppter zurück zu den Autos. Verwirrt richtete ich mich auf. Dennis' Füße standen noch immer neben mir, aber plötzlich war da noch ein Paar. Jemand hatte Dennis von mir weggezogen und hielt ihn nun am Kragen fest. Und dieser Jemand war Herr Schleiss.

„*Was* hab ich dir gesagt!?", brüllte mein Retter.

Kurzes Gerangel, ein paar geflüsterte Beschwörungen, und schließlich trottete Dennis ohne ein weiteres Wort zurück zum Auto. Herr Schleiss stand mit dem Rücken zu mir und sah ihm nach. Was war los mit diesem Lehrer?

„Kannst du aufstehen?", fragte er plötzlich über seine Schulter.

Mit steifen Fingern strich ich meine Haare glatt, rieb mir die schmerzenden Rippen und ließ mir von ihm hochhelfen.

„Danke."

„Gern geschehen – mal wieder, du kleiner Kampfhase."

Er setzte ein Lehrergesicht auf.

„Ich hab' doch gesagt, du sollst Dennis aus dem Weg gehen! Willst du dich umbringen, oder was?"

Ich zögerte.

„Ja."

Er setzte zu einer Antwort an, klappte den Mund dann aber wieder zu, schien zu überlegen, ob ich einen Scherz gemacht hatte.

„Tut dir was weh?", fragte er dann.

Die bessere Frage wäre gewesen, ob mir etwas *nicht* wehtat. Ich schüttelte den Kopf.

„Du frierst ja! Komm, ich bring dich nach Hause."

„Nein, danke."

Überallhin, nur nicht zurück nach Hause. Zu viele Erinnerungen, zu viel Platz für Gedanken.

„Ich wohne ja auch gleich um die Ecke", sagte ich.

Er sah mich lange an.

Ich ahnte, was jetzt kommen würde: Eine herablassende Ermahnung, ein Haufen Ratschläge und eine Zwangsfahrt zu meinen Eltern.

„Na gut. Bis Montag“, sagte Herr Schleiss, drehte sich um und ging. Erstaunt sah ich ihm nach. Niemals war dieser Typ ein Lehrer. Niemals, niemals, niemals. Das musste ein Irrtum sein.

14.

„Da bist du ja!“, rief Walter.

Irgendwie hatte er es geschafft, mich aufzuspüren, nachdem ich erneut vor Wind und Kälte in die *Schallplatte* geflüchtet war.

„Ich dachte schon, du bist von ’ner Brücke gesprungen oder so!“

Warum grinste er so blöd? Ich antwortete nicht, aber er redete einfach weiter.

„Mann, was für’n Wetter, oder? Das hört ja gar nicht mehr auf! Man sollte einfach ne Glaskuppel über die Stadt stülpen. Bist wohl auch ein bisschen nass geworden?“

Er wandte sich zu Tim.

„Hi, Tim!“

„Moin, Walter. Mein Beileid, ne. Geht’s dir einigermaßen?“

„Ja ja, danke.“

„Der Rest von deiner Bestellung ist angekommen.“

„Gut, da sprechen wir am Montag drüber“, sagte Walter. „Ich hab’ jetzt kein Geld dabei.“

Ich verstand überhaupt nichts – wollte ich aber auch nicht. Alles, was ich wollte, war weg von hier.

Ich nutzte ihre Unterhaltung, um mich zur Tür zu schleichen.

„Jetzt warte doch mal!“, rief Walter hinter mir. „Ich will dir unbedingt noch was zeigen!“

Ich hatte bereits die Ladentür geöffnet. Eine Windbö erwischte mich eiskalt, fuhr in meine Jacke und ließ mich erzittern. Automatisch machte ich einen Schritt rückwärts, wobei die Tür so laut zuknallte, dass der ganze Laden wackelte. Walter verstand es falsch und stellte sich an meine Seite.

„Toll, endlich kann ich dir unser Haus zeigen. Du wirst es lieben. Los, wir gehen!“

Ich protestierte, aber als er schließlich anbot, mir seine Jacke zu leihen, konnte ich nicht mehr nein sagen. Für ein bisschen Wärme hatte ich so ziemlich alles getan.

Wir verabschiedeten uns von Tim, verließen den Laden und liefen dem Sturm entgegen. Dass es auf halber Strecke wieder zu regnen begann, war irgendwie klar, und da Walters Jacke weder Regen noch Kälte lange abhielt, kamen wir beide am Ende völlig durchgefroren und durchnässt bei Walter an.

Das große graue Haus mit dem Türschild „Hansen“ war schlicht, viereckig und optisch so weit entfernt von der Hochzeitstorte wie ein Betonklotz vom Buckingham Palace.

Wir betraten den kalten Flur, stiegen zwei rutschige Metalltreppen nach oben und standen schließlich in einem viereckigen Dachgeschoss. Fasziniert sah ich mich um. Grau, grau, grau, keine Teppiche, keine Gardinen. Alles war aus Metall oder Glas. Man rechnete jeden Moment damit, dass ein Alien um die Ecke schlich.

„Und du bist die ganze Zeit alleine hier?“, fragte ich.

„Öfters, ja. Meine Eltern sind beruflich viel unterwegs.“

„Hast du denn keine Angst?“

„Angst?“, fragte Walter. „Wovor denn?“

Ich zuckte mit den Schultern.

Walter drückte eine Tür auf und ließ mir den Vortritt.

„Das ist mein Zimmer."

Zögerlich trat ich ein. Als ich begriff, was ich vor mir sah, quollen mir beinahe die Augäpfel aus den Höhlen. Es war nicht einfach nur ein Zimmer – es war ein Tempel! Überall war Kurt. An den Wänden, an der Decke, an den Schranktüren, an den Seiten von Walters Schreibtisch, als Bildschirmschoner auf dem Computer. Sogar auf der Bettwäsche stand in großen gelben Buchstaben *NIRVANA*, und auch das hellgraue Sofa hatte er mit schwarzem Edding in ein huldigendes Kunstwerk verwandelt. Walter strich zufrieden ein Poster glatt und drehte die Heizung auf, während ich mit feuchten Augen durch den Raum wanderte und mich schließlich auf das Sofa setzte. Kurts Augen starrten hundertfach auf mich herab, und jeder dieser leuchtenden Blicke stach mir mitten ins Herz.

„Ja. Also *das* wollte ich dir zeigen", sagte Walter.

Er setzte sich an seinen Schreibtisch und zündete sich eine Zigarette an.

Ich schüttelte ungläubig den Kopf.

„Warum hast du denn nichts gesagt?"

„Du solltest doch nicht denken, dass ich mich bei dir einschleimen will."

„Blödsinn", sagte ich.

Im Stillen musste ich allerdings zugeben, dass ich wahrscheinlich *genau das* gedacht hätte. Walter blies den Rauch aus.

„Irgendwie passt das nicht zu dir", sagte ich.

„Was denn?"

„Rauchen, Rockbands. Du wirkst sonst so … unschuldig."

Walter zog eine Augenbraue hoch.

„Unschuldig? Ein eigenartiges Wort für jemanden wie mich.“

Seine rätselhafte Aussage schwebte noch im Raum, als ich ein Piepsen aus einer Ecke des Zimmers hörte. Es klang ein bisschen wie Salem.

„Frances ist wach!“, rief Walter.

Er stand auf und ging zu einem kleinen Käfig, der in der dunklen Ecke hinter seinem Bett stand. Als er zurückkam, balancierte eine kleine weiße Ratte auf seiner Handfläche.

„Nimm sie mal.“

Ich spürte, wie mir die Augen feucht wurden, und streckte meine Hand aus. Ohne zu zögern, krabbelte Frances drauf und blieb neugierig schnuppernd sitzen.

„Frances? Wie Kurts Tochter?“

Walter nickte.

„Wie schön sie ist!“, sagte ich.

„Sie ist einsam, seit Kurt gestorben ist.“

Mein Magen zuckte schmerzhaft.

„Kurt war meine zweite Ratte. Er hatte Krebs. Ich brauche echt dringend einen neuen Spielkameraden für Frances, sonst kriegt sie noch Depressionen!“

Ich dachte an Salem, der ganz allein in seiner Burg hockte, und plötzlich tat er mir unendlich leid. Ob er auch einsam war? Ob Kurt – der echte Kurt – sehr einsam gewesen war in seinen letzten Stunden?

„Mal was anderes“, sagte Walter plötzlich.

Irritiert sah ich auf, nicht bereit für einen Themenwechsel.

„Marc scheint es ziemlich wichtig zu sein, dich in die Theater-AG zu holen.“

Und doch. Ein Funken Aufregung riss mich aus meiner Verzweiflung.

„Wieso denn?“

„Keine Ahnung. Schätze, er hat eine Vorliebe für Spinner."

„Aylin will mich aber nicht dabei haben", sagte ich.

Ich stahl eine Zigarette aus Walters Schachtel und zündete sie an, während Walter sich an seinem nicht vorhandenen Bart kratzte.

„Natürlich nicht", sagte er. „Sie liebt mich über alles und fürchtet deine Konkurrenz."

„Ist das so", sagte ich trocken.

„Und ehrlich gesagt würde ich dir auch davon abraten, in der AG mitzumachen."

„Wieso?"

„Ich finde, du passt nicht in die Gruppe."

Ich lachte. Natürlich passte ich nicht in die Gruppe. Das tat ich nie.

„Kapier ich nicht", sagte ich. „Einerseits verfolgst du mich wie ein Schatten, und andererseits willst du mich nicht in der Gruppe haben?"

Unten im Haus klingelte ein Telefon.

„Das eine hat mit dem anderen nichts zu tun!", sagte Walter.

„Mir ist das Theater sehr wichtig. Wenn einer im Ensemble querschlägt – und das würdest du tun – dann funktioniert die Gruppe nicht mehr."

„Wieso sollte ich querschlagen?"

Walter presse die Lippen zusammen und sah mich an.

„Ist mir eigentlich auch egal", sagte ich. „Das Problem ist: Meine Mutter will, dass ich bei euch mitmache."

Walter sah mich an.

„Mist."

Ich nickte, zog an der Zigarette und blies den Rauch in Richtung Fenster.

„Wie probt ihr denn überhaupt, wenn ihr noch gar keine Lilith habt?"

„Marc spricht ihren Part."

Ich lachte.

„Er spielt eine Frau? Rasiert er sich dafür dann wenigstens mal?"

Walter lachte nicht über meinen Witz. Überhaupt fiel mir auf, dass ich ihn noch nie richtig lachen gesehen hatte.

Ich aschte in meine Handfläche.

„Was hat er denn gesagt?", fragte ich.

„Wer?"

„Herr Schleiss. Wieso meinst du, dass er mich unbedingt dabei haben will?"

„Er hat am Mittwoch bei der Probe von dir gesprochen."

Ich hatte Not, ein Lächeln zu unterdrücken. Walter durchbohrte mich mit Blicken.

„Was ist?"

„Er hat mich heute vor Dennis gerettet."

„Prösch?"

„Ja."

Walter hob die Augenbrauen. „Waren die beiden zusammen unterwegs?"

„Nein, Dennis war mit Kumpels da und ist einfach auf mich losgegangen. Und dann, als Herr Schleiss kam, hat er plötzlich total den Schwanz eingezogen! Krass, oder?"

„Scheinheilig", flüsterte Walter.

„Wieso?"

Er schnaufte und drückte seine Zigarette im Aschenbecher aus.

„Egal."

Ich wunderte mich, aber für lange Frage-Antwort-Spiele fehlte mir die Kraft.

„Kannst du MTV anmachen?"

Ich zeigte auf Walters kleinen Fernseher.

„Klar."

Walter drücke auf den POWER-Knopf und schaltete durch die Kanäle, bis Kurt auf dem Bildschirm auftauchte. Sein Anblick erwischte mich nicht unvorbereitet, und doch jagte er eine Welle des Entsetzens durch meinen Körper.

„Ich kann's noch immer nicht glauben", sagte ich.

„Ich auch nicht."

Schweigend starrten wir auf den Bildschirm. Es lief ein Zusammenschnitt aus den besten und absurdesten Momenten in der Bandgeschichte: Kurt, wie er mitten in einem Konzert einfach von der Bühne stieg und nicht mehr zurückkam. Kurt in Frauenkleidern. Kurt mit blauen Haaren, Kurt mit roten Haaren, Kurt, wie er in die Kamera rülpste und sich ein Mikrofon in den Mund steckte, Kurt beim TWISTER-Spielen mit den Smashing Pumpkins. Sein Comeback-Auftritt im Rollstuhl auf dem Reading Festival, mit dem er die ganze Welt verarscht hatte. Wäre da nicht die ganze Zeit diese Verlorenheit in seinem Blick gewesen, man hätte denken können, dass er eine verdammt gute Zeit gehabt hätte.

„Woher hatte er überhaupt das Gewehr?", fragte ich mehr mich selbst als Walter.

„Das hat er sich vor ein paar Tagen gekauft."

„Woher weißt du das?"

„Aus den News. Die Polizei hat seine letzten Tage rekonstruiert. Wahrscheinlich wollte er sich schon viel eher umbringen, aber es ist ja schon eine Überwindung, egal wie zugedröhnt du bist. Stell dir das mal vor! Du hast den Lauf einer Pistole im Mund und weißt, dass in ein paar Sekunden alles vorbei sein könnte! *Alles!* Da bekommst du doch total Schiss, auch wenn du von allem die Schnauze voll hast. Ich habe großen Respekt vor jedem, der es trotzdem über diese Schwelle schafft."

„Das klingt, als hättest du es schon mal versucht", sagte ich.

Walter antwortete nicht.

15.

Was mich zu Hause erwartete, war nicht weniger deprimierend als Walters Worte: Es dämmerte bereits, als ich die Auffahrt entlang ging. Alle Fenster waren dunkel, der Jeep stand nicht in der Einfahrt und die Kastanie vor dem Haus wiegte sich gespenstisch im Wind. Ich schloss die Tür auf und lauschte. Außer dem Summen des Kühlschranks war nichts zu hören.

„Franco?"

Keine Antwort.

Fröstelnd zog ich die Schuhe aus und ging ins Wohnzimmer.

„Franco?"

Ich sah im ersten Stock nach, ob er vielleicht auf dem Dachboden war, aber die Luke war verschlossen. Wieso fuhr er an einem Tag wie diesem einfach so weg? Wie konnte er mir das antun, nur einen Tag nachdem ich Kurt verloren hatte? Ich ging zurück ins Wohnzimmer und schaltete den Fernseher ein, um das Gefühl der Beklemmung zu verscheuchen, das sich langsam und schwer auf mich herabsenkte. Meine Klamotten waren noch immer nass, aber ich wollte nicht in mein Zimmer gehen, wo die Erinnerungen an Kurt auf mich warteten. Ich konnte jetzt nicht an ihn denken – nicht allein in diesem großen, dunklen Haus. Also wickelte ich mich in zwei Wolldecken und rollte mich auf dem Sofa zusammen. Doch es war zu spät. Die Panik kam wie aus dem Nichts, zwang mich zurück auf die Beine und jagte mich durchs Haus. Ich schaltete alle Lichter an, sah aus allen Fenstern, suchte nach Menschen. In Altona hätte ich einfach nur die Tür öffnen müssen und wäre nicht mehr allein gewesen. Aber hier, am gottverdammten Ende der Welt, führte jeder nächtliche Schritt vor die Tür nur in die tiefe, dunkle Einsamkeit. Ich war eingesperrt und ausgesperrt gleichzeitig, zu weit weg von allem, zu nah an mir selbst. Es trieb mich in den Wahnsinn. Ich beschloss, einfach zurück zu Walter zu gehen, aber als ich bereits die Jacke angezogen hatte und den Schlüssel in der Hand hielt, überlegte ich es mir anders. Wie lächerlich wäre es, jetzt bei Walter zu klingeln? Was würde er von mir denken? Und überhaupt: Wovor hatte ich eigentlich Angst? Vor mir selbst? Ich hängte meine Jacke zurück an die Garderobe, schaltete die Lichter aus, legte mich aufs Sofa und ermahnte mich zur Ruhe.

Es geht vorbei.

Das Grauen ließ sich nicht vertreiben. Es schien lautlos in den Schatten des Hauses auf sein Stichwort zu warten. Ich schloss die Augen, rollte mich zusammen und lauschte den Stimmen im Fernseher. Es war so kalt! Ich hätte mich wirklich umziehen sollen, aber die Angst vor dem Nichts lähmte mich vollkommen.

Wie lange noch bis zum Morgengrauen?

Ich wusste nicht, wie lange ich schon so dort gelegen hatte, als ich das Geräusch aus dem Flur hörte. Ein Knarren, und dann ein Schlag, als hätte jemand eine alte Tür geöffnet und wieder zugeschlagen. Ich hatte kein Auto gehört, und auch nicht das Geräusch unserer Haustür. Mit weit aufgerissenen Augen lag ich auf dem Sofa, starrte in Richtung Flur und wagte nicht, mich zu bewegen. Ein schleifendes Geräusch näherte sich dem Wohnzimmer. Kurz darauf schob sich etwas in den Türrahmen, das mich vor Entsetzen erstarren ließ. Es war Kurt. Er schien den gewohnten Weg genommen zu haben, die Tatsache, dass er tot war, glattweg ignorierend. Mit seinem Kopf stimmte etwas nicht. Blut tropfte unter seinen Haaren heraus auf den Teppich, erst ganz wenig, dann in Strömen, und seine Strickjacke sog sich damit voll, bis sie schwarz glänzte.

Er kam langsam näher.

Die Angst kroch über meinen Körper wie tausend fleischfressende Käfer. Ich blinzelte, in der Hoffnung, er würde einfach verschwinden. Aber diesmal verschwand er nicht.

„Hau ab!", schrie ich und sprang endlich auf, aber es war schon zu spat. Er drängte mich in die Ecke, und als ich mit dem Rücken gegen eines der Bücherregale krachte, streckte er seine Hand nach mir aus. Mit rasendem Herzen tastete ich am Regal entlang und suchte nach einem schweren Gegenstand. Kurts kalte Hand berührte meinen Hals. Ich schrie, so laut ich konnte, bis er mir die Luft abdrückte. Mein Schrei erstarb. Seine toten Augen beobachteten starr, wie ich langsam zu Boden ging.

Plötzlich war ich wach. Zitternd vor Angst und Kälte starrte ich in die Dunkelheit. Jemand hatte den Fernseher ausgeschaltet und mir eine weitere Decke übergeworfen.

Ich sah Kurt noch deutlich vor mir, roch das Blut, spürte seine kalten Finger an meinem Hals. Noch jetzt fiel mir das

Atmen schwer. Es war so real gewesen! Selbst als ich das Licht anknipste, ließ die Angst mich nicht los. Ich rollte mich zusammen, um auf den Morgen zu warten. Dann, endlich, hörte ich das erlösende Geräusch aus dem oberen Stockwerk: Franco schnarchte.

16.

Als ich am Sonntag nach einem endlosen Heulkrampf wund wie ein Baby mein Zimmer verließ, roch es im ganzen Haus nach Pizza. Das Radio lief, Charlotte saß am Esstisch und lackierte sich die Fingernägel und Franco klapperte in der Küche mit Geschirr. Zu meiner Überraschung sagte Charlotte kein Wort, als ich durch ihr Sichtfeld in die Küche ging. Kurz hinter der Küchentür prallten Franco und ich fast zusammen.

„Mahlzeit!“, sagte er und drückte mir das Besteck in die Hand. „Geh ins Esszimmer, ich komme gleich mit der Pizza.“

Widerwillig ging ich zurück zu Charlotte, setzte mich zu ihr an den Tisch und betrachtete schweigend den Salat in der großen Glasschüssel. Sie sagte noch immer nichts. Es hätte ein friedlicher Tag werden können, wären da nicht die Bilder von Kurt gewesen, die langsam mein Herz zersetzten.

Franco kam mit der Pizza, stellte sie auf den Tisch und schnitt sie im Stehen in Stücke. Mir fiel auf, dass sein Poloshirt nicht mehr über dem Bauch spannte.

„Du hast abgenommen“, sagte ich.

Anstatt darauf zu antworten, setzte Franco ein ernstes Gesicht auf.

„Kannst du dir vielleicht vorstellen, dass ich dich gestern Abend gesucht habe?"

Ich war verwirrt.

„Ich hab dich auch gesucht", antwortete ich.

„Wann?"

„Abends."

„Und warum rufst du nicht an, wenn du länger wegbleibst? Ich dachte, dir ist was passiert!"

„Ich war doch mit Walter unterwegs", sagte ich. „*Du* hast mich mit ihm weggeschickt, schon vergessen?"

„Ihr wolltet shoppen gehen – das dauert doch nicht den ganzen Tag! Die Geschäfte haben um eins geschlossen! Und bei Walter ist niemand ans Telefon gegangen. Ich hab' mir Sorgen gemacht, Liv!"

Charlotte zog sich ein Stück Pizza auf den Teller und starrte es schweigend an. Wieso sagte sie nichts? War sie krank? Meine Energie reichte nicht einmal aus, um mit Franco zu streiten.

„Sorry."

„Okay", sagte Franco. „Nächstes Mal einfach anrufen!"

Er nahm sich ein Stück Pizza und biss hinein.

„Wie geht's dir denn heute?", fragte er mit vollem Mund.

Gute Frage. Wie ging es mir denn eigentlich? Ich fühlte mich leer, müde und abgekämpft. Ich hatte abwechselnd Angstzustände und Heulkrämpfe.

„Normal", sagte ich.

Charlotte räusperte sich. Wir sahen sie an.

„Das war nichts, Franco", sagte sie.

„Was?"

„So erzieht man ein Kind nicht. Die tanzt dir nur auf der Nase rum, merkst du das nicht?"

Franco wischte sich den Mund ab.

„Ich glaube, wir sollten momentan nicht so hart mit Liv sein."

„Ach, wieso? Weil ihr Lieblingsstar gestorben ist? Mich schont auch keiner, Franco. Es ist Sonntag und ich muss jetzt in den Sender und Interviews mit selbstmordgefährdeten Teenagern führen. So ist das Leben."

Franco hielt kurz inne. Er rang mit sich, aber entweder fehlten ihm die richtigen Worte oder ihm fehlte der Mut. Schließlich stand er einfach auf und ging.

Charlotte sah ihm nach, dann warf sie ohne ein weiteres Wort ihre zerknüllte Serviette auf den Teller und klackerte in die Küche.

Verwirrt, müde und allein blieb ich vor der Familienpizza sitzen. Etwas in diesem Haus hatte sich verändert. Wie ein kühler Luftzug, der von nirgendwoher zu kommen schien. Lag es an mir? Oder war es Francos neues Selbstbewusstsein, das die Luft im Haus umgrub und in allen Ecken den Staub aufwirbelte? Vielleicht war es egal.

Ein Bild von Kurt schob sich in meine Wahrnehmung. Ich ließ den Kopf auf die Tischplatte sinken, schloss die Augen und fiel in den wahrscheinlich tiefsten Schlaf meines Lebens. Irgendwann weckte mich ein lautes Geräusch. Charlotte kam aus der Küche und stampfte an mir vorbei. Ein paar Sekunden später kam Franco durch die Tür. Ich blinzelte ihn müde an.

„Guten Morgen", sagte er.

„Wie spät ist es?"

„Vier."

Ich sah durchs Fenster. Draußen sah es aus wie an einem dieser grauenvollen Novembertage, an denen man auf gar keinen Fall das Haus verlassen wollte.

„Was war das eben für ein Lärm?"

„Komm mit, ich zeig's dir."

Ich stand auf und folgte Franco in die Küche, und als wir neben dem Küchentisch standen, zeigte er auf eine rot glänzende, verlaufende Fläche an der Wand über der Spüle. Es sah aus wie frisches Blut. Als hätte Kurt sich in unserer Küche erschossen. Ich schauderte.

„Deine Mutter hat einen Topf mit Tomatensauce nach mir geworfen."

„Warum?"

„Weil ich ihr gesagt habe, dass sie eine herzlose Person ist."

„Mehr Wahrheit kann man in einem Satz nicht unterbringen", sagte ich.

„Sie ist der Meinung, dass sie die beste Ehefrau und Mutter ist, die man haben kann. Und, Achtung, jetzt wird's lustig:

Sie versteht nicht, warum wir immer *so gemein* zu ihr sind."

Fassungslos starrte ich ihn an.

„Ist das ihr Ernst?"

„Offenbar. Ja."

Ich schüttelte den Kopf, Franco rieb sich gedankenverloren die Hände.

„Du hast deine große Liebe verloren, Liv. Was auch immer deine Mutter dazu bewegt, lieber sich selbst zu bemitleiden – denk bitte niemals, dass deine Gefühle nicht wichtig sind. Sie sind das Schlimmste, was dir in den nächsten Jahren begegnen wird. Deine Mutter ist krank, anders kann ich es mir nicht erklären."

Ich sah aus dem Fenster und blinzelte die Tränen weg.

„Ich werde das hier an der Wand lassen", sagte Franco. „Es ist ein Mahnmal, genau wie die Vitrine im Esszimmer."

„Wenn das so weitergeht, wohnen wir bald in einem Abbruchhaus."

Franco lachte.

17.

Ein Sonntag auf den Straßen Quickborns war wie Tag Eins nach dem Weltuntergang. In einer Raumkapsel auf dem Weg zum Mars hätte ich mich nicht einsamer fühlen können. Die Häuser unserer Nachbarn lagen leblos unter dunkelgrauem Himmel, ihre teuren Autos standen erkaltet in Carports und Garagen, die Gärten waren aufgeräumt, die Bürgersteige gefegt. Kein Hund bellte, keine Katze schlich um die Zäune.

Was ich an normalen Tagen als spießige Trostlosigkeit empfunden hätte, verstärkte sich hier und jetzt um das Hundertfache. Eine Momentaufnahme, die ich nie vergessen werde: Allein auf der Straße an einem finsteren, apokalyptischen Dorfsonntag. Es war mein erster Sonntag ohne Kurt.

Das Geräusch einer Fahrradklingel vom Ende der Straße war so erlösend wie ein Kometeneinschlag. Ich drehte mich um und entdeckte Walter, der mit wehenden Haaren in meine Richtung fuhr.

„Dass ich *dich* hier treffe!“, rief er und bremste scharf neben mir.

„So ein Zufall.“

Walter löste die Hände vom Lenker und öffnete seine Jacke.

„Guck mal, wen ich dabei habe!"

Ich hielt Frances die Hand hin, sie stieg auf und ich gab ihr einen Kuss hinters Ohr.

„Wollen wir sie mal Salem vorstellen?", fragte Walter.

„Klar."

Es ging mir schlagartig besser. Wahrscheinlich hatte es aber weniger mit Walter zu tun, als mit der Tatsache, dass *überhaupt* jemand da war. Als wir ins Haus kamen, saß Franco auf dem Sofa. Es sah aus, als würde er den Teller mit Pizzastücken vor ihm hypnotisieren wollen.

„Hi Walter!", sagte er, als er uns sah. „Das ist ja schön! Liv wollte gerade zu dir fahren!"

Ich verspürte den starken Wunsch, mir die Hand vors Gesicht zu schlagen.

„Echt?" Walter sah mich an. „Das hast du gar nicht gesagt." Ich zuckte nur mit den Schultern.

Ich zuckte nur mit den Schultern.

„Willst du Pizza?", fragte Franco und hielt den Teller hoch, so dass Walter ihn sehen konnte.

„Au ja!"

Walter nahm den Teller entgegen und folgte mir nach oben.

In meinem Zimmer zündete ich uns zwei Zigaretten an und schnappte mir ein Stück Pizza, bevor Walter alle anderen in sich hineinstopfen konnte. Wirklich, er fraß, als hätte er den ganzen Tag nichts zu essen bekommen. Frances saß auf seinem Schoß und knabberte an einem Stück vom Pizzarand.

„Sollen wir sie zu ihm setzen?", fragte Walter mit vollem Mund.

„Ja, mach doch."

Salem kam bereits aus den Tiefen der Burg geklettert, um den neuen Gast zu begrüßen, als Walter den Teller wegstellte und Frances in die Hand nahm.

„Oh, warte, wir müssen Frances doch erstmal mit Salems Streu einreiben oder so."

Walter griff in die Burg und holte ein paar Sägespäne heraus, um Frances damit abzurubbeln.

„Aber Salem ist doch noch ein Baby", sagte ich. „Der ist bestimmt ganz lieb zu ihr."

„Na gut. Achtung."

Walter setzte Frances vorsichtig ins Turmzimmer. Ich konnte sehen, dass sie Angst hatte, aber als Salem zu ihr kam, um sie zu beschnuppern, wurde sie neugierig. Sie liefen raschelnd umeinander, bis sie schließlich irgendwo im Inneren der Burg verschwanden.

„Das war einfach", sagte Walter mit einer Zigarette zwischen den Zähnen, „Was die da jetzt wohl machen?"

„Rattenbabys?"

„Tja, wo die Liebe hinfällt."

Ein schmerzhafter Gedanke an Kurt durchzuckte mich. Ich blickte zur Wand über meinem Bett und sah in seine Augen. Dieses Blau. Eine Vision von Herrn Schleiss schob sich zwischen Kurt und mich. Dasselbe Blau. Dasselbe Kribbeln.

„Hattest du eigentlich schon mal einen Freund?", fragte Walter plötzlich und erwischte mich eiskalt.

Trauer, Entsetzen und eine Spur Ekel vermischten sich zu einem seltsamen, beklemmenden Gefühl.

„Ja, wieso?", log ich.

In Wirklichkeit waren meine ersten *BRAVO*-Jahre komplett knutschfrei an mir vorübergezogen. Abgesehen von Kurt.

„Nur so", sagte Walter.

Misstrauisch rutschte ich ein Stück von ihm weg. Möglicherweise war die Annahme, dass er in mich verknallt war, etwas übertrieben, aber es schien wirklich alles darauf hinzudeuten. Und nichts, aber auch gar nichts brauchte ich jetzt weniger als jemanden, der mir auch noch auf die Pelle rückte. Davon abgesehen war dieses Milchbrötchen von einem Neuntklässler nicht gerade das, was ich mir als Freund vorstellte.

„Er fehlt mir", sagte ich.

„Wer, dein Freund?", fragte Walter.

Ich schüttelte verständnislos den Kopf. Und wie er mir fehlte. Kurt allein hatte mein Leben erträglich gemacht. Mein Traum von Seattle hatte mir die Kraft gegeben, Charlottes Schikanen zu ertragen, weil ein Ende in Sicht schien. Aber was sollte ich jetzt noch in Seattle? Der Schuhkarton unter meinem Bett war nichts mehr als eine alte Pappschachtel, gefüllt mit einem Haufen Müll.

Walter blätterte in der *BRAVO*, während ich mit Tränen in den Augen unter das Bett griff, den Schuhkarton herauszog, ihn auf den Boden warf und mit dem Fuß drauftrat. Es tat so weh. Ich trampelte so lange darauf herum, bis er total platt war, dann stopfte ich ihn in den Mülleimer. Walter warf mir einen Blick zu.

„Was soll das werden?"

„Eine Beerdigung."

Was ich als Nächstes tat, hätte ich noch vor einer Stunde nicht für möglich gehalten: Ich stieg aufs Bett und löste die Tesafilmstreifen von den Ecken des großen Posters. Als die erste Ecke herunterhing, wurde Kurts schönes Gesicht zu einer verzerrten Fratze. Eine Träne fiel auf mein Bett.

„Du nimmst es ab?", fragte Walter entsetzt.

Ich antwortete ihm nicht, sondern rollte das Poster sorgfältig zusammen und steckte es in den Spalt zwischen meinem Schreibtisch und der Wand.

„Du *spinnst,* Liv!“

Mit verschleiertem Blick sah ich nach oben. Die kahle weiße Fläche ließ den Raum viel größer wirken. Und einsamer. Es würde dauern, mich daran zu gewöhnen, dass Kurt nun nicht mehr über mich wachte.

„Ich fass es nicht!“, rief Walter plötzlich. „Weißt du, was hier steht?“

Er wedelte mit der Zeitschrift in seinen Händen.

„*Kurt ist seit der Reha so glücklich wie noch nie!*“

Zum ersten Mal an diesem Tag musste ich lachen.

„Gut recherchiert.“

„*Liv!*“, rief Franco plötzlich von unten.

Ich stand auf und ging zur Tür.

„Was?“

„Komm schnell! Sie zeigen die Trauerfeier im Fernsehen!“

Es war, als hätte mich ein Medizinball am Kopf getroffen. Ich taumelte kurz im Türrahmen, bevor ich die Treppe hinunterstolperte und mit rasendem Kopfschmerz im Wohnzimmer zum Stehen kam. Franco saß auf dem Sofa, hatte den Fernseher laut gedreht und starrte erwartungsvoll hinein. Er klopfte auf den Platz neben sich, aber ich kniete mich vor den Bildschirm, um besser sehen zu können.

Ein Park voller Menschen. Zwischen mitgebrachten Blumen, handgeschriebenen, von Regen und Tränen verwaschenen Briefen und Gitarren, die auf dem holprigen Rasen als Kerzenhalter dienten, standen sie im Wind. Manche weinten ungehemmt vor der Kamera, andere wischten sich stumm die Tränen weg und verbargen ihre Gesichter. Ein Lautsprecherturm auf einer Empore war der Punkt, auf den alle Augen gerichtet waren.

„Wo ist das?“, fragte ich mit einem Kloß im Hals.

„Keine Ahnung“, sagte Franco, „Vielleicht sagen sie es gleich an.“

Walter tauchte an meiner Seite auf und gab ein undefinierbares Pfeifen von sich.

„Alter Schwede!“

„Psst!“, machte ich.

Und plötzlich hallte Courtneys Stimme durch unser Wohnzimmer. Sie sprach aus den Lautsprechern zu den Fans. Ihre Stimme klang eigenartig, als würde sie sich die Nase zuhalten.

„Ich weiß nicht, was ich sagen soll. Ich fühle genauso wie ihr. Ich sitze hier in diesem Raum, wo er immer Gitarre gespielt und gesungen hat, und ich fühle mich so geehrt, bei ihm zu sein.“

Walter ging näher an den Fernseher heran, so als würden Courtneys Worte dadurch mehr Sinn bekommen.

„Was labert die da?“

„Er ist so ein Arschloch! Ich will, dass ihr jetzt alle ganz laut ‚Arschloch‘ ruft!“

Ein paar Leute aus der Menge riefen „*Asshole!*“, aber die meisten blickten so fassungslos auf die Lautsprecher wie ich auf den Fernseher. Rot glühende Wut spaltete meinen Schädel in zwei Hälften. Hatte sie Kurt gerade wirklich ein Arschloch genannt? Reflexartig, wie jemand, der eine Mücke erschlägt, schaltete ich den Fernseher aus.

„Heee!“, machte Walter, aber mein Blick brachte ihn zum Schweigen.

„Das sehen wir uns *nicht* an.“

Irre vor Wut starrte ich auf den knisternden grauen Bildschirm. Er hätte jeden Moment explodieren müssen.

„Warum nicht?“, fragte Walter.

Franco war schließlich derjenige, der Walter das Leben rettete:

„Walter, du hältst jetzt mal kurz die Klappe! Liv, kann ich etwas für dich tun, Kleines? Egal was, sag's einfach."

Die hilflose Frage eines überforderten Vaters.

Ich starrte noch immer auf den Bildschirm, hörte, wie Franco hinter meinem Rücken vom Sofa aufstand, und floh ohne ein weiteres Wort auf mein Zimmer. Lauter hätte ich die Tür nicht zuknallen können – es hätte sogar für Walter verständlich sein müssen. War es aber nicht. Während ich zitternd in meinem Zimmer auf und ab lief, abwechselnd auf Sachen einschlug und mich heulend aufs Bett warf, klopfte Walter an die Tür. Ich war mir sicher, dass Franco versucht hatte, ihn aufzuhalten. Ohne dass ich ihn herein gebeten hatte, stand Walter plötzlich mitten im Zimmer.

„Raus!", rief ich und kroch unter meine Bettdecke, damit er mich nicht sehen konnte.

Einen Moment lang herrschte Stille.

„Ich bin auf dem Dachboden, wenn ihr mich sucht", rief Franco von draußen, dann hörte ich seine Schritte auf der Leiter. Ich blieb liegen und lauschte. War Walter noch da? Nachdem ich zehn Minuten lang nichts gehört hatte, sah ich vorsichtig unter der Decke hervor. Walter saß in Kurts Sessel und grinste mich an.

„Na?"

Ich konnte nicht mehr. Erschöpft ließ ich meinen Kopf auf die Matratze fallen und schloss die Augen. Ich wollte sterben, sonst nichts. Es dauerte bestimmt eine weitere Stunde, bis Walter endlich mein Zimmer verließ.

„Ich möchte Frances bei dir lassen", sagte er noch, „damit die beiden nicht mehr so alleine sind. Okay?"

Ich antwortete ihm nicht.

Walter war weg, aber seine Worte nicht. Sie ließen mich nicht in Ruhe. Die Vorstellung, wie er gleich zu Hause die Tür aufschließen, die kahlen Wände begrüßen und sich irgendwo in diesem Stahlklotz vor einen Fernseher setzen würde, war furchtbar und trostlos. Ich hatte ja wenigstens noch Franco. Aber wie mussten sich die apokalyptischen Dorfsonntage wohl für Walter anfühlen?

18.

Montage waren sowieso zum Kotzen, aber wenn man am 11. April 1994 in meiner Haut steckte, dann waren sie das Brutalste und Widerwärtigste, was einem Menschen passieren konnte. Es war der erste Montag ohne Kurt, und nichts hätte mich schonungsloser daran erinnern können als die schmerzhaft weiße Wand über meinem Bett. Aber nicht nur das – die quälenden Erinnerungen warteten in jeder Ecke meines Zimmers: Ein kaputter Locher – eines der Opfer von Courtneys Trauerrede. Frances, die aus dem Turmzimmer zu mir herübersah – ein Denkmal für die Einsamkeit. Sprühregen und blaue Dämmerung vor dem Fenster – die Vorzeichen des lauernden Unheils. Als ich an diesem kalten, lähmenden Morgen die Schule betrat, drückte die böse Vorahnung von innen gegen meine Schädeldecke.

Das Erste, was ich entdeckte, war mein Brief an Kurt. Jemand hatte ihn vervielfältigt und überall in den Fluren aufgehängt. Ich kannte dieses Spiel von meiner alten Schule – normalerweise passierte so etwas, wenn sich jemand für die *BRAVO* ausgezogen oder aus Versehen „Mama" zur Lehrerin gesagt hatte. In solchen Fällen bekam man einen Ehrenplatz am schwarzen Brett, einen Aushang in den Fluren, oder man landete als „Unglück der Woche“ auf dem Titel der Schülerzeitung. Es war ein so plumpes und sadistisches Spiel, dass Charlotte ihre wahre Freude daran gehabt hätte. Nichts anderes war schließlich ihre Sendung: Eine gigantische, hundsgemeine Notiz am schwarzen Brett von Deutschland.

Allerdings wäre Charlotte wahrscheinlich entsetzt gewesen, wenn sie gewusst hätte, wie viel Energie man am ach so feinen Elisengymnasium für derartige Aktionen aufbrachte.

Auf dem Weg zum Klassenraum riss ich alle Kopien meines Briefes von den Wänden, sodass ich einen beachtlichen Stapel davon unter dem Arm trug, als ich oben ankam. Die Ärztinnen warteten bereits auf mich. Obwohl ich gedacht hatte, dass ich nach den Strapazen des Wochenendes keinen Funken Energie mehr übrig hätte, um mich noch über *irgend*was aufzuregen, brannte der Anblick von Jessicas zufriedenem Lächeln ein Loch in mein Hirn. Plötzlich reichte es nicht mehr, mir vorzustellen, wie ich ihren Kopf gegen eine Wand schlug – ich wollte es auch *tun*! Ich musste sie bestrafen, roh und gnadenlos. Mein Körper bewegte sich wie von selbst, als ich den Stapel Briefe ablegte, mir den Weg durch die umstehenden Schüler bahnte und Jessica an den Haaren packte. Sie kreischte wie am Spieß und trat mir hart gegen das Schienbein, aber ich spürte keinen Schmerz. Mit enormer Kraft riss ich ihren Kopf nach hinten.

RUMMS!

Als sie das erste Mal gegen die Wand donnerte, dachte ich kurz *„Oh, das war vielleicht ein bisschen doll“, a*ber da Jessica weiterhin um sich trat und mich beschimpfte, hörte ich nicht auf.

RUMMS!

Es tat so gut! Endlich bekam dieses Miststück, was es verdiente!

RUMMS!

Irgendjemand rief meinen Namen, aber ich reagierte nicht. Kurz bevor ich Jessica das vierte Mal an die Wand klatschen konnte, spürte ich einen plötzlichen Druck auf den Rippen und zwei kräftige Arme zogen mich von ihr weg. Ich brüllte in Rage und versuchte mich zu befreien, aber eine Männerstimme dicht an meinem Ohr ließ mit einem Mal alle Kraft aus meinem Körper weichen.

„Ruhig!"

Er hatte mich fest im Griff. Dieses Mal war es nicht Walter, der meinen Mordanschlag vereitelte. Die Stimme war tief und sanft, fast hypnotisierend. Und diese Arme! Sie waren stark. Sie gaben mir ein seltsam sicheres Gefühl.

„Schhh. Ruhig."

Mein Atem wurde langsamer, die Temperatur in meinem Kopf normalisierte sich, und schließlich ließ ich mich, schlaff wie ein nasses Toastbrot, bereitwillig abführen. Wir kamen im Treppenhaus zum Stehen, wo mein Kidnapper mich weiterhin festhielt.

„Na, kleiner Kampfhase?", sagte er. Diese starken Arme gehörten Herrn Schleiss.

Atemlos lauschte ich seiner Stimme und atmete die feine Note Waldmeister-Brausepulver ein.

„Hat dir etwa jemand dein Möhrchen weggenommen?"

Mit jedem seiner Worte rollte eine Welle aus prickelnder Wärme durch meinen Körper. Ich sah Sternchen. Da ich nicht antwortete, ließ er mich schließlich los. Ich drehte mich um und taumelte kurz. Als ich zu ihm aufsah, fühlte ich mich, als hätte ich Kohlensäure im Blut. Seine klaren Augen blickten viel sanfter als erwartet.

„Besser?“, fragte er.

Ich nickte nur.

„Du weißt schon, dass ich jetzt deine Eltern anrufen muss?“

Ich schluckte.

„Aber Jessica hat angefangen!“

Kaum hatte ich es ausgesprochen, schämte ich mich dafür. Ich wollte nicht, dass er mich für kindisch hielt.

„Kann ich mir vorstellen. Aber *sie* war nicht so blöd, sich dabei erwischen zu lassen.“

Beim Gedanken daran, wie Charlotte auf die frohe Botschaft reagieren würde, dass ich versucht hatte, Jessica den Schädel einzuschlagen, drehte sich mir der Magen um. Also beschloss ich, meinen einzigen Joker auszuspielen.

„Können wir einen Deal machen?“, fragte ich.

Er zog eine Augenbraue hoch.

„Und der wäre?“

„Wenn Sie meinen Eltern nichts sagen, komme ich zur nächsten Theaterprobe.“

Noch vor zwei Minuten wäre ich nicht im Traum darauf gekommen, *freiwillig* beim Theater mitzumachen. Aber jetzt, mit diesen knisternden Überresten eines Feuerwerks in meinem Bauch, schien es die einzig logische Konsequenz zu sein. Seine Nähe würde mich für alles entschädigen.

Während Herr Schleiss offenbar noch über meinen Vorschlag nachdachte und ich förmlich in seinem Blick ertrank, wurde Jessica von ihren Freundinnen an uns vorbeigeführt. Dass er sie komplett ignorierte, machte mich fast stolz.

„In Ordnung“, sagte er schließlich. „Komm am Mittwoch zur Probe.“

„Gut.“

„Na dann, ab in den Klassenraum.“

Ich beeilte mich, noch vor ihm an der Tür anzukommen und ging schweigend an meinen Platz. Obwohl Herr Schleiss mit strengem Blick vor die Klasse trat, tauschten wir noch ein Lächeln aus. Wir hatten einen Deal. Ein exklusiver, verschworener Regelverstoß. Diese neue Partnerschaft war es schließlich, die mir den Tag rettete. Ich war als halbtotes, deprimiertes Opfer zur Schule gefahren, wäre kurz darauf beinahe zur Mörderin geworden, und jetzt sorgte ausgerechnet ein *Lehrer* dafür, dass ich mit Schmetterlingen im Bauch an meinem Platz saß. Er gab mir das Gefühl, die Dinge selbst in der Hand zu haben.

Doch mein Glück hielt nicht lange. In der großen Pause zerstörte Walter meine Euphorie, indem er mich in abgründige Gespräche über Kurt verwickelte. Seine naive Hartnäckigkeit war dabei wirklich beeindruckend. Ob es eine besonders nützliche Art der Vergesslichkeit war, die ihn jeden Tag so beginnen ließ, als hätten die vergangenen 6000 Tage mit ihren Niederlagen, Verletzungen und Zurückweisungen niemals stattgefunden?

„Weißt du, was ich glaube?", fragte er, als wir unter einem Dachvorsprung Schutz vor dem Regen suchten. „Courtney hat ihn umgebracht! Kurt wollte sie verlassen und aus der Band aussteigen. Ich könnte mir schon vorstellen, dass sie da mal eben ausrastet und jemanden abknallt."

Ich hatte wenig Lust, Walters Verschwörungstheorien zu lauschen, denn mein Hirn war noch immer mit Herrn Schleiss beschäftigt. Und tatsächlich war ich auch froh gewesen, mal eine Weile nicht an Kurt denken zu müssen.

„Dieser Elektriker hat gesagt, dass die letzten Zeilen auf dem Abschiedsbrief in einer anderen Farbe geschrieben waren. Weißt du, was das …"

„Walter?", fiel ich ihm ins Wort.

„Was denn?"

„Ich hab Herrn Schleiss heute gesagt, dass ich zur nächsten Probe kommen werde."

Einen Moment lang herrschte Stille.

„Ach. Schön."

Wenig überzeugend. Walter starrte ins Nichts.

„Dann kannst du ihn ja jetzt auch Marc nennen.", sagte er schließlich.

„Wieso das?"

„Alle in der Theatergruppe tun das. Nach Schulschluss sind wir nicht mehr Lehrer und Schüler. Da wird auch nicht mehr rumgebrüllt, sondern vernünftig diskutiert."

„Mich hat er noch nie angebrüllt", sagte ich und spürte, wie die Leichtigkeit zurückkam.

Marc. Das klang viel eher nach dem, was ich fühlte, als *Herr Schleiss.*

„Oh, wie schön für dich", blaffte Walter.

Erstaunt sah ich auf. Er hatte den Mund zu einer dünnen Linie gepresst; seine Augen brannten ein Loch in irgendwas, das in weiter Ferne lag.

„Was ist denn?", fragte ich.

Er antwortete nicht.

„Walter?"

Keine Antwort.

Gerade wollte ich ihm den Rücken kehren und ins Gebäude gehen, als er plötzlich doch antwortete:

„Wenn du Marc für den großen Beschützer hältst, dann irrst du dich. Er ist ein Versager. Der würde dich jederzeit für ein gutes Bier im Regen stehen lassen, nur, dass du es weißt!"

Ich starrte ihn an. Die ungewohnte Schärfe in Walters Stimme hatte nichts mehr mit dem naiven Schluffi zu tun, für den ich ihn gehalten hatte.

„Was ist?“, fragte er. „Hab ich jetzt deinen Kleinmädchentraum zerstört?“

„Warum rastest du denn so aus? Hat er dir eine Frau ausgespannt, oder so?“

Walter fiel die Kinnlade runter.

„Du hast ja mal *überhaupt* nichts verstanden!“

„Dann erklär's mir!“

„Bin ich hier der Erklärbär, oder was?“

Es endete damit, dass Walter mitten durch den Regen zum gegenüberliegenden Gebäude stapfte, wo er schmollend wie ein Kleinkind mit verschränkten Armen stehen blieb.

Als es zur Stunde klingelte, ging ich allein ins Schulgebäude, meinen Kleinmädchentraum an einer unsichtbaren Luftballonschnur hinter mir her ziehend. Für den Rest des Schultages wechselten Walter und ich kein Wort mehr. Die Pausen verbrachte ich allein in einer windgeschützten Ecke des Schulhofs und kämpfte mit wiederkehrenden Schwindelanfällen. Wahrscheinlich waren es die Vorzeichen meiner lang ersehnten Lungenentzündung. Das Problem war nur, dass ich sie plötzlich überhaupt nicht mehr gebrauchen konnte. Ich wollte leben! Ohne Zweifel war Herr Schleiss, *Marc,* daran Schuld. Ein leises Bauchkribbeln versüßte mir jeden Moment, in dem ich an ihn dachte. Der brodelnde Morast meiner Probleme fühlte sich plötzlich wie etwas an, das sich bewältigen ließ. Der Gedanke an Marc machte alles leichter. Er gab mir ein gutes Gefühl – ich wollte ihn in meiner Nähe haben. Und ich fragte mich, ob es ihm wohl genauso ging.

19.

Franco empfing mich im Vorgarten. Sein Körper steckte in einem gigantischen Regencape, seine Haare waren nass und in der Hand hielt er eine Wasserflasche.

„Was machst du denn hier?", fragte ich.

„Ich war joggen", antwortete er strahlend.

Ich stellte das Rad ab und trat zu Franco auf den Rasen.

„Wow! Echt? Und wie war es?"

„Anstrengend."

„Du machst Ernst mit deiner Diät, was?"

„Ernster geht es nicht."

„Ich bin total stolz auf dich."

Franco grinste.

„Danke. Hast du Hunger? Ich habe uns Salat gemacht."

Wir gingen ins Haus und zogen unsere nassen Schuhe und Jacken aus.

„Ich fühle mich einfach so eingesperrt", Franco zeigte auf seinen Bauch. „Ich halt's hier drin nicht mehr aus."

Ich sah den Flur entlang. Ob Charlotte in der Nähe war? Wohl nicht, sonst wäre längst ein Giftpfeil in unsere Richtung geflogen.

„Und wie kommst du so klar?", fragte Franco.

Ich musste unwillkürlich an Marc denken und fühlte mich schuldig, denn natürlich hatte Francos Frage auf Kurt abgezielt. Es war noch keine Woche her, dass er aus meinem Leben verschwunden war, und schon machte sich dort ein anderer Mann breit. Durfte er das? Durfte *ich* das? Ich wusste es nicht. Aber diese plötzlichen Gefühle für Marc waren so verrückt und stark, dass ich sie unmöglich ignorieren konnte. Aber es war ja auch nicht fair. Kurt hatte *selbst* entschieden, von der Welt zu verschwinden. Er konnte doch unmöglich erwarten, dass ich mich nie wieder in jemanden verliebte. Nein. Das würde er niemals tun. Er wusste doch, dass niemand ihn je ersetzen konnte. Das mit Marc war einfach viel zu schön, um es mir zerstören zu lassen.

„Besser", sagte ich schließlich.

Als wir das Wohnzimmer betraten, erschrak ich. Charlotte thronte auf dem Sessel und bedachte uns mit einem finsteren Blick. Ob sie uns die ganze Zeit zugehört hatte?

„Schön, dass es den Herrschaften so gut geht", keifte sie, „aber ich muss hier meine Sendung vorbereiten. Geht woanders hin! Und wenn ich hier unten noch *einmal* laute Musik höre, fliegt die Anlage sofort raus, Olivia!"

„Was denn für Musik?", fragte ich.

Seit Kurts Tod hatte ich keine einzige CD mehr gehört.

„Stell dich nicht dumm!", blaffte Charlotte.

Im selben Moment winkte Franco mich unauffällig in die Küche. Ich folgte ihm.

„Ich hasse sie", jammerte ich, als die Tür hinter mir zugefallen war.

Franco antwortete nicht, sondern hielt mir kommentarlos das Titelblatt der Tageszeitung hin. Ein Viertel davon war mit Charlottes Gesicht bedruckt. Darunter stand in großen Buchstaben:

BEISSDRACHEN IM QUOTENTIEF

Zuschauer flüchten vor Charlotte Ballato.

„Oh, oh."

Ich setzte mich an den Küchentisch und las den reißerischen Fließtext.

„Wollte dich nur vorwarnen", sagte Franco. „Ich weiß nicht, wie viel davon wahr ist, aber allein die Existenz dieses Artikels dürfte dafür sorgen, dass Charlotte jetzt komplett durchdreht."

„Hat schon angefangen", stellte ich fest.

Franco seufzte, öffnete den Kühlschrank, starrte einen Moment lang ins Licht und schloss ihn dann wieder.

„Sie hat schon eine Liste mit Sachen aufgestellt, die ich ändern muss."

„Die *du* ändern musst?"

„Ja. Ich schlafe ab jetzt im Gästezimmer. Sie hat nämlich wegen mir seit siebzehn Jahren kein Auge zugemacht, musst du wissen."

Ich gab ein kurzes, verzweifeltes Lachen von mir.

„Und ich soll jetzt ohne Fett kochen, damit sie fünf Kilo abnehmen kann. Zumindest das passt mir ja gerade ganz gut. *Dir* stecke ich dann jetzt jeden Morgen ein Stück Butter in die Schultasche, Liv."

„Haha!"

„Aber du bist natürlich genauso an allem schuld wie ich, nur dass das klar ist." Franco stand auf und begann, sich einen Espresso zu kochen.

„Der Anschiss lauert überall."

„Und was ist, wenn sie sie wirklich rausschmeißen?“, fragte ich.

„Das kann ich mir nicht vorstellen“, sagte Franco. „Sogar ihr Chef hat Angst vor ihr. Eher produziert er die Show für eine Ausstrahlung morgens um drei, als ihr freiwillig zu sagen, dass sie gefeuert ist.“

Ich überlegte.

„Eine Nachmittags-Talkshow wäre doch schön.“

Franco zuckte mit den Schultern, bückte sich nach dem Mülleimer und stopfte die Zeitung hinein.

„Man weiß ja nie. Aber bis dahin bereite dich am besten auf Unannehmlichkeiten vor.“

„Das ist so krank. Warum muss sie immer alle mit reinziehen?“

„Du hast es schon richtig gesagt: Sie ist krank. Das darfst du nie vergessen. Es ist allein *ihr* Problem, nicht deins. Glaub nichts von dem, was sie dir sagt! Du bist die beste Tochter der Welt. Okay?“

Ich bekam feuchte Augen.

„Danke, Franco.“

„Krieg ich eine Umarmung?“

Ich stand auf und drückte ihn, so fest ich konnte. Und dabei stellte ich fest, dass meine Arme plötzlich lang genug waren, um Francos Körper zu umfassen.

„Hey, ich kann mir selbst die Hand geben.“

„Sechs Kilo“, sagte Franco stolz.

Wir schlugen unser Lager in der Küche auf: Salatschüsseln, Brot, Deutschhausaufgaben, die neueste Ausgabe von *Astronomie Heute*, Mineralwasser statt Limo, und zum Nachtisch: Kekse. Für mich, nicht für Franco. Der räumte das Geschirr ab, während ich kekskrümelnd den Rest meiner Hausaufgaben erledigte. Irgendwann kam Charlotte in die

Küche, um sich ein Mineralwasser zu holen, und erwischte mich inkognito.

„Keine Hausaufgaben am Küchentisch!"

Ich klappte mein Deutschbuch zu, steckte es in meinen Rucksack und biss in einen Keks.

„Besser?"

Franco kicherte und wurde daraufhin fast zu Tode gekeift. Ich blieb gelassen, denn Marc hatte sich zurück in meine Gedanken geschlichen. Das Gefühl seiner Umarmung, sein sanfter Blick. Charlottes Aufregung wurde zu einem Schmierentheater.

„Das war das letzte Mal! Du hast Hausarrest!"

„In Ordnung", sagte ich ruhig und beobachtete, wie eine sprachlose Charlotte mit verwirrtem Blick zurück ins Wohnzimmer stapfte. Sie hatte versucht, mich auf die Palme zu bringen und es war ihr nicht gelungen. Es musste schlimm für sie sein. Bis zum Abend ging sie behelfsweise dazu über, mich im Viertelstundentakt mit kleinen spitzen Bemerkungen zu bedenken, aber sie biss auf Granit. Auch Franco fiel das auf; er grinste mit väterlich-wissendem Blick in sich hinein, während ich, glühend, träumend, aufgeregt wie ein Kind am Weihnachtsabend, am Abendbrottisch saß. Ich spürte noch das Prickeln auf meiner Haut, das Marcs Atem hinterlassen hatte, roch noch das Brausepulver, hörte seine Stimme dicht an meinem Ohr. Charlottes Sturmfeuer konnte mir nichts anhaben. Ich war unverwundbar!

Der Dienstagvormittag zog an mir vorbei wie die unnötige Nebenhandlung eines Liebesfilms. Englisch, Wirtschaft, Physik. Walter textete mich voll, die Sonne schien, die Ärztinnen schlichen um mich herum und wunderten sich vielleicht ein wenig über meine mangelnde Anteilnahme. Ich tat nichts, wartete nur.

In den endlosen Stunden bis zum Deutschunterricht suchte ich Marc auf den Fluren und dem Schulhof. Ich liebte es, ihn heimlich zu beobachten. Wie er über das Schulgelände schritt, als sei es sein Königreich. Wie er Schüler im Vorbeilaufen mit Handschlag begrüßte. Wie er laut lachte. Wie er es zufällig übersah, wenn während seiner Pausenaufsicht jemand auf dem Schulhof eine Zigarette rauchte.

Auch seine stillen Momente liebte ich: Wie er sein Gesicht in die Sonne streckte und zufrieden lächelte. Wie er im Unterricht manchmal aus dem Fenster sah und dabei ein Stück Kreide zwischen den Fingern rollte. Wie er vor Müdigkeit manchmal vergaß, dass er noch seine Kaffeetasse in der Hand hielt, wenn er zur ersten Stunde in die Klasse kam. Wie er in aller Ruhe den Flur entlangschlenderte, obwohl er längst zu spät dran war. So wie jetzt.

Ich lehnte an der Wand, ein wenig abseits vom Rest der Klasse, und wartete auf den Beginn der Deutschstunde. Walter beobachtete mich misstrauisch von der Seite, denn ich hatte ihn mitten im Gespräch einfach stehen lassen, um mich in Position zu bringen, als Marc am Ende des Flurs aufgetaucht war. Ich wartete darauf, dass er mich ansah, hoffte auf ein exklusives Lächeln. Aber als er schließlich an mir vorbeikam, übersah er mich. Ich hätte heulen können.

Marc schloss die Tür auf und wir gingen in den Klassenraum. Ein zweiter Versuch, im Vorbeigehen seinen Blick einzufangen: Nichts.

„Club der toten Dichter!“, rief er über den Klassenlärm hinweg. Ich verfolgte ihn mit Blicken, während er den Fernseher einschaltete und zum Fenster ging. Die Sonnenstrahlen verliehen ihm eine leuchtende Aura aus Fusseln und Staub. Er ließ die Rollos hinunter und setzte sich.

Perfekte Stille. Perfekte Dunkelheit. Er saß mir direkt gegenüber. Es hätte *unsere* Stunde werden können, aber die Enttäuschung über seine Ignoranz drückte mich schwer in meinen Stuhl. Irgendetwas schien unsere Verbindung gekappt zu haben. Hatte ich etwas falsch gemacht?

Ich grübelte die ganze Stunde über. Als es schließlich zur Pause klingelte und Marc den Fernseher ausschaltete, saß ich noch immer an meinem Platz und starrte vor mich hin.

„Hast du dein Rad dabei?"

Ich schreckte hoch. Walter stand neben mir und grinste.

„Wieso?", fragte ich.

„Ich wollte dich fragen, ob du mit zum Prophetensee fahren willst."

„Und was sollen wir da?"

„Weiß nicht ... in der Sonne sitzen? Rauchen? Bier trinken?"

Ich sah zu Marc, der gerade umständlich das Fernsehkabel zurück in den Schrank knetete.

„Wo ist der See denn?"

„Da, wo du dich neulich in der Telefonzelle versteckt hast", sagte Walter.

„Ich *habe* mich nicht versteckt!"

„Ach so, na dann."

Ich dachte nach. Alles war besser, als in meinem Zustand allein Charlottes Hausarrest abzusitzen.

„Gut, ich komme mit."

Mit einem letzten Blick zu Marc folgte ich Walter aus dem Klassenraum.

„Tschüss, Marc!", rief er fröhlich.

„Tschüss, Leute, bis morgen."

Ich drehte mich nicht um.

„Alles klar?", fragte Walter, während wir die Flure entlang liefen.

„Ja, ja."

Ich hätte heulen können. Warum ignorierte er mich?

Wir schoben die Räder das letzte, holprige Wiesenstück an den Schrebergärten entlang und warfen sie dann einfach ins Gras.

„Weißt du eigentlich, wie der Prophetensee entstanden ist?", fragte Walter, als wir zwischen ein paar Sträuchern am Ufer standen und über die glatte, grüne Wasseroberfläche sahen.

„Nein."

Es war mir auch egal.

„Es ist ein Erdfalltrichter. Die entstehen über Salzstöcken, die vom Grundwasser ausgehöhlt wurden. Dieser hier reicht von Quickborn bis Hamburg-Altona! Der See ist zwar klein, aber *unfassbar* tief. Es gibt da unten ganz viele Höhlen und Gänge. Wenn man da mal richtig tauchen würde, würde man bestimmt total krasse Sachen finden."

„Ist denn da noch niemand runter?"

„Nicht, dass ich wüsste."

Ich warf meinen Pullover ins Gras, ging näher zum Wasser und hielt meinen Arm hinein. Es war kälter als erwartet.

„Ist ja wie Loch Ness!"

„Ja, oder? Voll gruselig! Und es wird noch geiler: Angeblich haben die Soldaten in den letzten Tagen des Zweiten Weltkriegs ihre Munition hier drin versenkt."

„Gott!"

„Und da drüben – ", er zeigte in eine Richtung, „ – ist der Elsensee. In dem sind schon voll viele Leute ertrunken. Und jedes Mal sind die Leichen ein paar Tage später hier im Prophetensee wieder aufgetaucht!"

„Erzähl keinen Scheiß!"

„Es stimmt! Schwimmen ist in Quickborn ’ne echte Mutprobe. Keiner weiß, was da unten los ist. Der Wasserspiegel steigt bei Trockenheit und bei Regen sinkt er. Total durchgeknallt! Die Bauern haben früher gedacht, dass der Prophetensee magische Kräfte hat und haben hier nachts ihre Beschwörungsrituale veranstaltet, um eine bessere Ernte zu bekommen.“

„Hatten sie dabei schwarze Umhänge mit Kapuzen an?“

„Da kannst du Gift drauf nehmen.“

Ich lachte.

„Walter Hansen, du spinnst.“

„Aber es stimmt!“

„Sicher“, sagte ich.

„Dann glaub mir halt nicht.“

Ein paar Blasen zerplatzten auf der Wasseroberfläche, der Wind zerstörte den Spiegeleffekt und eine Wolke schob sich vor die Sonne. Als es schlagartig kälter wurde, zog ich meinen Pullover wieder an. Ich wünschte mich in Marcs Arme, an seine warme, schützende Brust. Es tat so weh. Wie sollte ich ihm morgen bei der Theaterprobe gegenübertreten, jetzt, wo er mich plötzlich ignorierte?

„Freust du dich schon auf morgen?“, fragte Walter.

Ich sah auf, weil ich mich ertappt fühlte.

„Weiß nicht.“

„Kurt war ja auch Schauspieler“, sagte Walter.

„Stimmt doch gar nicht.“

„Na klar! Sein ganzes Leben war ein einziges Theaterstück. Er hat nur Bullshit erzählt – in *allen* Interviews. Wusstest du das nicht? Den echten Kurt hat nie jemand kennengelernt. Vielleicht nicht mal er selbst, haha!“

„So ein Quatsch!“

„Glaubst du mir schon wieder nicht?“

„Wieso sollte ich dir glauben? Du behauptest, dass Kurt ein Lügner war."

„Ist halt so", sagte Walter beleidigt.

„Idiot!"

"Selber Idiot! Ich werd's dir beweisen."

„Ach ja? Wie denn? Gehen wir jetzt in die Telefonzelle da und rufen Kurt an?"

„Nein, wir fahren in den CD-Laden."

„Wozu?"

„Tim wird dir die Wahrheit über Kurt erzählen. Komm!"

Walter drehte ab und lief die Böschung hoch.

„Wer von uns ist hier eigentlich der Freak?", rief ich. „Immer noch du. Komm!"

20.

„Na, ihr zwei?“, sagte Tim, als wir die *Schallplatte* betraten. Er trug ein T-Shirt mit Kurt drauf, das mich entsetzlich traurig machte.

„Tim!“, sagte Walter ohne Umschweife, „ich versuche gerade, Liv zu erklären, dass Kurt Cobain ein verdammter Lügner war, aber sie glaubt mir nicht.“

Tim sah erst mich an und dann wieder Walter.

„Ham sie dir ins Hirn geschissen?“

„Wieso?“

„Dieses Mädchen“, er zeigte auf mich, „war unsterblich verliebt in Kurt. Und gerade mal – was haben wir heute – vier Tage, nachdem sie ihn tot auf seinem Grundstück gefunden haben, erzählst du ihr *das?*“

„Aber es stimmt doch.“

Tim seufzte.

„Ich muss mich für Walter entschuldigen, Liv. Er bezeichnet sich seit ungefähr einer Woche als *NIRVANA*-Fan und hält sich *jetzt* schon für den absoluten Experten.“

Ich stutzte, während Walter neben mir zur Salzsäule erstarrte. Seine sonst so bleiche Haut war plötzlich schweinchenrosa.

„Das stimmt doch gar nicht!“, protestierte er. „Ich bin schon ganz ganz lange *NIRVANA*-Fan.“

„Aha, und warum bist du dann letzte Woche hier reingeschneit, um mir den halben Laden leerzukaufen?“

„Na, weil … ich … mal ein bisschen Nachschub brauchte.“

„Die *NEVERMIND* ist schon drei Jahre alt.“

„Meine alte war kaputt.“

„Aaaha.“

„Was spielst du dich hier eigentlich so auf?“, rief Walter hilflos.

Tim grinste nur und wandte sich dann wieder mir zu.

„Also, Liv. Um das nicht unkommentiert zu lassen: Kurt hat sich einen ziemlichen Spaß daraus gemacht, die Journalisten zu verarschen. Er hatte einfach einen schrägen Humor, das weißt du ja. *Lügner* wäre das falsche Wort. Er war ein Witzbold. Hat uns ein bisschen auf die Schippe genommen, der Gute.“

Es war, als würde mir jemand die Kehle zudrücken. Was Tim sagte, passte nicht zu all den Dingen, die Kurt in Interviews erzählt hatte und für die ich ihn so liebte. „Aber er hat gesagt: *The worst crime is faking it!*“

Tim nickte und machte ein trauriges Gesicht.

„Das stimmt, Liv. Aber er hat es trotzdem getan.“

„Woher wollt ihr das wissen?“

„Hey, ich bitte dich.“ Tim breitete die Arme aus, als würde er mir seinen Palast zeigen. „Ich arbeite in der Musikbranche!“

Ich ließ meinen Blick durch den ranzigen Laden schweifen, sah Tim an, sah Walter an – und ging.

Als hätte man mit der Jahrhundertshow nur auf mich gewartet, begann es zu schütten wie aus Eimern, sobald ich auf dem Fahrrad saß. Es war der schlimmste Regen, den ich je erlebt hatte.

Ich musste absteigen und schieben, weil ich beim Fahren Wasser einatmete. Triefend, schlotternd und gegen Schwindelanfälle kämpfend fuhr ich schließlich über unsere Auffahrt, schob das Rad in die Garage und schleppte mich ins Haus.

Franco saß auf dem Sofa.

„Ich hab Sciurilli gemacht!“, sagte er mit Blick auf den Fernseher.

Dass er statt mit seiner Tochter mit einem Wasserfall sprach, merkte er gar nicht.

„Keinen Hunger.“

„Okay“, war alles, was er sagte.

Ich beobachtete ihn still, wie er an einem Salatblatt nagte. Es war beeindruckend, wie schnell er abgenommen hatte. Und vielleicht auch ein bisschen unheimlich.

„Du siehst gut aus!“, sagte ich.

„Mhm. Danke.“

Ich bekam einen Niesanfall, aber Franco sah mich nicht einmal an.

„Franco? Ist irgendwas?“, fragte ich, als ich ausgeniest hatte.

Er schüttelte den Kopf.

„Ich hatte Hausarrest“

„Okay.“

„Aber ich war trotzdem weg.“

„Aha.“

Ich wartete ab, ob er noch etwas sagen würde, und als das nicht passierte, ging ich nach oben, um ein Bad zu nehmen. Doch anstatt mich dabei zu entspannen, machte ich mir nur Sorgen. Was war mit Franco los? Was war *überhaupt* mit allen los?

Marc wollte mich nicht, Franco löste sich langsam vor meinen Augen auf, als wolle er sich durch die Gitterstäbe dieses Gefängnisses hungern, Walter belog mich, Kurt hatte sogar die ganze Welt belogen, Kathy ging nicht ans Telefon. Charlotte war Charlotte. Und jetzt wurde ich auch noch krank. Mein Gesicht glühte, mein Hals schien langsam anzuschwellen. Ich wünschte mich in ein anderes Leben. Als ich schon seit einer Stunde im Bett lag, klopfte Franco an meine Tür.

„Kommst du zum Abendbrot nach unten?“

Ich beäugte ihn skeptisch. Wonach ich suchte, wusste ich nicht genau.

„Ich komme gleich.“

Ein Schweißausbruch, dicht gefolgt von einem Kälteschauer. Wenn es in diesem Tempo so weiterging, würde ich morgen tot sein. Ich stand aus dem Bett auf, schleppte mich nach unten, setzte mich an den Tisch und versuchte, mich beim Anblick der frittierten Hühnerteile nicht auf den Tisch zu übergeben.

„Sitz gerade!“, fauchte Charlotte. „Und iss anständig! Warum siehst du so ungepflegt aus, Olivia? Woher kommen diese Pickel?“

So ging es das ganze Abendessen lang. Charlotte ließ ihren sadistischen Gelüsten freien Lauf, während Franco müde in seinem Essen herumstocherte. Niemand fragte mich, wie es mir ging. Niemand wollte etwas über die Schule wissen, oder was ich den Nachmittag über getrieben hatte. Wenn man sich diese Familie einmal so betrachtete, den flüchtenden Franco, die verzweifelt um sich schlagende Charlotte und, na ja, *mich*, dann lag die Vermutung nahe, dass die Tage der Ballatos in Quickborn gezählt waren. Wir bewegten uns auf den Abgrund zu. Und ich hatte fast nichts mehr zum Festhalten.

21.

„Na, mein Rehlein?"

Es war die erste große Pause. Ich saß in einer Ecke des Schulhofs und ekelte mich gerade vor meinem Sciurilli-Sandwich, als Walter plötzlich vor mir stand.

„Was willst du?"

„Kann ich dir ein bisschen Gesellschaft leisten?"

„Nein."

Er kicherte und setzte sich trotzdem.

„Und? Bist du nass geworden gestern?"

„Willst du mich verarschen?"

„Ach, Mann, Liv! Jetzt mach doch nicht so ein Drama daraus. Dann bin ich halt nicht seit hundert Jahren dabei. Das heißt aber nicht, dass ich ein schlechterer *NIRVANA*-Fan bin als du!"

Ich warf mein Sandwich auf den Tisch.

„Darum *geht* es gar nicht! Du hast mich belogen."

„Nein, ich habe dir etwas *verschwiegen.*"

„Das ist fast das Gleiche. Du kennst Kurt seit einer Woche. *Einer* Woche. *Zufällig* seit meinem ersten Tag an dieser Schule."

„Ja, und? Du hast mich halt neugierig gemacht mit deinem Rucksack und deinen *NIRVANA*-Pullis und so. Du bist anders als die Idioten hier. Ich fand das cool. Und als ich mir dann die Musik angehört hab, war ich sofort drauf. Kurt ist ein Genie!"

Ein dumpfer Schmerz in meiner Brust.

„… w*ar* ein Genie", fügte Walter leise hinzu.

„Du hast so getan, als wüsstest du *alles* über Kurt."

„Nenn es Leidenschaft!"

„Ich nenne es ‚verlogener Wichser'."

Es klingelte zur Stunde.

„Beruhig dich erstmal", sagte er, während er mir ins Gebäude folgte. „Und dann reden wir weiter."

Obwohl ich gegen einen heftigen Schwindelanfall kämpfte, versuchte ich Walter abzuhängen.

„Fahren wir nachher zusammen zur Probe?"

„Nein."

Eine Welle von Schüttelfrost ließ mich erzittern.

„Wieso nicht?", fragte Walter, „Machst du jetzt doch nicht in der Theater-AG mit?"

Ich dachte an Marc. Ob er mich überhaupt noch dabeihaben wollte? Ich hatte es ihm zumindest versprochen – es war Teil unseres Deals, dass ich zur Probe auftauchte.

Walter guckte hoffnungsvoll. Und genau dieser Blick war es, der mich schließlich überzeugte. Ich würde ihm ganz bestimmt nicht den Gefallen tun, von der Probe wegzubleiben.

„Doch, ich mach' mit."

Walters Lächeln erstarb. Was er in diesem Moment dachte, konnte ich nur raten, aber es konnte nichts Nettes sein.

Die herannahende Grippe schlug ihre Fänge tief in mein Fleisch. Kurz vor der Deutschstunde war ich nicht nur nervös wegen Marc, sondern auch kaum noch in der Lage, mich auf den Beinen zu halten. Ich saß im Flur vor dem Klassenraum, Walter hatte sich schmollend in eine Ecke zurückgezogen und

Marc kam mit dem Fernsehschrank den Flur entlang. Ich hätte mir sowieso nicht ein weiteres Mal die Blöße gegeben, ihn anzuhimmeln wie ein kleines Mädchen, aber in diesem Zustand wollte ich mich am liebsten vor ihm verschleiern.

„Na, Liv, bereit für heute Nachmittag?"

Ich schreckte hoch. Als ich zu ihm aufsah, stand Marc leicht über mich gebeugt und lächelte strahlend. So viel zu meinen Zweifeln. Ich war bereit.

„Klar", sagte ich.

„Super, ich freu mich schon."

Er zog seinen Schlüsselbund aus der Hosentasche, schloss den Raum auf und ließ die Klasse hinein.

Es war schwer, den Blick von Marc zu lösen, solange wir im selben Raum waren. Dieser eine, winzige Satz von ihm hatte gereicht, um mich zurück in diesen irrsinnigen, gigantischen Tagtraum zu ziehen. Ich setzte mich und rutschte unruhig auf meinem Stuhl herum. Plötzlich konnte ich es kaum noch abwarten, zur Probe zu kommen.

„Machst du jetzt doch in der AG mit?", fragte Aylin plötzlich neben mir. Ihre Augen glänzten im Gegenlicht der Fenster.

„Ja", sagte ich, „was dagegen?"

„Allerdings."

Marc ließ mit großem Getöse die Rollläden herunter und das Glänzen in Aylins Augen verschwand. Sie wandte ihren Blick zum Fernseher, ich meinen zu Marc, der begann, im Halbdunkel Klassenarbeiten zu korrigieren. Er sah nur ab und zu auf, aber jedes Mal, wenn sich unsere Blicke trafen, trieb es mir die Hitze ins Gesicht. Ob er es merkte? Ob die anderen es merkten?

„Dann lass uns mal rüber fahren“ sagte Walter nach der Stunde, und dann zu Aylin: „Kommst du mit uns?“

Aylin sah uns nicht einmal an, als sie antwortete:

„Nein, danke. Ich will ja nicht stören.“

Walter schien ihre Antwort nicht weiter zu irritieren.

„Na dann, los geht's!“

Mit einem letzten Blick zum Lehrerpult folgte ich Walter aus dem Klassenraum. Ich hatte das Gefühl, dass Marc uns hinterher sah, aber als ich mich umdrehte, schrieb er in sein Klassenbuch.

„Verknall dich nicht“, sagte Walter trocken, als wir außer Hörweite waren.

Ich spürte, wie ich rot wurde.

„Hör auf mit dem Scheiß!“

„Ich sag's ja nur“, sagte Walter.

„Ja. Herzlichen Dank.“

Ich war froh, als der Regen meine Wangen kühlte. Ohne ein weiteres Wort stiegen wir auf die Räder und fuhren los.

Das Jugendzentrum lag direkt an der Grenze zum Holmmoor, einer weitläufigen Sumpflandschaft, die mir schon aus der Ferne Angst einjagte. Dass die Quickborner dort freiwillig spazieren gingen, war mir ein Rätsel, denn in meinen Augen lauerte hinter der Baumgrenze nichts als bösartiger, kalter Morast, nächtlicher Todesnebel und wandelnde Moorleichen. Ein falscher Schritt und man wurde in die Tiefe gezogen.

Mit seinem von abgestorbenen Bäumen umrahmten Parkplatz wirkte das heruntergekommene Gebäude wie ein Grenzposten zum Ende der Welt. Bela und Martin warteten bereits auf den nassen Treppenstufen vor der großen Flügeltür, als Walter und ich, zeitgleich mit Aylin, die von der Moorseite her kam, dort eintrafen.

„Hey, du bist dabei“, rief Bela mir entgegen.

„Mal gucken“, sagte ich, schloss mein Rad an und wischte mir eine nasse Haarsträhne aus dem Gesicht.

Im Gegensatz zu Aylin, die mich still von der Seite beäugte, schien Bela nichts dagegen zu haben, dass ich hier war. Und auch Martin wirkte zufrieden, als er mir – schon wieder – die Hand schüttelte.

Marc kam auf seinem Mountainbike. Wie gut er aussah! Er schloss sein Fahrrad an und kam mit klimperndem Schlüsselbund vor uns zum Stehen. „Wir sind ja schon vollzählig“, sagte er fröhlich.

„Sogar mehr als das“, bemerkte Aylin.

Walter und sie tauschten einen Blick aus.

„Na, dann mal rein mit euch!“

Marc hielt die Tür auf. Ich ließ den anderen den Vortritt und trat dann ebenfalls über die Schwelle.

„Warte kurz, Liv.“

Ich drehte mich um und Marcs plötzliche Nähe ließ mich taumeln. Ich musste einen Schritt zurücktreten, um ihm in die Augen sehen zu können.

„Schön, dass du da bist“, sagte er.

Meine Wangen glühten vor Aufregung.

„Danke.“

„Außerhalb der Schule kannst du mich Marc nennen, okay?“

Ein Regentropfen vom Dach verfing sich in seinem Haar.

„Okay“, sagte ich.

Ich war so nervös, dass ich den Faden verlor. Was nun?

Marc sah über meine Schulter ins Gebäude.

„Kann’s losgehen?“

„Äh. Okay.“

Die anderen waren längst verschwunden. Marc dirigierte mich durch einen Flur und dann über eine schmale Treppe hinunter in den Keller. Am Ende der Treppe warteten die anderen vor einer Stahltür auf uns. Marc warf Walter den Schlüssel zu.

Das Erste, was ich sah, war das große alte Sofa mit den aufgeschlitzten Polstern. Es war unter unzähligen Kissen begraben und bildete zusammen mit zwei Sesseln, ein paar Stühlen und einem niedrigen Fliesentisch eine hässliche, aber gemütliche Sitzecke. Das einzige Fenster lag zu zwei Dritteln unter der Erdoberfläche und war mit staubigen Spinnenweben verhangen. Große und kleine Spinnen hingen in jeder Ecke des Raumes. Charlotte wäre gestorben! Es gefiel mir.

„Du musst aufpassen", sagte Bela, „Wenn du zu lange auf dem Sofa sitzt, spinnen sie dich ein wie im *Lullaby* Video."

Marc räusperte sich hinter mir und ich drehte mich zu ihm um. Zwischen seinen Fingern brannte eine Zigarette; seine Augen glühten hinter einer Wand aus blauem Dunst.

„Setz dich", sagte er.

Die anderen hatten mittlerweile sechs Wassergläser und eine Flasche Rotwein auf den Tisch gestellt und ich bekam eine Ahnung, dass es in dieser Gruppe nicht nur ums Theaterspielen ging. Es gab mir ein wenig Hoffnung, denn mit genügend Alkohol würde ich wahrscheinlich sogar das Theaterspielen hinbekommen. Ich setzte mich in einen der Sessel, Bela entkorkte den Wein und goss uns ein. Auch Marc nahm sich einen Sessel und schwang die Beine über die Lehne. Ich konnte nicht anders, als ihn anzustarren. Er zog mit vorgeschobenem Kinn an seiner Zigarette und befreite eine Tüte mit grünem Zeug – wahrscheinlich Gras – und ein Päckchen Zigarettenpapier aus seiner Hosentasche.

„Das Zeug aus der Telefonzelle?“, fragte ich.

„Gut aufgepasst“, sagte Marc und grinste. „Ich hoffe es stört dich nicht …?“

Er sah mich fragend an, während er ein bisschen von dem Gras aus der Tüte schüttete.

„Quatsch!“

„Dachte ich mir.“

Marc begann, mit liebevoller Hingabe einen Joint zu drehen.

Ich beobachtete ihn, während die anderen mit Wein anstießen und Walter ihm einen Zehn-Mark-Schein über den Tisch schob.

„Kleines Ritual zum Lockerwerden“, sagte Marc schließlich und steckte das Geld ein, bevor er den Joint anzündete, zwei Züge nahm und ihn mir reichte. Unsere Finger berührten sich. Mein Bauch kribbelte. Ich brauchte viel zu lange, um meine Hand zurückzuziehen, zog am Joint und starb kurz darauf fast den Halsschmerztod. Meine Grippe hatte ich in der ganzen Aufregung fast vergessen. Keuchend reichte ich die Tüte an Walter weiter und sank beschämt zurück in den Sessel.

„Dein erstes Mal?“, fragte Bela.

„Nein“, krächzte ich.

Das Weinglas verschwamm vor meinen Augen. Auch Marcs Silhouette, die jetzt zu mir sprach, war deutlich verwackelt.

„Also, Liv. Unser Stück heißt *Aperitif mit dem Teufel.* Du sollst die Rolle der Lilith übernehmen. Wenn du willst.“

Ich schielte zu Aylin rüber, konnte aber keine Regung erkennen.

„Die Geschichte geht folgendermaßen: Ein Schauspieler namens Schwarz, gespielt von Walter, wird entführt.

Auftraggeber der Entführung ist der Teufel persönlich. Den spielt bei uns Martin."

Martin grinste und winkte peinlich.

„Erzengel Michaela, gespielt von Aylin, erklärt Schwarz, dass der Teufel keine Lust mehr auf seinen Job hat und deshalb einen würdigen Stellvertreter sucht. Tatsächlich aber steckt etwas ganz anderes dahinter: Schwarz soll für den Teufel den Kopf hinhalten und ist in großer Gefahr. Und dann kommt Lilith ins Spiel."

Marc sah mich durchdringend an. Mein Mund war trocken, meine Wangen glühten.

„Sie ist ein blutrünstiges Biest.", sagte Walter. „Lilith ist eine Krawallschwester."

Ich begann zu verstehen, was mich hierhergeführt hatte.

„Warum habt ihr denn nicht Jessica gefragt?"

Marc lachte so laut, dass Walter neben ihm fast vom Sofa fiel.

„Hast du ihr mal in die Augen gesehen?", fragte er.

Seine Augenbrauen tanzten. Ich dachte an Jessicas tümpelgrünen Blick und schauderte.

„Ja, wieso?"

„Da ist kein Leben."

Während ich noch über seine Worte nachdachte, sprang Marc auf und zog mich mitsamt meinem Sessel von der Sitzecke weg.

„Und nun", rief er, „lehnen Sie sich zurück und genießen die Vorstellung!"

Er wandte sich zur Gruppe, kratzte sich am Kopf, und wie auf ein Stichwort verließen alle außer Marc und mir den Raum. Es wurde still. Ich starrte gebannt auf die Tür, als ein seltsames PLOPP PLOPP meine Aufmerksamkeit zurück auf Marc lenkte. Da war plötzlich ein Saxophon in seinen Händen.

„Was soll *das* denn werden?"

Statt einer Antwort setzte er das Instrument an den Mund, machte noch ein paar Mal PLOPP, und begann mit einem kratzigen Getröte. Ich beobachtete ihn fasziniert. Im nächsten Moment sprang die Tür auf und Walter trat mit erhobenen Händen in den Raum.

„Halt die Hände oben und fass nichts an!", rief Bela von draußen.

„Wenn ich die Hände oben habe, kann ich nichts anfassen", entgegnete Walter.

„Werd nicht frech! Gleich kommt jemand."

Walter lief nervös auf und ab, wobei er die ganze Zeit die Arme in der Luft ließ. Er betrachtete die Möbel und Wände, versuchte, durch das Fenster etwas zu erkennen und ließ sich dann aufs Sofa sinken. Es knallte vor der Tür, kurz darauf kam Aylin herein. Ihr Körper steckte in einem hautengen schwarzen Minikleid, ihre Füße in glänzenden High Heels. Sie war geschminkt wie eine Bahnhofsnutte. In einer Hand trug sie einen schwarzen Aktenkoffer, den sie nun auf den Tisch knallte und öffnete.

„Guten Abend, Herr Schwarz", sagte sie.

Während des folgenden Dialoges rückte Marc langsam an der Wand entlang in meine Richtung.

„Ich möchte klarstellen", sagte er, „dass Aylin darauf besteht, dieses Kostüm zu tragen. Das war nicht meine Idee."

Ich sah ihn scheu von der Seite an. Zählte seine Bartstoppeln, betrachtete die Poren seiner Haut, atmete die Luft ein, die er ausatmete.

Halt mich.

„Gleich kommt Bela", flüsterte er.

Ich nickte nur, gefesselt von seinem Anblick.

Bela kam herein und leierte seinen Text herunter. Und am Ende der Probe war mir eines klarer denn je: Ich hasste Theater, ob mit oder ohne Marc.

„Und? Was denkst du, Liv?“, fragte Marc, als alle wieder zur Lagebesprechung auf dem Sofa saßen.

Walter machte sich Notizen, Bela schenkte Wein aus und Aylin überprüfte, ob ihr ausgestopfter BH noch richtig saß. Ich legte mir meine Worte sorgfältig zurecht.

„Ich kenne mich ja nicht wirklich aus“, begann ich.

„Haha, sie findet uns scheiße!“, rief Martin dazwischen.

„Es liegt an Bela und Martin“, sagte Walter sofort. „Eine Gruppe ist immer nur so stark wie ihr schwächstes Glied.“

Aylin nickte zustimmend.

„Gut auswendig gelernt“, sagte Marc und grinste, dann wandte er sich zu mir.

„Wenn man richtig *zuhört*, dann ist es ein wirklich gutes Stück. Und ab Liliths Auftritt ist sowieso Remmidemmi. Ich gebe dir den Text mal zum Lesen mit, dann kannst du es dir überlegen.“

Er holte einen Stapel Papier unter dem Tisch hervor und gab ihn mir.

„Schlaf eine Nacht drüber, oder zwei. Und wenn es dir gefällt, dann kommst du am Samstag zum Vorsprechen.“

Ich nahm den Text entgegen und ließ meinen Blick durch den Raum schweifen. Bela und Martin grinsten, Walter und Aylin sahen mich mit demselben missmutigen Blick an. Ich sah zu Marc und ertrank beinahe in seinen Augen.

„Okay.“

Nach der Probe versammelten wir uns noch einmal auf der Treppe vor dem Eingang. Es war kalt geworden und der Regen kam aus allen Himmelsrichtungen.

„Fahren wir ein Stück zusammen?“, fragte Walter, während er seine Kapuze über den Kopf zog.

Im selben Moment kam Marc mit klingelndem Schlüsselbund vor uns zum Stehen.

„Kann ich noch kurz mit dir reden, Liv?“

„Klar“, sagte ich zu Marc.

Walter wand sich neben mir. „Ich fahr dann …?“

Ich nickte hilflos und wollte eigentlich noch etwas zu meiner Verteidigung sagen, aber wie hätte das vor Marc ausgesehen? Also ließ ich Walter ziehen. Mit strammen Schritten stapfte er zu seinem Rad, riss das Schloss herunter und fuhr grußlos davon. Marc sah ihm nach, während der Regen seine Jacke befeuchtete.

„Danke, dass du heute da warst“, sagte er dann. Ich tauchte in seinen Blick ein und hörte augenblicklich auf zu frieren.

„Ich würde mich freuen, wenn du zum Vorsprechen kommst.“

„Ich überlege es mir“, sagte ich mit klopfendem Herzen. „Hab sowas noch nie gemacht.“

„Ich bin mir ziemlich sicher, dass du das kannst. Und ich hoffe, dass ein wenig von deiner Intensität auf die anderen abfärbt.“

Intensität? Die Leute hatten im Laufe der Jahre schon viele Worte für mich gefunden, aber dieses war neu.

„Mal sehen.“ Ich lächelte angespannt.

Wem versuchte ich, etwas vorzumachen? Meine Entscheidung stand fest. Ab heute würde ich keine Gelegenheit mehr auslassen, um Zeit mit Marc zu verbringen. Ich wollte bei ihm sein, und sonst nichts. Diese Nähe jetzt aufzugeben und nach Hause zu fahren, war grauenhaft.

„Dann bis morgen“, sagte Marc.

Ich folgte ihm bis zu den Fahrrädern. Mit einer einzigen Bewegung öffnete er sein Schloss und stieg aufs Rad.

„Tschüss", sagte ich.

Marc lächelte noch einmal, dann fuhr er los.

Noch lange blieb ich auf dem verregneten Hof stehen und versuchte, die Bilder festzuhalten, die sich viel zu schnell vor mir zurückzogen. Erst als ich zu frieren begann, schloss ich mein Rad auf und fuhr durch den Regen nach Hause.

22.

Ich traf Franco in der Küche. Er saß am Tisch und blätterte in einem seiner Magazine.

„Wo warst du?“, fragte er.

„Theaterprobe.“

Ich warf meinen Rucksack auf den Tisch, ging zum Kühlschrank und nahm eine Packung Käse heraus, um mir ein Sandwich zu machen. Nachdem ich noch das Toastbrot, Teller, Besteck und ein Glas Gurken eingesammelt hatte, setzte ich mich zu Franco an den Tisch.

„Und warum sagst du nichts? Es ist schon spät.“

„Sorry, ich hab irgendwie die Zeit vergessen“, sagte ich, während ich Gurkenscheiben auf mein Sandwich legte.

„Verdammt, Liv! Langsam reicht’s mit *vergessen*. Du bist fünfzehn.“

Ich ließ das Messer sinken und sah überrascht auf. Solche Worte hörte ich normalerweise nur aus Charlottes Mund.

„Ist irgendwas passiert?“

Während wir uns in die Augen sahen, verlor Francos Ausdruck an Strenge. Sein Blick wurde kraftlos.

„Tut mir leid. Es war ein beschissener Tag.“

„Was ist denn los?!“

Franco seufzte.

„Ich weiß nicht, ob das Dinge sind, die man mit seiner fünfzehnjährigen Tochter besprechen sollte."

„Bitte", sagte ich.

Er beugte sich auf seinem Stuhl nach vorn.

„Manchmal bist du erwachsener als ich, Liv. Und manchmal benimmst du dich wie eine Dreijährige. Wenn ich das jetzt der Erwachsenen Liv erzähle, dann versprich mir bitte, dass die Dreijährige mit diesen Informationen keine Scheiße baut, okay?"

„Okay."

„Also gut. Deine Mutter hat mir ein Ultimatum gestellt. Ich muss mir innerhalb von drei Monaten einen neuen Job suchen."

„Sonst was?"

„Sonst lässt sie sich scheiden."

Ich lachte.

„Das ist *alles*?"

Franco blinzelte ungläubig.

„Du findest das gar nicht schlimm?"

„Machst du Witze? Ich hab eure Scheidung schon in der ersten Klasse mit Barbiepuppen nachgespielt!"

Franco lehnte sich zurück und lächelte wie ein trauriger Clown.

„Aber ich kann mir gar nicht vorstellen, ohne euch zu leben."

„Was heißt denn hier *euch*?", protestierte ich. „Ich bleibe ja wohl bei dir!"

„*Das* würdest du wollen? Wir würden doch keinen Pfennig Geld haben."

„Dann geh' ich halt arbeiten."

„Aber was soll das denn für ein Leben sein? Du brauchst eine anständige Ausbildung, Liv."

„Was nützt mir die Ausbildung, wenn ich allein bei Charlotte bleibe und mit siebzehn in der Irrenanstalt lande?"

Franco lachte.

„Nun lass uns nicht über ungelegte Eier reden. Es muss ja gar nicht so weit kommen. Erzähl mir mal lieber von deiner Theatersache. Was spielst du denn?"

Aber für mich war das Thema noch nicht beendet.

„Ich bleibe *nicht* mit Charlotte alleine hier, klar?"

„Gut. Okay", sagte er beschwichtigend.

„Was hast du jetzt vor?", fragte ich.

„Das weiß ich noch nicht. Aber du wirst es als Erste erfahren, versprochen."

Wir schwiegen eine Weile. Ich biss in eine saure Gurke und spürte, wie sie meinen Hals weiter anschwellen ließ.

„Was spielst du denn nun?", fragte Franco.

„Die Rolle heißt Lilith", krächzte ich. „In dem Stück geht es um den Teufel."

„Schwarzer Mond", sagte er.

„Was?"

„Lilith. Sie ist der dunkle Zwilling des Mondes."

Die Haustür fiel krachend ins Schloss, wir zuckten synchron zusammen und versuchten, uns tot zu stellen.

KLACK-KLACK-KLACK

Charlotte stieß die Küchentür auf und blieb, KLACK-KLACK, breitbeinig stehen.

„Was macht ihr bitte hier?", blaffte sie fischmäulig.

„Reden", sagte ich.

„Wenn ihr für *so was* Zeit habt, könnt ihr auch gleich hier sauber machen."

Wir sahen uns um. Bis auf den Soßenfleck an der Wand war alles sauber.

„Was sollen wir denn sauber machen?"

„Na, die Schränke. Ausräumen, wischen, einräumen. Hab' ich doch gesagt."

„Wann?"

„Letzte Woche."

„Zu wem?"

„Zu dir, *Olivia.*"

Sie guckte dumm, während sie log. Das war mir schon öfter aufgefallen.

„Wenn ich vom Einkaufen wiederkomme, ist das erledigt, klar?"

Niemand reagierte. Ihr Blick fiel auf meinen Rucksack, der noch immer auf dem Tisch lag.

„Hausaufgaben am Küchentisch! Du hast eine zusätzliche Woche *Hausarrest,* Olivia."

Und KLACK-KLACK-KLACK war sie draußen.

„Ich weiß", sagte Franco, noch bevor ich ein Wort zu meiner Verteidigung gesagt hatte.

Wie automatisch griff er nach der zweiten Hälfte meines Sandwichs und führte sie zum Mund, aber plötzlich hielt er inne.

„Mach dir nichts draus, Liv."

Er legte das Sandwich wieder hin.

„Nicht vergessen: Es ist *ihr* Problem, nicht deins. Die Woche sitzt du doch auf einer Arschbacke ab. Ich helfe dir, okay?"

„Warum ist sie nur so?", fragte ich. Die meist gestellte Frage meines Lebens.

„Ich habe eine neue Theorie", sagte Franco. Er rutschte auf seinem Stuhl nach vorn, mit kindlicher Aufregung im Blick.

„Du und deine Theorien."

„Ich nenne sie das ‚Kleine-Schwester-Syndrom'. Du kennst das nicht, weil du ein Einzelkind bist, aber Charlotte ist die Jüngste von sechs Kindern. Und weißt du, was das Problem von kleinen Schwestern ist? Sie werden *nie* gehört. Da beißt sich die Katze in den Schwanz. Sie nerven, weil man ihnen nicht zuhört, und man hört ihnen nicht zu, weil sie nerven. Kleine Schwestern werden ausgesperrt, abgeschoben, rumgeschubst, ignoriert. Charlotte durfte einfach nie mitspielen. Es ist ein Trauma. Deshalb braucht sie mehr Aufmerksamkeit als jeder andere Mensch auf der Welt."

„Das ist eine sehr gute Theorie", sagte ich. „Aber es erklärt nicht, warum sie so gemein ist."

„Meiner Meinung nach schon", sagte Franco. „Es geht darum, die Kontrolle zurückzugewinnen und sie dann auch zu behalten. Wer sein halbes Leben lang nur herumgeschubst wurde, der entwickelt starke Ängste. Charlotte kämpft mit aller Kraft dagegen an. Sie muss herrschen, um sich sicher zu fühlen. Und: Wer herrschen will, muss grausam sein."

„Warte mal, heißt es nicht: *Wer herrschen will, muss dienen lernen*?"

„Wie auch immer", sagte Franco.

Ich lachte und wollte vom Tisch aufstehen, aber ein Schwindelanfall zwang mich zurück auf den Stuhl.

„Geht es dir nicht gut?"

„Ich glaub', ich krieg Fieber."

Franco legte seine Hand auf meine Stirn.

„Ganz schön warm. Meine arme Maus. Leg dich mal ins Bett, ich bringe dir ein paar Sachen."

„Das ist lieb, aber ich glaube, ich geh' einfach schlafen."

Ich schleppte mich nach oben und legte mich ins Bett. Franco ließ mich erst in Ruhe, nachdem er mir noch einen Tee gekocht, ein Kräuterkissen aufgewärmt, Salem und Frances gefüttert und die Reste meines Sandwichs in einer Tupperdose auf mein Zimmer gebracht hatte. Danach ging er zum Arbeiten auf den Dachboden. Niemand putzte die Schränke, und Charlotte fiel es nicht einmal auf.

23.

Am nächsten Tag war ich ein Zombie. Verquollen, mit verstopfter Nase, Halsschmerzen und Schüttelfrost. Ich konnte mich kaum auf den Beinen halten, aber keine Krankheit dieser Welt hätte mich davon abgehalten, zur Schule zu fahren, denn ich wollte Marc sehen! Zwei Aspirin, ein halber Liter Cola und unfassbar viel Schminke halfen mir dabei, halbwegs menschlich auszusehen. Erst kurz vor dem Klingeln erreichte ich den roten Platz, wo Walter mir bereits entgegen kam und demonstrativ auf die Uhr sah.

„Ihr hattet wohl noch Spaß gestern?"

Meine Antwort ging in einem heftigen Hustenanfall unter, woraufhin Walter einen erschrockenen Ausfallschritt machte.

„Bist du krank?"

„Ein bisschen."

„Iiieh! Bleib mir bloß vom Leib!"

Ich wollte noch etwas sagen, aber Walter stand plötzlich nicht mehr an meiner Seite. Ich sah ihn davonrennen und im Sporttrakt verschwinden.

Nach der Sportstunde, die ich dank meiner Krankheit auf der Bank verbringen durfte, war ich gerade auf dem Weg zurück ins Hauptgebäude, als jemand meinen Namen rief. Es war Aylin, die sich beeilte, mich einzuholen.

„Wo ist denn Walter?", fragte sie. „Der rennt dir doch sonst hinterher wie ein Kind einem Schmetterling."

Ich schnäuzte in ein Taschentuch.

„Er will sich nicht anstecken."

Aylin lachte gackernd.

„Stimmt ja, seine Virenphobie! Warst du mal bei ihm zu Hause? Da sieht's aus wie in einem Operationssaal! Geil, oder? Du musst ihn mal beobachten. Er ekelt sich sogar vor Türklinken!"

„Verrückt."

„Aber irgendwie auch süß, oder?"

„*Süß* wäre jetzt nicht das erste Wort, das mir dazu einfällt."

„Psst!", machte Aylin plötzlich. „Kannst du ein Geheimnis für dich behalten?"

Ich sah sie verwirrt an.

„Wenn's sein muss."

„Gut." Sie sah sich zu allen Seiten um und kam dann beängstigend nah an mich heran.

„Ich dachte, dass du in Walter verknallt bist. Deshalb wollte ich dich nicht in der Gruppe haben. Tut mir leid."

„Ich bin *definitiv nicht* in Walter verknallt", protestierte ich.

„Ja, ja! Ich weiß! Das hab' ich ja gestern gesehen."

Ich geriet ins Stolpern und hielt mich am Türrahmen des Haupteingangs fest.

„*Was* hast du gestern gesehen?"

Aylin grinste nur.

„Er ist süß", sagte sie.

Meinte sie nun Walter oder Marc? Ich traute mich nicht zu fragen.

„Verstehe“, sagte ich stattdessen.

Aylin strahlte, ihre Sommersprossen tanzten.

„Na dann“, sagte ich müde.

Sie kicherte und stieg vor mir die Treppe hoch. Vor dem Klassenraum warteten die Ärztinnen in vertrauter Pose. Als Jessica mich kommen sah, stieß sie sich von der Wand ab und kam in unsere Richtung.

„Was will *die* denn jetzt?“, flüsterte Aylin.

Auf halber Strecke zu uns öffnete Jessica ihre Strickjacke. Ich musste zweimal hinsehen, weil ich es kaum glauben konnte: Über ihren wohl geformten Brüsten spannte sich ein bügelglattes *NIRVANA*-T-Shirt.

„Guck mal! Deinen toten Ehemann gibt's jetzt auch bei Lagerfeld!“

Ich zeigte ihr den Mittelfinger – offenbar genau das, worauf sie gewartet hatte, denn sie kam sofort auf mich zu. Ich festigte meinen Stand, aber bevor ich überhaupt die Hände zur Verteidigung heben konnte, schob Aylin sich todesmutig zwischen uns.

„Lass Liv in Ruhe!“

Jessica blieb stehen. Sie betrachtete Aylin mit demselben verwirrten Blick wie ich. War das ein Witz? Aylins Auftritt war so absurd, dass er unsere Wut in pure Ratlosigkeit verwandelte. Und es wurde sogar noch seltsamer.

„Liv findet ihre Mutter selber zum Kotzen! Geht das nicht in deinen Schädel rein, Tussi?“

Jessica glotzte mich an, als hätte ich Antennen auf dem Kopf. Da waren tausend Fragen in ihrem Blick. Ich glotzte zurück und fragte mich, was das Ganze hier mit Charlotte zu tun haben sollte. Fast hätte ich nicht bemerkt, wie Marc sich hinter mir vorbei den Weg in Richtung Klassenraum bahnte – nur der Hauch von Waldmeister-Brausepulver verriet ihn.

Ein tiefer Atemzug und Jessica war vergessen. Langsam drehte ich mich um. Marc hantierte mit dem Schlüssel an der Tür herum. Er sah unfassbar gut aus. Während die anderen Schüler an mir vorbei in den Klassenraum strömten, hakten sich unsere Blicke ineinander. Mir stockte der Atem, was in einem wilden Hustenanfall endete.

„Bist du krank, Liv?"

Seine Augen leuchteten wie zwei Gletscher im Sonnenaufgang.

„Bisschen", krächzte ich, während ich auf einer warmen Welle der Zuneigung in seine Richtung schwebte.

„Was machst du dann in der Schule?"

Ich zuckte mit den Schultern. „Lernen?"

Marc grinste wissend.

„Rein mit dir!"

Auf weichen Knien ging ich an ihm vorbei in den Klassenraum, wo ich Jessica auf ihrem Platz in der letzten Reihe wiederfand. Jede Aggression war aus ihrem Gesicht verschwunden. Sie sah fast nachdenklich aus, als ihr Blick mich streifte. Ich setzte mich. Aylin stupste mich unsanft an.

„Du kannst ruhig mal danke sagen. Ich hab dich immerhin gerade gerettet."

„Danke!", sagte ich, „Aber was hat Jessica denn bitte mit meiner Mutter zu tun?"

Marc brüllte sein obligatorisches „Schnauze!" durch den Raum. Aylin erstarrte und gab keinen Ton mehr von sich.

Erst nach dem Pausenklingeln erwachte sie aus ihrer Angststarre und störte mich dabei, wie ich Marc heimlich beim Einpacken beobachtete:

„Du weißt doch, was deine Mutter mit Jessicas Mutter angestellt hat, oder?"

„Nee“, sagte ich und löste meinen Blick widerwillig von Marcs Brusthaar, das unter der offenen Knopfreihe seines Hemdes herausguckte,

„Was denn?“

„Das Interview neulich?“

Hilflos schüttelte ich den Kopf.

„Marie Lamprecht“, sagte Aylin.

„Lamprecht …“, sprach ich langgezogen nach. „Das kommt mir bekannt vor.

„Die Fickbeziehung von Daniel Brell, Mann!“

Und endlich fiel der Groschen.

„Diese Schauspielerin mit der Affäre? *Das* ist Jessicas Mutter!?“

„Genau. Die arme Frau, die von deiner Mutter vor laufender Kamera in Stücke gerissen wurde.“

„Was? Aber ich dachte, Jessicas Nachname ist …“

„Peters, ja. Den hat sie von ihrem Vater. Der hat ihre Mutter aber schon vor zwei Jahren sitzen lassen.“

„Aber warum ist diese Affäre mit Daniel Brell dann jetzt so ein Drama?“

„Mann, wo lebst du denn? Habt ihr keine *Gala* auf dem Klo, oder was? Das ist so ein Drama, weil *Horst* Lamprecht, alias Ehemann Nummer *zwei,* jetzt ganz schön doof dasteht. Als Politiker ist das nicht so geil, wenn die Frau in aller Öffentlichkeit fremdvögelt.“

Ungläubig schüttelte ich den Kopf und kämpfte gegen einen Hustenanfall. Aylin stand auf und schwang ihren Rucksack über die Schulter.

„Bis gleich in Kunst.“

„Bis gleich“, sagte ich. „Und danke.“

„Na, geht doch.“

24.

Marcs plötzliche Präsenz traf mich unvorbereitet. Wie aus dem Nichts stand er neben mir. Dieser Blick! Eine Ader an seinem Hals pulsierte deutlich. Ich kämpfte gegen einen Schweißausbruch.

„Geh nach Hause!“, sagte er.

„Nö, danke.“

„Aber du bist krank.“

„Es geht schon wieder.“

Entschlossen stand ich auf, sank aber sofort zurück auf den Stuhl, weil mir schwarz vor Augen wurde. Mein ganzer Körper fühlte sich heiß und geschwollen an. Mir war nur nicht ganz klar, ob Marc oder die Grippe daran schuld waren.

„Entschuldige, Hase, aber du siehst aus wie auf links gezogen. Ich bring dich jetzt ins Krankenzimmer und rufe deine Eltern an, damit sie dich abholen.“

Sein Kosename trieb mir die Röte ins Gesicht. Ich sah mich um, um mich zu vergewissern, dass wir allein waren. Aber dort saß Walter – als einziger noch am Platz – und packte umständlich seine Bücher ein.

„Die wirst du nicht erreichen“, sagte ich und freute mich wie ein kleines Kind über diese neue Art, mit Marc zu sprechen.

Ein Lächeln flog über sein Gesicht. Dann setzte er einen Lehrerblick auf.

„Deine Eltern *müssen* erreichbar sein. Das steht so im Elternmerkblatt.“

„Ich würde wetten, dass sie es nicht einmal gelesen haben“, sagte ich.

Marc rieb sich mit den Fingern das Kinn.

„Ich versuche es trotzdem. Komm mit.“

Willenlos ließ ich mich von ihm ins Krankenzimmer führen.

Auf dem Weg dorthin schwiegen wir, aber es war ein so lautes, sehnsüchtiges Schweigen, dass ich beinahe seine Hand genommen hätte.

„Leg dich hin“, sagte er im Krankenzimmer, „und mach die Augen zu.“

Ich tat wie befohlen, während meine Fantasie aus seinen Worten einen Tagtraum formte. Eine staubige Wolldecke, die er mir überwarf, schirmte mich vor der Realität ab, während ich auf dem Weg in einen fiebrigen, unsicheren Schlaf seine letzten Worte vernahm: „Ich komme dich dann holen.“

Als ich aufwachte, wusste ich zunächst nicht, wo ich war.

Meine Klamotten klebten kalt an meinem Körper, meine Haare waren feucht und verknotet. Ich richtete mich auf und ließ die Erinnerungen langsam einrieseln. Ein kaltes, graues, Zimmer. Ein Waschbecken an der Wand. Der Computer auf dem Schreibtisch. Marc, der sich mit einem langen Blick verabschiedete. Hatte ich die Pausenklingel überhört? War er schon weg? Als ich gerade von der Liege rutschen wollte, klopfte es und Marc steckte den Kopf zur Tür herein. Obwohl der trübe Nachmittag alle Farben zu verschlucken schien, überstrahlten seine Augen alles. Mein Herz begann zu rasen.

„Wieder wach?“, fragte er leise.

„So halb.“

Ich schwang die Beine von der Liege und ging zum Waschbecken an der Wand, um das ganze Ausmaß der Katastrophe im Spiegel zu überprüfen.

„Wie fühlst du dich?“, fragte Marc.

„So, wie ich aussehe.“

„Dann kannst du ja jetzt nach Hause joggen.“

Schweigen. Ich lachte unsicher.

„Ich hab deine Eltern übrigens nicht erreicht.“, sagte er. „Ich fahr ich dich jetzt nach Hause.“

Während ich mir noch den verschmierten Kajal aus den Augen wischte, drehte ich mich zu ihm um. Eigentlich wollte ich dankend ablehnen, aber tatsächlich war es doch alles, wonach ich mich sehnte: Mehr Zeit mit ihm. Allein.

„Danke, das ist nett“, sagte ich.

„Kannst du laufen?“

Marc trug meinen Rucksack, während wir durch das leere Schulgebäude und schließlich durch den kalten Regen in Richtung Parkplatz gingen.

Er schloss die Fahrertür auf, ließ sich auf den Sitz fallen und öffnete mir von innen die Beifahrertür. Damit ich mich hineinsetzen konnte, fegte er einen Stapel Kassetten in den Fußraum, von denen ich ein paar aufhob, um sie in die Ablage unter dem Handschuhfach zu sortieren. *Pixies, Violent Femmes,* eine Hülle namens *Mixtape des Todes.* Und: *NIRVANA.*

Ich sagte nichts. Es schien mir irgendwie unpassend, mit ihm über Kurt zu sprechen. Marc kannte den Brief. Es war mir unendlich peinlich.

Während Kurt sich mit schmerzhaften Faustschlägen zurück in meine Erinnerung boxte, lehnte ich mich zurück und atmete die feuchte Duftbaum-Brausepulver-Luft ein. Marc griff nach einem Dreierpack Milchschnitte auf dem Rücksitz.

„Willst du eine?“

Ich sah nicht die Milchschnitten an, sondern ihn.

„Nein, danke.“

Er öffnete das Handschuhfach, aus dem mir eine zusammengefaltete BILD-Zeitung auf den Schoß fiel.

„Ein Deutschlehrer an einem Elitegymnasium liest die BILD?“

Marc drehte den Zündschlüssel – der Wagen sprang nicht an.

„Ein neurobiologischer Totalausfall mit einer Ratte in der Jackentasche geht auf eine Eliteschule?“

Er drehte den Schlüssel ein zweites Mal. Ich konnte nicht anders, als laut loszulachen.

Beim dritten Versuch wieherte das Auto wie ein krankes Pferd, bevor es endlich ansprang. Marc parkte ruckartig aus, trat aufs Gaspedal und schaltete röhrend in den nächsten Gang. Ich lachte immer noch.

Wir bogen auf die Landstraße ab. Ich beobachtete Marc dabei, wie er eine Kassette in den Recorder schob und dann zu einem Pixies-Song mit den Fingern auf dem Armaturenbrett den Takt trommelte. Ein Gefühl wie platzende Seifenblasen breitete sich meinem Magen aus. Seine Schönheit war so einschüchternd – ich konnte meine Augen nicht von ihm lassen. Als er merkte, dass ich ihn anstarrte, hörte er auf zu trommeln und sah stumm auf die Straße.

Der Regen ließ nach. Ein Riss in der Wolkendecke brachte unerwartete Wärme und einen Regenbogen.

„Danke“, sagte ich, als wir an der Hochzeitstorte hielten.

Marc sah durch das schmutzige Autofenster auf unser Haus, das im gelben Licht der plötzlichen Nachmittagssonne bernsteinfarben glühte. Der Wind schleuderte ein paar Tropfen von den Bäumen gegen das Fenster. Das Glühen wurde vom nächsten Regenschauer gelöscht.

„So wohnt also Charlotte Ballato.“ Er schüttelte den Kopf. „Es sieht aus wie …“

„Eine Torte?“, fragte ich.

„Genau. Marzipan und Schlagsahne!“

Schweigend sahen wir aus dem Fenster.

„Wie fühlst du dich?“, fragte Marc irgendwann und sah mich an.

„Gut.“

Ich hielt es kaum aus, ihm in die Augen zu sehen. Die Seifenblasen wurden zu Luftballons.

„Wie nach einer Wunderheilung.“

„Du solltest dich trotzdem hinlegen. Dein Körper braucht jetzt Ruhe.“

Ich nickte, aber ich wollte nicht aussteigen. Nur fiel mir nichts ein, das ich noch hätte sagen können, also löste ich meinen Gurt und drückte die Tür auf.

„Danke für's Fahren.“

„Gern geschehen. Gute Besserung“

Ich zögerte noch eine Sekunde und suchte nach Worten, bis ich schließlich rat- und wortlos ausstieg, noch einmal winkte und dem davonfahrenden Auto hinterher sah.

Es war still. Und wie auf ein Kommando setzte der Regen wieder ein, übertönte das Rauschen in meinem Kopf und durchnässte meine Kleidung. Das Schwindelgefühl kam wieder. Mein Hals tat weh. Marc war weg. Es ging mir beschissen.

Irgendwann schleppte ich mich nach drinnen, stellte fest, dass niemand zu Hause war und ging direkt in mein Zimmer. Mein Magen knurrte, als ich Salem und Frances die Reste von meinem vertrockneten Käsesandwich in die Burg warf, aber ich war zu erschöpft, um mir selbst etwas zu essen zu machen. Stattdessen legte ich mich ins Bett, rollte mich auf die Seite und dachte an Marc. Vielleicht roch meine Kleidung jetzt ein wenig nach Duftbaum und Brausepulver, denn sobald ich die Augen schloss, saß ich wieder in seinem Auto. Es war beruhigend, an ihn zu denken. Egal, wie krank und allein ich war – Marcs bloße Existenz war wie eine einzige wärmende Umarmung.

25.

„Na, du siehst ja aus“, sagte Franco.

Ich blinzelte unter meiner Decke hervor. Meine Augen brannten. Franco stand an meinem Bett und beugte sich über mich.

„Warst du in *dem* Zustand in der Schule?“

Ich tastete nach einem Taschentuch, fand eines auf dem Schreibtisch und putzte mir die Nase.

„Herr Schleiss hat mich nach Hause gefahren. Er hat versucht, dich zu erreichen.“

„Oh nein! Das tut mir leid, Kleines. Ich muss mir dringend so ein Handy zulegen.“

Er sah zerknirscht auf den Berg aus Taschentüchern vor meinem Bett.

„Hast du Fieber?“

„Glaub' schon.“

„Ich bringe dir ein paar Sachen. Nicht weglaufen!“

Ich winkte ab, aber Franco war längst auf dem Weg nach unten. Eine halbe Stunde später kam er zurück und trug ein Tablett vor sich her. Es war beladen mit einer dampfenden Schüssel mit Nudelsuppe, einer XXL-Tasse Kamillentee, einem Haufen Süßigkeiten, der neuen *BRAVO* aus dem Briefkasten, einem Töpfchen mit Eukalyptusbalsam, Halstabletten, einem Fieberthermometer und einem zierlichen Kristallglöckchen aus Charlottes Osterdekoration.

„Was soll die Glocke?“, fragte ich, während ich mich unter Schmerzen aufrichtete.

Franco nahm das hauchzarte Glöckchen in seine Riesenhand und schwenkte es sanft.

PING!

„Einfach klingeln, wenn du mich brauchst. Ich bin direkt über dir und arbeite.“

„Danke, Papa.“

Franco lächelte mild.

„Ich hole nachher dein Fahrrad von der Schule ab. Jetzt iss erstmal und schlaf noch ein bisschen.“

Mit diesen Worten lehnte er die Tür an und ging. Ich wickelte die Decke um meine Hüfte, griff nach der herrlich duftenden Schüssel und hielt die Nase darüber: Sternchennudelsuppe – meine Lieblingssorte. Ich hatte Franco Unrecht getan. Er mochte in letzter Zeit etwas zerstreut sein, aber er war noch immer der beste Vater der Welt.

In der folgenden Nacht übernahm die Grippe das Kommando. Aus meinen Körper wurde innerhalb weniger Stunden ein triefender, schlotternder, keuchender Haufen Fleisch.

Es war zu verkraften, dass ich am Freitag einen Tag zu Hause blieb, da wir freitags sowieso keine Stunde bei Marc hatten. Ich verließ das Bett nur, um auf die Toilette zu gehen oder mir den Schweiß vom Körper zu waschen. Wenn ich schlief, wälzte ich mich in Fieberträumen umher, und wenn ich wach war, dann hustete ich, dass das ganze Haus wackelte. Franco stattete mir regelmäßig Besuche ab, brachte mir Tee und Essen und füllte meine Wärmflasche mit heißem Wasser.

Derweil wuchs der Berg aus Taschentüchern vor meinem Bett auf Matratzenhöhe. Ich schlief so viel und unregelmäßig, dass ich komplett das Zeitgefühl verlor. Und irgendwann war es plötzlich Samstag. Ich hätte es gar nicht bemerkt, wenn nicht Charlotte am Morgen plötzlich in meinem Zimmer aufgetaucht wäre.

„Was ist mit deinen Hausaufgaben?", fragte sie.

„Was soll damit sein?", krächzte ich.

„Du musst den Stoff nachholen, sonst verlierst du den Anschluss."

„Ich sollte vielleicht erst mal gesund werden."

Charlotte lachte, als hätte ich einen sehr guten Witz gemacht.

„Was ist denn das für eine Einstellung? Im richtigen Leben kannst du auch nicht einfach alles stehen und liegen lassen. Stell dir vor, *ich* hätte das damals so gemacht. Wo wären wir dann jetzt?"

Ich schwieg. Charlotte begann, auf meinem Schreibtisch herumzuwühlen.

„Wo ist die Telefonliste?"

„Wen willst du denn anrufen?"

„Deinen Klassenlehrer."

Augenblicklich kehrte Leben in meinen Körper zurück. Ich setzte mich auf.

„Das kann ich doch machen", sagte ich.

Charlotte blickte misstrauisch.

„Wieso? Hast du was ausgefressen?"

„Nein, ich wollte ihn sowieso noch was fragen. Wegen der Theatergruppe."

„Machst du da jetzt mit?", fragte Charlotte.

Offenbar hatte sie schon wieder vergessen, dass sie selbst meine Teilnahme angeordnet hatte.

„Ich hab es mir angeguckt, so wie du wolltest."

„Und wie ist es?"

„Peinlich! Echt zum Kotzen", log ich, weil ich wusste: Je schlechter ich es Charlotte verkaufte, desto größer war die Wahrscheinlichkeit, dass sie mich zur Teilnahme zwingen würde.

„Diese Streber halten sich alle für *ganz* exklusiv. Und Herr Schleiss ist ein totaler Angeber!"

„Darum *geht* es aber nicht, Olivia. Du sollst lernen, in einer Gruppe zu funktionieren."

„Bei denen kann ich höchstens lernen, wie man ein Schnösel wird."

„Du wirst da mitmachen, *Olivia*!"

Ich hatte große Mühe, mir ein Grinsen zu verkneifen.

„Schon gut", sagte ich. „Ich melde mich zum Vorsprechen an."

„Gut. Ruf ihn an!"

„Bringst du mir das Telefon?"

Meine Frage war riskant. Wann immer ich Charlotte um etwas bat, entsicherten all die kleinen Soldaten in ihrem Kopf die Waffen. Für wen hielt ich mich? Was fiel mir ein, die Königin um das Telefon zu bitten? Ein nervöses Zucken in ihrer Wange bestätigte meine Vermutung: Sie kämpfte mit sich. Ich rechnete jeden Moment mit einem Angriff. Was allerdings dann passierte, war kaum zu glauben: Sie ging aus dem Zimmer und kam kurz darauf mit dem Telefon und der Nummernliste zurück. Ich war ernsthaft schockiert.

„Los. Ruf ihn an!", befahl sie.

Ihr herablassender Tonfall stellte die Weltordnung zumindest teilweise wieder her. Ich griff nach dem Telefon und tippte Marcs Nummer ein, wobei mir das Herz bis zum Hals schlug. Dass Charlotte im Zimmer blieb, um das

Gespräch mitzuhören, machte mich zusätzlich nervös. Was wollte ich noch mal sagen? Meine Pulsgeschwindigkeit verdoppelte sich mit jedem Freizeichen.

„Ja", sagte Marcs Stimme plötzlich an meinem Ohr.

Mir brach der Schweiß aus.

„Hi, hier ist Liv!"

„Oh, hey! Geht's dir besser?"

„Ich wollte di..." Beinahe hätte ich ihn geduzt. Das hätte ein filmreifes Kreuzverhör gegeben.

„Ich wollte Sie nach den Hausaufgaben fragen." Marc räusperte sich.

„Ich habe Walter beauftragt, sie dir nach Hause zu bringen. Dein Vater hat gesagt, du hast die Grippe und wirst länger ausfallen."

Franco hatte mit Marc telefoniert? Aus irgendeinem Grund machte mich das nervös.

„Ach, Quatsch, am Montag komme ich wieder", sagte ich. Charlotte tippte ungeduldig mit der Fußspitze auf den Boden.

„Da bin ich ja gespannt", sagte Marc.

Ich konnte hören, dass er schmunzelte.

Charlotte verlagerte ihr Gewicht von einem Bein auf das andere.

„Noch was anderes", sagte ich. „Ich würde gerne zum Vorsprechen kommen."

„Im Ernst? Das ist ja super, Liv!"

„Ja. Wann ginge das denn?"

„Mittwoch oder Samstag. Weißt du doch!"

„Ich würde dann am Samstag in einer Woche kommen", sagte ich.

„Sag ihm, dass ich mitkommen werde", sagte Charlotte.

Mir quollen vor Schreck beinahe die Augen aus den Höhlen.

„War das deine Mutter?“, fragte Marc.

„Ja“, sagte ich angespannt. „Ich soll Sie fragen, ob meine Mutter mitkommen darf.“

„Das war keine *Frage*!“, rief Charlotte dazwischen.

„Die spinnt ja!“, lachte Marc.

„Das stimmt“, sagte ich.

Marc lachte so laut, dass Charlotte es hörte.

„Warum lacht er?“

„Tut mir leid“, sagte Marc. „Zuschauer sind bei den Proben nicht erlaubt.“

Ich sah Charlotte an und schüttelte den Kopf.

„Geht nicht.“

Vor lauter Empörung riss die die Augen auf.

„Ich geb’ dir gleich *geht nicht*! Her mit dem Telefon!“

Sie grapschte nach dem Hörer und ich hoffte, dass mein Virus, der jetzt daran klebte, sie wochenlang ans Bett fesseln würde.

„Was soll das heißen, geht nicht?“, blaffte Charlotte ins Telefon.

Eine Weile hörte ich gar nichts.

„Ja“, sagte Charlotte dann. „Hm, hm. Das verstehe ich.“

Entsetzt starrte ich sie an. Ihre Gesichtszüge hatten sich deutlich entspannt.

„Ja ... gut, machen wir so. Ihnen auch einen schönen Tag, Herr Schleiss. Danke. Tschüss.“

Charlotte legte auf, gab mir das Telefon zurück und ging wortlos aus dem Zimmer. Ich sah ihr nach – fassungslos. Was hatte Marc mit ihr gemacht?

Den Rest des Samstags dachte ich, wenn ich nicht gerade von Fieberträumen durchgeschüttelt wurde, über kaum etwas anderes nach als Marcs Wirkung auf Charlotte. Es passte zu dem, was in letzter Zeit mit mir passiert war: Solange ich an Marc dachte, war Charlottes Gift völlig unwirksam.

War Marc das Antiserum? Bisher hatte ich immer Kurt für meinen großen Retter gehalten. Doch wie so vieles andere brachte Marc auch diese Theorie ins Wanken.

26.

Die Grippe ließ mich nicht los. Tatsächlich wurden meine Halsschmerzen übers Wochenende noch schlimmer, weshalb Franco mir am Montag einen Arzt auf den Hals hetzte, der ihm ein Rezept für mich gab. Und nachdem Franco dann mein Fahrrad von der Schule abgeholt hatte und zur Apotheke gefahren war, musste ich dreimal am Tag eine faustgroße Tablette schlucken. Es war die Hölle! Aber meine Schmerzen und die Tabletten waren längst nicht das Schlimmste – viel qualvoller war die Tatsache, dass ich eine ganze Woche lang im Bett bleiben sollte. Schon jetzt vermisste ich Marc so sehr, dass ich fast durchdrehte. Wie sollte ich es eine ganze Woche lang durchhalten?

Die Tabletten wirkten schnell, so dass ich am Dienstagabend, sobald ich nicht mehr nur aus Fieber und Schmerzen bestand, das Einzige tat, was mich wenigstens ein bisschen näher zu Marc bringen würde: Ich lernte meinen Text. Stunde um Stunde saß ich mit den Blättern, die vom Herumtragen im Rucksack an den Rändern schon ganz schmutzig und verknickt waren, im Bett und versuchte, zu Lilith zu werden. Ich hasste es. Es war ein Albtraum. Aber wenn dieses Theaterstück die Verbindung zwischen Marc und mir aufrechterhalten konnte, dann war ich bereit, diesen schmerzhaften Weg zu gehen.

Walter schickte mir die Hausaufgaben per Post, da er sich offenbar nicht einmal in die Nähe unseres Hauses traute, aus lauter Angst, sich den Killervirus einzufangen.

Am Mittwoch konnte ich mein Lager bereits vor dem Fernseher im Wohnzimmer aufschlagen und am Donnerstag half ich Franco schon wieder ein wenig in der Küche. Charlotte beobachtete mich stets aus sicherer Entfernung und wirkte wenig angriffslustig, solange ich nur angestrengt meine Hausaufgaben erledigte oder für das Vorsprechen lernte und dabei möglichst depressiv aussah.

Als ich am Samstagmorgen, Liliths Text vor mich her flüsternd, durch den Vorgarten schlenderte, erwischte ich sie dabei, wie sie mich argwöhnisch aus dem Schlafzimmerfenster heraus beobachtete. Ich war in Feiertagsstimmung, und das schien sie ernsthaft zu stören. Aber nichts hätte mir an diesem Tag die Laune verdorben. Es war der Tag meiner Wiederauferstehung. Der Tag, an dem ich Marc wiedersehen würde. Die Sonne schien, der Duft von verbrannter Holzkohle und frisch gemähtem Gras zog durch die Gärten und alles, was von meiner Grippe noch übrig war, war ein letzter Rest Schnupfen. Ich setzte mich auf die Bank neben der Haustür und streckte mich der Sonne entgegen.

„*Olivi-AAAAA!*“

Charlottes Stimme kam aus dem Inneren des Hauses. Mit einem Seufzen stand ich auf und ging nach drinnen. Ich hatte eigentlich erwartet, Charlotte und Franco im Esszimmer vorzufinden, aber dort standen nur die Reste ihres Frühstücks auf dem Tisch und schwitzen in der Sonne.

Franco kam aus der Küche.

„Ach, guten Morgen, Schatz!“, sagte er, als er mich entdeckte.

„Was machst du?", fragte ich.

„Ich baue gleich die Gartenmöbel auf, und den Pavillon für die Party."

„*Jetzt* schon?"

„Ja, das Wetter soll so bleiben. Deine Mutter hat schon angefangen, die Einladungen zu schreiben."

„Hat sie mich deshalb gerufen?"

„Da bist du ja endlich!", krähte Charlotte von irgendwoher.

Ich drehte mich um. Sie stand draußen vor dem offenen Fenster wie ein irrer Landstreicher und sah zu uns herein.

„Worauf *wartest* du, hilf deinem Vater!"

Ich hob hilflos die Hände und sah Franco an. Er grinste nur.

„Na, dann los."

Ich zog meine Hausschuhe aus und folgte Franco durch das kitzelnde, kühle Gras des Vorgartens. Gleichzeitig kitzelte die Aufregung in meinem Bauch. Nur noch ein paar Stunden bis zum Vorsprechen. Wir trugen die neuen Gartenmöbel in Einzelteilen aus der Garage, ich holte das Werkzeug und eine Flasche Limo aus dem Haus, und wir begannen mit dem Zusammenschrauben des ersten Tisches.

„Hast du überhaupt schon gefrühstückt?", fragte Franco nach einer Weile.

Das grell sprudelnde Glas Limonade in seiner Hand verbreitete einen künstlichen Mandarinenduft.

„Keinen Hunger."

Ich war viel zu aufgeregt, um zu essen.

Franco sah mich mitleidig an.

„Immer noch wegen ...?"

Natürlich dachte er an Kurt. Woher sollte Franco auch wissen, dass die Dinge sich geändert hatten?

Ich winkte ab.

„Nein, alles in Ordnung."

„Es tut mir so leid, Schatz", sagte Franco, „Soll ich dir mal erzählen, wie es damals war, als Opa Giovanni gestorben ist?"

„Brauchst du nicht. Mir geht es gut."

„Aber schaden kann es sicher nicht."

Ich seufzte. Es war kein guter Tag für deprimierende Geschichten über den Tod.

Franco setzte sich auf den Rasen, zog eine Tüte mit Flügelschrauben zu sich heran und begann, die Pavillonstangen miteinander zu verschrauben.

„Opa wollte sterben", sagte er. „Und ich finde das bewundernswert, weil die meisten Leute sich selbst ja viel zu wichtig nehmen, um freiwillig abzudanken. Oder sie sind zu egoistisch, um ihre Verwandten gehen zu lassen. Wenn jemand einfach keine Lust mehr auf das Leben hat, dann sollte er meiner Meinung nach selbst entscheiden dürfen, ob er leben oder sterben will."

Ich ließ den Schraubendreher sinken. Eine winzige Schraube fiel zwischen die Grashalme.

„Moment mal! Was war denn vor zwei Wochen, als du mich mit aller Gewalt davon abhalten wolltest, aus dem Fenster zu springen? Ich wollte sterben, und du hast mich nicht gelassen."

Franco hielt einen Moment lang inne.

„Das ist was anderes", sagte er dann.

„Wieso denn?"

„Du bist *fünfzehn*!"

„Ja, und?"

Während ich ein Stuhlbein verschraubte, stand Franco ächzend vom Rasen auf, um den Pavillon auf die Füße zu stellen.

„Wenn du älter bist, wirst du verstehen, was ich meine. Vielleicht mit zwanzig oder dreißig, da sieht man die Dinge viel klarer. Dann guckt man zurück und fragt sich: Wie konnte ich damals nur so denken? Wenn du mit – sagen wir – fünfundzwanzig dieselbe Entscheidung noch einmal treffen würdest, dann würde ich mich nicht einmischen."

Er nahm einen weiteren Schluck Limo. Ich fuhr mit meinen Fingern durch das Gras, auf der Suche nach der heruntergefallenen Schraube.

„Würdest du nicht?", fragte ich.

„Nein. Okay, wahrscheinlich würde ich erstmal versuchen, mit dir zu reden. Aber wenn dann klar wäre, dass sich an deinem Zustand nichts ändern wird, dann würde ich deine Entscheidung respektieren. Und ich finde, das solltest du auch bei Kurt tun."

Ich verkrampfte. Franco streckte die Hand nach dem Inbusschlüssel aus.

„Wer weiß, was dieser Junge alles durchmachen musste? Mit großer Wahrscheinlichkeit ist er jetzt viel glücklicher als vorher."

Ich schluckte die aufsteigenden Tränen herunter und zupfte ein paar Grashalme aus dem Boden. Die Schraube blieb verschwunden.

„Bei Opa habe ich das auch alles noch anders gesehen. Ich habe einfach nicht kapiert, wie er mich alleine lassen konnte, verstehst du? Ich war so wütend und traurig! Am liebsten wäre ich gleich hinterhergesprungen! Und weißt du, was dann passiert ist?"

Ich sah auf.

„Dann kam Charlotte. Ausgerechnet *deine Mutter* hat mir in meiner schlimmsten Zeit geholfen, die Dinge in meinem Kopf wieder geradezurücken."

Ich blinzelte ihn ungläubig an.

„Charlotte hat mir gezeigt, dass Trauern etwas total Egoistisches ist. Man steht an jemandes Grab und heult sich die Augen aus, weil *man selbst* jemanden verloren hat, weil das *eigene* Leben jetzt einsam und ganz durcheinander ist. Das ist pures Selbstmitleid. Die Toten brauchen uns nicht mehr. Kurt hat nichts davon, wenn du nichts mehr isst und dich in deinem Zimmer einschließt. Lass ihn los! Freu dich für ihn, dass er seinen Weg gefunden hat."

Ich nickte. Francos Worte kamen mir gelegen.

„*Das ist falsch*!"

Franco und ich zuckten zusammen. Charlotte stand im Türrahmen und sah zu uns rüber.

„Ich hab gesagt, die große Tafel soll *da* hin!"

Sie zeigte auf eine Stelle unter den Lampions, die an einem dicken Ast der Kastanie aufgehängt waren.

„Wegen der Sonne. Und wegen der Lampen am Abend."

Franco unterdrückte ein Seufzen, stand vom Rasen auf und begann, den großen Tisch in Richtung Kastanie zu ziehen. „*Neiiin*!", kreischte Charlotte, „Pass mit dem Rasen auf! Du machst ihn ja kaputt! Ihr müsst das zu zweit machen! Kannst du wohl mal aufstehen und helfen, *Olivia*!"

Ich rupfte ein großes Büschel Gras aus und erhob mich langsam.

„Wie kann es denn sein, dass einer von euch faul herumsitzt, während der andere arbeitet? Wenn ich das so machen würde, würde hier den lieben langen Tag *gar* nichts passieren."

Ich konnte nicht mehr. Ein Lachen brach aus mir heraus – laut und hysterisch.

Charlotte schrie: „Das ist überhaupt nicht lustig!"

Auch Francos Mundwinkel zuckten verdächtig.

Er stand noch ein paar Sekunden im Gras, bis er sich in Bewegung setzte. Aber er ging nicht zurück zur großen Tafel, um sie unter die Kastanie zu tragen. Er ging ins Haus.

„Komm, Liv. Ich mach dir ein Frühstück."

Ich sah mich zu Charlotte um, die ihm völlig entsetzt hinterherstarrte.

„Franco!"

Er antwortete nicht. Geschirrklappern aus der Küche. Ich bot Charlotte meine Hilfe beim Tragen des Tisches an, aber sie drehte sich einfach um und stapfte ins Haus.

„Ihr seid eine schreckliche Familie! Womit hab ich das verdient?"

27.

„Vielleicht ist es eine Behinderung", sagte Franco.

Ich saß auf der Arbeitsplatte der Küche und sah ihm dabei zu, wie er Pfannkuchenbraten briet.

„Wie Autismus, nur umgekehrt."

Ich lachte.

„Ist die Kleine-Schwester-Theorie etwa schon wieder überholt?"

„Ach, ich weiß nicht. Gott. Vielleicht ist es eine Mischung aus allem."

„Oder", sagte ich, „sie ist einfach nur bösartig. Schlicht und einfach."

„Niemand ist einfach nur bösartig."

Ich sah aus dem Fenster. Die Lampions schaukelten im Wind. Blütenblätter flogen vom Nachbargrundstück auf das Dach des Pavillons.

„Warum hast du sie noch gleich geheiratet?"

Franco schnaufte.

„Sie war schön und aufregend. Ich hatte keine Ahnung."

Eine Vision von Marc schob sich in meine Wahrnehmung. Mein Magen kribbelte. Franco hielt mir einen Teller mit Pfannkuchen unter die Nase.

„Guten Appetit."

Ich nahm den Teller und setzte mich an den Küchentisch. Zwar drehte sich mir vor Aufregung längst der Magen um, aber es wäre sicherlich schlauer, etwas zu essen, bevor ich im Proberaum den ersten Wein auf Ex trank.

Nach dem Essen räumte ich mit Franco die Küche auf, kümmerte mich um die Ratten und ging schließlich vor lauter Aufregung eineinhalb Stunden zu früh aus dem Haus.

Quickborn stand geschlossen in kurzen Hosen auf der Straße. Kinder lernten Inlineskaten, Tankstellenbesitzer hängten die Eiscremekarten raus, aus offenen Autofenstern dröhnten die ersten Sommerhits. Ich fuhr langsam und genoss das Prickeln der Sonne auf meiner Haut. Selbst das Jugendzentrum strahlte im neuen Frühlingsgewand: Alles blühte, flatterte und zwitscherte, im Holmmoor glitzerten kleine Rinnsale zwischen weichen Inseln aus Moos. Auf dem Hof spielten ein paar Kinder in der Sonne Fußball. Sie hatten ihre Jacken und die angebrochenen Capri-Sonnen auf den Treppenstufen vor dem Eingang abgeladen, weshalb ich erst über diesen Berg aus Sachen steigen musste, um ins Gebäude zu kommen.

Ich hatte bis zur Probe noch ewig Zeit, also streifte ich in aller Ruhe durch die sonnendurchfluteten Flure und sah mich um. Ein Kicker, eine Lese-Ecke, ein Billardtisch, Sofas und Matratzen. Am Ende des langen Flures fand ich einen Raum, dessen Fußboden mit Spraydosen und Farbtöpfen übersät war. In einer Ecke des Raumes lagen Pinsel, Folien und alte Bettlaken. An allen vier Wänden konnte man die Früchte der künstlerischen Arbeit der Quickborner Jugend bewundern: Eine Collage aus misslungenen Penis-Zeichnungen und rechtschreibschwachen Hasstexten überstrahlte in Neonfarben das, womit die Wände wohl ursprünglich bemalt gewesen waren. Eine quadratische graue Fläche an der gegenüberliegenden Wand glänzte feucht im Sonnenlicht und fesselte meine Aufmerksamkeit – verführerisch wie ein weißes Blatt Papier. Wer auch immer diese Fläche gestrichen hatte, er konnte nicht weit sein. Ich sah mich noch einmal im Flur um, um den Pinselschwinger auszumachen, aber es war niemand zu sehen.

Selbst schuld, dachte ich und hob, zurück im Kunstraum, eine Spraydose vom Boden auf.

Himmelblau.

Ich schüttelte die Dose und setzte den Sprühkopf an.

NIR...

Die Farbe verteilte sich unkontrolliert und lief von allen Ecken der Buchstaben in Richtung Boden.

NIRVA...

„*Ey!*“, rief jemand plötzlich. „Das war meine Fläche!“

Ich erschrak so heftig, dass aus dem A ein N wurde und fuhr herum. Da stand Marc. Er lehnte im Türrahmen und putzte sich mit einem fleckigen Lappen graue Farbe von den Fingern. „Sorry“, sagte ich.

Mein Puls nahm Fahrt auf. Marc grinste nur.

„Na, wieder gesund?“

„Ja.“

„Du bist ja viel zu früh!“

„Ja.“

Ich hasste es, wie mein Wortschatz immer auf drei Vokabeln schrumpfte, sobald er in der Nähe war.

„Ich räume jetzt den Proberaum auf. Gläser spülen, Müll wegräumen, mal mit dem Lappen drübergehen. Du kannst mir gerne helfen, wenn du willst.“

„Okay.“

Ich stellte die Spraydose weg, begutachtete meine blau gesprenkelten Finger und folgte Marc mit klopfendem

Herzen in den Keller. Wie wir so die Treppe hinabstiegen und die Geräusche aus der oberen Etage langsam verstummten, wurde mir plötzlich bewusst, dass wir unten ganz allein sein würden. Augenblicklich schien die Luft brütend heiß zu werden. Ein nervöses Kribbeln kroch durch meinen Körper. Marc schloss die Tür auf und ließ mir den Vortritt.

Das offene Kellerfenster konnte dem Geruchscocktail aus Rauch, Bier und Katzenpisse rein gar nichts anhaben. Erst das Raumspray aus der Abstellkammer verschaffte Abhilfe. Während Marc die Gläser einsammelte und in die Waschküche trug, besprühte ich den Fliesentisch mit Zitronenreiniger und kratzte Asche, Tabakreste und angeklebtes Zigarettenpapier von der Oberfläche. Es war eine willkommene Beschäftigung, die mich kurzzeitig von meiner Nervosität ablenkte. Aber was würde passieren, wenn wir mit der Arbeit fertig waren? Worüber sollten wir reden?

Irgendwann kam Marc mit den Gläsern zurück, stellte das Tablett auf die Vitrine und setzte sich aufs Sofa. Ein Hauch von Männerschweiß streifte meine Nase.

„Ist ja blitzblank hier!“, sagte er. „Du bist ’ne Frau zum Heiraten!“

Ich versuchte, über seinen Witz zu lachen, aber in Wirklichkeit brachte er mich völlig durcheinander.

Ich zündete mir eine Zigarette an, nur um irgendwas zu tun.

„Kannst du deinen Text?“, fragte Marc.

„Ja.“

„Und wie findest du Lilith?“

„Sie ist cool“, sagte ich zögerlich.

„Gut. Ich bin gespannt auf deine Interpretation. Ich habe Großes mit dir vor!“

„Ach ja?“

Ich verkrampfte bei dem Gedanken, dass Marc so viele Hoffnungen in mein schauspielerisches Können legte. Was, wenn ich versagte? Würde er mich dann überhaupt noch mögen?

„Warum machst du das hier eigentlich?“, fragte ich.

Marc, der uns gerade Wein einschenkte, sah auf.

„Was, die Theatergruppe?“

„Ja.“

Er griff nach seinem Glas und schwang seine Füße auf den Tisch.

„Das ist eine lange Geschichte.“

Ich schwieg und wartete darauf, dass er weitersprach.

„Man hätte mich letztes Jahr fast suspendiert. Diese Dorfschickeria ist nämlich etwas zart besaitet, musst du wissen.“

„Was ist denn passiert?“

Marc trank einen Schluck Wein und richtete den Blick zur Decke.

„Ein paar Eltern waren mit meinen Lehrbeispielen nicht ganz einverstanden. Denen kannst du ja nicht mal den Erlkönig vorlesen, ohne dass sie die Behörden alarmieren. Frankfurter kann mich aber zum Glück ganz gut leiden. Ich habe ihm versprochen, mich nun zu *kultivieren.* Bin sozusagen auf Bewährung.“

Marc zündete sich eine Zigarette an und blies den Rauch in meine Richtung.

„Was soll das heißen: *kultivieren*?“

„Ach, eigentlich nur Blödsinn. Ich sollte ein größeres Interesse an Kunst und Kultur zeigen. Vielleicht noch eine Vorliebe für klassische Musik. Rotwein statt Bier, weniger fluchen.“

Er erhob sein Weinglas.

„Das mit dem Wein hat schon mal geklappt. Prost."

Wir stießen an und ich trank einen großen Schluck, der es kaum meinen Hals hinunter schaffte.

„Du machst das also nicht, weil du Theater magst?"

Marc lachte.

„Bin doch nicht bekloppt!"

Ich starrte ihn an. Perfekt. Er war *perfekt*!

„Wissen die anderen denn, dass sie Teil einer Riesen-Verarsche sind?", fragte ich.

„Jap."

„Und sie kommen *trotzdem* zweimal die Woche hierher?"

„Es gibt Dope. Und wir haben 'ne gute Zeit."

„Aber wozu brauchst du mich dann in der Gruppe?"

Marc sah mich lange an. Ich fühlte, wie seine Anziehungskraft an meinem Körper zerrte.

„Ich brauche dich für die Abschlussprüfung."

„Was?"

„Die Aufführung auf der Weihnachtsfeier muss sitzen. Frankfurter hat für mich den Kopf hingehalten."

„Wir sollen das *aufführen*? Vor der ganzen Schule?"

Meine Stimme überschlug sich.

„Was dachtest *du* denn?"

Ich schwieg und starrte in mein Weinglas, in dem sich meine glimmende Zigarette spiegelte.

„Horror", sagte ich dann.

„Wem sagst du das!"

Während mein erster Anfall von Panik langsam abebbte, rubbelte Marc ein angeklebtes Bier-Etikett von der Tischkante. Bis Weihnachten war es noch ewig hin. Vielleicht würde die Aufführung gar nicht stattfinden, oder wir wären dann tatsächlich gut genug, um uns nicht bis auf die Knochen zu blamieren. Immerhin traf die Gruppe sich zweimal die

Woche. Es wäre doch ein Ding der Unmöglichkeit, sich innerhalb von acht Monaten nicht zu verbessern. Ich nahm einen letzten Zug von meiner Zigarette und drückte sie mit zitternder Hand aus.

„Willst du deinen Text mal an mir ausprobieren?“, fragte Marc.

„Auf keinen Fall!“

„Wieso denn nicht?“

„Zu peinlich.“

„Glaubst du, es ist leichter, wenn hundert Leute dabei zusehen?“

Ich zögerte.

„Irgendwie schon.“

Marc rieb sich das Kinn, stand dann vom Sessel auf und drehte die Heizung höher.

Noch wärmer?, dachte ich.

„Wer ist dein idealer Zuschauer, Liv?“, fragte Marc plötzlich.

„Wie bitte?“

„Für wen tust du das alles? Wen würdest du gern beeindrucken?“

„Niemanden“, log ich.

Marc hob den Blick und sah mir fest in die Augen, was einen kribbelnden Schauer durch meinen Körper jagte. Ich beruhigte mich, indem ich mir die nächste Zigarette aus der Schachtel zog und sie anzündete. Marc tat dasselbe.

„Davon abgesehen, dass ich dir nicht glaube“, begann er und blies den Rauch aus, „sollte jeder Schauspieler so eine Person haben. Es motiviert und inspiriert dich, treibt dich zu Höchstleistungen.“

„Woher weißt du solche Sachen, wenn Theater dich gar nicht interessiert?“

„Gesunder Menschenverstand."

„Und wer ist *dein* idealer Zuschauer?", fragte ich.

Marc nahm die Füße vom Tisch und setzte sich aufrecht hin.

„Mein Sohn."

Seine Antwort traf mich hart. Ich brauchte ein paar Sekunden, um sie zu verstehen. Mit einem Schlag war die knisternde Spannung aus dem Raum entwichen und die Luft war nur noch ekelhaft dick. Etwas Kaltes und Hartes bohrte sich in meinen Brustkorb. Er hatte einen Sohn? Hieß das, dass er auch eine Frau hatte?

„Aha", machte ich, bemüht, meine Stimme im Griff zu halten.

„Er ist total missraten, und das ist allein meine Schuld. Ich will ihm einen anderen Weg zeigen."

„Wie kann es denn allein deine Schuld sein?", fragte ich und versuchte, gleichmäßig zu atmen. „Was ist denn mit deiner F… F… Frau?"

Marc machte eine wegwerfende Bewegung, aber er sagte nichts. Ich hätte ihn sowieso nicht hören können, da unten in diesem tiefen, dunklen Schacht, in den er mich gestoßen hatte. Meine Bewegungen waren zäh, mein Herz schwer.

„Geht's dir nicht gut?", fragte Marc plötzlich.

Ich stand auf und lief im Proberaum auf und ab, unfähig, ihm zu antworten.

„Was machst du da?", fragte Marc.

„Denken."

Mein Herzschlag prügelte von innen auf mich ein. Ich kleines, dummes Schaf! Was tat ich hier eigentlich? Meine Liebe prallte an ihm ab wie Wurfmesser von einer Stahlwand!

Wollte ich mich *dafür* ernsthaft in so einem peinlichen Theaterstück zum Affen machen? Wollte ich ihm hinterherlaufen wie ein blödes kleines Kind? Das könnte ihm so passen! Das konnte er vergessen.

Ich hörte auf, herumzurennen wie eine Geisteskranke, exte den Rest von meinem Wein und setzte mich mit entschlossener Miene wieder in den Sessel. Marc sah mich an. Ich mied seinen Blick. Er sollte ruhig merken, dass ich mich nicht mehr für ihn interessierte.

„Na gut", sagte er irgendwann. „Wir warten."

Und das taten wir.

Wir rauchten schweigend eine Zigarette nach der anderen. Die Enttäuschung schwang in meiner Brust umher wie das Pendel einer Turmuhr. Irgendwann begann Marc, mit den Fingern einen nervösen Rhythmus auf den Tisch zu klopfen.

„Musik wäre gut", sagte er plötzlich.

Jetzt war Marc derjenige, der aufstand und im Raum umherlief. Ich beobachtete ihn aus dem Augenwinkel. Er nahm vier Gläser vom Tablett auf der Vitrine und stellte sie auf den Tisch. Sie waren noch nass vom Spülen und hinterließen Wassertropfen auf der Tischplatte.

Vielleicht hätte ich einfach gehen sollen. Aber ich schaffte es nicht, seine Nähe aufzugeben.

„Was macht dich eigentlich so wütend, Olivia Ballato?", fragte Marc plötzlich.

Ich zuckte zusammen, aber ich antwortete ihm nicht.

„Du kannst doch nicht immer nur alle hassen. Lass die Menschen doch mal an dich ran, sonst wirst du ja nie glücklich!"

„Ach, so glücklich wie *du?*"

Marc hob die Augenbrauen.

„Wie alt bist du?", fragte ich.

„Fünfunddreißig."

„Und Lehrer im traumhaften *Quickborn*! Heile Familie auf dem Land? Mutter, Vater, Kind, Doppelhaushälfte, Golden Retriever? Gehst du samstags gerne um zehn ins Bett und kuschelst noch ein bisschen mit deiner lustlosen Frau, obwohl in der großen Stadt gerade deine Lieblingsband spielt? Lässt du dir gerne vorschreiben, was du anziehst, was du isst, wie viel du rauchst und ob du im Sitzen oder im Stehen pinkelst?"

„Aus welcher Fernsehserie hast du *das* denn?" Marc lachte.

„Dazu brauch' ich keinen Fernseher. Du sitzt zweimal die Woche in einem Kellerraum und bekiffst dich mit einer Handvoll Teenagern. Und *du* willst mir erzählen, wie man glücklich wird? Sind *Sie* glücklich, *Herr Schleiss*?"

Marc lachte noch immer. Dass plötzlich die Tür aufging und die anderen hereinkamen, bewahrte mich wahrscheinlich davor, ihn zu erwürgen.

Walter betrat als Letzter den Raum. Als er uns erblickte, verfinsterte sich sein Blick.

„Stören wir?"

Er tat so, als wäre es witzig gemeint, aber die beleidigte Leberwurst tanzte im Hintergrund seinen Namen.

Marc stand auf, um für die anderen Platz auf dem Sofa zu machen. Als er an mir vorbeiging, sagte er leise:

„Wir sprechen uns noch!"

Wein wurde eingeschenkt, der Joint ging herum, Aylin zog ihre High Heels an und stöckelte im Proberaum umher. Irgendwann fingen sie an, richtig zu proben, aber ich war noch immer so wütend, dass ich mich weigerte mitzuspielen.

„Was willst du dann überhaupt hier?", fragte Walter.

Er bekam keine Antwort. Allerdings schien er auch der Einzige zu sein, der sich wirklich dafür interessierte. Jetzt, wo ich es wusste, war es ziemlich deutlich: Es ging hier um alles, nur nicht ums Theaterspielen.

Marc hängte sich das Saxophon um. So sehr ich mich auch bemühte, ich konnte nicht aufhören, ihn anzusehen. Ich wollte ihn hassen, es ihm heimzahlen, dass er mir falsche Hoffnungen gemacht hatte. Aber es ging nicht. Wie führte man denn Krieg gegen jemanden, den man liebte? Wie hätte ich ihm jemals wehtun können? Sein Schmerz war mein Schmerz! Es musste einen anderen Weg geben. Auf keinen Fall würde ich so tun können, als hätte es diese ganzen Gefühle nicht gegeben. Dennoch waren die Bilder von Marc und mir in meinen Tagträumen schon jetzt nicht mehr makellos. Da war eine dritte Person – dieses verschwommene Bild einer fremden Frau. Wer war sie? Bis jetzt war nur eines klar: Ich war unsterblich verliebt in ihren Mann.

Nach Ende der Probe räumte Marc die Gläser zusammen, während der Rest der Gruppe sich nach und nach verabschiedete. Walter rief mich vom oberen Ende der Treppe aus, als ich unentschlossen im Türrahmen stand. Marc nahm mir die Entscheidung ab. Es war unmöglich, ihm schnell genug aus dem Weg zu gehen, als er aus der Waschküche zurückkam.

Sein Anblick nagelte meine Füße am Boden fest.

„Hier, der ist für dich", sagte er.

An seinem Finger baumelte ein Schlüssel.

„Falls du mal zwischen den Proben herkommen willst. Die anderen tun das auch manchmal."

Ich nahm den Schlüssel in die Hand.

„Aber ich bin doch gar nicht in der Gruppe."

„Vielleicht ja bald", sagte Marc. „Wenn wir uns nicht immer streiten."

Seine Worte brachten die Vertrautheit zurück, die ich bis zu unserem Gespräch im Proberaum gespürt hatte.

„Wolltest du vorhin nicht noch etwas sagen?", fragte ich.

Marc schloss den Raum ab.

„Nein“, sagte er.

Ich hörte, wie sich oben jemand räusperte. Es war Walter, der uns von der obersten Stufe aus beobachtete wie ein Raubvogel seine Beute.

„Doch“, sagte ich zu Marc. „Du hast gesagt *Wir sprechen uns noch*!“

„*Nein* ist die *Antwort*“, sagte Marc.

Ich sah ihn an. Sein Blick war unergründlich.

„Du hast gefragt, ob ich glücklich bin.“

28.

Meine Träume in dieser Nacht waren heftig, und sie drehten sich ausschließlich um Marc. Sogar im Schlaf hatte ich ihn vermisst. Es war erstaunlich, wie wenige Worte nötig gewesen waren, um mich aus dem Abgrund zurück ins Spiel zu ziehen. Und nun lag ein ganzer Tag ohne Marc vor mir. Wie sollte ich das überleben? Die Antwort klingelte kurz nach dem Frühstück an unserer Haustür: Es waren Walter und sein regenbogenfarbener Lenkdrachen.

„Hast du Lust, ein bisschen rumzufahren?"

„Klar", sagte ich. „Ich hol kurz noch Salem und Frances."

„Au ja!"

Walter wartete draußen, während ich die Ratten aus ihrer Burg nahm, mich in der Küche von Franco verabschiedete und mir dann im Flur die Schuhe anzog.

„Um zehn bist du wieder hier!", rief Charlotte aus dem Wohnzimmer.

Ich drehte mich zu Walter um, der nervös auf den Ballen wippte. Im Hintergrund bogen sich die Bäume im Wind.

„Kein Problem", rief ich. „Auch um acht, wenn du willst. Oder um sechs."

Dann trat ich zu Walter nach draußen und zog leise die Tür zu.

„Los geht's.“

Wir taten alles Mögliche, außer den Drachen steigen zu lassen. Wir machten eine Radtour zum Croque-Laden und tranken Milchshakes, gingen ins Freibad, um die Verrückten zu beobachten, die bei 16 Grad ins Wasser gingen. Wir fuhren zur *Schallplatte*, um zu gucken, ob Tim vielleicht auch sonntags dort war, und schließlich landeten wir auf dem Bolleparkplatz.

Am Rand des Platzes standen zwei tiefer gelegte Golf II mitsamt ihren glatzköpfigen Insassen in der Sonne. Einer von ihnen trank Bier, der andere polierte einen Fleck von seiner Kühlerhaube.

„Ich fahr' mal hin.“, sagte Walter plötzlich und stieg wieder aufs Rad.

„Was hast du vor?“

„Ich frage sie nach einem Bier.“

„Spinnst du?!“

Ich war mir sicher, dass die Glatzköpfe Walter und seinen putzigen Drachen innerhalb von dreißig Sekunden in seine Einzelteile zerlegen würden, wenn er es wagte, sie auch nur anzusehen.

„Komm zurück!“, rief ich noch, aber er war bereits quer über den Parkplatz gefahren und hörte mich nicht mehr.

Mir lag nichts ferner, als mir Sorgen um ihn zu machen, aber dieser plötzliche Anfall von Abenteuerlust brachte auch mich in Gefahr. Meine Beulen und Kratzer waren gerade erst verheilt. Ich hatte keine Lust, schon wieder in eine Schlägerei zu geraten. Ich sah mich auf dem leeren Gelände um. Plastiktüten wehten im Wind, Blätter flogen von den Bäumen, eine Krähe pickte an etwas Essbarem herum. Was Marc wohl gerade tat?

Walter stellte sein Rad auf freier Fläche ab und lief die letzten paar Meter, bis er vor den beiden Autos zum Stehen kam. Die beiden Glatzen wirkten erst irritiert, schienen sich dann aber tatsächlich anzuhören, was er zu sagen hatte. Salem und Frances raschelten unruhig in meiner Tasche, als würden sie das herannahende Unheil spüren.

Als eine der Glatzen die Hand erhob, sah es erst aus, als würde er Walter eine verpassen, aber im nächsten Moment krümmte der Typ sich auf dem Boden. Ich kniff die Augen zusammen, um besser sehen zu können. Der andere Typ stand einfach da und kratzte sich am Arsch. Walter öffnete eine der Autotüren, nahm etwas aus dem Inneren des Wagens und schlenderte zurück zu seinem Fahrrad, um es anschließend in aller Ruhe in meine Richtung zu schieben.

„Bier?", fragte er, als er vor mir zum Stehen kam.

In seiner Hand baumelten zwei Dosen *HOLSTEN* in einem Plastikring.

Mein sorgsam gepflegtes Desinteresse an Walters Person geriet für einen Moment ins Wanken, was er sogleich mit einem stolzen Lächeln quittierte.

„Was hast du gemacht?", fragte ich.

„Judo. Er hat dich beleidigt. Das konnte ich ja so nicht stehen lassen."

Ungläubig schüttelte ich den Kopf.

„*Niemals!* Niemals hast du den Typen da aufs Pflaster gelegt."

Wir sahen in Richtung der Autos, wo die zu Boden gegangene Glatze sich gerade den Dreck von der Hochwasserhose klopfte.

„Was denkst du denn? Dass er rein *zufällig* vor mir hingefallen ist?"

„Das scheint mir irgendwie realistischer."

Walters Blick verfinsterte sich.

„Was ist mit dem anderen Typen? Warum hat er nichts gemacht?“, fragte ich.

„Der kloppt sich nicht gerne“, sagte Walter.

Aus dem Augenwinkel nahm ich eine Bewegung wahr. Die beiden Glatzen waren in ihre Autos gestiegen und kamen langsam in unsere Richtung gefahren. Mein Puls nahm Fahrt auf.

Ich machte mich zur Flucht bereit, aber Walter schien das alles nicht zu stören.

Das erste Auto fuhr mit offenen Fenstern an uns vorbei, sein Fahrer pfiff anerkennend durch die Zähne.

„Geile Schnecke, Walter. Hätte ich das gewusst! Es hätte dich das Doppelte gekostet.“

Der zweite Fahrer reckte bloß den Daumen in die Höhe und grinste. Sie fuhren vom Parkplatz und ich schloss für einen Moment die Augen, nur um Walter nicht ansehen zu müssen. War es denn möglich, dass ein einziger Mensch *alle* Peinlichkeit dieser Welt in sich vereinte?

Walter rührte sich nicht. Wahrscheinlich überlegte er, wie er aus dieser Nummer wieder herauskommen sollte.

„Du hast ihn bezahlt, damit er sich auf den Boden wirft.“

„Quatsch“, sagte Walter.

Ich sah ihn an. Sein Gesicht war Ferrari-rot.

„Sondern?“

„Ich hab’ Hunger“, sagte er nach einer Pause. „Wollen wir Pizza essen?“

Ich verdrehte die Augen zum Himmel, atmete langsam aus und beschloss, ihn zu erlösen.

„Klar.“

„Gut!“, sagte Walter dankbar. „Wir fahren zu mir.“

Wir steckten das Bier in unsere Taschen und stiegen auf unsere Räder.

„Walter?“

„Ja?“

„Wer ist der Freak?“

„Immer noch du.“

29.

„Wenn du deinen Schlüssel verloren hast, bringe ich dich um!“

Wir waren nass bis auf die Knochen. Walter suchte mit glitschigen Händen nach seinem Haustürschlüssel, während ich mich schlotternd unter dem Dachvorsprung an die Wand lehnte.

„Mist“, murmelte er.

Vor dem Gartenzaun ging ein alter Mann mit seinem Dackel spazieren, verlor seinen Regenschirm an den Sturm und wurde anschließend fast von einem herumfliegenden Ast getroffen.

„Können wir nicht einfach einbrechen?“, fragte ich. „Über die Garage oder so?“

„Das ist ein Hochsicherheitstrakt. Da kommt nicht mal das Licht rein. Ah, hier ist er!“

Walter schloss die Tür auf und ließ mir den Vortritt. Im Flur roch es nach gebratenen Eiern. Wir gingen in die Küche, die wie der Rest des Hauses ein viereckiger, polierter Ort war. Anstelle eines Küchentischs gab es eine Bar, die direkt mit der luxuriösen Kochinsel verbunden war. Walter holte eine Packung Fertig-Pizzateig mit Tomatensauce aus dem Kühlschrank, stellte ein glanzpoliertes Backblech auf das Cerankochfeld und suchte anschließend alles an Gemüse zusammen, was er finden konnte. Dass er dabei betonte, ebenfalls Vegetarier zu sein, wunderte mich nicht. Mit Sicherheit würde ich, wenn ich in seinem Zimmer nur lange genug danach suchte, irgendwo eine Bifi-Verpackung finden.

Ich setzte Frances und Salem auf die Arbeitsfäche, wo sie aufgeregt zwischen den Zutaten hin und her liefen und gar nicht wussten, woran sie zuerst knabbern sollten.

„Gouda oder Emmentaler?"

„Mozzarella."

„Haben wir nicht."

„Dann Emmentaler."

Ich setzte mich auf einen der Barhocker und begann, eine Paprika zu zerschneiden.

„Sag mal?", begann Walter in einem Tonfall, der mir die Fußnägel hochkrempelte. Es klang wie *„Schatz, wir müssen reden"*.

„Was habt ihr da eigentlich ständig zu bereden, Marc und du?"

Allein die Erwähnung von Marc zauberte mir ein Lächeln aufs Gesicht, von dem ich hoffte, dass Walter es nicht bemerkte. Tat er aber doch. Er rammte sein Messer mit einer derartigen Mordlust in eine Zucchini, dass ich es mit der Angst bekam.

„Weiß nicht", sagte ich. „Wir sind irgendwie auf einer Wellenlänge."

Walter hackte das Gemüse zu Brei. Sein Blick hatte jetzt etwas Kränkendes und Hasserfülltes.

„Für ihn bist du nur ein paar Titten, ich hoffe, du weißt das."

Meine Augen weiteten sich ohne mein Zutun.

„Wie bitte?"

„Bild dir nichts darauf ein, mein' ich nur."

Ich schnitt die Paprika mit verzweifelter Präzision, nur um nicht über Walters Worte nachdenken zu müssen.

„Hattest du nicht neulich gesagt, dass du ihn magst?", fragte ich.

„Jeden Tag ein bisschen weniger", sagte Walter.

Seine Augen tränten vom Zwiebelschneiden, was ihm die nötige Dramatik verlieh.

„Aber warum machst du dann in seiner AG mit?"

„Ich will Schauspieler werden, ganz einfach."

„Mithilfe einer als Theatergruppe getarnten Kellerkneipe? Wie soll das denn gehen?"

„Ist ja nur für meinen Lebenslauf."

Walter nahm sich einen großen Champignon und hackte mit dem Messer so lange auf ihn ein, bis er nur noch aus winzigen Krümeln bestand. Dann streute er eine Handvoll davon quer über die Pizza. Ich warf meine perfekten Paprikawürfel dazu und sah aus dem Fenster, wo der feuchte Rasen in unerwartetem Sonnenlicht glitzerte.

„Er ist so ein dummes, feiges Arschloch!"

Plötzlich – endlich – wagte ich es, Marc zu verteidigen.

„Er ist nicht feige!", sagte ich.

„Ach!", machte Walter und winkte ab. „Weil er dich vor *Dennis* gerettet hat oder wie?"

„Und vor mir selbst", sagte ich.

Walter schnaufte verächtlich und folgte meinem Blick aus dem Fenster.

Ich stellte mir vor, wie Marc irgendwo am anderen Ende der Stadt auf sein Fahrrad steigen und eine Radtour durch Quickborn beginnen würde. Es war so kalt und deprimierend in dieser Küche. Ich musste hier raus.

„Sobald die mich an der Schauspielschule nehmen, frisst der meinen Staub!"

Ich ertrug kein weiteres Wort mehr von Walter. Mit einer schnellen Bewegung nahm ich Salem und Frances von der Arbeitsfläche, steckte sie in meine Tasche und rutschte vom Barhocker.

„Was machst du?"

„Ich muss weg."

„Was? Aber die Pizza ...?"

Ohne ein weiteres Wort lief ich aus der Küche, dann durch das Wohnzimmer und aus dem Haus. Erst, als die Haustür hinter mir ins Schloss fiel, konnte ich wieder atmen.

Mit dem Duft des Grases und der Sonne, die meine feuchten Klamotten wärmte, strömte das Leben zurück in meinen Körper. Ich stieg aufs Fahrrad und fuhr in Richtung Jugendzentrum. Wo, wenn nicht dort, würde ich Marc treffen? Falls es ihm genauso ging wie mir – falls er mich auch sehen wollte.

Ich fuhr im Slalom durch die leeren Straßen und stellte mir vor, wie Marc am anderen Ende von Quickborn dasselbe tat.

Weder Marcs Auto noch sein Fahrrad waren auf dem Hof zu sehen, aber es musste nichts heißen. Vielleicht war er gerade auf dem Weg. Oder er würde erst in einer Stunde kommen. Alles, was ich tun musste, war hierzubleiben und zu warten. Ich wollte gerade die Tür öffnen, als diese mir mit voller Wucht entgegenschlug. Ich wehrte sie mit der Schulter ab und taumelte rückwärts, und hätte man mich nicht am Arm festgehalten, wäre ich wohl von der Treppe gefallen.

Obwohl ich mit ihm gerechnet hatte, verwirrte sein Erscheinen mich vollkommen. Er war so plötzlich und aus der falschen Richtung gekommen. Marc ließ meinen Arm los und lächelte.

„Na?"

Ich blinzelte ihn an.

„Hi."

Mein Herz klopfte so stark, dass mir schwindelig wurde. Ich musste mich setzen.

„Was machst du hier?" fragte Marc, während ich meine Hände auf den warmen Stein der Treppe legte.

„Bin geflüchtet", sagte ich.

„Ich auch."

„Vor wem?", fragte ich.

Marc lachte.

„Vor mir selbst. Rutsch mal."

Er setzte sich zu mir auf die Treppe und streifte dabei leicht meine Schulter. Ein Gefühl wie ein Stromschlag.

„Und du?", fragte er.

„Vor Walter."

Marc lachte so laut, dass er ein paar Vögel aufscheuchte, die in einer Pfütze auf dem Hof gebadet hatten.

„Er kann schon mal etwas anhänglich werden."

Nach und nach hopsten die Vögel zurück zu ihrer Pfütze und warfen weiter mit Wassertropfen um sich.

„Hast du es dir noch mal überlegt?", fragte Marc.

„Was?"

„Ob du Lilith spielen willst."

„Äh …"

Er sah mich von der Seite an und ich drehte mich zu ihm. In der grellen Sonne wirkten seine Augen fast durchsichtig. Winzige Sommersprossen glänzten auf seiner Haut.

„Ich komme am Mittwoch noch mal zum Vorsprechen", sagte ich.

„Echt? Das ist ja super!"

Seine plötzliche Umarmung warf mich fast von der Treppe. „Danke, Liv! Du rettest mir den Arsch."

Als ich realisierte, was gerade passiert war, hatte er mich längst wieder losgelassen. Ich schloss die Augen und versuchte, den Moment zurückzuholen, aber es gelang mir nicht.

„Kannst du deinen Text?", fragte Marc.

Verwirrt zupfte ich meine Kleidung zurecht.

„Geht so."

Er lächelte.

„Sie werden dich lieben!"

Ich ertrank förmlich in seinem Blick.

„Freu dich nicht zu früh!"

Eine Wolke schob sich vor die Sonne und es wurde schlagartig kälter. Wir blickten in den Himmel, wo von Norden her grauschwarze Wolkengebirge aufzogen.

„Ich habe dort drinnen eine hübsche graue Wand für uns.", sagte Marc. „Lust auf ein bisschen Kunst?"

Mein Magen kribbelte.

„Okay!"

Er stand auf und hielt mir die Hand hin, um mir hochzuhelfen. Es war ein Bild, das ich nie vergessen werde. Ich nahm nicht einfach nur seine Hand. Meine Finger streiften seine Handfläche, langsam, so als hätte er mich zum Tanzen aufgefordert. Seine Finger schlossen sich um meine, und plötzlich wurde ich ruhig. Er musste es auch spüren. Es war eine Vereinbarung, die keiner Worte bedurfte.

Als ich schließlich vor ihm stand, wollte keiner von uns loslassen. Fast dachte ich, er würde mich an der Hand ins Gebäude führen, aber schließlich schien die Vernunft doch zu siegen. Berauscht folgte ich ihm nach drinnen. Ich bestand nur noch aus Herz.

Im Graffitiraum roch es nach frischer Farbe. Marc stand mit dem Rücken zur Tür vor einer großen grauen Fläche und setzte die Spraydose an, um einen blauen Rahmen zu sprühen.

„Was wird es denn?", fragte ich.

„Wie wäre es mit einem Bild von Kurt Cobain?"

Ich spürte einen Stich. Wie hatte ich denken können, dass Kurt kein Thema zwischen uns war? Er war immer da. Nicht nur in meinem Kopf, sondern auch in seinem. Marc zog etwas aus seiner Hosentasche und hielt es mir hin.

„Das hier."

Es war ein Portrait von Kurt, das auf eine durchsichtige Folie gedruckt worden war.

„Wie soll das gehen?"

Anstatt mir zu antworten, verließ Marc den Raum. Kurz darauf hörte ich ein Rumpeln von draußen. Marc kam zurück in den Kunstraum, einen großen grauen Klotz auf Rollen vor sich her schiebend. Es war ein Overheadprojektor.

Die Erinnerung an die letzte Begegnung mit so einem Ding schlug schmerzhaft in meinem Schädel ein.

Marc rammte den Stecker in die Dose, brachte das Gerät auf Position und schaltete es ein.

„Mach dich locker", sagte er.

Wahrscheinlich hatte ich ihn angesehen wie ein verschrecktes Meerschweinchen. Es waren die verschwommenen Konturen von Kurts Gesicht an der Wand, die mich völlig durcheinanderbrachten. Kurt, Marc und ich in einem Raum – das war zu viel.

„Wir sprühen ihm ein Denkmal, sonst nichts", sagte Marc.

Er drehte an der Fokussierung und trat zufrieden zurück. Kurt lächelte uns auf zwei mal zwei Metern an.

„Jeder sprüht eine Hälfte!", sagte Marc, „Das ist super – wir bringen seine innere Zerrissenheit zum Ausdruck."

Während ich noch immer verkrampft auf das Bild starrte, begann Marc mit der Arbeit.

„Entspann dich, Liv!"

Ich beobachtete eine Weile seine geschickten Bewegungen mit der Spraydose, bevor ich mir ebenfalls eine nahm und mit der Arbeit begann. Wir sprühten schweigend Schulter an Schulter, und es war schwer, mich von Marc fernzuhalten. Jedes Mal, wenn wir uns aus Versehen berührten, durchzuckte mich ein Blitz. Und während ich kontinuierlich daran scheiterte, den Strahl der Spraydose unter Kontrolle zu behalten, erwischte ich mich immer öfter dabei, wie ich ihn ganz absichtlich berührte.

„Hübsch-Hässlich!", sagte Marc, als wir fertig waren.

Meine Seite des Portraits war total verlaufen, seine war makellos schön. Marc schoss mit einem kleinen Fotoapparat ein Bild von unserem Werk und räumte dann die Spraydosen weg.

„Ich muss eine rauchen", sagte er, „Kommst du mit?"

Allein beim Gedanken daran, jetzt mit ihm in den Keller zu gehen, begann meine Haut zu kribbeln. Niemand wusste, dass wir hier waren. Niemand würde uns stören. Heute wäre es unvermeidbar!

"Okay.", sagte ich.

Mit zitternden Knien nahm ich Stufe um Stufe und versuchte, nicht vor Aufregung die Treppe runterzufallen. Unten angekommen stand ich steif neben ihm, während er in aller Ruhe die Tür aufschloss. Wir setzten uns auf das Sofa, ich gab ihm eine von meinen Zigaretten.

„Haben wir noch was zu trinken?", fragte ich.

Marc grinste über meine Formulierung, mir war es sofort peinlich.

„Nur Bier. Und das ist pisswarm."

„Egal."

Wir teilten uns eine Flasche Astra. Ich fand es so aufregend, mit ihm aus derselben Flasche zu trinken – es war fast, als würde ich ihn küssen – dass es unfassbar gut schmeckte. Ab heute würde ich mein Bier nur noch warm trinken.

„Wie kommst du so klar?", fragte Marc plötzlich.

„Was meinst du?"

„Zu Hause alles gut?"

Ich erstarrte.

„Wieso?"

„Ich frage nur, weil deine Mutter mich noch mal angerufen hat."

Plötzlich saß ich kerzengerade.

„Was!?"

„Sie wollte wissen, ob du tatsächlich hier warst – bei der Probe. Oder ob du dich stattdessen irgendwo herumgetrieben hast."

Ich schnappte nach Luft. Das war zu viel! Wie konnte Charlotte mich vor Marc nur so blamieren?

„Was immer sie zu dir gesagt hat, glaub ihr kein Wort!"

„Ich weiß, Liv. Viele Mütter sind so."

„So wie meine? Garantiert nicht!"

„Reg dich nicht auf. Ich habe ihr gesagt, dass du hier warst und sie war zufrieden."

„Dieses Biest!"

Marc stand auf und ging zum Fenster, um ein paar Spinnenweben zu beseitigen. Eine Kellerspinne rannte um ihr Leben. Salem schien sie gehört zu haben, denn er steckte den Kopf aus meiner Tasche.

„Du kannst die Ratte hier ruhig laufen lassen", sagte Marc. „Vielleicht hilft sie uns bei unserem Spinnenproblem."

„Es sind zwei", sagte ich. „Und sie sind Vegetarier."

„Ich hab mal gesehen, wie eine Ratte so ein Riesenvieh von Spinne gefressen hat", sagte Marc.

„Iieh! Das ist eklig! Salem und Frances würden das niemals tun!"

Marc lachte und zog an seiner Zigarette, während ich Salem auf den Boden setzte. Er lief schnurstracks zur Spinne, die sich mit schnellen Schritten in Sicherheit brachte.

„Wie ist denn dein Vater so?", fragte Marc.

„Nett. Wieso?"

„Reines Interesse."

Wir schwiegen eine Weile und beobachteten Salem, der jetzt den Proberaum inspizierte. Ich suchte krampfhaft nach einem Gesprächsthema, aber alles, was mir einfiel, war seine Frau. „Und wie ist deine Familie so?", fragte ich.

Marc hustete.

„Können wir über was anderes reden?"

„Äh … klar."

Mir brach der Schweiß aus.

„Wie gut kennst du eigentlich Walter?", fragte Marc.

„Geht so. Warum?"

„Er ist etwas seltsam in letzter Zeit. Hast du wohl auch gemerkt, sonst wärst du ja nicht vor ihm geflüchtet."

„Ja. Stimmt", sagte ich. „Habt ihr euch gestritten, oder so?"

Marc lachte.

„Eigentlich nicht."

„Vielleicht ist er eifersüchtig", sagte ich und erschrak sofort über meine eigene Furchtlosigkeit.

„Wegen uns?", fragte Marc.

Ich zuckte mit den Schultern. Das Kribbeln kam zurück.

Marc breitete die Arme auf der Sofalehne aus und ein Stück Asche fiel auf das Polster.

„Ich kann dich ziemlich gut leiden, Liv. So etwas bleibt ja nicht unbemerkt."

Ein ganzer Schwarm Glühwürmchen schlüpfte in meinem Magen. Mein Hirn spulte Bilder ab, die ich nicht mehr unter Kontrolle bekam. Marc sah mich jetzt nicht mehr an, sondern blickte an die gegenüberliegende Wand. Einer seiner Füße zuckte nervös. Im nächsten Moment sprang er auf und drückte seine Zigarette aus. Es war, als hätte jemand mitten in einem Konzert plötzlich den Stecker gezogen.

„Ich muss los", sagte er.

Ich war wie vor den Kopf gestoßen.

„Warum?"

„Bin noch verabredet. Hab' die Zeit vergessen."

Marc nahm noch einen letzten Schluck Bier, knallte die Flasche auf den Tisch und ging zur Tür. Sein Aufbruch kam so plötzlich, dass ich ihm nur mit deutlicher Verzögerung nach draußen folgte. Ihn zu beobachten, während er die Tür abschloss, war viel weniger schön, wenn er gerade vor mir flüchtete. Und das war es doch, was er tat?

„War nett heute", sagte Marc, während wir die Treppe hinaufstiegen. „Ich freu mich auf Mittwoch."

Mein Mund war wie zugeklebt. Die Enttäuschung fraß sich langsam in mein Herz.

Wir standen auf dem Parkplatz. Marc umarmte mich kurz – ich stand kerzengerade und wagte es nicht, ihn anzufassen – und machte sich dann zu Fuß auf den Weg ins Moor.

„Wo gehst du hin?", fragte ich mit einem Kloß im Hals.

„In den Seegarten", rief er über seine Schulter. „Ist kürzer durchs Moor."

30.

Ich hätte ihm einfach hinterherlaufen sollen. Einfach Klartext reden, ihm endlich meine Gefühle offenbaren. Aber ich schaffte es nicht. Marcs Flucht aus dem Proberaum hatte mich so sehr verletzt, dass ich mich zurückzog wie eine Schnecke nach einer Begegnung mit einem Flammenwerfer. Konnte es sein, dass ich mich geirrt hatte? Fühlte Marc gar nicht dasselbe? Oder hatte er eine Entscheidung getroffen? Ging es um seine Frau? Oder war es, weil ich eine Schülerin von ihm war? Sein letzter Rest Vernunft, der nun zwischen uns stand?

Oder – diese Variante war unwahrscheinlich, aber sie gab mir Hoffnung – hatte er tatsächlich nur eine Verabredung?

Ich stieg aufs Fahrrad und fuhr im lauen Abendwind nach Hause. Nach einem kurzen Abendbrot mit Franco ging ich früh ins Bett, um mir nicht weiter den Kopf zu zerbrechen. Ich wusste, dass es sinnlos war, allein nach Antworten zu suchen. Der Einzige, der mir helfen konnte, war Marc selbst. Ich musste einfach warten. Vielleicht würden wir morgen in der Schule miteinander sprechen können. Nicht, dass ich ihn direkt fragen würde – niemals! Aber ich konnte mich wenigstens so lange in seiner Nähe aufhalten, bis die bohrenden Fragen von ganz allein nachließen.

Wie lange noch?

Es wurde die längste Nacht meines Lebens. Der Morgen kam, aber er kam zu spät. Ich war am Ende meiner Kräfte.

Der kommende Tag brachte keine Antworten, sondern nur noch mehr Fragen. Es war jetzt anders, wenn Marc und ich uns in der Schule begegneten. Wir sprachen nicht, grüßten uns nur wortlos auf den Fluren, aber die Schwere und Wichtigkeit unserer Begegnungen war deutlich spürbar. Jeder Blick, jede Bewegung war von enormer Bedeutung. Ich wartete. Tag eins verging ohne ein Zeichen.

Zu Hause starrte ich Löcher in die Luft. Franco kümmerte es nicht, da er so sehr mit sich selbst beschäftigt war, dass er meistens das Gleiche tat. Und wäre ich nicht vollkommen von Marc eingenommen gewesen, dann hätte es mich wahrscheinlich beunruhigt. So waren wir einfach beide für eine Weile von der Welt verschwunden.

Für Charlotte war es die Hölle. Meine hartnäckige Realitätsresistenz hebelte ihren Kontrollzwang vollständig aus. Ich sah nichts, ich hörte nichts, ich tat nichts. Keine Strafe der Welt konnte gegen meine völlige geistige Lähmung etwas ausrichten. Charlotte war machtlos, und es trieb sie zur Weißglut.

Auch Walter war beleidigt genug, um mich zwei Tage lang in Ruhe zu lassen. Es schien ihm von Mal zu Mal schwerer zu fallen, den unbekümmerten Welpen zu spielen, nachdem ich ihm zum hundertsten Mal einen saftigen Arschtritt verpasst hatte. Es nagte an ihm, und wenn er nicht bald mit seinem Problem herausrückte, dann würde er platzen, da war ich mir sicher.

Tag zwei verging ohne ein Zeichen.

Am Mittwoch kam Walter in der Pause wieder in meine Nähe.

„Na, wie geht's?", fragte er und reihte sich hinter mir in der Kioskschlange ein.

„Hervorragend", log ich.

„Du wirkst etwas verstört in letzter Zeit", bemerkte er.

„Das sagt ja der Richtige."

Walter grinste.

„Kommst du heute Abend zur Probe?"

„Das muss ich."

Und wie ich das musste. Ich hätte alles getan, um endlich wieder bei Marc zu sein, um ihm endlich die Wahrheit zu entlocken. Tag drei war fast vergangen, und noch immer war er nicht aus dieser anderen Welt zu mir zurückgekehrt. Ich legte meine gesamten Hoffnungen in den Nachmittag, an dem ich zum ersten Mal Lilith spielen würde. Mein Lampenfieber galt nicht nur meinem Vorsprechen. Es ging um alles.

Nach der Schule fuhren Walter und ich gemeinsam zum Jugendzentrum. Ich begrüßte Marc wie jeden anderen, obwohl mein Herz dabei fast explodierte.

„Bist du bereit?", fragte er.

Ich mied seinen Blick, was mir unvorstellbare Kräfte abverlangte. Die Zigarette in meinen Händen zitterte, genau wie meine Beine.

„Nein."

„Gut, dann mal los."

Mein Auftritt kostete mich so viel Überwindung, dass ich vor Aufregung fast vor die Tür des Proberaums gekotzt hätte. Marc ermutigte mich mit Blicken, aber es machte alles nur noch schlimmer. Ich fühlte mich wie ein Gummiskelett an einer Nylonschnur. Meine Stimme funktionierte nicht, ich vergaß den Text, mein Blick war starr, mein Körper außer Kontrolle. Ich war wirklich grottenschlecht. Walter richtete

„Zieh doch mal an."

Wie in Trance nahm ich den Kleiderbügel und verschwand aufs Mädchenklo. Sein Bühnenoutfit war nichts anderes als ein weißes Nachthemd, aber der Goldschmuck machte es zu einer Art Inka-Kostüm. Als ich zurück in die Aula kam und Marc mich sah, pfiff er durch die Zähne.

„Es ist wie für dich gemacht. Los, Schuhe aus und ab hinter die Bühne, du bist gleich dran!"

Das Herz schlug mir bis zum Hals, als ich mich – klimpernd vor lauter Ketten und Reifen – an den seitlichen Rand der Bühne begab, dort meine Schuhe abstellte und auf meinen Einsatz wartete. Wo war eigentlich Bela?

„Hi", sagte er plötzlich neben mir.

Bela hatte sich eine Zigarre zwischen die Zähne geklemmt und trug seinen Nadelstreifenhut schräg auf dem Kopf. Gerade wollte ich etwas zu ihm sagen, als er plötzlich losbrüllte:

„Verflucht, mein Hut! Was wollen Sie?"

Er sah mich an und fuchtelte mit den Händen.

„Dein Einsatz!"

Ich bekam einen Schweißausbruch.

„Los, öffne die Tür!", rief ich, *„Ich will hier rein!"*

Bela warf seinen Hut auf den Boden und hielt die Hände in die Luft.

„Los, ziel mit der Waffe auf mich!", flüsterte er.

„Ich hab keine Waffe!"

„Dann tu so, als hättest du eine!"

Verwirrt imitierte ich mit meiner Hand eine Pistole und folgte ihm auf die Bühne.

Die Scheinwerfer blendeten mich so sehr, dass ich nicht einmal die erste Sitzreihe erkennen konnte. Irgendwo dort unten saß Marc und blickte zu mir hoch.

Ich spielte um mein Leben, aber es reichte nicht. Mit jedem Satz fiel ich ein Stück mehr in mich zusammen, schämte mich, wand mich in meinem Kostüm, bis Lilith schließlich nur noch ein zaghaftes, schlecht gelauntes Mädchen mit einem Stotterproblem war. Verdammt, Marc glaubte an mich! Ich wollte ihn nicht enttäuschen! Aber ironischerweise war es wohl seine betäubende Gegenwart, die mir jegliche Kontrolle über meinen Körper entzog.

Am Ende der Probe war ich so erschöpft, dass ich mich auf das Bühnensofa legte, während die anderen ihre Requisiten sortierten. Ich rutschte unter den Strahl des großen Scheinwerfers, damit mein verschwitzter Körper nicht auskühlte, legte die Beine hoch und schloss für einen Moment die Augen. Peinlich. Einfach nur peinlich. Ich hätte das alles nicht tun müssen. Nicht für Marc. Seine Stimme erhob sich über das Gemurmel der anderen und ich lauschte ihrer Melodie. Sie besprachen die Tagesleistung. Ich wollte nicht hören, was er zu mir zu sagen hatte.

Irgendwie muss ich eingeschlafen sein, denn ich schreckte hoch, als Walter nach mir rief.

„Letzter Aufruf, Liv! Ich fahre jetzt!"

Ich setzte mich auf und rieb mir die Augen. Es war kalt geworden. Walter stand im Dunkeln zwischen den hinteren Sitzreihen und klimperte mit seinem Schlüssel.

„Jetzt oder gar nicht!", rief er. „Ist mein Ernst!"

„Wo sind die anderen?", fragte ich.

„Schon losgefahren. Marc schließt gerade die Requisiten weg."

„Ich hab' kein Fahrrad dabei!"

Ich glaubte zu erkennen, wie Walter die Augen verdrehte.

„Boah, ist klar, Liv. Du willst mit Marc fahren. Dann mach doch, mir egal."

Mit diesen Worten marschierte er aus der Aula. Ich hörte eine Tür knallen, dann war es still. Der Bühnenrand schimmerte bläulich im Mondlicht, Holunderbüsche tanzten vor der großen Fensterfront im Wind. Ich rieb mir fröstelnd die kalten Arme, zog eine der Decken von der Sofalehne und wickelte sie um meine Schultern. Als ich aufstand, um meine Schuhe vom Bühnenrand zu holen, stieß ich mit dem Fuß gegen den goldenen Kopfschmuck, der scheppernd über die Holzbretter rutschte. Erstarrt lauschte ich in die Dunkelheit. Marc war noch hier. Hatte er mich gehört?

Plötzlich sprang der Bühnenscheinwerfer wieder an. Ich machte vor Schreck einen Satz rückwärts und sah in alle Richtungen. Am seitlichen Bühnenrand glomm eine Zigarette im Halbdunkel.

„Gut geschlafen?“, fragte Marc.

Ich schüttelte den Kopf und rieb eine staubige Fußsohle an meinem Schienbein, um sie zu wärmen.

„Wie spät ist es?“, fragte ich.

„Viertel vor elf. Ich hab versucht, deine Eltern anzurufen, aber es geht niemand ans Telefon.“

Ich zuckte mit den Schultern. Ein Kälteschauer schüttelte mich durch.

„Frierst du?“, fragte Marc.

„Ist arschkalt hier.“

Er sah mich lange an. Ich stellte die Füße auf einander, teils, um sie zu wärmen, teils aus Verlegenheit. Mein Herz schlug wild. Als ich versuchte, die Decke noch enger um meinen Körper zu wickeln, trat Marc ins Licht und breitete die Arme aus.

„Soll ich dich wärmen?“

Ein paar Sekunden lang war mein Kopf völlig leer. Dann, ganz langsam, begann ich zu realisieren, was er da tat.

War es ein Scherz? Würde er, sobald ich einen Schritt auf ihn zu tat, lachend die Arme sinken lassen? Aber sein Blick war ernst. Kein Zucken seiner Mundwinkel, keine tanzende Augenbraue. Es war kein Scherz. Mein Körper prickelte vor Aufregung. Die Selbstverständlichkeit, mit der ich mich auf ihn zu bewegte, überraschte mich selbst. Aber es schien das Natürlichste und Logischste zu sein, das ich je getan hatte.

Marcs Zigarette landete auf dem Bühnenboden. Als er seine Arme um mich schloss, strömte die Wärme zurück in meinen Körper. Ich legte mein Gesicht an seine Brust, atmete seinen Duft ein und lauschte dem Rhythmus seines Herzens. Noch nie in meinem ganzen Leben hatte ich mich so zu Hause gefühlt. Hier gehörte ich hin: in Marcs Arme.

Er hielt mich fest. Noch fester. Unsere Körper wurden Eins. Ich schloss die Augen.

„Besser?", flüsterte er irgendwann.

Seine Stimme jagte Wellen aus flimmernder Hitze durch meinen Körper.

„Ja", hauchte ich.

„Sag Bescheid, wenn ich loslassen soll."

„Nein."

Marc lachte leise.

Von mir aus hätte dieser Moment bis ans Ende meines Lebens dauern können. Ich atmete flach und wünschte mir, dass er mich küsste. Seine Armbanduhr piepste.

„Wo sind deine Klamotten?", fragte Marc.

„Auf dem Klo."

„Geh dich mal umziehen."

Marc löste seine Umarmung und übergab uns der Kälte. Vorsichtig berührte ich die Gänsehaut an seinen kühlen Armen. Er sah auf meine Hände. Ich konnte nicht anders, als die Decke zu öffnen und sie von beiden Seiten um seinen

Körper zu schwingen. Dann schmiegte ich mich wieder an ihn.

„Besser?“, fragte ich.

Marc schien die Luft anzuhalten. Er blieb völlig regungslos. Ich hob den Kopf und sah ihn fragend an. Seine Antwort war ein glühender Blick. Meine letzten Zweifel schmolzen dahin.

Alles, was ich wollte, war ein Kuss von ihm, und er war dringender als mein nächster Atemzug. Im selben Moment, in dem ich mich auf die Zehenspitzen stellte, senkte Marc den Kopf. Zuerst spürte ich nur seinen Atem, aber das allein reichte, um mein Blut zum Kochen zu bringen. Als unsere Lippen sich berührten, brach ein Jahrhundertsturm los. Es war schwer, mich auf den Beinen zu halten, während Millionen von Blitzen in meinen Körper einschlugen. Sein Kuss war zurückhaltend, aber er war perfekt. *Wir* waren es.

Langsam und benommen löste ich mich von ihm. Und plötzlich war alles anders. Unsere Blicke. Unsere Hände, die wie automatisch ineinander glitten, als wäre es das tausendste Mal, als wären unsere Körper auf einander programmiert. „Los, zieh dich um“, sagte Marc. „Ich fahr dich nach Hause.“

Dieses Mal war es keine Abfuhr – es war das einzig Richtige, was er hätte sagen können. Ich taumelte für eine Sekunde, und er hielt mich am Arm fest. Dann nahm ich meine Schuhe und ging hinter die Bühne.

31.

Sein Kuss brannte noch immer auf meinen Lippen, als ich angezogen vor dem Spiegel stand und meine roten Wangen betrachtete. Das war es also, wovon alle sprachen. Darüber schrieb man Songs, dafür verließ man Ehefrauen, zog in andere Länder, lernte Stricken oder Stepptanz oder begann, ein fremdes Kind zu lieben wie sein eigenes. *Dieser eine Moment.*

Als ich wieder vor ihn trat, sah Marc mich an wie seine Königin. Er löschte das Licht, küsste mich sanft auf die Stirn und führte mich aus der Aula.

Im Schutz der Dunkelheit liefen wir Hand in Hand über den Schulhof. Er hielt meine Hand! Was für ein Gefühl. Ich war sein Mädchen! Es machte mich stolz und schüchtern zugleich.

Träumerisch blickte ich zurück zur Aula. Die Bühne war, vom Mondschein beleuchtet, deutlich zu erkennen. Wäre vor ein paar Minuten jemand hier vorbeigekommen, hätte er uns wahrscheinlich entdeckt. Aber wer ging schon in einer Samstagnacht auf dem Schulhof spazieren?

Wir klappten die Rücksitze nach vorn und hievten mein Fahrrad in den Kofferraum, ich landete unsanft auf dem

Beifahrersitz und sortierte nervös meine Glieder. Was nun? Worüber sollten wir reden?

„Niemand", sagte Marc, als er versuchte, den Motor zu starten, „darf das je erfahren."

Er hätte es nicht aussprechen müssen. Dass er es trotzdem tat, verletzte mich. Nicht, weil ich anderer Meinung war, sondern weil es die unanfechtbare, schmerzvolle Wahrheit war. Ich würde dieses unfassbare Glück niemals mit jemandem teilen können.

„Natürlich nicht", sagte ich und besiegelte meine neue Einsamkeit.

Bevor er in den ersten Gang schaltete, nahm Marc meine Hand und drückte sie sanft.

„Alles okay?", fragte er.

Seine Berührung war tröstlich. Ich lächelte unsicher.

„Ja."

Wir fuhren schweigend durch die Dunkelheit. Einige Hausnummern von der Hochzeitstorte entfernt bremste Marc den Wagen ab und sah mich an.

„Was wirst du ihnen sagen?", fragte er.

„Wir haben so intensiv geprobt, dass wir die Zeit vergessen haben. Und dann hast du uns alle nach Hause gefahren."

„Gut", sagte Marc. Und dann noch einmal: „Gut."

„Was machst du morgen?", fragte ich. „Bist du im Jugendzentrum?"

„Ich gehe mit meinem Sohn zu einer Veranstaltung hier im Ort."

Ich gab mir Mühe, meine Enttäuschung zu verbergen.

„Cool, viel Spaß. Dann bis Montag, oder?"

„Ja, bis Montag."

Ich zögerte.

„Soll ich hier aussteigen?"

„Nein. Warte."

Marc löste seinen Sicherheitsgurt und beugte sich zu mir herüber.

„Ich werde an dich denken."

Er küsste mich zart. Ich erwiderte seinen Kuss und spürte, wie er unruhig wurde. Als ich mit der Hand seinen Hals entlang strich, löste er sich von mir und fiel zurück in seinen Sitz. Sein Atem ging schnell.

„Schlaf gut, Liv."

Als ich die Tür aufschloss, stand Franco im Flur und räumte in der Schublade des Telefonschränkchens herum. Er sah aus wie von der Katze ins Haus geschleift.

„Da bist du ja", näselte er und richtete sich auf.

Seine Haare standen in alle Richtungen ab, seine Augen waren blutunterlaufen, seine Nase dick und rot.

„Was ist denn mit dir passiert?", fragte ich, während ich die Jacke auszog. Mein Körper war noch immer überhitzt, meine Wangen glühten.

„Krank", sagte Franco.

„Oh nein! Ich habe dich angesteckt. Tut mir leid!"

„Schon okay, Liebes."

Wir gingen ins Wohnzimmer, wo Franco ein loses Taschentuch aus der Schublade unter dem Couchtisch zog und sich schnäuzte.

„Wo warst du denn so lange?", fragte er.

Ich räusperte mich und holte Luft für meine Lüge.

„Wir haben beim Proben die Zeit vergessen. Aber Herr Schleiss hat uns alle nach Hause gefahren."

„Das ist ja nett von ihm. Schön, dass du etwas gefunden hast, das dich so begeistert. Das nenne ich Leidenschaft! Muss ein ziemlich guter Lehrer sein, dieser Schleiss."

Ich wurde rot.

„Was machen denn die Sterne?“, fragte ich, um vom Thema abzulenken.

Franco hielt in der Bewegung inne.

„Hab ich’s dir noch nicht gesagt?“

„Was?“

Er sah mich finster an und tupfte weiter seine Nase ab.

„Ich hab mit den Sternen Schluss gemacht.“

Vor Schreck stieß ich mich an einer Lampe.

„Was?“

„Ja. Das bringt alles nichts mehr.“

„Machst du das wegen Charlotte?“ Meine Stimme überschlug sich.

„Na ja. Ich will auch einfach mein Leben wieder in den Griff kriegen. Du hättest doch auch lieber einen Vater, der ein bisschen was zu bieten hat.“

„Hat *Charlotte* das gesagt?“

Franco zuckte mit den Schultern. Für einen kurzen Moment vergaß ich, dass ich gerade der glücklichste Mensch auf Erden war.

„Glaubst du der Kuh eigentlich *jeden* Scheiß? Die lügt, wo sie nur kann, merkst du das nicht? Sie versucht ständig, uns gegeneinander auszuspielen.“

Franco kratzte sich am kaum noch vorhandenen Bauch.

„Ach. Aber sie hat schon recht, Liebling. Ich sollte mich mal nach Dingen umsehen, die mich im Leben weiterbringen.“

„Ist *das* der wahre Grund für deine Diät?“, fragte ich. „Hat sie dich gezwungen?“

„Nein, Schatz. Reg dich nicht auf.“

Franco hustete und schnäuzte in sein Taschentuch.

„Ich geh jetzt schlafen. Zerbrich dir nicht den Kopf, Kleines. Es ist alles gut. Wirklich!“

Ich folgte ihm nach oben.

„Warte mal! Was willst du denn jetzt machen?“

„Ich habe noch ein bisschen Zeit, um mir das zu überlegen. Geh schlafen, wir reden morgen weiter.“

Franco verschwand im Schlafzimmer und ließ mich mit meinen Fragen allein.

Sobald ich in meinem Zimmer war, rief ich Tante Kathy an, die, als hätte sie auf dem Telefon gesessen, sofort abhob.

„Liv, Schätzchen, du bist noch wach? Wie geht es dir?“

„Kann nicht schlafen.“

„Was ist denn los?“

„Franco hört mit den Sternen auf.“

Einen Moment lang herrschte Stille.

„Oh nein!“, sagte Kathy dann.

Ich hörte, wie sie sich am anderen Ende der Leitung eine Zigarette anzündete und tat dasselbe.

„Jetzt hat sie es geschafft! Oh Gott, Liv. Ich brauche ein Glas Wein. Warte, ich leg dich kurz zur Seite.“

Es gluckerte im Hintergrund. Nach ein paar Sekunden war sie wieder dran.

„Weißt du eigentlich, was er für Charlotte alles aufgegeben hat?“, fragte Kathy. „Franco war mal ein richtiger Naturbursche! Kernig und stolz und voller Lebensfreude! Bis sie angefangen hat, ihn in diese Klamotten zu stecken. Segelhosen, Kaschmirschals, Polohemden. Es war so schrecklich! Ach, wenn er damals nur auf mich gehört hätte! Seine Arbeit war doch das Letzte, was ihm noch geblieben ist!“

Kathy trank schlürfend und ich atmete in die verzweifelte Stille.

„Weißt du was, Liv?“, sagte sie plötzlich. „Es ist nie zu spät! Ihr könntet eine Weile bei mir wohnen, bis ihr was Neues gefunden habt.“

„Was? Du bist ja verrückt!“

Noch vor ein paar Tagen wäre ich in Jubelstürme ausgebrochen über diesen Vorschlag. Aber nun jagte mir die Vorstellung, Quickborn verlassen zu müssen, eine höllische Angst ein. Ich wollte bei Marc bleiben.

„Das macht er doch niemals mit“, sagte ich. „Du hast es selbst gesagt: Den alten Franco gibt es nicht mehr. Nur noch Charlottes neue Version von ihm.“

Kathy seufzte resigniert.

„Wahrscheinlich hast du Recht. Ach, Liv! Es tut mir nur so weh. Dein Vater war so ein toller Mann! Seine schrägen Frisuren, sein Humor, die Garagenband mit seinen verrückten Freunden von der Uni. Liebe, Spaß und gutes Essen. Mehr brauchten wir nicht. Und jetzt? Jetzt geht's nur noch um Geld.“

Sie trank noch einen Schluck.

„Du darfst niemals so werden wie deine Mutter, Liv! Liebe ist das Wichtigste, hörst du?“

Ihre Worte katapultierten mich zurück in Marcs Arme. Ich schloss die Augen und fühlte seine Küsse.

„Ja“, hauchte ich mit einem Bauchkribbeln.

„Bist du verliebt, Liv?“, fragte Kathy plötzlich.

Ich zuckte zusammen. Wieso traf sie nur *immer* ins Schwarze? Ich wägte ab, ob es zu riskant wäre, Kathy einzuweihen. Natürlich vertraute ich ihr. Aber es ging nicht mehr nur um mich. Marcs Job stand auf dem Spiel. Was sollte aus ihm werden, wenn …?

„Ja“, platzte es aus mir heraus.

„Ich *wusste* es!“, rief Kathy, „Wer ist es?“

Ich zögerte. Zum Glück konnte sie mein unkontrollierbares Grinsen nicht sehen.

„Er heißt Marc“, sagte ich.

„Ist er in deiner Klasse?“

Ich musste lachen.

„Wieso lachst du?“

„Egal.“

„Wie sieht er denn aus?“

„Hmmm. Groß und blaue Augen.“

„Jetzt lass dir doch nicht alles aus der Nase ziehen! Wie alt ist er? Was hört er für Musik? Was hat er für Hobbys?“

Ich log, dass sich die Balken bogen. Aber ich erzählte auch einen Teil der Wahrheit: Seine ständigen mysteriösen Zufallsrettungen, seine Liebe zu Kaffee, dass er mal Lehrer werden wollte (das stimmte ja auch irgendwie).

„Ich freu mich so für dich!“, sagte Kathy schließlich.

„Danke! Aber versprich mir, dass du Franco und Charlotte nichts sagst, okay?“

„Ich weiß, ich weiß“, sagte Kathy. „Ich verspreche dir hoch und heilig, dass ich nichts sagen werde.“

„Danke, Kathy.“

Wir sprachen noch ein wenig über die Schule, ich erzählte ihr von Jessica und unserem Mütter-Problem, von Walter und der Theatergruppe, wobei ich höllisch aufpassen musste, *Herr Schleiss* und nicht *Marc* zu sagen, und schließlich kamen wir wieder bei Franco und Charlotte an.

„Ach, weißt du, Liebes, dein Vater ist ein erwachsener Mann. Er muss selbst entscheiden, wie er sein Leben führt. Lass uns jetzt schlafen gehen und uns nicht mehr den Kopf zerbrechen.“

Wir rauchten noch eine gemeinsame Zigarette, verabschiedeten uns dann und legten auf.

32.

Die Nacht gehörte nur Marc. Meine Erinnerungen an die vergangenen Stunden vermischten sich zu einem heißen, sehnsuchtsvollen Traum. Irgendwie schaffte ich es, meine Sorgen eine ganze Nacht lang aus meinem Kopf zu verbannen, aber als ich am Sonntag die Augen aufschlug, standen sie wieder in Reih und Glied. Zusammen mit den glühenden Rückblenden, die mir das Aufstehen schwer machten (Der Kuss! Das Geräusch seines Atems!), kamen die Zweifel. War Marc gestern zu seiner Frau nach Hause gefahren und hatte so getan hatte, als wäre nichts gewesen? Hatte er ein schlechtes Gewissen? Bereute er, was passiert war? Mit jeder Frage wurde ich nervöser. War vielleicht schon alles wieder vorbei, bevor es überhaupt angefangen hatte? Gab es *uns* überhaupt noch? Ich musste es wissen, und zwar sofort! Wie eine Irre sprang ich aus dem Bett und lief ins Bad. In meiner Hektik verschüttete ich Clearasil, verschmierte Zahnpasta auf den Fliesen, stieß mich an offenen Schranktüren, warf eine Flasche Mundwasser auf den Boden. Während ich die Pfefferminzscherben auflas und in den Müll warf, überschlugen sich meine Gedanken.

Marc hatte gesagt, dass er mit seinem Sohn auf einer Veranstaltung hier im Ort wäre. Aber wie viele

Veranstaltungen konnte es am 1. Mai in Quickborn schon geben? Flötenkonzerte? Kirchenbasare? In jeder anderen Stadt war heute der Teufel los. Aber hier? Sicher wäre es nicht schwer, ihn zu finden.

Allein die Aussicht auf eine Begegnung mit Marc hellte meine Stimmung auf. Ich freute mich auf einen Sonntag mit einer Mission – einen Dorfsonntag ohne Apokalypse.

Wenig später stand ich frisch geduscht in der Küche und kochte mir mit Francos alter Blechkanne einen Espresso. Marc liebte Kaffee, und das war Grund genug, um der ekligen Plörre noch eine Chance zu geben. Als ich fertig war, stolzierte ich mit meiner dampfenden Tasse durch die Räume und suchte nach der Regionalzeitung.

Ich wühlte im Zeitungsstapel im Wohnzimmer, im Altpapier vor dem Haus, im Lesestapel auf dem Klo. Aber die Regionalzeitung war nirgends zu finden. Als ich gerade auf dem Weg ins Esszimmer war, um dort weiterzusuchen, klimperte ein Schlüssel an der Haustür. Ich spähte in den Flur und sah Charlotte hereinstolpern. Ihr Anblick war zum Schreien: Die Schminke war verschmiert, die Haare klebten platt am Kopf, das Kleid war unter ihrem offenen Kaschmirmantel hochgerutscht und gab den Blick auf ihre welligen Oberschenkel frei. Während sie versuchte, ihre Schuhe auf der Fußmatte auszuziehen, hielt sie sich mit einer Hand am Türrahmen fest. Schließlich ließ sie die Pumps einfach draußen liegen, warf die Tür hinter sich zu und eierte durch den Flur in Richtung Wohnzimmer. Ich versuchte, mich unbemerkt ins Esszimmer zurückzuziehen, aber es war zu spät.

„Oliviaaaa!"

Seufzend drehte ich mich um.

„Ist das Kaffee?" Ihr schlingernder Zeigefinger deutete auf meine Tasse.

„Ja", sagte ich.

„Gib her!"

Ich hielt ihr die Tasse hin. Sie griff zweimal daneben, und als sie sie endlich erwischte, trank sie meinen dreifachen Espresso in einem Zug aus.

„Aaaaaaaaaaaaah!"

Dann gab sie mir die Tasse zurück, wankte zur Couch und ließ sich wenig elegant hineinfallen.

„Mach mir noch einen!"

Ich sah auf den Grund der leeren Tasse. Da ich jetzt sowieso neuen Kaffee kochen musste, konnte ich auch ausnahmsweise mal gehorchen. Also ging ich in die Küche und warf den Herd wieder an.

„Du bisss ein gutes Kind", lallte Charlotte plötzlich hinter mir.

Sie war mir in die Küche gefolgt und saß nun ziemlich schief auf einem der Stühle.

„Seit wann?", fragte ich und schaufelte Espressopulver in die Kanne.

„Seitschonimma."

Ich schüttelte den Kopf, drehte die Flamme kleiner und lauschte dem leisen Zischeln der Kanne. Sobald die Hälfte durchgelaufen war, goss ich Charlotte einen neuen Espresso ein, der genauso schnell in ihr verschwand wie der erste. Ich hätte sie warnen können, dass der Kaffee kochend heiß war, aber ich tat es nicht. Sie verzog keine Miene. Normalerweise interessierte es mich null, was Charlotte so trieb, aber diesen Zustand musste ich einer Jahrhundertparty zu verdanken haben.

„Wo warst du denn?", fragte ich.

„Tanz in den Mai."

„Bis *gerade eben*? Es ist fast zwölf!"

„Ja."

„Mit Franco?"

„Alleine."

Ich goss mir Kaffee ein und drehte mich wieder zu ihr.

Charlotte rülpste und legte ihren Kopf auf den Küchentisch, so dass ich ihr verschmiertes Gesicht nicht mehr sehen konnte.

„Dein Vater lässt mir keine Wahl", sagte sie. „Die werden mich absetzen, Olivia. Einer muss doch Geld verdienen."

Ihr Nuscheln ging in ein langgezogenes Schnarchen über. Ich starrte auf diesen verhunzten Haufen aus Haut und Haaren und glaubte zum ersten Mal, seit ich denken konnte, meine Mutter zu verstehen. Charlotte war im Arsch. Diese reißende, zermürbende Angst vor der Zukunft war etwas, das sie nie gekannt hatte. Sie raubte ihr den Schlaf. Ihre Quotenkrise hatte sie zur Zielscheibe für die Öffentlichkeit gemacht. Es war nur eine Frage der Zeit, bis man sie aus dem Programm werfen würde. Und selbst wenn nicht, dann würde ihre kranke Sucht nach Anerkennung sie dazu zwingen, selbst zu kündigen. Charlotte musste nun darüber nachdenken, was sie als Nächstes tun wollte. Und da stellte sich doch die Frage, was sie überhaupt *konnte*. Leute herumkommandieren? Sich über andere lustig machen? Die Schuhgrößen der schwedischen Königsfamilie aufsagen? Würde von all den Leuten, die sie in den letzten Jahren gedemütigt, belogen oder von oben herab behandelt hatte, auch nur *einer* bereit sein, ihr zu einem neuen Job zu verhelfen? Vor ihr lag eine Zeit der schmerzhaften Wahrheiten. Es war genau so, wie Franco es vorausgesagt hatte: Charlotte kam zurück auf den Boden.

⚜ ⚜ ⚜

Zwar hatte ich die Zeitung noch immer nicht gefunden, aber ich wollte auf keinen Fall Zeuge werden, wie Charlotte und Franco sich an diesem Tag das erste Mal begegneten. Also leerte ich meine Kaffeetasse, ließ mich für einen Moment von einer Vision von Marc und mir gefangen nehmen, nahm dann meine Jacke und verließ das Haus.

33.

Quickborn war eine Geisterstadt. Nicht einmal die fernen Autobahngeräusche waren zu hören. Ich stieg aufs Fahrrad und ließ mich treiben. Charlottes Golfclub und eine Gaststätte (hier waren sie, die Menschen, und sie tranken Schnaps) lagen auf meinem Weg. Ich sah eine Handvoll Jugendlicher, die sich am Bahnhof langweilten, fand ein Fußballspiel und drehte zu Fuß eine Runde um den Platz, vorbei an zwanzig Paar Eltern, die ihre pickligen Söhne anfeuerten. Ich fuhr gegen Windboen und Regenschauer an, holperte durch Pfützen, wartete ewig an Bahnschranken, spähte in Autos und offene Fenster, versuchte jeden Insassen von Bussen und Bahnen zu erkennen, ich fuhr die Kirchen ab, durchkämmte das Jugendzentrum, suchte nach anderen Sportplätzen, machte einen Zwischenstopp an der Eisdiele und einen am Prophetensee. Aber Marc blieb verschwunden. Ein Werbezettel für ein Scheunenfest im Heckfenster eines vorbeifahrenden Autos gab mir neue Hoffnung. Es gab ja noch die Bauernhöfe! Also verließ ich die befestigten Straßen. Eingehüllt in den Duft von Pferdemist und Heu ließ ich schließlich das Fahrrad auf einem heruntergekommenen

Ponyhof ausrollen. Ein Mädchen mit Zahnspange und Reiterstiefeln begrüßte mich am Tor.

„Suchst du etwas?", fragte sie und rammte ihre Mistgabel in den Boden.

„Menschen."

Sie lachte.

„Da bist du hier aber falsch."

„Was ist mit dem Scheunenfest?"

„Das war gestern."

Ich wedelte mir eine Fliege aus dem Gesicht.

„Gibt es denn heute irgendwo Veranstaltungen?"

„Nur für Rentner und Kinder. Wenn du was erleben willst, musst du schon nach Hamburg fahren."

Wehmütig dachte ich an Altona. Um diese Uhrzeit waren die Maifeiern in vollem Gange, die Leute tranken Bier und Apfelkorn, hörten Punkmusik und tanzten in der Nachmittagssonne auf den Straßen.

„Du könntest höchstens mal beim Jazzfrühshoppen an der Goetheschule gucken, aber da ist es immer ziemlich schlimm."

„Schlimm ist gut", sagte ich. „Wo ist denn die Schule?"

„Fahr die Kieler Straße zurück und bieg links in die Goethestraße ab. Ab da kannst du nach Gehör fahren. Ich hoffe für dich, dass die überhaupt noch da sind. Die fangen da nämlich immer um neun Uhr an zu saufen."

„Danke", sagte ich, verabschiedete mich und marschierte zurück zu meinem Fahrrad.

Eine Viertelstunde später stand ich unter dem Dach eines Carports in der Goethestraße und lauschte einem prasselnden Regenschauer, durch den leise Fetzen aus Musik und Kindergeschrei an mein Ohr drangen. Der Jazzfrühshoppen musste ganz in der Nähe sein. Als die Wolkendecke endlich aufriss und die letzten Tropfen im Wind verwehten, zog der

Duft von gebrannten Mandeln und Pommes vorbei. Mein Magen grollte wie ein Sommergewitter. Ich stieg aufs Rad und fuhr dem Lärm entgegen.

Mir war vorher nicht ganz klar gewesen, was *Jazzfrühshoppen* eigentlich bedeutete, aber als ich das Schulgelände betrat, wusste ich: Es war das Kleinstadtgrauen in seiner reinsten Form.

Fünf Männer, die Bierbäuche in rot-weiße Eisverkäuferkostüme gezwängt, spielten gerade eine Dixieland-Version von *Über den Wolken*. Dazu wippten ungefähr hundert Rentner auf Bierbänken im Takt und ließen sich von umherlaufenden Kindern die beigefarbenen Hosenbeine mit Ketchup, Senf und Gulaschsuppe beschmieren. Die Fleischfresser-Warteschlange am Wurstgrill war mindestens zwanzig Meter lang, vor dem Süßigkeitenstand wälzten sich heulende Kinder auf dem Boden und in der kleinen Losbude am Rand des Schulhofs hing eine Frau mit riesigen Brüsten gelangweilt über ihrer Losbox und wünschte sich wahrscheinlich, dass jetzt sofort die Welt untergehen möge. Hier würde ich Marc auf keinen Fall finden, so viel war klar.

Ich trat den Rückzug an. Doch wie immer, wenn ich versuchte, unbemerkt zu bleiben, tauchte plötzlich *wer* auf? Genau: Walter. Er entsprang der wabernden Rentnermasse, winkte mit einer Bratwurst (wahrscheinlich hatte er für einen Moment vergessen, dass er Vegetarier war) und rief meinen Namen. Dann erhob er sich und wippte grinsend auf mich zu wie ein Dorf-DJ auf einer Silberhochzeit. Mein Gesicht muss schmerzverzerrt gewesen sein, als ich ihn begrüßte.

„Tut dir was weh?“, fragte er.

„Ja“, sagte ich und wandte mich zum Gehen.

„Warte doch mal! Tut mir leid, dass ich gestern einfach abgehauen bin, aber ich hatte es echt eilig. Meine Großeltern sind nämlich da. Guck, da hinten sitzen sie. Wink doch mal!“

Er zeigte auf eine der Rentnerbänke, von der aus jetzt ein pummeliges Pärchen zu uns herüber winkte. Ich versuchte ein Lächeln und hob die Hand.

„Du bist auf der Bühne eingepennt, das war echt lustig!", sagte Walter.

Mein falsches Lächeln entkrampfte sich sofort, als ich an Marc dachte. Das Glück strömte zurück in meinen Körper und ich atmete tief ein, um mehr Platz zu schaffen.

„Hat Marc dich nach Hause gebracht?", fragte Walter.

„Ja", sagte ich und spürte, wie ich rot wurde.

Mein Herz raste. Walters Gesichtsausdruck ließ keine Gefühle durchblicken.

„Was machst du denn jetzt noch?", fragte er.

„Ich muss zum Essen nach Hause. Ist schon spät."

„Ach so. Na ja. Kein Problem."

Er sah sich planlos in der Gegend um.

„Tja. Dann mal bis morgen."

„Ja. Bis morgen."

Ich machte ein paar Schritte rückwärts, bevor ich Walter und dem Jazzfrühshoppen den Rücken kehrte und fluchtartig das Schulgelände verließ. Mein Hunger war verschwunden. Alles, was mein Körper wollte, war Marc. Mechanisch stieg ich wieder aufs Rad und fuhr weiter die Straßen ab, bis ein weiterer Regenschauer mich unter das nächste Dach zwang. Dieses Mal gehörte es einem Imbiss in der Bahnhofsstraße.

Schwere Holzbänke, Fußballschals, Frittiertes.

Da die grimmige Verkäuferin mich nicht einfach so in ihrem Imbiss sitzen ließ, bestellte ich eine Cola, sank auf eine der Bänke und sah durch das Fenster auf die Kreuzung. Es dämmerte bereits. Das Licht der Ampel spiegelte sich in den

Pfützen. Ich hatte fast den ganzen Tag mit meiner Suche zugebracht. Wo zum Teufel war Marc?

Ein mit rosa Blütenblättern übersäter Polizeiwagen fuhr vorbei, von der anderen Seite näherte sich ein Mannschaftswagen. Ich reckte den Hals, um zu sehen, ob etwas passiert war, aber es war nichts zu erkennen. Der Mannschaftswagen hielt an der Kreuzung.

„Was machen die denn da?“, fragte ich die Verkäuferin.

Sie sah an mir vorbei durchs Fenster.

„Ist doch erster Mai.“

„Eine Maidemo?“

Sie zuckte mit den Schultern.

Sofort hellte sich meine Stimmung auf. Falls es tatsächlich eine Demo in Quickborn geben sollte, dann wäre es wahrscheinlich meine letzte Chance, Marc an diesem Tag noch zu treffen. Ich beobachtete, wie zwei Polizisten ausstiegen und in alle Richtungen sahen.

Hoffnungsvoll trank ich den Rest meiner Cola aus und ging nach draußen. Als ich das letzte Stück Straße entlangging, wurden gerade die Straßenlaternen eingeschaltet. Ich kam neben einem der Polizisten zum Stehen.

„Suchst du was?“, fragte er schroff.

An seiner Schutzweste hing ein glänzender Käsefaden, sein Atem roch nach Salamipizza.

„Die Demo“, antwortete ich.

Er musterte mich von oben bis unten.

„Welche Demo?“

„Gibt es denn mehr als eine?“

Er zog eine Augenbraue hoch. Anstatt mir zu antworten, drehte er sich zu seinem Kollegen um und flüsterte ihm etwas ins Ohr, bis auch dieser mich gründlich unter die Lupe nahm.

Offenbar hatten sie nicht vor, mir zu antworten, also ging ich einfach die Straße entlang. Ein dritter Polizeiwagen kam mir entgegen. Er fuhr so langsam, als würde er jemanden suchen. Ich hielt Ausschau nach Zeichen für eine Menschenansammlung oder einen Überfall, aber alles, was ich fand, waren langweilige, dunkle Straßen. Irgendwann musste ich schließlich einsehen, dass mein Plan gescheitert war. So klein dieses Kaff auch sein mochte, es schien noch immer genügend Möglichkeiten für Marc zu geben, sich zu verstecken. Aber tat er das? Ging er mir aus dem Weg?

Mein letzter Rest Selbstachtung zwang mich schließlich zum Umkehren. In ein paar Stunden war Montag. Wir würden uns ohnehin sehen – ob er wollte oder nicht.

Es tat weh, meine Suche erfolglos abzubrechen, aber es hätte wohl nicht weniger wehgetan, bis zum Ende der Nacht erfolglos damit weiterzumachen. Also machte ich mich auf den Weg zurück zum Imbiss, um mein Fahrrad zu holen. Aber kaum war ich zehn Meter gegangen, begann hinter mir jemand laut zu brüllen. Ich sah mich um und stellte meinen Blick scharf. Mit bloßem Auge war nur schwer zu erkennen, was da in der Dämmerung am Ende der Straße passierte, aber wenn die menschlichen Silhouetten nicht zufällig den Fußballvätern vom Sportplatz gehörten, dann konnten es eigentlich nur Nazi-Dennis und seine kranken Freunde sein.

Etwas flog im hohen Bogen in meine Richtung und krachte in einiger Entfernung auf die Straße, was mit noch mehr Gebrüll und Jubelschreien gefeiert wurde. Ich beschleunigte meine Schritte. Um aus der Schusslinie zu gelangen, hielt ich mich dicht am Rand und beschloss, in die nächste Einfahrt zu flüchten. Der Lärm hinter mir wurde bedrohlich schnell lauter. Ich sah mich um, erschrak darüber, wie nah sie schon gekommen waren, und begann zu rennen.

Plötzlich knallte es neben mir. Ich sprang zur Seite, stolperte über den Kantstein und wäre hingefallen, wenn nicht eine Straßenlaterne schmerzhaft meinen Sturz gebremst hätte. Mit pochender Schulter flüchtete ich in die rettende Einfahrt und versteckte mich zwischen den dichten Zweigen einer Tanne. Das Donnern schwerer Stiefel übertönte den zischenden Biersprudel, der aus der explodierten Dose quoll, die mich nur knapp verfehlt hatte.

Als sie mein Versteck passierten, hielt ich die Luft an. Ich rechnete jeden Moment damit, dass einer von ihnen in die Auffahrt stürmen und mich finden würde, doch aus irgend einem Grund schienen sie es nicht auf mich abgesehen zu haben. Im selben Moment, in dem ich Dennis' Gesicht sah, tauchte die Flamme eines Bengalischen Feuers den kompletten Straßenzug in glühendes Rot. Ich wich noch weiter zurück und hoffte, dass ich trotz des grellen Lichts weiterhin unsichtbar blieb. Sie zogen vorbei, ihr Brüllen wurde leiser. Mein Herzschlag beruhigte sich.

War *das etwa* die Demo? Fünf Dorfnazis auf Krawallzug durch eine Geschäftsstraße?

Als ich aus der Auffahrt zurück auf die Straße trat, war ihr Feuer nur noch ein schwacher Schein hinter der nächsten Straßenecke. Mit weichen Knien setzte ich meinen Weg fort.

Es war still geworden. Nur ein leichter Abendwind wellte die Pfützen unter den Straßenlaternen. Ich lief auf kürzestem Weg zurück zum Imbiss und ging dort vor dem Fahrradständer in die Knie, um mein Schloss zu lösen, wobei ich die Umgebung nicht aus den Augen ließ. Meine Hände zitterten. Zu groß war die Angst, sie könnten zurückkommen.

Ich bin mir nicht mehr sicher, was zuerst passierte – das unvorstellbar laute Klirren in meinen Ohren oder der Schrei der Verkäuferin? Aber plötzlich regnete es Glas. Ich warf mich in einen Busch vor der Hauswand und legte schützend meine Hände vors Gesicht. Unter dem Prasseln der Glasscherben auf dem Bürgersteig blickte ich durch die Zwischenräume meiner Finger. Das Fenster war kaputt.

Mit rasendem Herzschlag sah ich zum Gebüsch auf der anderen Straßenseite. Wer auch immer die Scheibe eingeworfen hatte, er musste sich dort drin verstecken. Wie eine verängstigte Katze krauchte ich rückwärts in den Laden, ohne die Stelle aus den Augen zu lassen. Die Verkäuferin hatte bereits das Telefon in der Hand und wählte eine Nummer, als ich mich vorsichtig neben ihr aufrichtete.

„Ich rufe die …“, begann sie, aber sie wurde jäh unterbrochen:

„*Telefon weg!*“

Wir zuckten zusammen. Ein maskierter Typ mit Bomberjacke stieg über den Scherbenhaufen in den Laden. In seiner Hand blitzte ein Butterflymesser, das im Vergleich zum Buttermesser in der Hand der Verkäuferin gigantisch wirkte. Sie legte das Telefon auf den Tresen und trat einen Schritt zurück, als zwei weitere Maskierte den Imbiss betraten und sich hinter dem ersten aufbauten.

Wahrscheinlich dachten sie, dass die Sturmhauben eine gute Tarnung seien, aber ich erkannte Dennis' Schlangenaugen sofort. Starr vor Angst stand ich mitten im Laden.

„Geld?“, fragte die Verkäuferin mit schwacher Stimme.

Dennis schüttelte den Kopf, wobei er mich direkt ansah.

„Komm her!“, raunte er.

Alle Haare meines Körpers stellten sich gleichzeitig auf. Ein Windstoß wehte Alkoholgestank zu mir herüber. Dennis' Messer schwebte auf Höhe meiner Kehle.

„Ich hab gesagt komm her, Spaghettimädchen! Ich will dich mal anfassen!“

Noch immer war ich zu keiner Regung fähig. Dennis machte einen Schritt auf mich zu, und da ich nichts zum Verteidigen hatte, bewarf ich ihn mit ein paar von den Zeitungen, die stapelweise neben den Tischen auslagen. Den Moment seiner Verwirrung nutzte ich, um zur Verkäuferin hinter den Tresen zu flüchten. Eine Scheißidee, denn nun waren wir beide gefangen.

„Ha!“, brüllte Dennis und gab ein langes, schmutziges Lachen von sich, während er mit der blitzenden Klinge vor meinen Augen herumfuchtelte. Ich wich zurück und stieß mit dem Rücken gegen die Arbeitsfläche, als Dennis plötzlich erstarrte. Ich verstand nicht, warum, bis ich die Polizeisirene hörte. Dennis sprang hektisch im Laden herum – vielleicht hoffte er auf einem Hinterausgang – während seine Freunde längst auf die Straße gerannt waren. Es waren genau diese drei Sekunden, die ihn die Flucht kosteten. Als er schließlich nach draußen stürmte, verriet sein Schrei, gefolgt vom Kommandogebrüll der Polizisten, dass er ihnen direkt in die Arme gelaufen war Die Verkäuferin und ich tauschten einen Blick aus. Plötzlich war sie überhaupt nicht mehr grimmig.

„Alles gut?“, fragte sie.

Ich nickte.

Wir gingen nach draußen, um zu sehen, was passierte. Dennis bekam Handschellen angelegt und wurde mit roher Gewalt ins Polizeiauto gestopft. Paralysiert starrte ich durch das Autofenster. Dort saß er allein im wabernden Blaulicht und rührte sich nicht. Die Sicherheit war trügerisch. Es war nur eine Frage der Zeit, bis wir uns das nächste Mal begegnen würden. Und dann würde es keinen Polizeischutz geben. Und wahrscheinlich auch keine glückliche Zufallsrettung von …

„Liv?“

Ich blinzelte, unsicher, ob mein überfordertes Hirn mir nur einen Streich spielte.

„Alles okay, Liv?“

Langsam drehte ich den Kopf. Er trat neben mich und berührte mich am Arm. Ich hätte auf der Stelle losheulen können, so froh war ich, ihn zu sehen.

„Sag doch was“, sagte Marc.

„Endlich“, rutschte es mir heraus.

„Was?“

Ich schüttelte verwirrt den Kopf und winkte ab.

„Geht es dir gut?“

„Ja“, sagte ich. „Was machst du denn hier?“

Aus meinem Mund klangen die Worte beinahe gleichgültig, aber in meinem Inneren brach das Chaos los. Warum *jetzt*? Wie konnte er schon wieder aus dem Nichts auftauchen, während ich in Schwierigkeiten steckte?

„Hast du die Polizei gerufen?“, fragte ich.

„Ja“, sagte Marc.

Fasziniert sah ich ihn an. Das Blaulicht ließ seine Gesichtszüge tanzen. Licht. Schatten. Licht. Schatten.

„Wo warst du denn heute?“, fragte ich.

Vielleicht fand er die Frage seltsam, oder er hatte mich einfach nicht verstanden. Denn er sagte nur:

„Komm, wir gehen.“

„Wohin?“

„Zu mir.“

Es brauchte eine Sekunde, bis die Worte zu meinem Hirn durchdrangen.

„Bist du *verrückt*?“

Marc lachte.

„Wieso?“

Ich brachte das Unaussprechliche nicht über die Lippen. Was war mit seiner Frau? Er konnte mich doch nicht einfach mit nach Hause nehmen.

„Wir holen mein Auto", sagte er. „Hast du dein Fahrrad dabei?"

„Ja", sagte ich verwirrt.

„Das können wir in den Kofferraum laden."

Er schob mich langsam in Richtung Fahrradständer, wo ich mechanisch mein Rad aufschloss.

„Moment, nicht so schnell, meine Herrschaften!"

Der grimmige Pizzapolizist schnitt uns den Weg ab.

„Wir brauchen noch Ihre Zeugenaussage."

Ich drehte mich zu ihm um. Als er mich erkannte, zogen sich seine buschigen Augenbrauen zusammen.

„Du schon wieder. Hast deine Demo ja wohl gefunden, was?"

Er deutete auf das kaputte Schaufenster.

Ich schüttelte den Kopf.

„Du steckst da doch mit drin, oder?"

Marc kicherte, was mich noch zusätzlich verwirrte.

„Nein, tu ich nicht", sagte ich.

Anstatt mir zu antworten, starrte der Polizist mich an, als versuchte er, mich mit einem Röntgenblick zu durchleuchten. Ich starrte zurück. Licht. Schatten. Licht. Schatten. Es dauerte bestimmt eine Minute, bis endlich jemand das Blaulicht ausschaltete und ich nur noch in dunkle Augenhöhlen starrte. Unentschieden.

Marc ergriff das Wort: „Können wir jetzt weitermachen? Die Dame muss nämlich nach Hause."

„Sind Sie ihr Vater?", fragte der Polizist.

Ich verkrampfte innerlich, und auch Marc schien tausend Tode zu sterben.

„Ich bin ihr Klassenlehrer“, sagte er steif.

„Seltsame Uhrzeit für einen Schulausflug, finden Sie nicht, Herr …?“

„Schleiss.“

„Mitkommen, Schleiss.“

34.

Eine halbe Stunde später lief ich an Marcs Seite die Straße entlang. Hinter uns fegte die Imbissverkäuferin klirrend die Scherben ihres Fensters zusammen, während eine spontan angerückte Firma sich um eine neue Scheibe kümmerte.

Dass der Polizist nicht Franco und Charlotte angerufen hatte, war einzig und allein Marcs mysteriösem Talent zum Drachenbändigen zu verdanken. Offenbar funktionierte es nicht nur bei mir und Charlotte.

„Also. Was hast du hier getrieben?", fragte Marc, als wir mein Fahrrad in sein Auto luden.

„Gegessen", sagte ich. „Und du?"

„Ich war mit meinem Sohn unterwegs."

Ein Stich in mein Herz.

„Und wo ist er jetzt?"

„Er macht noch einen Ausflug."

„Seltsame Uhrzeit für einen Ausflug."

Marc lachte und stieg ins Auto.

Wir fuhren zehn Minuten, bis wir vor einem vierstöckigen Mehrfamilienhaus zum Stehen kamen.

„Hier wohnst du?", flüsterte ich, nachdem wir ausgestiegen waren.

„Warum flüsterst du?“, fragte Marc.

„Na, weil …“ ich zeigte auf das Haus.

Das Unaussprechliche hing zwischen uns wie ein Vorhang aus Glaswolle – juckend, irritierend, unangenehm. Ich hatte Angst, alles kaputt zu machen, wenn ich seine Frau auch nur *erwähnte.*

„Wo du schon mal hier bist, kann ich dir ja auch kurz meine Wohnung zeigen.“

Er ging vor in Richtung Haus. Ich zögerte, aber da er nicht auf mich wartete, folgte ich ihm schließlich ins Treppenhaus. In der ersten Etage blieben wir vor einer niedrigen Wohnungstür stehen. Mein Herz raste. Marc klimperte mit seinem Schlüssel.

„Pssst!“, machte ich und hielt seinen Schlüsselbund fest.

„Wieso?“, fragte Marc.

„Na weil … Was ist mit den Nachbarn? Und deiner F… F…“

Ich brauchte einen weiteren Atemzug.

„F-F-Frau?“, kam Marc mir zuvor.

Ich nickte. Endlich war es raus.

„Wir leben getrennt.“

„*Was?*“

„Was dachtest *du* denn?“, fragte Marc. „Dass ich dich als Zweit … äh …“ Ihm schien kein geeignetes Wort einzufallen, also drehte er sich einfach um, schloss die Wohnung auf und zog mich hinein. Es war, als hätte mir gerade jemand einen gigantischen Tumor entfernt. Schwindelig vor Glück lächelte ich. Als er mich an die Wand drängte und ungestüm küsste, waren auch meine letzten Zweifel beseitigt.

„Du hast mir gefehlt“, hauchte Marc.

Wir hielten uns fest. Er strich durch mein Haar, ich sog seinen Duft ein und legte meine glühende Wange an seine

Brust. Wie hatte ich es so lange ohne ihn ausgehalten? Wie sollte ich jemals wieder einen Tag ohne ihn überleben?

„So", sagte Marc plötzlich. Er schob mich ein Stück von sich weg und hielt mich auf Abstand.

Ich fühlte, wie unsere Wärme in den Raum entwich.

„Kaffee?"

Ich schüttelte den Kopf. Viel zu nervös. Eine Fliege landete auf seinem Handrücken und blieb sitzen.

Marc nahm meine Hand und zog mich mit sich.

„Dann vielleicht eine kleine Führung?"

Ich folgte ihm, benommen, unfähig, einen klaren Gedanken zu fassen.

„Warum habt ihr euch getrennt?", platzte es aus mir heraus.

Marc drehte sich abrupt zu mir um.

„Wir sind uns gegenseitig auf die Nerven gegangen."

„Und wie lange seid ihr schon geschieden?"

„Wir sind getrennt, nicht geschieden. So was dauert."

„Und wie lange seid ihr schon getrennt?", fragte ich.

Marc grinste und zog an einer meiner Haarsträhnen.

„Sag mal, ist das hier ein Kreuzverhör?"

Ich kicherte unsicher.

Plötzlich musste ich an Charlotte denken. Nervtötende Detektiv-Fragen waren *ihre* Spezialität, nicht meine. Ich wollte nicht wie Charlotte sein.

„Komm, ich zeige dir das Wohnzimmer."

Er zog mich mit sich und schaltete das Licht an.

Eine hellblaue Ledercouch, von einem gläsernen Couchtisch in die Ecke gedrängt, brach unter einem riesigen Berg aus Kuschel-Diddl-Mäusen fast zusammen. Daneben ein gläserner Bierkühlschrank, randvoll mit Holsten.

„Oh Gott."

Marc gab einen undefinierbaren Laut von sich und zog mich weiter. Das Badezimmer: Dusche und Klo, ein Handtuch, ein Rasierer, eine Zahnbürste. Ich ging zum Fenster und sah nach draußen. Die Nachbarn von gegenüber hatten freie Sicht auf die Kloschüssel.

„Ich habe keine Geheimnisse“, sagte Marc hinter mir.

„Ach, wirklich?“

Als ich mich zu ihm umdrehte, grinste er schief.

„Na ja. Außer dem einen vielleicht.“

Er breitete die Arme aus und wartete, bis ich zu ihm kam.

„Für mein Mädchen hänge ich ein Handtuch ins Fenster.“

Als er mich an sich drückte und küsste, erwachten die Schmetterlinge in meinem Bauch zum Leben.

Die Küche war gelb, schmutzig und so klein, dass wir zu zweit kaum hineinpassten. Dreckige Töpfe und Fruchtfliegen teilten sich den Platz mit einer übervollen Mülltüte, aus der die Ecke eines Pizzakartons ragte. Es störte mich nicht. Ich liebte jeden Krümel und jeden Schmutzrand in dieser Wohnung.

„Bereit für das Schlafzimmer?“, fragte Marc.

Mit rasendem Herzen folgte ich ihm in den Flur. Dicht an ihn gedrängt schob ich mich in den Türrahmen, als er mit andächtiger Langsamkeit die Tür zum Schlafzimmer aufdrückte.

Es war dunkel. Marcs Bett war ungemacht, die Bettwäsche hässlich. Daneben platzte ein Skelett von einem Bücherregal aus allen Nähten. Ich ging näher heran. George Orwell, Douglas Adams, Scott McBain. Marc zeigte stolz mit dem Finger auf eines der Konzertplakate, die an der gegenüberliegenden Wand hingen: Es war ein *NIRVANA* Plakat. Ein kleines Rinnsal aus Traurigkeit trübte den reißenden Strom meiner Erregung.

Mein Blick wanderte zu einem kleinen Podest mit einem Fernseher und einer Stereoanlage. Es waren die einzigen Gegenstände im Zimmer, die nicht eingestaubt, zugemüllt oder mit Stickern beklebt waren.

Während Marc zurück in den Flur trat, begann der Film in meinem Kopf zu laufen: Wir zwei in seinem Bett, aufgeheizt von unseren Küssen, rauchend, Bier trinkend. Im Hintergrund der laufende Fernseher. Die Bettdecke läge irgendwo auf dem Boden, weil der Raum vom schwülen Dunst unserer Lust brütend heiß wäre. Dann, ganz plötzlich, würde er mir tief in die Augen sehen. Und dann würden wir es tun!

Ich glühte. Benommen trat ich zurück an Marcs Seite und schlang meine Arme um seinen Körper. Am liebsten hätte ich ihn sofort ins Bett gezerrt. Marcs Blick verriet, dass er Ähnliches durchlebte, aber er lenkte mich beherrscht zurück ins Wohnzimmer, wo seine Autoschlüssel auf dem Tisch lagen.

„Es ist spät. Du musst nach Hause."

„Ich hab Zeit", sagte ich und umarmte ihn fester. „Bis um zwölf."

Als ich meine Hände unter sein T-Shirt schob, sog er scharf die Luft ein.

„Wirklich?"

„Ja."

Das Gefühl seiner Haut unter meinen Fingern war berauschend. Eng umschlungen sanken wir auf die Couch und verursachten einen schrecklichen Diddl-Maus-Erdrutsch. Ich begann zu lachen, doch sein Kuss, fordernd und elektrisierend, ließ mich verstummen.

Ich rutschte tiefer ins Polster und zog ihn mit mir, als er plötzlich meine Hände festhielt. Irritiert sah ich auf.

Lärm aus dem Flur. Es klang, als würde jemand versuchen, die Haustür einzutreten. Marc sprang auf und lief aus dem Wohnzimmer.

„Ey, du Arsch, was sollte das vorhin?“, brüllte jemand.

Die Stimme kam mir bekannt vor. Aber das konnte unmöglich …

Marc flüsterte irgendwas.

„Hast du Besuch, oder warum benimmst du dich wie ne Schwuchtel?“

Es war nicht mehr zu leugnen: Dennis war hier! Was zur Hölle machte der Typ in Marcs Wohnung?

„Lass mich durch!“, rief er. „Ich brauch ’n Bier!“

Ich saß mittlerweile kerzengerade auf dem Sofa, ordnete meine Haare und tat dann so, als würde ich die Fernsehzeitung lesen.

„Komm wieder, wenn du mal nicht besoffen bist!“, rief Marc.

„Alter! Du hast mir die Bullen auf den Hals gehetzt, du Arsch!“

„Blödsinn! Du bist einfach nur so doof, dich ständig erwischen zu lassen.“

„Erzähl keinen Mist! Du hast mir den Abend versaut. Jetzt werd’ ich doch wohl mal in deinem Wohnzimmer ein Bier trinken dürfen oder was!“

Marc seufzte.

„Bitte. Tu, was du nicht lassen kannst.“

Im nächsten Moment stand Dennis vor mir und seine Schlitzaugen wurden tellergroß.

„Alter! Was macht *die* denn hier?“

Marc trat hinter ihn. Er sah aus wie von der Dampfwalze überfahren.

„Liv, darf ich vorstellen: Mein Sohn Dennis. Dennis, das ist Liv, eine Schülerin von mir.“

„Wir *kennen* uns“, zischte Dennis.

Ich schluckte. Meine Augen zuckten von Marc zu Dennis und zurück.

„Ich wollte sie gerade nach Hause bringen, nachdem *du* sie ja vorhin fast umgebracht hast!“

Dennis grinste schmierig.

„Du kümmerst dich ja neuerdings *sehr* fürsorglich um deine Schüler.“

Marc drehte ihm den Rücken zu.

„Komm, Liv, wir fahren.“

Mit steifen Schritten folgte ich ihm in den Flur.

„Bin gespannt, was es dir wert ist, dass ich niemandem etwas verrate!“, rief Dennis uns hinterher.

„Dito!“, rief Marc über seine Schulter.

Dann schob er mich in den Flur und knallte hinter uns die Tür zu.

Dennis’ Flüche wurden leiser, je weiter wir die Treppen hinabstiegen. Ich hielt die Luft an und wartete darauf, dass Marc das Schweigen brechen würde. Als wir an die kühle Abendluft traten, schüttelte er eine Zigarette aus seiner Schachtel und zündete sie an. Seine Hand zitterte.

„Auch eine?“, fragte er.

Ich konnte ihn nur anstarren. Marc blies den Rauch aus und sah in den Himmel.

„Du hättest mir das … *erzählen* können“, sagte ich.

Marc nahm noch einen Zug und kratzte sich nervös am Kopf.

„Ja“, sagte er nur.

„Wohnt er bei dir?“

„Am Wochenende manchmal.“

Jetzt brauchte ich doch eine Zigarette. Ich streckte meine Hand aus und wollte die Schachtel aus seiner Jackentasche holen, aber Marc machte einen Schritt zurück.

„Pass auf!“, flüsterte er.

Ich folgte seinem Blick nach oben. Aus einem Fenster im ersten Stock sah jemand zu uns herunter.

„Der ist nicht so dumm, wie er tut“, sagte Marc.

Dann griff er selbst in seine Jackentasche und gab mir die Schachtel.

„Warum ist er schon wieder frei?“

Marc zuckte mit den Schultern.

„Das ist immer so. Guck sie dir doch an, diese Dorfbullen! Muss ich da ernsthaft noch was zu sagen?“

Ich dachte an den Pizzapolizisten und schüttelte den Kopf. Wir rauchten schweigend. Ein Auto fuhr vorbei und verursachte einen Regen aus Blütenblättern, als es einen tief hängenden Ast streifte.

„Ich frage mich nur“, sagte ich irgendwann, „wieso Walter mir davon nichts erzählt hat.“

„Wir vermeiden das Thema, wenn möglich“, sagte Marc.

„Ja, aber Walter hat in letzter Zeit kein gutes Haar an dir gelassen. Wieso sollte er ausgerechnet *diesen* Wahnsinnsjoker *nicht* gegen dich ausspielen?“

Es begann dicke Tropfen zu regnen und wir machten ein paar Schritte zurück unter das Vordach.

Während Marc gedankenvoll schwieg, arbeitete mein Hirn sich mühsam durch die Erlebnisse der vergangenen Wochen.

„*Deshalb* hast du mich ständig vor Dennis gerettet. Du spionierst ihm hinterher, oder?“

„Ich versuche zumindest, ihn im Auge zu behalten, damit er keinen größeren Schaden anrichtet. Aber heute habe ich eindeutig versagt.“

„Hast du nicht!“

Marc starrte ins Leere. Ich hatte keine Worte mehr.

Wir traten unsere Zigaretten aus und stiegen ins Auto. Nach mehreren missglückten Startversuchen fuhren wir schweigend durch die Nacht. Meine Gedanken waren unzusammenhängend; im Kassettenplayer liefen die Pixies. Immer wieder zog es meinen Blick zu Marc. Wie lässig er am Steuer saß und mit den Fingerspitzen auf das Lenkrad trommelte. Wie schön er war, wie anmutig. Wen juckte es schon, dass sein Sohn ein dummer Dorfnazi war? Es war doch nicht seine Schuld! Ich hatte mir Charlotte schließlich auch nicht als Mutter aussuchen können. Nein, es war völlig egal. Ich liebte ihn! Ich war so stolz darauf, sein Mädchen zu sein.

Hätte mir vor ein paar Wochen jemand erzählen wollen, dass ein anderer Mann kommen und Kurt als wichtigsten Menschen in meinem Leben ablösen würde, ich hätte ihn für diese Frechheit geschlagen! Und jetzt? Jetzt war die Erinnerung an Kurt irgendwo tief zwischen den Schichten meines Bewusstseins eingemauert – ein ständiger Begleiter, der in gewissen Momenten die Stimme erhob und mich an das erinnerte, was er in meinem Leben zurückgelassen hatte. Ich wusste, dass er niemals verschwinden würde. Aber er war ein Stück zur Seite gerückt, um Platz zu machen. Wir – Kurt und ich – hatten uns mit seinem Tod arrangiert.

35.

In der Dunkelheit des Wohnzimmers stieß ich mir den großen Zeh an einer Kommode und unterdrückte einen Schmerzensschrei. Kurz darauf knipste jemand die Stehlampe neben dem Sofa an. Dort saß Charlotte und machte das schlimmste Karpfengesicht, das ich jemals gesehen hatte.

„Wo zur Hölle warst du!"

Ihre Stimme war kalt wie Stahl.

„Bei Walter."

„*Lüg mich nicht an!* Walter war hier und wollte dich sehen. Mit wem warst du unterwegs, *Olivia?*"

Ich dachte an Marc, fühlte seine Hand in meiner und wurde sofort ruhig.

„Alleine", sagte ich.

„Ich werde es sowieso herausfinden!", keifte Charlotte.

„In Ordnung."

Ich machte Anstalten, auf mein Zimmer zu gehen, aber Charlotte pfiff mich zurück.

„Wir sind noch nicht fertig!"

Ich drehte mich um, ohne sie anzusehen.

„Du bist fünfzehn!", sagte sie.

„Das hast du gut erkannt."

Charlottes Halssehnen spannten sich.

„Sei nicht so überheblich!"

Ich schluckte meine nächsten Worte einfach runter. Dass ich dazu überhaupt in der Lage war, hatte ich allein Marc zu verdanken.

„Nächstes Mal rufe ich an."

„Oh, wie *großzügig* von dir!", keifte Charlotte, „Wir *haben ein Problem*, Olivia!"

„Ich arbeite dran", sagte ich tonlos.

„Davon merke ich aber nichts! Du kannst nicht nur faul herumhängen und denken, dass sich alle Probleme von selbst lösen!"

„Mach ich doch gar nicht."

Charlotte stemmte die Hände in die Hüften.

„Ach nein? Was tust du denn?"

„Theater spielen."

Charlotte lachte höhnisch.

„Das ist reine Zeitverschwendung, Olivia. Du kannst deine Zeit besser verbringen als mit dieser Theater-AG."

Ich erstarrte. War diese Frau eigentlich blind und taub? Seit es Marc in meinem Leben gab, war ich ein anderer Mensch geworden! Wie zur Hölle konnte sie das nicht gemerkt haben? Der Gedanke, auf die Theater-Abende mit ihm verzichten zu müssen, schnürte mir die Kehle zu.

„Es ist sogar noch schlimmer geworden mit dir, Olivia! Das sagt auch dein Vater."

Es war typisch: Charlotte log, ohne mit der Wimper zu zucken. Niemals hätte Franco so etwas über mich gesagt.

Ich hatte nur eine Möglichkeit: Ich musste sie mit ihren eigenen Waffen schlagen.

„Dann musst du aber schnell mit Herrn Schleiss sprechen. Da soll nämlich dieser Filmproduzent zur ersten Aufführung kommen. Meine Rolle muss ganz schnell nachbesetzt werden, wenn du mich aus der Gruppe nehmen willst."

Charlotte Augen blitzten auf.

„Filmproduzent? Welcher denn?"

Volltreffer!

„Hab seinen Namen vergessen. Herr Schleiss ist mit ihm befreundet."

„Hm", machte Charlotte. Ihr Blick schweifte ab.

„Es wird immer wärmer draußen", sagte sie plötzlich.

Kurz war ich verwirrt über ihren Themenwechsel, aber als ich ihrem verträumten Blinzeln durch das Fenster in den dunklen Vorgarten folgte, wusste ich, was sie dachte. Es war bald warm genug für ihre Gartenparty. Und wenn irgendwo in Quickborn ein Filmproduzent herumlief, dann hatte dieser gefälligst zu erscheinen.

„Herr Schleiss soll zu meiner Party kommen", sagte Charlotte. „Er bekommt eine letzte Chance, mich von seinem Theaterprojekt zu überzeugen. Aber wenn er die nicht nutzt, dann stecke ich dich in die Benimmschule, Olivia. Und wenn es mich ein *Vermögen* kostet!"

Benimmschule war früher eins von Charlottes Lieblingsworten gewesen. Sie hatte damit gedroht, wann immer ich als Kind etwas falsch gemacht hatte. Ein Schokofleck auf dem T-Shirt: Benimmschule. Eine Vier in Mathe: Benimmschule. Ein Loch im Knie: Benimmschule. Charlotte hatte es als Erziehungsmaßnahme benutzt wie andere Eltern die Legende vom Weihnachtsmann. Das Problem war nur: Die Benimmschule gab es wirklich. Mitten in Hamburg-Blankenese wurden seit den 70er Jahren dreimal die Woche die Kinder reicher Eltern von einer pingeligen alten Gräfin mit Bitte-Danke-Seminaren, Bestecksortier-Kursen und Geradesitz-Wettbewerben fast zu Tode gequält.

Mein einziger Trost: Die Gräfin konnte nicht im Ansatz so schlimm sein wie Charlotte.

„Wann ist denn die Party?", fragte ich.

„Nächsten Samstag."

„Schon?"

„Ja. Sag Herrn Schleiss auf jeden Fall morgen schon Bescheid, damit er sich den Tag frei hält. Die Einladung gebe ich dir am Dienstag mit in die Schule."

Ich schluckte. Was hatte ich getan! Charlotte wollte wirklich mit Marc sprechen – mit dem Mann, der kaum eine Minute still sitzen konnte, ohne einen blöden Witz zu machen. Mit dem Mann, der seine Zigarettenkippen durch die Gegend schnippte, beim Biertrinken rülpste und sich in aller Öffentlichkeit am Hintern kratzte. Es konnte nur in einer Katastrophe enden.

Fieberhaft durchsuchte ich meinen Verstand nach einem Ausweg. Würde ich Marc irgendwie auf dieses Treffen vorbereiten können? Konnte ich ihn dazu bringen, für diesen einen Abend stillzuhalten, so wie Franco?

„Wo ist eigentlich Franco?", fragte ich.

„In der Kneipe. Ayrton Senna ist gestorben."

„Wer?"

„Der Rennfahrer. Sag mal, wo lebst du eigentlich? Die ganze Welt spricht von ihm! Ich war den ganzen Tag im Sender wegen diesem Affen."

„Hab ich wohl verpasst."

„Olivia! Wie soll jemals etwas aus dir werden, wenn du nicht einmal die Nachrichten kennst?"

„Du hast mir den Fernseher weggenommen."

„Lesen, Olivia! Wie schwer kann es sein, mal die Zeitung aufzuschlagen? Was sagt eigentlich Herr Schleiss zu deiner grenzenlosen Faulheit?"

Ich antwortete ihr nicht.

Dass wir nun schon wieder über Marc sprachen, irritierte mich.

„Greift er hart genug durch?"

„Er ist streng", sagte ich zögerlich.

„Das ist gut."

Ein Lächeln umspielte Charlottes Mundwinkel.

„Na dann." Ich griff nach dem Zeitungsstapel, der von meiner Suchaktion am Morgen noch immer auf dem Tisch lag, und ging zur Treppe.

„Ich lese dann jetzt mal die Nachrichten."

Kaum war ich in meinem Zimmer, schlug die Panik ein. Was, wenn Marc wegen Charlotte seinen Job verlor? Ich hatte schon Hotelangestellte, Co-Reporter, ja sogar unschuldige Brötchenverkäuferinnen spurlos verschwinden sehen, nachdem sie Charlotte mit einer unbedachten Äußerung verstimmt hatten. Diese beschissene Party konnte das Ende bedeuten!

In meinem Zimmer warf ich die Zeitungen in die Ecke, fütterte Salem und Frances und ging ins Bett. So eingesperrt mit meinen Gedanken war an Schlaf nicht zu denken. Ich lag wach, rauchte, hörte Musik, zerbrach mir den Kopf darüber, wie ich die Katastrophe noch verhindern konnte. Und plötzlich fiel mir Walter wieder ein. Warum war er überhaupt hier gewesen? Er hatte mich beim Lügen erwischt, und obwohl ich eindeutig ein paar Lügen bei ihm gut hatte, war es mir unendlich peinlich. Aber das war nicht das Schlimmste. Viel schlimmer war meine Angst, er könne der Wahrheit auf die Spur kommen. Denn wenn ich nicht hier gewesen war, als er mich gesucht hatte, wo dann? Und mit wem? Ich musste mich irgendwie aus der Affäre ziehen.

Entschlossen griff ich zum Telefon, um ihn anzurufen. Jeder normale Mensch hätte es seltsam gefunden, dass ich mitten in der Nacht bei ihm zuhause anrief. Nicht so allerdings Walters Großmutter.

„Guten Morgen“, sagte sie mit sanfter Stimme.

„Guten Morgen. Hier ist Liv. Könnte ich mit Walter sprechen?“

„Ach, Liv, hallo. Wie geht es dir? Wir haben uns doch heute gesehen, oder? Es ist wirklich schön bei euch in Quickborn. Früher sind wir oft von Hamburg aus mit dem Bus her gefahren, aber seitdem hat sich ja ganz schön viel verändert.“

Für einen kurzen Moment war ich verwirrt. Hatte sie mich nicht verstanden?

„Ja, es gefällt mir hier jeden Tag besser“, sagte ich. „Ist Walter denn da?“

Aber Oma Hansen dachte gar nicht daran, Walter ans Telefon zu holen. Stattdessen begann sie mit einem Monolog über ihre Jugend: Lehrstellenknappheit, Straßenbahnen, Zelturlaube im Hamburger Umland. Ich legte mich mit dem Hörer am Ohr auf die Seite. Wirtschaftswunder, Petticoats, Elvis Presley. Puddingsuppe, Wäschemangeln, Milchpilze, Hula-Hoop. Mit jedem ihrer Worte driftete ich mehr und mehr ab, bis mir schließlich die Augen zufelen.

36.

„Charlotte … will … mit … dir … sprechen!"

Ich hatte verschlafen. Und ich war von der Sturmfahrt zur Schule noch immer so außer Atem, dass ich die Worte nur stoßweise herausbekam. Es sah Marc gar nicht ähnlich, aber ich glaube, dass er für einen Moment kreidebleich wurde.

„Lass uns irgendwo hingehen."

Er holte seine Tasche aus dem Lehrerzimmer und führte mich schließlich die Flure entlang. Vor dem Computerraum blieben wir stehen. Mit seinen folienbeklebten Sonnenschutzfenstern, durch die man von außen nichts sehen konnte, war er der perfekte Ort für uns. Ich sah mich nach allen Seiten um, während Marc den Raum aufschloss. Dann schlüpften wir hinein.

„Was ist passiert?", fragte er, sobald die Tür hinter uns zugefallen war.

Ich lehnte mich mit dem Rücken dagegen.

„Charlotte wollte mich aus der Theatergruppe nehmen. Und ich habe ihr was von einer großen Aufführung mit einem Filmproduzenten im Publikum vorgelogen, mit dem du befreundet bist, weil ich dachte, dass sie mich dann in der Gruppe lässt. Aber jetzt will sie dich am Samstag zu ihrer Party einladen."

Marc starrte mich einen Moment lang an, bevor er plötzlich loslachte.

„Das ist *alles*?"

Er schien den Ernst der Lage gar nicht zu begreifen.

„Nein, sie wollte wissen, mit wem ich gestern unterwegs war. Walter war bei uns zu Hause und hat mich gesucht. Und ich hatte ihm vorher erzählt, dass ich nach Hause muss."

„Na und?", sagte Marc.

„Er weiß, dass ich gelogen habe. Was ist, wenn Charlotte rausfindet, dass ich bei dir war? Dann macht sie dich fertig!"

„Wie will sie das denn herausfinden?"

„Was ist, wenn Dennis es jemandem erzählt?"

Marc winkte ab.

„Soll er doch. Wir hatten immerhin eine ziemlich gute Ausrede, um gemeinsam unterwegs zu sein. Dennis hat dich überfallen. Ich lass dich doch nach so einer Nummer nicht alleine auf der Straße rumlaufen! Außerdem: Wenn ich Dennis' Mutter erzähle, was der den ganzen Tag lang so treibt, dann guckt er ganz schön dumm aus der Wäsche. Nee, nee, der wird sich gut überlegen, wem er was erzählt. So blöd ist der nicht."

„Aber Charlotte wird mir hinterherspionieren!", sagte ich.

„Soll sie doch. Wir werden einfach vorsichtig sein. Ich komme zu ihrer blöden Party und sage ihr genau das, was sie hören will."

„Und was *will* sie deiner Meinung nach hören?"

Marc setzte sich auf einen Tisch und verschränkte die Arme vor der Brust.

„Vielleicht, dass sie eine sehr schöne Frau ist? Und dass sie gute Chancen in Hollywood hätte? Und: Schade, dass mein Freund der Filmproduzent leider gerade in Los Angeles ist, er wäre sicher gern zur Party gekommen?"

Ich starrte ihn an. Was ich in fünfzehn Jahren Studium schmerzhaft hatte erlernen müssen, das hatte Marc nach nur zwei Telefongesprächen mit Charlotte verstanden.

„Wow!"

Er grinste.

„Siehst du. Das klappt schon, mach dir keine Sorgen, Süße!"

Er nahm meine Hand und zog mich zu sich heran. Es kribbelte in meinem Bauch.

„Ich rolle deiner Mutter den roten Teppich aus, wie sie es verdient hat. Sie wird mich lieben."

Marc küsste mich auf die Stirn und streichelte mein Haar. Als er mich fest in den Arm nahm, wurde ich ruhiger. Zum ersten Mal, seit ich ihn kannte, kam er mir wie ein Erwachsener vor. Vernünftig, strategisch, unaufgeregt. Vielleicht hatte ich ihn unterschätzt. Vielleicht würde er am Samstag eine echte Überraschung für mich bereithalten.

„Wann und wo?", fragte Marc.

„Samstagnachmittag in unserem Garten."

Marc löste unsere Umarmung und sah mir fest in die Augen.

„Ich werde da sein."

In seinen Worten schwang der Abschied mit. Wir ließen unsere Finger ineinander gleiten und küssten uns. Als er sich schließlich von mir löste, riss die Sehnsucht mich beinahe in Stücke.

„Bis später", hauchte Marc.

Ich lächelte schmerzerfüllt.

„Bis später."

Nachdem ich überprüfte hatte, ob die Luft rein war, schlüpfte ich nach draußen und schlich in Richtung

Eingangshalle. Das Schulgebäude füllte sich langsam. Türen schlugen im Wind, Schüler lachten und riefen durch die Flure, zertraten an Schuhsohlen hereingetragene Blütenblätter auf dem Boden. Kurz vor dem Treppenhaus kreuzte Jessica meinen Weg. Ich hätte sie kaum wiedererkannt, denn ihr perfekter Prinzessinnenkörper steckte in einem Holzfällerhemd, das so riesig war, dass sie darin fast verschwand. Und was war mit ihren Haaren passiert? Sie hingen in struppigen, bleichen Strähnen über ihre Schultern. Ich wich zurück, aber es war völlig unnötig – Jessica blieb ein Stück entfernt von mir stehen und zerrieb mit dem Stiefel ein Blütenblatt auf dem Boden.

„Wollte mich entschuldigen", sagte sie. „Sorry für den Stress."

Ich sah mich nach den anderen Ärztinnen um, da ich jeden Moment mit einem Angriff rechnete.

„Sie sind nicht da", sagte Jessica. „Ich häng nicht mehr mit denen rum."

„Wieso?"

Jessica hatte sich bereits abgewandt, um in Richtung Treppe zu gehen.

„Scheißmusikgeschmack."

Mit diesen Worten ließ sie mich stehen. Ich sah ihr nach und staunte. So sehr sie sich auch bemühte, den schlurfenden Gang der Grunge-Kids aus der Großstadt nachzuahmen, es gelang ihr nicht. Sie lief zu aufrecht, zu grazil, um jemanden zu täuschen. In diesem Rattensack von Outfit steckte noch immer eine Primaballerina.

Nach einer verwirrten Minute des Zögerns folgte ich ihr nach oben und fand sie vor dem Klassenraum wieder. Sie stand abseits der Gruppe mit dem Rücken an der Wand. Jeder andere hätte völlig verloren gewirkt, aber Jessica strahlte nichts als zufriedenen Selbsthass aus. Was das anging, beherrschte sie den Grunge.

„Was ist denn mit *der* passiert?“, fragte Walter, der plötzlich neben mir aufgetaucht war. „Die sieht ja aus wie Kurt!“

Ich wollte etwas sagen, aber im selben Moment hob Walter den Arm und zeigte den Flur entlang.

„Ah. Da kommt der Despot.“

Mein Magen kribbelte, als ich Marc erblickte. Er kam mit schlendernden Schritten auf uns zu. Ein Lächeln huschte über sein Gesicht, als unsere Blicke sich trafen. Dann trieb er lautstark die Klasse zusammen.

Ich konnte nicht anders, als ihn die ganze Deutschstunde lang anzustarren. Für Marc musste es die reinste Folter sein. Er verhaspelte sich, kratzte sich immer wieder nervös am Kopf und stieß sich, während er wie ein Duracellhase zwischen Tafel und Fenster hin- und herlief, mehrmals am Lehrerpult, was ziemlich schmerzhaft aussah.

„Was hat er denn?“, fragte Aylin. Sie wartete auf meine Reaktion, aber wie hätte ich meinen Blick von ihm abwenden können? Jede Sekunde seiner Gegenwart war so wertvoll. Ich sog ihn in mich auf, konsumierte ihn wie einen Kinofilm.

„Wo warst du eigentlich gestern Abend?“, fragte Walter nach der Stunde.

Gleichzeitig mit fliegenden Glasscherben und Dennis‘ Schlangenaugen kam auch die Erinnerung an Marcs Küsse zurück. Mir wurde heiß.

„Dennis hat einen Imbiss überfallen“, sagte ich, „und ich war zufällig drin.“

Walter blickte misstrauisch.

„Aha“, sagte er. „Und warum grinst du dabei so?“

„Weil mir nichts passiert ist. Warum warst du überhaupt bei mir zu Hause?“

„Ich wollte dir etwas sagen. Aber ich glaube, dafür ist es nun zu spät."

„Wieso?"

Aus dem Augenwinkel sah ich, wie Marc den Blick hob.

„Du warst bei *ihm*, oder?"

Während er diese Frage stellte, sah Walter nicht mehr mich an, sondern Marc, der sofort das Wort ergriff: „Walter, lass uns doch kurz irgendwo hin..."

„Du kannst mich mal!"

Walter machte Anstalten, den Raum zu verlassen, aber Marc stellte sich ihm in den Weg.

„Liv, lässt du uns bitte allein."

Nach kurzem Zögern ging ich. Ich fühlte mich schrecklich. Ungewollt, ausgegrenzt. Warum durfte ich nicht hören, was sie zu bereden hatten? Es ging mich doch auch etwas an. Mit flauem Magen drückte ich mich vor dem Klassenraum herum, bis sie endlich herauskamen, aber anstatt mit mir zu sprechen, rauschten sie kommentarlos an mir vorbei und verschwanden im Treppenhaus. Ich blieb im Flur zurück wie ein vergessenes Gepäckstück. Was zur Hölle war passiert?

Walter kam nicht zurück. Er blieb – genau wie Marc – für den Rest des Schultages verschwunden.

Mit tausend Fragen im Kopf fuhr ich am Nachmittag nach Hause, wo Franco mich mit Cola und Sandwiches empfing. Wir hatten seit einer Ewigkeit nicht mehr miteinander gesprochen, und vielleicht wäre es genau die richtige Ablenkung gewesen, aber ich schaffte es nicht, auch nur eine Minute lang still zu sitzen. Weder mein Kopf noch mein Magen waren bereit. Anstatt mich also mit Franco an den Küchentisch zu setzen, streifte ich rastlos durch das Haus und zerbrach mir den Kopf über Walter und Marc. Ob sie noch immer zusammen unterwegs waren? Oder saß Marc längst im

Jugendzentrum und wartete auf mich? Irgendwann trieb die Unruhe mich aus dem Haus. Ich wollte mein Fahrrad holen, doch im Vorgarten lief ich Charlotte in die Arme.

„Wo willst du hin? Heute ist keine Probe!"

„Zu Walter", sagte ich.

„Warum?"

„Weil ... Es geht ihm nicht gut."

„Was soll das heißen?"

„Herr Schleiss hat ihn heute aus dem Unterricht genommen. Ich will nur sehen, ob alles in Ordnung ist."

„Gut. Ich fahre dich!"

„Wie bitte?"

Ich schwöre, dass Charlotte Ballato mich noch *nie* in meinem ganzen Leben freiwillig irgendwo hingefahren hatte. Etwas stimmte hier nicht.

„Danke, aber das musst du nicht. Das Wetter ist doch so gut."

„Ich *fahre* dich!"

Der Autoschlüssel baumelte bereits zwischen ihren grell lackierten Fingernägeln.

„Komm!"

Misstrauisch folgte ich Charlotte zum Jeep, stieg ein und dirigierte sie schließlich zum Haus der Hansens. Während ich die Auffahrt entlangging, klingelte und darauf wartete, dass Walter die Tür öffnete, spürte ich die ganze Zeit ihren Blick im Nacken. Jemand kam an die Tür, aber es war nicht Walter, sondern Walters Oma, die mich aus wachen, grünen Augen ansah. Sie wirkten viel jünger als der Rest von ihr. Ein Teenager, gefangen im Körper einer alten Frau.

„Hallo", sagte Oma Hansen.

Mir schoss die Hitze ins Gesicht. Ich hoffte, dass sie mich nicht erkannte.

„Hallo“, sagte ich kleinlaut. „Ist Walter da?“

„Du bist doch die Lütte vom Frühschoppen?“

„Ja.“

„Und heute Nacht haben wir telefoniert, nicht?“

Verlegen rieb ich meine Schuhsohle an der Fußmatte.

„Ja. Äh. Tut mir leid, ich bin … irgendwie …“

„Eingeschlafen?“

„Ja.“

Sie hob eine runzlige Hand und ich schüttelte sie.

„Liv, oder?“

Ich nickte.

„Komm doch rein. Walter ist nicht da, aber du kannst hier auf ihn warten. Ich koche uns einen Tee.“

Ich drehte mich zu Charlotte um, die mich mit Blicken durchbohrte.

„Gern.“

Ich hätte alles getan, um nicht wieder zurück in den Jeep steigen zu müssen.

37.

Oma Hansen watschelte in die Küche, während ich im Flur die Schuhe auszog und mich dann ins Wohnzimmer setzte. Wenig später kam sie mit einem Tablett mit Tee und Keksen herein, setzte sich in den Sessel und schwang ihre kurzen Beine auf einen kleinen Hocker.

„Entschuldige mein Benehmen. Es ist nur die viele Lauferei. Wir sind heute durchs Holmmoor gewandert, und nun tun mir fürchterlich die Füße weh. Möchtest du Zucker?"

„Nein, danke."

Ich sah mich im Wohnzimmer um.

„Wo ist denn Ihr Mann?"

„Hans ist mit Walter zum Einkaufen gefahren. Sie müssten eigentlich jeden Moment wieder hier sein."

Hans Hansen, dachte ich und pustete in meine Teetasse.

„Wie geht es Walter denn?"

Oma Hansen rührte in ihrem Tee und sah mich vieldeutig an.

„Was denkst du denn, wie es ihm geht?"

Mit einer Gegenfrage hatte ich nicht gerechnet. Es klang fast ein wenig anklagend.

„Ich ... ich weiß nicht? Eigentlich bin ich deshalb hier."

„Du findest, er ist eine Nervensäge, oder?“

Treffer, versenkt.

„Nein. Also …“ Ich begann zu schwitzen.

„Wenn du ihm eine Freundin sein kannst, liebe Liv, dann bist du herzlich willkommen in diesem Haus. Wenn du aber nur einen Zeitvertreib brauchst …“

Sie schüttelte langsam den Kopf, und hob dann den Teller in die Höhe.

„Nimm doch einen Keks.“

Ich biss in eine Kokosmakrone, nur um nichts mehr sagen zu müssen. Es war, als hätte sie mir gerade die Adoptionspapiere für Walter unter die Nase gehalten.

„Geht es *dir* denn besser?“, fragte Oma Hansen.

Verwirrt und mit lauwarmem Keks-Tee-Brei im Mund sah ich sie an.

„Hm?“

„Als wir telefoniert haben, ging es dir nicht so gut – warum hättest du sonst mitten in der Nacht hier anrufen sollen?“

Ich kaute absichtlich langsam, denn mir fiel beim besten Willen keine Antwort ein. Als ich durch das Fenster zur Straße spähte, stellte ich mit Entsetzen fest, dass der Jeep noch immer dort stand. Ich war gefangen.

Oma Hansen erhob sich und sah ebenfalls auf die Straße.

„Mütter wissen alles“, sagte sie.

Ich starrte sie an.

„Was?“

„Sie weiß, dass du sie belügst. Deshalb steht sie da draußen. Und sie wird keine Nacht mehr ein Auge zu tun, bis sie endlich die Wahrheit weiß.“

Eiskalter Grusel packte mich; Oma Hansen lächelte wissend.

„Sie will dich nur beschützen, mein Kind.“

Ich wollte zu einer Widerrede ansetzen, aber im selben Moment fuhr ein zweites Auto vor und Charlotte trat endlich aufs Gaspedal.

„Da sind sie ja!"

Oma Hansen watschelte zur Tür, und als sie zurückkam, folgte ihr der mit Einkaufstüten beladene Walter.

„Ha!", sagte er und grinste, als er mich im Wohnzimmer sitzen sah. „Ich *wusste*, dass es dich nicht in Ruhe lässt."

Ich lächelte gequält und sah aus dem Augenwinkel, wie Oma Hansen mich mit einem langen Blick bedachte.

„Ich räume kurz die Sachen ein", sagte Walter. „Kannst mir ja helfen, wenn du willst."

Ich begrüßte noch Opa Hansen, der einen in Folie gepackten Sonnenschirm durch das Wohnzimmer trug, und folgte dann Walter in die Küche.

„Und?", fragte er, während ich zwei Netze Rosenkohl aus einer Tüte befreite. „Wie geht's dir so?"

„Beschissen", sagte ich. „Und dir?"

„Es geht. Das Gespräch mit Marc war sehr ... äh ... *aufschlussreich*."

Ich spürte, wie ich rot wurde.

„Inwiefern?"

„Das besprechen wir lieber oben, ne?"

Walter grinste wie ein Autoverkäufer. Mein Magen rutschte eine Etage tiefer. Wir räumten schweigend die Einkäufe in die Schränke, wobei ich schon begann, mir das Horrorszenario in allen Einzelheiten auszumalen.

Was, wenn Marc es ihm gesagt hatte? Würde Walter es nun allen erzählen?

Während der Schrecken langsam meine Muskeln lähmte, nahm Walter zwei Dosen Cola aus dem Kühlschrank und drückte mit dem Hintern die Küchentür auf.

„Los geht's!“

Ich folgte ihm auf zitternden Beinen. Oben angekommen, ließ Walter sich federnd aufs Bett fallen, fummelte eine Zigarette aus seiner Schachtel, zündete sie an und blies den Rauch zur Decke. Ich setzte mich aufs *NIRVANA*-Sofa.

„Ich war *unfassbar* wütend in den letzten Tagen“, sagte er.

„Auf mich?“

„Nein, auf Marc.“

„Aber *wegen* mir, oder?“

„Meinetwegen“, sagte Walter genervt. „Aber nicht so, wie du jetzt denkst. Ich will nichts von dir, Liv! Falls es dir entgangen ist.“

Ich schwieg. Wahrscheinlich sah er mir die Verwirrung an, denn plötzlich fing er an zu lachen. Es war das erste Mal, dass ich ihn so sah. Sein Lachen war klar und schön und ließ ihn unerwartet erwachsen aussehen. Eine halbe Minute verging, in der ich ihn von oben bis unten musterte und nach Hinweisen dafür suchte, dass er log.

„Wieso hast du dich dann so an mich rangeschmissen?“, fragte ich schließlich.

Walter verschränkte die Arme vor der Brust.

„*Rangeschmissen!* Interessantes Wort für meinen Versuch, mich mit dir anzufreunden.“

„Versuch*e*. In der Mehrzahl“, sagte ich.

Walter verdrehte die Augen.

„Mann, Liv, Quickborn ist ein Dorf voller Spießer. Die ganzen coolen Leute wohnen halt in Hamburg.

Das Gute an meinem Leben ist: Ich habe unfassbar viel Geld. Das Schlechte ist: Ich langweile mich zu Tode. Die wichtigsten Dinge kann man leider nicht kaufen.“

„Wie Freunde zum Beispiel?“

„Genau. Ich dachte, dieses Außenseiterding verbindet uns irgendwie. Aber das ist offenbar nicht so."

Ich zog mir eine Zigarette aus seiner Schachtel, öffnete eine Coladose und trank einen Schluck. Es prickelte in meiner Nase.

„Du denkst, ich bin ein Außenseiter?"

„Ja, Mann! Du bist 'ne abgefuckte Kratzbürste. Keiner kann dich leiden. Aber *ich* fand dich faszinierend mit deinem Killerblick und deinen Riesenpullovern, aus denen immer irgendwo ein Rattenschwanz raushängt."

Ich rülpste, ohne es zu wollen, und es dauerte ein paar schmerzhafte Atemzüge, bis ich mich von seinem Tiefschlag erholt hatte.

„Gut. Also. Wir sind Außenseiter und keiner kann uns leiden. Aber warum bist du jetzt so sauer auf Marc?"

Walter räusperte sich.

„Lach jetzt nicht, okay?"

Ich schüttelte den Kopf. Mir war ganz und gar nicht zum Lachen zumute.

„Marc war lange so etwas wie ein Vater für mich. Ich fand ihn toll, ich wollte so sein wie er."

„Aber du lästerst doch die ganze Zeit über ihn."

„Ja, weil er sich neuerdings aufführt wie der letzte Idiot! Früher fand ich es cool, dass er anders war als die anderen Lehrer. Es war total aufregend, mit einem Dreißigjährigen befreundet zu sein. Und dann auch noch ein Lehrer! Boah, geil, dachte ich, das fühlt sich richtig erwachsen an! Aber jetzt? Vielleicht ist es, weil ich älter geworden bin, aber ich finde ihn jeden Tag ein bisschen weniger cool. Marc hat vor nichts und niemandem mehr Respekt, er kümmert sich um *gar nichts*, es sei denn, Frankfurter setzt ihn auf den Pott. Keine Klassenfahrten, keine Wandertage, keine Abwechslung im

Unterricht. Stattdessen albert er lieber rum, macht dämliche Witze und lässt uns Filme gucken. Ich weiß nicht, ob er's dir erzählt hat, aber er wäre fast mal von der Schule geflogen."

Ich sah auf die glühende Spitze meiner Zigarette.

„Na und? Er hat halt Spaß am Leben."

„Ja super, auf unsere Kosten. So kommt man doch nicht weiter! Er bereitet ja nicht mal seinen Unterricht vor. Ich sag' ihm ständig, dass er mal was machen muss, aber er hört einfach nicht auf mich."

„Wieso sollte er auf einen Fünfzehnjährigen hören?"

„Danke, dass ausgerechnet *du* das sagst!", rief Walter und sprang auf. „Damit bringst du es nämlich auf den Punkt! Warum sollte er *dich* ernst nehmen, Liv? Glaubst du, dass er das tut?"

Ich zögerte. Wollte ich denn ernst genommen werden? Wozu eigentlich?

„Darüber habe ich noch nicht nachgedacht."

„Das solltest du aber. Was erwartest du von Marc? Dass er sich zu eurer Liebe bekennt und ihr bald ein richtiges Paar seid?"

Mein Herz setzte einen Schlag aus. Marc hatte es ihm tatsächlich gesagt!

Ich fühlte, wie ich rot wurde.

„Quatsch!"

„Bist du sicher?"

„Warum mischst du dich da überhaupt ein?", fragte ich wütend.

Walter ließ sich zurück aufs Bett fallen und schüttelte den Kopf.

„Ich wollte dich nur drauf aufmerksam machen, dass ihr eventuell unterschiedliche Ziele verfolgt. Nichts weiter."

„Ich habe keine Ziele!", sagte ich.

„Na, dann ist ja alles gut."

Ich zögerte. Hatte Walter es tatsächlich geschafft, mich zu verunsichern?

„Was hat er zu dir gesagt?", fragte ich.

„Nicht viel. Er ist ein *Kerl,* Liv! Du bist nicht die erste Schülerin, die Sex mit einem Lehrer hat. Wir wissen, wie diese Dinge enden, nämlich in einem Riesendrama!"

„Wir *haben* keinen Sex!", protestierte ich.

„Ach so", sagte Walter, „na, dann ist er ja sowieso bald weg."

„Du spinnst doch!", rief ich, aber innerlich verkrampfte ich. War es denn so ungewöhnlich, dass wir es noch nicht getan hatten? Wahrscheinlich *hätten* wir es getan, gestern, wenn nicht plötzlich Dennis aufgetaucht wäre.

„Warum hast du mir eigentlich nichts von Dennis erzählt?", fragte ich.

Walter seufzte und verdrehte die Augen.

„Verschwendung von Ressourcen."

„Wie bitte?"

„Marc hasst es, wenn man ihn darauf anspricht. Er tut am liebsten so, als hätte er mit Dennis überhaupt nichts zu tun."

„Aber du hast *jede Gelegenheit* genutzt, um ihn in die Pfanne zu hauen. Du hättest ihn bei mir anschwärzen können."

„Er hat mir gedroht, mich aus der Theatergruppe zu werfen, wenn ich es dir sage."

„Tolle Freundschaft, die ihr da habt."

„Willkommen im richtigen Leben."

Für eine Zigarettenlänge saß ich nur dort und beobachtete, wie Walter Fusseln von seinem Bettlaken zupfte. Schließlich stand ich auf, um zu gehen.

„Wo willst du hin?", fragte Walter.

„Nach Hause."

„Lügnerin!"

Ich seufzte.

„Meine Mutter spioniert mir hinterher. Ich muss höllisch aufpassen."

„Pfff", machte Walter. „Sei doch froh, dass du eine hast. Ich wünschte, mir würde auch mal jemand hinterherspionieren."

„Wollen wir tauschen?"

„Jederzeit! Hey, weißt du übrigens, was lustig ist? Mein Vater hat das Mandat vom Sender bekommen. Er sitzt momentan in Singapur und schickt einen Brief nach dem anderen an die Anwälte deiner Mutter."

Ich starrte ihn an.

„Wovon sprichst du?"

Jetzt war es an Walter, verwirrt aus der Wäsche zu gucken.

„Du *weißt* es noch nicht?"

„Nein. Was denn?"

„Deine Mutter hat die Kündigung bekommen. Sie hat noch zehn Sendungen oder so, dann ist Schluss."

Ich glotzte ihn an, fassungslos.

„Was? Wann war denn das?"

„Letzte Woche. Und sie verlangt eine Abfindung, bei der einem schlecht wird vor lauter Nullen."

Walter zog an seiner Zigarette, während die Wahrheit in meinem Kopf zu wirken begann. Meine Hände und Füße kribbelten, als wäre ich zu nah an einen Elektrozaun geraten. Walter sprach weiter, aber ich hörte ihm nicht mehr zu. Charlotte sprang durch meinen Kopf wie ein Flummi mit Düsenantrieb. Zu schnell. Zu laut. Walter hörte nicht auf zu reden. Mein Hirn pulsierte. Ich musste raus. Weg von hier! Weg von allem! Ohne ein weiteres Wort stand ich auf und ging.

38.

Sobald ich frische Luft atmete, beruhigte sich mein Puls. Trotzdem hallten Walters Worte in meinem Kopf nach. Charlotte hatte ihren Job verloren? Was bedeutete das für uns? Würden wir bald kein Geld mehr haben, um das Haus abzubezahlen? Würden wir aus Quickborn wegziehen müssen? Was würde aus Marc und mir werden? Allein die Vorstellung, nicht mehr mit ihm auf dieselbe Schule zu gehen, trieb mir die Tränen in die Augen. Keine knisternden Deutschstunden, keine vielsagenden Blicke auf den Fluren, keine Theater-Abende. Nein, das konnte ich nicht.

Ich war bald sechzehn. Wenn ich wollte, konnte ich mir einen Job suchen und in Quickborn bleiben. Vielleicht könnte ich bei Marc wohnen. Wir würden morgens in seiner winzigen Küche Kaffee kochen, gemeinsam zur Schule fahren, am Nachmittag zusammen einkaufen gehen. Jede Nacht Musik hören oder Filme gucken, rauchend, eng umschlungen. Sex.

Stimmte es, was Walter sagte? Würde Marc mich nicht mehr wollen, wenn wir nicht bald miteinander schliefen? Die Kälte seines Abgangs nach der Deutschstunde steckte mir noch immer in den Knochen. War es der Anfang vom Ende?

Hatte Marc längst den Entschluss gefasst, mit mir Schluss zu machen?

War Marc vielleicht doch das Arschloch, für das Walter ihn hielt?

Walter. Was, wenn ich ihm Unrecht tat? War ich ein Idiot, weil ich angenommen hatte, dass er in mich verliebt war? Er musste mich für total arrogant halten. Und wahrscheinlich war ich das sogar. In letzter Zeit erwischte ich mich so oft in Momenten, in denen ich mich wie Charlotte benahm. Ich hatte Walter ignoriert, abgebügelt, ausgesetzt und im Regen stehen lassen, ich hatte ihn respektlos und von oben herab behandelt. Und ich schämte mich für jeden einzelnen dieser Momente. Ich wollte nicht eines Morgens aufwachen und feststellen, dass ich zu einer jüngeren Version von Charlotte geworden war. Ich musste etwas tun. Etwas, das *Charlotte* niemals im Leben getan hätte: Ich kehrte um, um mich zu entschuldigen.

„Hat er etwa Migräne?", rief Walter, als er mich kommen sah. Er saß mit seiner Oma auf Stühlen vor dem Haus und trank Limonade, während Opa Hansen versuchte, den Sonnenschirm aufzubauen.

Ich strafte Walter mit einem Blick, der ihn zum Lachen brachte.

„Da! Der Killerblick!"

„Kann ich mit dir reden?", fragte ich.

„Klar", sagte Walter. „Komm, wir laufen ein Stück."

Er stellte sein Limonadenglas auf den Boden und lief voraus über den Rasen.

„Bis gleich, Oma."

Wir gingen mitten auf der Straße. Walter sah mich von der Seite an.

„Ich will mich bei dir entschuldigen", sagte ich.

„Wie kommt's?"

Ich wagte es nicht, seinen Blick zu erwidern.

„Ich hab mich total scheiße benommen die ganze Zeit. Ich weiß echt nicht, warum du überhaupt noch mit mir rumhängst."

„Ja. Stimmt. Aber du kannst ja nichts dafür", sagte Walter. „Du wurdest nun mal zu einem Arschloch erzogen."

Ich krümmte mich unter seinen Worten.

„Du findest, ich bin ein Arschloch?"

„Na ja. Zumindest hast du einige Eigenschaften eines Arschlochs."

Walter kickte einen Stein beiseite und pflückte im Vorbeigehen ein Blatt von einem Holunderbaum.

„Was für Eigenschaften denn?"

„Ist das eine *ernst* gemeinte Frage?"

Ich dachte nach.

„Ja."

Walter schüttelte den Kopf, bevor er antwortete.

„Du bist aggressiv, du meldest dich nur, wenn du was brauchst, die Probleme der anderen interessieren dich nicht."

„Stimmt doch gar nicht!", unterbrach ich ihn, aber Walter sprach unbeirrt weiter: "Vor zwei Wochen hast du Jessica fast krankenhausreif geschlagen!"

„Hallo? Sie hat mir den Brief gestohlen und ihn in der ganzen Schule aufgehängt."

„Du hättest dich auch anders wehren können. Zu einem Lehrer gehen zum Beispiel."

„Ach, klar, weil's die Lehrer ja auch total interessiert!"

„Gut.", sagte Walter, „Ich glaube, die Diskussion ist damit beendet."

Einen Moment lang herrschte Stille. Walter zerknüllte das Holunderblatt zwischen seinen Fingern und hielt es sich unter die Nase. Als wir das Ende der Straße erreichten, kehrten wir um.

„Entschuldigung angenommen“, sagte er schließlich.

Ich schaffte es endlich, ihn anzusehen.

„Danke.“

„Du bist ein Arschloch und ich eine Nervensäge. Passt doch.“

Der Garten kam in Sicht, und schließlich blieben wir am Zaun stehen.

„Willst du jetzt nicht endlich zu Marc fahren?“

Ich schluckte und trat unsicher von einem Fuß auf den anderen.

„Was ist?“

„Ich hab irgendwie Angst, dass er …“

„- Schluss macht?“, fragte Walter.

„Irgendwie … ja.“

„Das glaube ich nicht“, sagte Walter.

„Wieso nicht?“

„Dreh dich doch mal um.“

Walter sah an mir vorbei die Straße entlang. Als ich seinem Blick folgte, blieb mir fast das Herz stehen: Von der Kreuzung her rollte Marcs Auto auf uns zu.

„Soll ich euch allein lassen?“, fragte Walter.

Ich schluckte.

„Nicht nötig.“

Marc parkte den Wagen vor dem Borg-Würfel und kurbelte das Fenster herunter.

„Hi, ihr!“

„Hi!“, sagten Walter und ich gleichzeitig.

Mein Puls raste. Ich suchte seinen Blick, aber Marc war schon dabei, sich abzuschnallen und auszusteigen. Als er schließlich vor uns stand, sah ich, wie nervös er war: Sein Blick war ziellos, die Hände unruhig.

„Ist was passiert?“, fragte ich.

Er kratzte sich am Kopf und brachte damit seine Haare völlig durcheinander.

„Ich war gerade bei dir zu Hause.“

Ich erstarrte, Walter auch.

„*Wieso?*“

„Ich wollte dich sehen.“

„Was? Spinnst du?“

Da konnten wir ja gleich Hand in Hand bei *Famila* Kondome kaufen gehen.

„Falls du glaubst, das ist zu riskant, dann kann ich dich beruhigen: Deine Mutter dachte, ich komme wegen ihr.“

Ich runzelte die Stirn.

„Wieso das denn?“

„Na, wegen ihres Anrufes neulich.“

Marc steckte sich eine Zigarette an, lehnte sich ans Auto und hob die Hand, um Oma Hansen zu grüßen, die uns von der Terrasse aus beobachtete.

„Wollen wir irgendwo hingehen, wo wir ungestört sind?“

„Hinten im Garten“, sagte Walter. „Geht schon mal vor, ich hole uns was zu trinken.“

„Gut.“

Marc und ich gingen den gefliesten Weg entlang um das Haus herum, vorbei an akkurat geschnittenen Hecken und rechtwinkligen Beeten. Wie er so vor mir lief und ihm die Sonne in den Nacken schien, hätte ich ihm am liebsten durch sein zerzaustes Haar gestrichen und jede einzelne seiner Sommersprossen geküsst. Ihn nicht zu berühren, erforderte meine ganze Kraft.

Der riesige Garten der Hansens war genau wie das Haus: Geradlinig, sauber, poliert. Die einzigen Ausnahmen bildeten die blühenden Kirschbäume und der leere Swimmingpool, an dessen Grund sich die vom Wind verwehten Blüten zu rosafarbenen Wolken sammelten. Die blaue Farbe des Schwimmbeckens war rissig, an einigen Stellen fehlte sie komplett. Ob die Hansens den Pool jemals benutzt hatten? Ob sie *überhaupt* schon einmal einen Sommer als Familie verbracht hatten? Wie oft waren Walters Eltern wohl in den Genuss seines seltenen Lachens gekommen?

Wir setzten uns an den Rand und ließen die Beine baumeln.

„Geht es dir gut?“, fragte Marc leise und rutschte ein Stück näher.

„Ja. Und dir?“

„Ich vermisse dich.“

Seine Worte fegten durch mich hindurch wie ein Hurrikan. Es trieb mir die Tränen in die Augen.

„Ich vermisse dich auch“, sagte ich.

Seine Hand berührte meine. Es kribbelte bis in die Zehenspitzen. Ich sah mich zum Haus um, um sicherzugehen, dass uns niemand beobachtete.

„Ich musste Walter die Wahrheit sagen“, sagte Marc. „Er wäre sonst durchgedreht. Mit dieser ganzen Wut im Bauch und seinem gefährlichen Halbwissen hätte er sehr viel Mist anrichten können.“

„Das kann er jetzt immer noch“, bemerkte ich.

„Aber er fühlt sich jetzt nicht mehr ausgeschlossen. Auch wenn es ihm nun eine Weile wehtun wird – es ist besser so.“

„Ha!“, machte ich. „Dem tut gar nix weh. Er will nämlich gar nichts von mir!“

Marc lachte.

„Hat *er* das gesagt?“

„Ja. Er wollte mich nur vor dir beschützen. Deshalb war er so komisch.“

„Ich hoffe mal, du glaubst ihm diesen Mist nicht.“

Ich zögerte.

„Manchmal bin ich mir nicht sicher, was ich glauben soll.“

Marc schien über meine Worte nachzudenken, als plötzlich wieder Walter neben uns stand.

„Redet ihr über mich?“

„Ja. Tun wir“, sagte Marc.

„Hättet ihr nicht viel… *spannendere* Themen?“

Mit diesen Worten stellte er drei Cocktailgläser mit einer grünen Flüssigkeit und klirrenden Eiswürfeln am Beckenrand ab und setzte sich neben uns. Marc rutschte ein Stück weg, um uns beide besser ansehen zu können.

„Was hat meine Mutter denn nun gesagt?“, fragte ich ihn.

Er begann, mit seinem Zeigefinger in der grünen Flüssigkeit zu rühren. Die Eiswürfel klimperten wie ein Windspiel.

„Reg dich jetzt nicht auf“, sagte er, „aber ich musste taktisch vorgehen. Ich will ja ihr Vertrauen gewinnen, deshalb musste ich dich leider ein bisschen in die Pfanne hauen.“

„Oh, oh“, machte Walter.

Marc blickte starr geradeaus. Mir entging nicht, dass seine Augen zu Schlitzen wurden.

„Was hast du ihr gesagt?“, fragte ich mit wachsender Panik.

Bevor er mir antwortete, leckte Marc seinen Finger ab und trank aus seinem Glas.

„Mmmmh! Meine Lieblingssorte!“

„Mit einem Schuss *Balinoff*!“, sagte Walter.

Ich trommelte ungeduldig mit den Fingernägeln auf die Fliesen, während mir der vertraute Geruch von Brausepulver in die Nase stieg.

„Sie wollte wissen, ob du dich eventuell mit den falschen Leuten herumtreibst. Ob du Drogen nimmst, ob du Sex hast. Das Übliche halt."

„Sie wollte wissen, *ob ich Sex habe?!*"

Meine Stimme überschlug sich vor Entsetzen.

„Reg dich nicht auf, Hase. Das wollen *alle* Mütter wissen. Ich habe ihr gesagt, dass du zwar auffällig bist, hin und wieder deine Hausaufgaben vergisst und in Konflikte gerätst, aber dass es sich alles noch im Rahmen hält, und …"

„Na, herzlichen Dank!"

„Jetzt lass mich doch mal ausreden!"

Marc stellte sein Glas ab und zog seine Zigarettenschachtel aus der Hosentasche.

„Ich habe ihr angeboten, dich der während der Schulzeit ein wenig im Auge zu behalten. Und *rein zufällig* fand sie die Idee super."

Ich lachte, halb vor Entsetzen, halb vor Freude.

„Geil!", rief Walter. „Du bist ein Doppelagent!"

Marc schloss für ein paar Sekunden die Augen. Ich fragte mich, was ihm wohl durch den Kopf ging.

„Du bist jetzt mein offizieller Aufpasser?"

„Genau. Aber davon weißt du natürlich nichts."

„Du bist ein Genie!"

„Dann kannst du ja jetzt eine falsche Fährte legen!", rief Walter. „Erzähl Livs Mutter doch mal, dass ich Liv Alkohol und Drogen verkaufe. Wenn sich das herumspricht, bin ich die coolste Sau an der Schule!"

„Die glaubt ihm doch kein Wort", sagte ich.

„Wieso denn nicht?", fragte Walter.

Ich holte zu einer Antwort aus, aber Marc kam mir zuvor: „Weil du für so was viel zu feige bist."

Walter schnappte nach Luft.

„Ach, und *du* bist überhaupt nicht feige, oder wie?"

„Darum geht es hier ja nicht", sagte Marc.

„Doch, *genau* darum geht es! Wer muss denn hier eine heimliche Affäre haben? Vor wem hast du denn solche Angst? Etwa vor Eva?"

„Wer ist Eva?", fragte ich.

„Meine Frau", sagte Marc, und dann zu Walter: „Halt die Klappe!"

Etwas traf mich hart am Kopf. Was hatte Marcs Frau in dieser Diskussion zu suchen? Ich reckte den Hals und sah Walter an, während Marc erneut nach seinem Glas griff.

„Dafür, dass du nicht in Liv verknallt bist, bist du aber ganz schön eifersüchtig."

Stille.

Ich schlug mir die Hände vors Gesicht und wartete auf den Supergau. Tatsächlich ließ er nicht lange auf sich warten.

„*Liv!*" Walter schrie beinahe. „Ihr wart hier gerade mal dreißig Sekunden alleine. Hast du ihm unser komplettes Gespräch erzählt oder was?!"

„Hab ich nicht!"

„Du wolltest sie vor mir warnen", sagte Marc. „Das finde ich sehr lustig. Es müsste ja eher andersrum sein."

„Ach, fick dich!"

„Wie redest du denn mit deinem Lehrer?", fragte Marc spöttisch.

Ich sah zwischen beiden hin und her, während sie sich einen minutenlangen Schlagabtausch lieferten. Irgendwann hatte ich genug und stand auf.

„Falls mich jemand sucht, ich bin im Proberaum."

Keine Ahnung, ob sie mich überhaupt gehört hatten, denn ihr Wortgefecht übertönte mittlerweile sogar das Vogelzwitschern in den Kirschbäumen. Trotzdem: Von hier zu verschwinden, war alles, was ich tun konnte. Es tat weh, Marc dort am Swimmingpool zurückzulassen, aber es war wahrscheinlich die einzige Möglichkeit, diesen albernen Streit zu beenden.

Ich lief über den Rasen und hielt Ausschau nach Oma Hansen, aber sie war nicht da. Es war heiß geworden; das Ende der Straße flimmerte in der Nachmittagssonne. Als ich mich in Bewegung setzte, glaubte ich, Oma Hansens Blick im Nacken zu spüren.

39.

Ich ließ mir Zeit auf dem Weg zum Jugendzentrum – einerseits, weil es so warm war, und andererseits, weil ich hoffte, Marc würde mich mit dem Auto einholen. Sicher, es wäre vielleicht verdächtig gewesen, auf offener Straße in sein Auto einzusteigen. Aber mit Charlottes neuem Überwachungskonzept konnten wir uns jetzt eigentlich alles erlauben. Davon abgesehen hatte Quickborn an einem Nachmittag wie diesem eindeutig besseres zu tun als nach Nachbarschafts-Skandalen Ausschau zu halten.

Junge Männer wuschen ihre Autos, Väter pusteten Planschbecken für ihre Kinder auf, Mädchen saßen in Jeans und Bikinioberteilen vor dem Eisladen und flirteten mit den Jungs, die nur ihretwegen aus den Nachbardörfern gekommen waren. Sonnencremeaufsteller vor dem Supermarkt, Bambusmatten- und Sandalenträger auf dem Weg zum Elsensee. Vorbei mit grün-tropfender Trostlosigkeit. Quickborn war ein Urlaubsort.

Aber selbst ohne diesen Vorsommerwahnsinn musste ich einsehen, dass ich dieses Kaff längst liebgewonnen hatte.

Marc holte mich nicht mit dem Auto ein. Als ich schließlich, von Zweifeln zerfressen, im Jugendzentrum ankam, glaubte ich nicht einmal mehr, dass er überhaupt noch kommen würde. Aber was blieb mir anderes übrig, als zu warten? Ich setzte mich in den Proberaum, rauchte eine Zigarette nach der anderen und zerbrach mir den Kopf. Walters Andeutungen ließen mich nicht in Ruhe. Was hatte ich einem Mann wie Marc denn überhaupt zu bieten? Was brauchte er zum Glücklichsein? Sex? War es *das,* was mich so verunsicherte? Würden wir erst miteinander schlafen müssen, damit ich mich für ihn gut genug fühlte? Nicht, dass ich es nicht gewollt hätte. Der Gedanke, ihn endlich so nah zu spüren, versetzte mich in fiebrige Aufregung. In den letzten Wochen hatte ich an kaum etwas anderes denken können. Aber in der Realität schienen die Dinge nicht so einfach. Ehrlich gesagt wusste ich nicht einmal, wie das eigentlich funktionierte ... mit dem Sex.

Als plötzlich die Tür aufschwang, erschrak ich fast zu Tode.

Marc stand im Türrahmen und lächelte.

„Hey“, sagte er.

Beim Blick in seine Augen wurde ich so nervös, dass der Gedanke an Sex mit ihm zu etwas Wahnsinnigem, Unerreichbarem wurde. Bemerkte er meine Unsicherheit? Spürte er die schwüle Hitze, die mir das Blut in die Wangen trieb?

„Hey“, sagte ich.

Marc kam mit langsamen Schritten auf mich zu.

„Hat er sich beruhigt?“, fragte ich und meinte damit Walter.

Marc nahm meine Hand und küsste sie langsam. Mir wurde heiß.

„Nein. Hast du eine Zigarette für mich?“

Endlich eine Beschäftigung. Ich griff nach meiner Zigarettenschachtel, nahm eine heraus und hielt sie ihm entgegen. Mit einer Hand nahm Marc die Zigarette, mit der anderen strich er mir sanft über die Wange. Ich zerfloss unter seiner Berührung.

„Setzen“, sagte er.

Ich sank auf das Sofa. Marc landete halb auf, halb neben mir. Ohne ein weiteres Wort warf er die Zigarette auf den Tisch, schlang seine Arme um meinen Körper und küsste mich. Je öfter ich seine Zunge spürte, desto mehr kehrte mein Mut zurück.

„Schlaf mit mir“, flüsterte ich.

Er erstarrte.

„Du bist *fünfzehn*!“

„Nicht mehr lange.“

Meine Hand glitt unter sein T-Shirt. Das Gefühl seiner Haut jagte Wellen aus Hitze durch meinen Körper. Marc versteinerte unter meiner Berührung.

„Liv … nicht.“

Als ich mit zitternder Hand die Knöpfe seiner Jeans öffnete, hätte er mich davon abhalten können, aber er tat es nicht. Ich spürte pulsierende Hitze. Marc schnappte nach Luft wie ein Ertrinkender.

„Nein …“, brachte er noch heraus, bevor ich seinen Mund mit einem Kuss verschloss. Je mehr er sich unter mir wand, desto sicherer wurde ich. Er konnte *nein* sagen, so oft er wollte – die wahre Antwort drückte sich glühend gegen meine Handfläche. Marc löste sich von meinen Lippen und warf den Kopf zurück. Stille Sekunden, in denen sein Atem stockte. Ich wollte meine Hand befreien, um meinen Pullover auszuziehen, als er mich plötzlich fest umklammerte. Erstickte Laute aus seiner Kehle. Nässe und Hitze umschlossen meine Finger. Ich brauchte ein paar Sekunden, um zu verstehen.

Nur langsam löste Marc seinen Griff und ließ mich frei. Ich legte das Gesicht in seine Halsbeuge. Stolz. Fühlte seinen Puls rasen.

Das hatte *ich* mit ihm gemacht.

„Sorry", flüsterte Marc.

Ich sagte nichts.

„Vor dir muss man ja Angst haben!"

Minuten vergingen. Das Kribbeln wollte nicht aufhören. Irgendwann machte Marc einen langen Arm und griff nach der Zigarette auf dem Tisch. Ich gab ihm Feuer, zündete mir eine eigene an und wischte meine Hand an seiner Jeans ab. Marc lachte. Ich blies den Rauch aus.

„Erzähl mir von Eva", sagte ich.

Er zog an der Zigarette, bevor er antwortete.

„Walter will sich nur aufspielen."

Er schüttelte den Kopf und ich zuckte mit den Schultern.

Wir hörten zu, wie jemand einen Plastikball immer wieder gegen eine Wand schoss.

„Was passiert, wenn Walter nicht die Klappe hält?", fragte ich.

„Dann sitzen wir in der Scheiße. Aber er wird uns nicht verraten."

„Warum denn nicht?"

„Weil wir seine einzigen Freunde sind. Wenn er es sich mit uns verscherzt, dann hat er niemanden mehr."

„Wenn er sich nicht die ganze Zeit wie ein Vollidiot benehmen würde, dann hätte er vielleicht auch ein paar Freunde."

„Glaubst du ihm diesen Scheiß wirklich?", fragte Marc.

Ich richtete mich auf.

„Welchen Scheiß?"

„Dass er nichts von dir will? Dass er dich nur warnen wollte?“

„Nicht wirklich“, sagte ich.

Marc drückte seine Zigarette aus und fegte etwas Asche von seiner Jeans.

„Er war vom ersten Tag an hinter dir her. Dieser Bester-Freund-Mist ist einfach seine letzte Chance, um vielleicht doch noch bei dir zu landen!“

Ich seufzte, hatte keine Worte.

Marc nahm meine Hand und sah mir in die Augen.

„Mach dir nicht zu viele Sorgen, Hübsche. Was passieren soll, das passiert. Hauptsache du vergisst nicht, dass ich dich liebe. So schnell bekommt uns keiner auseinander. Klar?“

Seine Worte legten sich um mein Herz wie ein warmer Wollmantel. Ich drängte mich an ihn.

„Nur jetzt, in diesem Moment“, sagte er, „muss ich leider nach Hause.“

Es peitschte mir das Lächeln aus dem Gesicht.

Warum, wollte ich fragen, aber ich hielt mich zurück. *Warum* – das hätte Charlotte gefragt. Ich wollte nicht anstrengend sein. Trotzdem nahm der nahende Abschied mir jede Leichtigkeit. Als Marc aufgestanden war, erhob ich mich nur langsam.

„Bis morgen, Süße.“

„Ja“, sagte ich träge. „Bis morgen.“

Marc küsste meine Stirn, strich mir durch das Haar und verschwand. Ich gab ihm eine Minute Vorsprung, bevor ich ihm schließlich ins sonnendurchflutete Erdgeschoss folgte.

Die warme Abendluft stimmte mich wehmütig. Wie gern hätte ich noch ein paar Stunden mit ihm verbracht – auf einer Decke am Ufer des Prophetensees, mit einer Flasche Bier auf dem Dach eines Hochhauses. Wir hätten Schulter an Schulter auf einer Wiese sitzen und schweigen können – Hauptsache zusammen.

Als ich auf den Hof trat, bog gerade ein Auto um die Ecke in Richtung Landstraße. Für einen kurzen Moment dachte ich, Charlotte hinterm Steuer zu sehen.

Es ist soweit, dachte ich, *ich werde offiziell verrückt.*

Wo sollte das alles noch hinführen, wenn die Angst vor dem Auffliegen mich schon jetzt wahnsinnig machte?

Eine Spinne kitzelte mich am Arm und ich pustete sie weg, dann machte ich mich auf den Weg.

Als ich nach meinem endlosen Marsch nach Hause endlich in unsere Straße einbog, sah ich schon von weitem, dass etwas im Vorgarten nicht stimmte. Der Rasen war unter hunderten von Pappkartons verschwunden, die sich auf der gesamten Fläche vom Haus bis zur Straße stapelten. Franco kroch mit einem Teppichmesser zwischen den Kartons herum, öffnete mal hier, mal dort einen Deckel und warf jeweils einen kritischen Blick hinein. Ich blieb am Rand des Gartens stehen und schirmte meine Augen vor der Sonne ab.

„Hey, Liv!", rief Franco, als er mich sah.

„Was ist das alles?", fragte ich.

Er zeigte auf einzelne Kartongruppen.

„Stehtische, Tischdecken, Gläser, Karaffen … da drüben steht die erste Getränkelieferung."

„Es ist Montag!", sagte ich, „Wo soll das ganze Zeug denn bis zur Party hin?"

„Das soll Charlotte dir erklären. Ich trau mich nicht."

„Oh Gott! Ich will es gar nicht wissen!"

Franco bückte sich wieder und wollte den nächsten Deckel aufschlitzen, als er es sich es plötzlich anders überlegte. Er richtete sich auf, fuhr die Klinge seines Messers ein und kam zu mir.

„Ich muss mit dir reden."

Der Unterton in seiner Stimme verursachte mir eine Gänsehaut.

„Was ist denn los?", fragte ich.

„Deine Mutter wurde gefeuert."

„Ach so. Weiß ich schon."

Franco machte große Augen.

„Woher denn? Und warum sagst du nichts?"

„Walter hat es mir vorhin erzählt."

„*Walter* weiß es schon?"

„Ja, sein Vater vertritt den Sender."

„Oh, verdammt! Dann weiß es in ein paar Tagen bestimmt ganz Deutschland."

Franco kratzte sich mit dem Messergriff am Kopf.

„Was machen wir denn jetzt?", fragte ich.

„Erst einmal Ruhe bewahren."

„Ziehen wir um?"

„Ich weiß es nicht."

„Ich geh nicht aus Quickborn weg. Nur, dass du es weißt."

Franco sah verwirrt auf mich herab.

„Wieso das denn?"

„Weil ich hier bleiben will. Notfalls suche ich mir einen Job."

Ratloses Schweigen.

„Aber … *warum*?"

„Es gefällt mir hier."

„Ich versteh kein Wort. Vor ein paar Tagen hast du Quickborn noch gehasst. Ich dachte, es wäre toll für dich, wenn wir woanders hingehen."

„Jetzt nicht mehr."

Franco schüttelte den Kopf. Er sah beinahe verzweifelt aus.

„*Wieso denn*?"

„Ist halt so."

„Nicht mal, wenn wir an einen richtig schönen Ort ziehen? Mit Palmen und Sonnenschein?"

„Nein!"

„Und wenn wir Charlotte hier lassen?"

Ich sah ihn grimmig an. Mir war nicht nach Scherzen zumute.

„Du würdest lieber alleine hier bleiben und arbeiten, als mit mir am Strand zu liegen?"

„Ja."

Franco ließ die Schultern hängen. Er hörte gar nicht mehr auf, seinen Kopf zu schütteln.

„Es ist wohl einfach zu lange her, dass ich ein Teenager war."

Ich verschränkte die Arme vor der Brust.

„Ich denk mir was aus", sagte Franco. „Okay, Liebes?"

„Warum wird nicht erstmal diese dämliche Party abgeblasen?", fragte ich. „Von dem Geld könnte man ganz Quickborn ein Jahr lang durchfüttern!"

„Weil deine Mutter eine Menge wichtiger Leute eingeladen hat. Vielleicht springt ja ein neuer Job für sie dabei heraus."

Als Franco meinen Gesichtsausdruck sah, griff er nach meiner Hand. „Ich hab dich lieb, Kleines. Das wird schon alles! Nun guck mich doch mal an!"

Ich wandte mich ab. Franco seufzte, ließ meine Hand los, fuhr mit einem RATSCH das Messer wieder aus und schlitzte den nächsten Deckel auf. Ich beobachtete ihn noch einen Moment lang bei der Arbeit und bahnte mir dann einen Weg zum Haus.

40.

Im Flur roch es nach frischem Popcorn. Der Fernseher lief so laut, dass ich ihn bis zur Haustür hören konnte. Charlotte saß im Wohnzimmer auf dem Sofa, in einer Hand ein Martiniglas, in der anderen die Fernbedienung.

„Wie war's bei Walter?", fragte sie.

„Gut."

„Was habt ihr gemacht? Musik gehört? Zigaretten geraucht?"

„Ja."

„Schön. Und? Sind seine Großeltern nett?"

„Ja."

Es schien ihr noch nicht einmal peinlich zu sein, dass sie mich beschattete.

„Hast du etwas gegessen?"

„Ja."

Charlotte stellte ihr Glas ab, stand vom Sofa auf und stemmte die Hände in die Hüften. Sie war viel kleiner als sonst, denn ihre Stöckelschuhe steckten in der Sofaritze statt an ihren Füßen.

„Weißt du was, Olivia? Ich glaub' dir kein Wort."

Ich erstarrte.

„Du wirst ab jetzt jeden Tag nach der Schule direkt nach Hause kommen. Oder dachtest du etwa, ich hätte deinen Hausarrest vergessen?"

Ihre Worte trafen mich wie Faustschläge. Ich versuchte, ein gleichgültiges Gesicht aufzusetzen.

„Der liebe Herr Schleiss wird eine Weile beim Theaterspielen auf dich verzichten müssen. Aber während du hier bist und lernst, kannst du wunderbar auf die Sachen im Garten aufpassen."

Dass sie Marc erwähnte, gab mir den Rest. Ich begann zu zittern.

„Das ist ja ziemlich blöd für ihn", sagte ich.

„Ach, gar kein Problem. Er hat gesagt, dass er sehr gut eine Weile auf dich verzichten kann."

„Er *weiß* es schon?"

„Ja, wir haben heute miteinander gesprochen."

„Und wie will er dann proben?"

Ein selbstgefälliges Grinsen umspielte Charlottes Mundwinkel.

„Deine Rolle ist nicht so wichtig, Olivia!"

„Aha", machte ich.

Niemals hatte Marc das gesagt. Das *konnte* nicht stimmen!

Ich wandte mich ab und ging zur Treppe.

„Schlaf gut!", rief Charlotte mir nach.

Ich verfluchte sie mit jedem Schritt. Mir war klar, dass Charlotte in gespannter Stille auf einen Wutausbruch wartete, aber diesen Gefallen tat ich ihr nicht.

Kaum hatte ich die Zimmertür hinter mir geschlossen, zerfiel ich stumm in meine Einzelteile. Meine Gedanken verknoteten sich. Konnte Marc tatsächlich von meinem Hausarrest gewusst haben? Aber warum hatte er dann nichts gesagt?

Oder hatte Charlotte gelogen? Es passte zu ihr, mich mit einer geschickt platzierten Lüge aus der Reserve locken zu wollen. *Natürlich* hatte sie gelogen. Oder? Ich musste mit Marc reden.

Mit einem Satz war ich am Telefon und wählte seine Nummer. Es tutete bereits, als Charlotte ohne Vorwarnung in mein Zimmer stürmte.

„Weg mit dem Telefon!"

Vor Schreck warf ich den Hörer bis ans andere Ende der Matratze.

„Warum?"

„Du hast Hausarrest *und* Telefonverbot!"

„Wieso?", fragte ich erneut.

Ich bekam keine Antwort. Stattdessen nahm Charlotte den Telefonhörer an sich und sah sich misstrauisch im Zimmer um. Ich folgte ihrem Blick, starr vor Angst, sie könne die Nummer auf dem Display sehen. War Marc gerade am Telefon und konnte uns hören?

„Du musst Walters Eltern wieder ausladen", befahl Charlotte. „Ich will sie am Samstag nicht hier sehen!"

„Oh!", sagte ich. „Okay. Und Walter?"

„Der kann meinetwegen kommen." Charlotte stand noch beängstigende dreißig Sekunden in meinem Zimmer herum, bevor sie endlich ging. Mein Herz raste, der Schweiß kühlte meine Stirn. Ahnte sie etwas?

Ich fand bis zum Abend keine Ruhe. Als irgendwann Franco in mein Zimmer kam und mich zum Abendbrot rief, hielt ich ihn fest.

„Kann ich mit dir reden, Franco?"

„Klar", sagte er und lehnte sich an die Tür. „Worum geht's?"

„Ich habe Hausarrest *und Telefonverbot.* Weißt du zufällig, warum?"

„Hm“, machte Franco. „Nicht so genau. Aber könnte es vielleicht etwas mit diesem Marc zu tun haben?“

Ich richtete mich auf – vielleicht eine Spur zu schnell. Glühende Hitze schoss mir in die Wangen.

„*Was?*“

„Ist er ein Freund von dir?“, fragte Franco.

„Nein. Ich kenne keinen Marc. Wieso?“

Ob er die Panik in meiner Stimme bemerkte?

„Dann weiß ich es auch nicht. Der Name stand auf dem Telefonnotizblock. Als ich Charlotte gefragt habe, meinte sie nur, es sei jemand von deiner Schule.“

Ich begann wieder zu schwitzen, während die Angst meine Gedanken blockierte.

„Da stand *Marc* auf dem Block?“

„Ja.“ Franco zuckte mit den Schultern.

„Kommst du jetzt zum Essen runter?“

„Kann ich mir später was holen?“

Wie hätte ich unter diesen Umständen mit Charlotte an einem Tisch sitzen und essen sollen? Ich hatte einen Knoten im Magen.

„Ich denke, das geht in Ordnung“, sagte Franco. „Sie ist sowieso betrunken. Kopf hoch, Liebes!“

Franco griff nach der Türklinke und ging; ich zog mir die Decke über den Kopf. Abgeschirmt vom gelben Licht der Abendsonne begann die Last meiner Fragen, mich langsam zu zerquetschen. Woher wusste Charlotte von Marc? Hatte sie etwa in meinen Schulsachen geschnüffelt? Aber *wenn*, dann konnte sie doch nichts außer seinem Vornamen wissen! Es erklärte nicht ihre Lügen, oder warum sie plötzlich so viel über ihn sprach. So viele Zufälle gab es nicht. Sie *musste* etwas wissen! Aber warum hatte sie dann nicht längst zugeschlagen? Sie hätte Marc doch anzeigen können. Oder zumindest dafür sorgen, dass er von der Schule flog. Das alles ergab keinen Sinn.

41.

Als hätte er bereits auf mich gewartet, steckte Marc gerade den Kopf aus der Tür des Lehrerzimmers, als ich am nächsten Morgen den Flur entlang kam.

„Komm in fünf Minuten in den Computerraum!"

Bevor ich etwas antworten konnte, war er wieder verschwunden. Ich ging in Richtung Cafeteria, angespannt, beiläufig die Aushänge am Schwarzen Brett lesend, und musste mich gar nicht umsehen, um zu wissen, wann Marc aus dem Lehrerzimmer schlüpfte. Seine Schritte hallten laut von den Wänden wider. Kurz darauf kratzte ich leise an der Tür des Computerraums. Marc ließ mich hinein.

„Hast du mir gefehlt!"

Ich wollte meine Zweifel vergessen, als er mich an sich zog und mir tief in die Augen sah, aber das Misstrauen schob sich zwischen uns wie schmutziges Fensterglas. Ich wand mich aus seiner Umarmung.

„Ich habe nicht geschlafen."

Marc hielt mich an den Schultern fest.

„Warum denn nicht, Süße?"

„Wusstest du, dass ich Hausarrest habe?"

Eigentlich hatte ich es ganz anders formulieren wollen, aber es platzte einfach aus mir heraus. Marc sah mich verwirrt an.

„Nein. Woher denn?“

„Von Charlotte vielleicht?“

„Hä?“

„Sie hat es dir also nicht gesagt?“

„Nein. Wieso sollte sie?“

Ich ließ mich auf einen der Stühle sinken.

„Sie hat gestern behauptet, dass du gesagt hast, meine Rolle ist nicht wichtig. Und dass du gut auf mich verzichten kannst.“

„Wieso sollte ich so was sagen?“

„Keine Ahnung?“

Plötzlich schämte ich mich dafür, Marc jemals verdächtigt zu haben. Schon wieder war ich auf Charlottes Lügen reingefallen! Trotzdem: Es machte unser Problem nicht kleiner.

„Sie weiß es“, sagte ich.

„Was?“

„Das mit uns. Oder zumindest hat sie eine sehr konkrete Ahnung.“

„Wie kommst du darauf?“

„Sie denkt sich diese Lügen aus. Und sie redet plötzlich so viel von dir. Dein Name stand auf dem Telefonblock.“

Marc zog sich einen Stuhl heran und setzte sich. Dieses Mal wurde er nicht kreidebleich, aber ich sah, wie die Ader an seinem Hals hektisch pulsierte.

„Das kann nicht sein. Wir waren so vorsichtig!“

„Ich weiß. Es ist aber so.“

Marc stand auf und begann, im Raum auf und ab zu laufen.

„Sie hat keine Beweise! Wir könnten eine falsche Fährte legen, wie Walter es gesagt hat."

Ich schüttelte den Kopf.

„Zu spät! Ihr Verdacht muss ziemlich konkret sein."

Wir schwiegen, jeder in seine Gedanken vertieft, aber plötzlich sprang Marc auf.

„Doppelagent!"

„Was?"

„Hältst du es für möglich, dass Walter mit deiner Mutter zusammenarbeitet?"

Meine Augen weiteten sich in fassungsloser Erkenntnis.

„Mein kleiner Überwachungsdeal mit deiner Mutter könnte auch ein Trick sein, um *uns* im Auge zu behalten! Sie kann uns ja erst angreifen, wenn sie Beweise hat! Walter kann ihr ein paar Tipps geben, aber *erwischen* muss sie uns selbst."

Meine Wangen glühten vor Aufregung.

„Ich hab sie gestern gesehen!", sagte ich.

„Was? Wo?"

„Als ich aus dem Proberaum raus bin. Es war ein fremdes Auto, und ich dachte eigentlich, ich habe es mir nur eingebildet. Aber sie saß hinterm Steuer, ganz sicher!"

„Sie hat uns gesucht", sagte Marc. „Walter muss sie angerufen haben, als ich bei ihm los bin."

Ich schüttelte langsam den Kopf.

„Dieses Arschloch!"

„Wann bist du gestern zu Walter gefahren?", fragte Marc.

„Weiß nicht", sagte ich. „Um drei vielleicht?"

„Okay. Ich war bis um zwei mit ihm unterwegs. Könnte er dazwischen vielleicht mit deiner Mutter gesprochen haben?"

„Schon möglich", sagte ich, „Vielleicht hat er sie angerufen."

„Gut. Nun ist die Frage: Was hätte Walter davon? Geld braucht er ganz sicher nicht."

Wie dachten nach. Marc begann wieder, auf und ab zu laufen.

„Er ist ziemlich karrieregeil. Und deine Mutter hat gute Kontakte in die Fernsehbranche. Sie könnte Walter mit seiner Schauspielkarriere helfen. Meinst du, sie würde das tun?"

„Bestimmt!", sagte ich. „Schließlich kann sie Walter gleich doppelt benutzen. Ich sag nur *Anwaltsbüro Hansen & Hansen.*"

„Was? Versteh' ich nicht."

„Meine Mutter wurde gefeuert. Und Walters Vater vertritt die Firma."

Marc blieb mitten im Raum stehen.

„*Gefeuert?*"

„Ja."

„Aber sie wird doch schnell etwas Neues finden?"

Sah ich Panik in seinem Blick? Hatte er genauso eine Angst davor, dass wir getrennt werden könnten, wie ich? Plötzlich hatte ich das Gefühl, ihn beruhigen zu müssen.

„Das wird schon", sagte ich. „Notfalls such ich mir einen Job. Ich bleibe auf jeden Fall hier."

Aber meine Worte schienen Marc nicht wirklich zu beruhigen.

Er begann wieder, nervös auf und ab zu laufen, raufte sich die Haare, fluchte vor sich hin. Und schließlich drehte er sich zu mir um.

„Liv?"

Ich sah ihn an.

„Wir dürfen uns nicht mehr sehen."

Ich blinzelte ihn an. Seine Worte waren gar nicht zu mir durchgedrungen.

„Wir müssen uns trennen", sagte er. „Es ist zu gefährlich."

„Nein …", begann ich.

„Doch, Liv. Ich weiß, es ist schwer, aber …"

„Nein!" Meine Stimme war schrill. Ich klammerte mich an ihn, aber er schob mich von sich weg.

„Es geht nicht anders! Wir zerstören sonst dein und mein Leben. Das ist es nicht wert."

„Wie kannst du so was sagen?"

Ich wollte zurück in seine Arme, aber Marc wehrte mich ab. Er schien sich in Lichtgeschwindigkeit von mir zu entfernen.

„Ich würde doch nie mehr irgendwo eine Anstellung bekommen. Und du wärst für immer das Mädchen, das mit dem Lehrer gefickt hat."

„Wir haben nicht gef…"

Ich schaffte es nicht, den Satz zu Ende zu sprechen.

Marc setzte sich auf einen Tisch und hielt die Arme verschränkt. Das Blau seiner Augen wirkte plötzlich flach und kalt

„Aber es ist doch eh schon zu spät", sagte ich. „Walter hat uns auffliegen lassen. Jetzt können wir doch auch zusammen bleiben "

„Ist es nicht", sagte Marc. „Walter hat seine Munition noch nicht verschossen, sonst wäre doch längst etwas passiert. Wir können das Ruder noch herumreißen."

„Aber du hast gesagt, dass du mich liebst!"

Er schwieg.

„Hast du gelogen?"

Keine Antwort.

„Kriege ich eine Umarmung? Bitte?"

Marc schüttelte langsam den Kopf.

„Nein."

Ich brauchte eine furchtbare Minute, um die Bedeutung seiner Antwort zu verstehen. Jeder Muskel meines Körpers verkrampfte sich. Unter Schmerzen klappte ich mich zusammen, legte die Stirn auf meine Knie und spürte, wie das Blut in meinem Kopf pulsierte. Als ich Marcs Kleidung neben mir rascheln hörte, sah ich hoffnungsvoll auf, aber er stand nur dort, mit dem Rücken zu mir, und schien darauf zu warten, dass ich fertig wurde.

„Walter hatte recht", rief ich. „Du bist ein Arschloch!"

Es war die Verzweiflung in meiner eigenen Stimme, die mich zum Weinen brachte.

Marc drehte sich blitzartig um.

„Genau! So!"

Ich sah ihn verwirrt an. Durch den Tränenschleier wirkten seine Gesichtszüge wieder weich und tröstlich.

„*Genau so* wirst du es Walter erzählen! Ich habe dich abgewiesen, und jetzt könnt ihr mich gemeinsam hassen."

„Was?"

„Wenn du das machst, dann sind wir aus dem Schneider!"

Marc kniete sich neben mich und nahm meine Hand. Vor lauter Verwirrung hörte ich sogar auf zu weinen.

„Ich liebe dich, Liv!"

Noch immer konnte ich ihm nicht folgen.

„Wir trennen uns nicht *wirklich*, Süße! Nur für Walter und deine Mutter! Dieses Gefühl, das du gerade hattest – du musst dich ab jetzt immer daran erinnern, wenn du mit jemandem über mich sprichst."

„W… was?"

Ich wischte meine laufende Nase mit dem Handrücken ab. Nur langsam begriff ich, dass der Weltuntergang gerade mittendrin gestoppt worden war.

„Wie soll das denn gehen?“

„Wir reden nicht mehr miteinander – zumindest nicht in der Öffentlichkeit. Wir gehen uns aus dem Weg. Du bist schlecht gelaunt und traurig, erträgst meine Gegenwart kaum. Und mir geht es genauso. Der Unterricht wird zu einer einzigen Quälerei, von den Theaterproben mal ganz zu schweigen!“

Als Marcs Finger langsam über meinen Handrücken strichen, rutschte ich vom Stuhl und umarmte ihn. Tränen der Erleichterung durchnässten den Kragen seines T-Shirts. Er hielt mich fest.

„Mach das *nie* wieder!“

„Kann ich nicht versprechen. So was gehört nämlich auch zum Schauspielunterricht.“

Ich löste meine Umarmung und sah ihn an.

„Ich liebe dich, du Arschloch!“

Marc grinste.

„Wir schaffen das.“

„Das wird der Horror.“

„Ja, aber es ist unsere einzige Chance, um aus dieser Nummer wieder rauszukommen.“

„Und wann sehen wir uns dann?“

„Wir kommunizieren über das Schwarze Brett. Wenn da ein Zettel hängt, auf dem *Nähkurs, Freitag 19 Uhr* steht, dann weißt du, dass wir uns um 19 Uhr im Proberaum treffen. Wenn deine Mutter dich lässt.“

Ich pfiff durch die Zähne.

„Wow, machst du so was öfter?“

„Nur zum Dope kaufen.“

Es klingelte zur ersten Stunde. Marc, ging zur Tür und lauschte daran.

„Und was ist mit der Party am Samstag?“, fragte ich.

„Da muss ich ja kommen – allein schon wegen deiner Mutter. Wir können uns bestimmt geheime Nachrichten auf Servietten schreiben oder so. Los, komm! Bist du bereit?“

Ich zitterte vor Anspannung.

„Was mach ich denn jetzt?“

„Du stürmst raus, knallst die Tür und rennst direkt nach oben. Und falls Walter dich fragt, was los ist, dann sagst du, dass du nicht darüber reden willst.“

„Und was machst du?“

„Ich warte noch kurz, ob jemand reinkommt, und dann gehe ich in meine Klasse.“

„Okay.“

„Bereit?“

„Bereit.“

Ein letzter, viel zu schneller Kuss, dann riss ich die Tür auf und lief geradewegs zum Treppenhaus. Der Schock der letzten Minuten steckte mir noch in den Knochen, so dass ich meine Traurigkeit gar nicht spielen musste. Meine Augen brannten, die Tränen flossen ganz von selbst.

42.

„Na?“, fragte Walter. „Wo warst du gestern noch?“

Ich untersuchte seine Frage auf Anzeichen für unsere neue Verschwörungstheorie.

„Nirgendwo.“

„Ich bin nicht mehr sauer auf dich“, sagte er.

„Schön.“

„Aber auf Marc. Der hat diesmal echt verschissen.“

„Allerdings“, sagte ich.

Walter versteifte sich. Volltreffer!

„Wie meinst du das?“

Ich seufzte. „Ach, egal.“

„Nein, sag schon, ist irgendwas passiert?“

Miss Brown kam den Flur entlang und schloss den Klassenraum auf, aber Walter stellte sich mir in den Weg.

„Ich will nicht drüber reden“, sagte ich.

„Was hat er getan?“

„Nichts.“

„Warum bist du dann so komisch?“

„Ach, lass mich in Ruhe!“

Walter war nicht schnell genug, um mich zurückzuhalten, als ich an ihm vorbei in den Klassenraum schlüpfte. Ich ging an meinen Platz, sank in mich zusammen und stellte mich für den Rest der Stunde tot.

Es war nur der Beginn von Walters viertägiger Belagerung. Er folgte mir in die Pausen und nach dem Klingeln zurück in den Klassenraum. Er hinterfragte jedes meiner Worte, verlangte Erklärungen für jede meiner Bewegungen. Einmal kam er sogar mit zum Mädchenklo, als ich in der Biostunde den Saal verließ.

Zur selben Zeit tat ich alles, um ihn wieder loszuwerden: Mal ignorierte ich ihn vollkommen, mal schrie ich ihn an, mal versuchte ich, ihn mit unvorhersehbaren Kursänderungen und plötzlichen Sprints auf den Fluren abzuhängen. Am Mittwoch hatte ich die Idee, mich von oben bis unten mit Charlottes schrecklichem Lieblingsparfum einzusprühen, aber auch das half nichts. Walter atmete tapfer durch den Mund, während er an mir klebte wie Alienschleim. Ich wusste nicht, was schlimmer war: Seine bohrenden Blicke oder die ständigen Fragen: *Hat er dir etwas getan? Bist du schwanger? Hat er dich betrogen? Hat er Schluss gemacht?*

Dass Aylin für längere Zeit nicht zur Schule kommen würde, wie wir am Donnerstag erfuhren, war für den Rest der Klasse ein besorgniserregendes Rätsel, für Walter allerdings ein Grund zum Feiern – er nutzte die Gelegenheit, um zu mir in die erste Reihe umzuziehen. Das Schlimmste war aber, dass Walter mich sogar an den Nachmittagen nach Hause begleitete, um mir „im Knast ein wenig Gesellschaft zu leisten“, wie er sagte.

Charlotte war, wen wunderte es, damit einverstanden, und so saß ich während meines Hausarrests mit diesem elendigen Verräter zwischen den Kartons im Garten und versuchte, meinen stetig wachsenden Hass zu unterdrücken. Wahrscheinlich wäre es das Einfachste gewesen, Walter endlich die Geschichte von der Trennung aufzutischen. Vielleicht wäre er dann sofort gegangen. Aber ich hatte eine solche Angst davor, einen Fehler zu machen und Marc damit ins Unglück zu stürzen, dass ich lieber weiter Walters Belagerung ertrug.

Ich tröstete mich damit, dass die Warterei durchaus eine gerechte Strafe für Walter war. Wenn seine Karriere im Showbusiness von seinem Job als Charlottes Spitzel abhing, dann wollte ich ab jetzt alles in meiner Macht stehende tun, um ihm diese Tour gründlich zu vermasseln. Sollte er doch ruhig noch ein wenig zappeln. Am Freitag allerdings war ich mit meiner Geduld am Ende.

Es war kühl geworden. Walter saß – nur mit einem T-Shirt bekleidet – im Korbsessel vor unserem Haus, ich auf einem Stapel aus Holzpaletten. Das Licht der untergehenden Sonne tauchte die Hausfassade in Gold. Walters Gesicht glühte. Nur kurz wandte er die Augen von mir ab, um sich den letzten Rest Limonade in sein Glas zu gießen und die Flasche zurück ins Gras zu stellen.

„Frierst du nicht?“, fragte ich hoffnungsvoll.

„Nein.“

Ich betrachtete die Gänsehaut an seinen Armen und ein Kälteschauer schüttelte meinen Körper.

„Bin nur hungrig“, sagte Walter.

Tatsächlich knurrte auch mir seit einer Stunde der Magen, aber ich hatte die Hoffnung, Walter irgendwie aushungern zu können.

Charlotte erschien in der Haustür.

„Walter, zieh doch eine von Livs Jacken an. Du musst doch frieren!“

„Ein bisschen“, sagte Walter plötzlich.

„Franco hat Bruscetta gemacht. Ich bring euch gleich welche raus, und die Jacke bringe ich dir auch mit.“

Ich verzog das Gesicht. So viel Fürsorge hatte Charlotte in den letzten zehn Jahren nicht aufgebracht.

„Danke“, sagte Walter.

Während Charlotte wieder im Haus verschwand, wurde mir klar, dass es nur einen Ausweg aus meiner Gefangenschaft gab.

„Na gut“, sagte ich, „Ich erzähl’s dir.“

Walter blickte auf, sein Gesicht war angespannt.

„Er hat Schluss gemacht.“

Während Walters Augen immer größer wurden, versuchte ich, den unerträglichen Schmerz des frühen Dienstagmorgens heraufzubeschwören. Es gelang mir nicht.

„*Scheiße!* Warum denn?“

„Ich weiß es nicht.“

„Hat er denn nichts gesagt?“

Ich schüttelte den Kopf. Eine Windböe ließ uns erzittern.

„*Verdammte Scheiße!*“

Walter schien sein Unglück gar nicht fassen zu können.

„Er ist so ein dummes Arschloch! Es tut mir so leid, Liv!“

Unbeeindruckt ließ ich seine Lüge an mir abprallen. Ich wandte mich ab, aus Angst, er könne die Wahrheit in meinem Gesicht lesen. Walter legte seine Hand auf meinen Arm.

„Kann ich irgendwas für dich tun?“

Ich schauderte. „Würde es dir etwas ausmachen, mich allein zu lassen?“

„Bist du sicher?“

„Ja.“

„Gut, wenn du das möchtest …“

Keine Ahnung, was ich erwartet hatte. Dass er sofort zu Charlotte ins Haus lief, um ihr alles zu berichten? Dass er heulend zusammenbrach, weil sein Traum von der großen Karriere geplatzt war? Nichts dergleichen passierte. Walter lief im Zickzack um die Kartons herum über den Rasen, trat auf die Straße und verschwand in der Dämmerung.

43.

Am Samstag erwachte ich vom Dröhnen des ersten Lieferwagens, das durchs offene Fenster in mein Zimmer drang. Autotüren schlugen, Charlottes Stimme erhob sich über das Klappern und Klirren der Geschirrwagen, die die Auffahrt entlanggerollt wurden. Wen auch immer sie gerade anschrie, er war sicherlich kurz davor, sie mit dem Lieferwagen zu überfahren. Eine Vision von Marc ließ mich lächeln. Es war der Tag der Party! Er würde zu uns nach Hause kommen, wir würden uns einen ungestörten Ort suchen und endlich wieder zusammen sein.

Ich schlug die Decke zurück, setzte Salem und Frances in ihre Burg und sah aus dem Fenster in den Vorgarten. Weiße Stehtische glänzten feucht in der Morgensonne. Perlengirlanden schaukelten zwischen Fackeln aus Holz zu beiden Seiten der Einfahrt im Wind. Neben weißen Gartenbänken, Esstischen und Sonnenliegen waren Kristallschalen mit Schwimmenden Blumen platziert worden, die in der Kühle des Morgens beschlugen. Ein Mann im Matrosenhemd faltete Stoffservietten an einem Esstisch, ein anderer lud Flaschen in die Kühlschränke. Sie mussten die Nacht durchgearbeitet haben.

Der Duft von frischer Minze kroch die Fassade entlang bis in mein Zimmer. Direkt unter meinem Fenster stand Charlotte und trank ihren ersten Mojito. Ich wich gerade noch rechtzeitig vom Fenster zurück, als sie sich plötzlich umdrehte.

„Oliviaaa!“

Ich antwortete nicht, steckte mir eine Zigarette an.

„*Oliiiviaaaa!* Ich weiß, dass du wach bist! Komm runter und hol deinen Zeitplan!“

Ich verdrehte die Augen und trat ans Fenster. Unten wedelte Charlotte mit ihrem Klemmbrett, an dem ein Stapel Papier haftete.

„Was für’n Zeitplan?“

„Dein Arbeitstag beginnt um fünfzehn Uhr! Hast du etwa gedacht, du könntest heute faul herumsitzen und dir an meinem Buffet den Bauch vollschlagen?“

Sie hatte es geschafft: Ich war keine zwei Minuten wach und schon wütend.

„Komm! Runter!“

Ich dachte gar nicht daran, mich zu beeilen. Nach der Zigarette ging ich ins Bad, duschte in aller Ruhe, schminkte mich und machte noch einen Zwischenstopp in der Küche, um mir ein paar trockene Cornflakes in den Mund zu werfen. Als ich schließlich in den Garten kam, saß Charlotte auf einer der Bänke und sah dem Personal beim Arbeiten zu. Ihr Körper steckte in einem weißen Cocktailkleid, ihre Haare waren hochgesteckt und die Pinselstriche um ihre Augen kunstvoll geschwungen. Noch bevor ich den Mund aufmachen konnte, hielt sie mir ein Blatt Papier vor die Nase.

„Zeitplan und Gästeliste!“

„Was soll ich damit?“

„Lies doch bitte erst deinen Plan durch, bevor du blöde Fragen stellst, Olivia! Du verteilst die Begrüßungsgetränke an die Gäste, danach hältst du die Gästetoilette sauber. Ich habe dir etwas zum Anziehen im Schlafzimmer bereitgelegt. Und wenn du gleich nach oben gehst, weck auch gleich deinen Vater – sein Job beginnt um zwei."

„Und was machst *du*?", fragte ich.

„Ich bleibe hier."

„Und was machst du hier?"

„Ich überwache alles. Was soll die dumme Fragerei?"

Charlotte erhob sich, wandte sich ab und wies einen Arbeiter zurecht, der gerade mutterseelenallein versuchte, eine Kühltruhe über den Rasen zu transportieren. Kopfschüttelnd ging ich zurück ins Haus und schwor mir, unser Gästeklo mit Charlottes Seidenstrumpfhosen zu füttern, sollte sie mich tatsächlich heute davon abhalten, mich heimlich mit Marc auf mein Zimmer zu schleichen.

In der Küche arbeiteten zwei Matrosen, stapelten Teller und Essensbehälter, schnitten Obst und sortierten Besteck. Kein Platz zum Frühstücken. Ich stahl ihnen eine Banane, umschiffte die Kühlschränke im Flur und wollte gerade zurück nach oben gehen, als plötzlich Franco vor mir stand.

„Guten Morgen!", sagte er. „Bereit für die große Party?"

Er wuschelte mir durchs Haar, ich duckte mich weg.

„Sie hat uns zum Personal degradiert", sagte ich.

„Ich weiß", sagte Franco. „Hast du denn etwas anderes erwartet? Ich werde den ganzen Tag am Grill stehen und Lachsfilets wenden. Aber das ist schon okay."

Ich schüttelte den Kopf.

„Wie kannst du nur immer so ruhig bleiben? Wir machen schon wieder die Drecksarbeit und *die Königin* darf sich amüsieren! Das ist so unfair!"

Franco kratzte sich dort, wo einmal sein Bauch gewesen war.

„Sie braucht das, Liv. Sie hat doch sonst nichts, worauf sie stolz sein kann. Und weißt du was? Alles hat ein Ende, nur die Wurst hat zwei."

Ein Matrose stieß sich an einem Kühlschrank und fluchte.

Ich starrte Franco an.

„Bist du betrunken?"

Er kicherte.

„Höchstens ein bisschen erheitert."

Natürlich. Wie sollte man diesen Tag anders überstehen als mit jeder Menge Alkohol?

„Besorgst du mir einen Mojito?", fragte ich.

Franco grinste verschwörerisch.

„Klaro. Geh du mal dein Kleidchen anziehen, und dann treffen wir uns in deinem Zimmer."

„*Kleidchen?!*"

„Es ist ein Matrosenkleid. Sieht süß aus."

Ich schnappte nach Luft.

„*Nie im Leben* zieh ich das an!"

Franco zuckte mit den Schultern.

„Ich misch mich da nicht ein."

Mit diesen Worten quetschte Franco sich am Kühlschrank vorbei und schlenderte *An-der-Nordseeküste* singend zu den Matrosen in die Küche. Ich sah ihm nach – fassungslos.

Was ich im Schlafzimmer vorfand, war kein Matrosenkleid, sondern eine Kriegserklärung. Weiß, grob, unförmig. Nachdem ich angewidert den schweren Stoff betastet hatte, ging ich auf mein Zimmer, um mir mein Partyoutfit selbst zusammenzustellen. Doch kaum hatte ich den Kleiderschrank geöffnet, kam Franco mit den Mojitos herein.

„Wo ist denn das Kleid?“

Er hielt mir mein Glas entgegen.

Ich griff nach dem Mojito und trank. Minze, Limette, Zucker. Franco hatte den Alkohol vergessen.

„*Vergiss* es!“, sagte ich. „Damit sehe ich aus wie Donald Duck!“

„Ach, Quatsch. Warte, ich hole es mal her.“

Als er aus dem Zimmer war, tauschte ich unsere Gläser und nahm einen großen Schluck von seinem Mojito.

Nur ein paar Sekunden später kam Franco zurück.

„Also *ich* finde es hübsch.“

„Schön, dann kannst *du* es ja anziehen.“

Franco grinste, hielt sich das Kleid vor den Körper (es verdeckte ungefähr ein Viertel von ihm) und machte eine Drehung vor dem Spiegel.

„Wenn ich die Luft anhalte, passt es vielleicht.“

In einem Anflug von Wahnsinn tänzelte er zum Fenster und beugte sich nach draußen.

„Chaaarlotte! Darf *ich* das Kleid tragen? Liv will es nicht!“

Ich kicherte und schlug mir die Hände vors Gesicht, aber als auf Francos Worte eine lange, unheilvolle Pause folgte, verging mir das Lachen. Franco trat vom Fenster zurück und sah mich seltsam an.

„Was ist los?“

„Tu die Gläser weg. Sie kommt hoch.“

Hektik brach aus. Ich ließ die Mojitogläser in meiner Schreibtischschublade verschwinden und setzte mich gerade hin. Franco zupfte seine Kleidung zurecht. Keine Sekunde später rauschte Charlotte ins Zimmer, karpfengesichtiger denn je.

„Du! Wirst! Dieses! Kleid! Tragen!“

„Nein“, sagte ich trocken. Der Alkohol wirkte bereits.

„Wenn du es nicht anziehst, sperre ich dich den ganzen Tag hier oben ein."

Franco sog scharf die Luft ein. Wir wussten beide, dass Charlotte keine leeren Drohungen aussprach. Die Konsequenzen einer Zuwiderhandlung waren mir schmerzlich bewusst: Kein Date mit Marc.

„Hast du verstanden?!", keifte Charlotte.

Es dauerte noch ein paar Sekunden, bis ich genügend Selbstverachtung zusammen hatte, um mich ihrem Befehl zu beugen.

„Jawohl."

„Gut! In zwei Stunden stehst du *mit* Kleid und Champagnertablett an der Einfahrt!"

Mit diesen Worten trampelte sie aus dem Zimmer und warf die Tür hinter sich zu. Einen Moment lang war es still, dann stampfte sie die Treppe hinunter. Ich glaubte, Schweißperlen auf Francos Stirn zu sehen und fächelte ihm mit meinem Mathebuch Luft zu.

„Ich will die Scheiße nicht anziehen!"

Franco holte die Mojitos aus dem Schreibtisch, trank einen Schluck und rümpfte die Nase. Doch plötzlich grinste er.

„Was ist?", fragte ich.

„Hast du einen Edding?"

„Wozu denn?"

„Wirst du sehen."

Ich wühlte in meiner Schublade und gab ihm den Stift.
„Danke. Komme gleich wieder."

Er nahm das Kleid und ging. Dann hörte ich Geräusche aus dem Badezimmer: Schlagende Schranktüren, Schubladengewühle, Franco pfiff einen Song von Sting. Und als er eine Viertelstunde später zurückkam, traute ich meinen

Augen nicht: Statt des Matrosenkleids hielt er plötzlich ein *NIRVANA*-Kleid in den Händen. Unter dem großzügig abgeschnittenen Kragen prangte fett und schwarz der Name der Band, die Ärmel waren abgetrennt, der Rock auf Mini gekürzt.

Ich war ernsthaft überwältigt

„Steig mal rein!“, sagte er

Ehrfürchtig nahm ich das Kleid in die Hände und strich über den Schriftzug.

„Wo hast du das gelernt?“

Franco lächelte verlegen.

„Keine Ahnung.“

Ich sah ihn noch einen Moment schweigend an, bevor ich ihm endlich um den Hals fiel.

„Tausend Dank!“

„Gern geschehen, Engel! Jetzt zieh’s endlich an!“

Ich ging nach draußen und zog mich um, und als ich zurück kam und mich überglücklich vor dem Spiegel drehte, reckte Franco beide Daumen in die Höhe.

„Fehlt vielleicht noch ein Gürtel, aber sonst perfekt!“

„Du bist der Beste, Franco!“

Er wuschelte mir durchs Haar.

„Ich bin ja froh, dass ich endlich mal wieder was für dich tun konnte. Wir reden gar nicht mehr, Engel. Geht es dir denn gut?“

„Ganz okay.“

„Was gibt es Neues in deinem Leben?“

Ich dachte an Marc und mein Magen kribbelte.

„Nichts eigentlich.“

Franco seufzte.

„Na ja, gut. Ich gehe mich dann auch mal in meinen Matrosendress schmeißen. Wir sehen uns nachher unten, ja?“

Er warf noch einen prüfenden Blick auf das Kleid, zupfte kurz am Saum, lächelte zufrieden und ging.

Die restliche Zeit bis zur Party verbrachte ich vor allem in meinem Zimmer, um Charlotte nicht über den Weg zu laufen. Erst, als ich sicher war, dass sie sich zurückgezogen hatte, um ihr Make-Up aufzufrischen, wagte ich mich zu den Matrosen in die Küche, um mir etwas zu essen zu stehlen. Gerade tunkte ich eine Erdbeere in einen Topf mit Schokoladensauce und beobachtete Franco dabei, wie er auf der Straße den Musikern beim Entladen half, als es plötzlich klingelte. Mit der Schoko-Erdbeere im Mund ging ich zur Haustür und öffnete sie, doch als ich sah, wer davor stand, verschluckte ich mich und wich schockiert zurück: Es war Kurt!

Zwei atemlose Sekunden, bevor ich das Hawaiihemd sah, das hinter dem lebensgroßen Pappaufsteller hervorblitzte.

„Huhu!“, machte Holgers Stimme.

Mein Hustenanfall hörte nicht auf, selbst als Kurt zur Seite trat und den Blick auf Holgers Fönfrisur freigab. Holger drehte mich an den Schultern herum und schlug mir auf den Rücken. Ein Stück Erdbeere landete auf dem cremefarbenen Teppich. Endlich atmete ich ein.

„Tut mir leid“, sagte Holger reumütig, „ich bin so unsensibel.“

Ich betrachtete noch einmal den Papp-Kurt, während mein Herzschlag sich langsam beruhigte.

„Er stand schon ganz lange bei mir zu Hause für dich rum. Ich dachte, es wäre vielleicht schon …“

„Er ist toll!“, fiel ich ihm ins Wort.

Holger sah an mir herunter.

„Wow! Püppchen! Dein Kleid ist ja der Wahnsinn. Dreh dich mal!“

„Hat Franco gemacht.“, sagte ich.

Holger pfiff durch die Zähne.

„Ein echter Künstler."

„Aber Charlotte wird mich umbringen, wenn ich gleich damit in den Garten komme."

„Ach was."

„Wetten? Sie hat es noch nicht gesehen."

„Soll ich dir helfen?"

„Wie denn?"

Holger reckte den Hals, um ins Haus zu sehen.

„Hör zu und lerne! *Chaaarlotte?*"

Seine Stimme hallte durch das ganze Haus. Aus lauter Angst zwängte ich mich an ihm vorbei nach draußen und versteckte mich hinter der Hauswand.

KLACK-KLACK-KLACK-KLACK-KLACK

„Halloooo!", rief Charlotte, „Wie schön, dass du schon da bist!"

Ich hörte das Schmatzen ihrer Links-Rechts-Links-Küsserei.

„Das Vergnügen ist ganz meinerseits", sagte Holger. „Vielen Dank für die Einladung. Ich wollte es mir nicht nehmen lassen, vor der Party noch in Ruhe ein paar Worte mit dir zu wechseln. Und da lauf ich doch glatt deiner Tochter in diesem fantastischen Designerkleid über den Weg! Verrat mir: Wo hast du es her?"

„Das Matrosenkleid?", fragte Charlotte verwirrt.

„Ja, es wird heute Abend sicher *das* Gesprächsthema sein. Es ist ein Einzelstück, oder? War es teuer?"

Charlotte zögerte kurz, bevor sie antwortete:

„Natürlich. *Sehr* teuer."

Holger machte eine Handbewegung in meinem Sichtfeld, worauf hin ich mit dem Herzschlag eines Kolibris in den Flur trat.

„Ach, guck, da *ist* sie ja! Der Wahnsinn!"

Ich musste Charlotte nicht einmal ansehen, um zu wissen, dass ihre Halssehnen sich spannten wie Zeltschnüre.

„Gut, mein Lieber", sagte sie mit bebender Stimme. „Wollen wir zwei auf einen Aperitif ins Esszimmer gehen?"

„Gern", sagte Holger, drückte mir im Vorbeigehen Kurt in die Hand und zwinkerte. „Bis später, Liv!"

Während Charlotte Holger in Richtung Wohnzimmer schob, drehte sie sich noch einmal zu mir um.

„Tabletts sind auf dem Küchentisch, Gummihandschuhe unter der Spüle!"

Ich reagierte nicht.

„Hast du verstanden, *Olivia*!"

Unter Schmerzen verzog ich mein Gesicht zu einem verlogenen Lächeln.

„Klar."

Was Charlotte nicht sah, war, wie Holger ihr im Hintergrund einen Vogel zeigte. Sie verschwanden im Wohnzimmer.

Ich ging in den Garten und sah Franco und den Musikern bei der Aufbauarbeit zu, bis ich mich einigermaßen abgeregt hatte. Noch eine Viertelstunde. Ich kontrollierte ein letztes Mal meine Frisur, schrieb eine geheime Kugelschreiberbotschaft (*Treppe hoch, erste Tür*) für Marc auf ein winziges Stück Papier und machte mich dann auf den Weg in die Küche, um mein erstes Getränketablett bei den Matrosen abzuholen. Gerade balancierte ich die tonnenschwere Ladung durch den Garten, als ich Walter entdeckte, der mit finsterer Miene in der Auffahrt stand.

„Herzlich willkommen", sagte ich, ohne es zu meinen, stellte mein Tablett auf den nächstgelegenen Tisch und reichte ihm einen Champagner.

„Danke. Dir scheint es ja schon besser zu gehen", sagte Walter.

„Nein, ich bin bloß betrunken."

Er trank einen Schluck und verzog das Gesicht.

„Ich wünschte, das wäre ich auch schon."

Eine Wolke schob sich vor die Sonne, der Wind wehte meinen Rock hoch und ließ die Perlengirlanden in der Einfahrt klimpern.

„Warum?"

„Weil alles den Bach runtergeht, Mann!"

„Ist was passiert?", fragte ich scheinheilig.

Ich rechnete damit, dass er von Marc und seinem unmöglichen Benehmen anfangen würde, aber was er tatsächlich sagte, warf mich beinahe von den Füßen:

„Dennis hat Aylins Haus abgefackelt!"

Ich spürte, wie mein Herz einen Schlag aussetzte.

„*Was*?"

„Deshalb war sie nicht in der Schule. Alle Leute aus ihrem Wohnblock saßen auf der Straße!"

„Oh Gott! Geht es ihr gut?"

„Einigermaßen."

„Wieso wussten wir davon nichts? Sonst wird in Quickborn doch über jeden Kuhfurz gesprochen."

„Weil sie in Hamburg wohnen. *Wohnten.* Man hat sie jetzt in dieses beschissene Containerdorf in Norderstedt gesteckt. Sie wollten es nicht an die große Glocke hängen – klar, bei den Leuten hier."

Für einen Moment vergaß ich meine Wut auf Walter. Was das Entsetzen über die Tat von Dennis anging, waren wir uns einig.

„Und jetzt?", fragte ich.

„Marc hat mich gestern Abend angerufen, weil sie Dennis verhaftet haben. Weißte, wenn *so was* ist, dann meldet er sich plötzlich wieder, ne. Er sitzt jetzt im Knast."

„Und bleibt er da?"

„Das hoffe ich zumindest!"

„*Waaalter*!" Charlottes Stimme hallte quer durch den Garten. Sie stand unter der Kastanie und winkte zu uns herüber. Es war lächerlich – unter anderen Umständen hätte sie Walter nicht mal mit dem Arsch angeguckt! Was dachte sie eigentlich, wie diese Nummer für mich aussehen musste?

„Ich geh ihr mal *hallo* sagen", sagte Walter, und während er wie ein dressiertes Frettchen über den Rasen zu Charlotte lief, spürte ich, wie sich mir der Magen umdrehte. Aber meine Gedanken waren längst nicht mehr in unserem Vorgarten. Ich dachte an Marc. Er musste sich schrecklich fühlen. Würde er unter diesen Umständen überhaupt zur Party kommen?

Am Rande meiner Wahrnehmung hüpfte ein großer roter Ball über die Straße. Es war Tante Kathy, die in ihrem Sommerkleid und farblich abgestimmten Pumps auf mich zukam. Sie strahlte übers ganze Gesicht.

„Du siehst wunderbar aus, Liv!"

Ich versuchte ein Lächeln und hielt ihr ein Glas Champagner vor die Nase.

„Gleichfalls!"

„Wie fühlst du dich?", fragte sie.

Ich zögerte.

„Alles klar, du musst nichts sagen, wenn du nicht willst."

„Es geht", sagte ich schließlich.

Kathy nahm ihr Glas entgegen, die Band startete ihr erstes Set aus einschläfernder Fahrstuhlmusik und als hätten sie nur auf diesen Moment gewartet, strömten die Gäste plötzlich von allen Seiten in den Garten. Taxen säumten unsere Straße, Stöckelschuhe klackerten über Asphalt und Fußwege, die ersten Eiswürfel klingelten in Gläsern. Ich hielt tapfer mein Tablett in die Höhe und versuchte, nicht wie eine

Massenmörderin zu gucken. Gerade wollte ich mich wieder zu Kathy wenden und von meinem Job als Klofrau erzählen, als sie Franco am Grill entdeckte.

„Juuuhuuu!"

Franco erhob die Grillzange zum Gruß und grinste.

„Was gibt es denn zu essen?", fragte Kathy mich.

„Lachs."

„Oh, fein! Ich hab nämlich ganz schön Hunger. Und ... kommt *er* heute auch?"

„Wer?"

„Na, dein Schwarm!" Sie zwinkerte verschwörerisch.

„Nein", sagte ich und beobachtete, wie ein dicker Mann im Frack sich in einen Liegestuhl zwängte und sich eine Zigarre anzündete.

„Schade", sagte Kathy.

„Ja."

Mein Blick kreuzte den von Charlotte. Lauernd, feindselig. Walter stand an ihrer Seite und redete auf sie ein. Ein ungutes Gefühl ließ mich wieder zu Kathy sehen.

„Du hast doch niemandem etwas von uns gesagt, oder?"

Kathy machte große Augen.

„Nein!"

Sie sah nun ebenfalls zu Charlotte, die sofort überfreundlich grinste.

„Ich geh mal hin." Kathy seufzte.

„Ja, ja."

Ich wandte mich den nächsten Gästen zu. Zwei aufgedonnerte Ehepaare stiegen aus ihren Taxen, pflückten sich wortlos Gläser von meinem Tablett und gingen weiter. Während ich ihnen hinterher sah, den fliegenden Seidenkleidern, den Nadelstreifen, dem Absatzschuh, der im Rasen stecken blieb, zog mir der Geruch von Holzkohle um die

Nase. Franco war voll beschäftigt. Mit dem einen Arm wendete er Lachsfilets, mit dem anderen wischte er sich den Schweiß von der Stirn. Zwei Leute tanzten einen peinlichen Quickstep zur Fahrstuhlmusik und rempelten dabei diejenigen an, die am Grill Schlange standen. Matrosenkellner liefen mit ihren Tabletts zwischen den Gästen hindurch. Ich tat nichts, außer an Marc zu denken und mich langsam mit Champagner zu betrinken. Die geheime Nachricht in der Tasche meines Kleides wurde schwerer und schwerer. Wie lange noch?

Es war schon fast halb fünf, als ich schließlich mein Tablett abstellte, um eine Zigarette zu rauchen. Seit einer halben Stunde waren keine Gäste mehr gekommen, Franco hatte seine Position am Grill an Walter abgegeben und war im Haus verschwunden, und auch von Charlotte war weit und breit nichts mehr zu sehen. Gerade wollte ich der Party den Rücken kehren, als eine Fata Morgana mich erstarren ließ: Es war Marc, der aus unserem Haus kam. Ein lässig aufgeknöpftes Hemd, die Haare gescheitelt, die Schuhe poliert. Er sah umwerfend aus. Ich unterdrückte den Impuls, alles fallen zu lassen und zu ihm zu laufen. Er stellte sein Glas auf dem Tablett eines Kellners ab und schritt federnd über den Rasen. Wo war er plötzlich hergekommen? Wie lange war er schon hier? Und warum hatte ich ihn nicht gesehen?

„Das ist er“, sagte Kathys Stimme plötzlich neben mir.

Ich schreckte hoch.

„Was?“

„Marc. Das ist er doch, oder?“

Fassungslos starrte ich sie an.

„Du brauchst mir nichts zu erklären, Liebes! Ich sehe es doch.“

„Ich …“

„Woher kennst du ihn denn?“, fragte Kathy, während sie ihn von oben bis unten musterte.

Marc grüßte Walter im Vorbeigehen und machte Anstalten, das Grundstück zu verlassen. Ich hatte keine Kraft, um Kathy zu belügen.

„Er ist mein Lehrer.“

„Aha. Und ist er lieb zu dir?“

„Ja.“

„Gut. Dann geh zu ihm. Ich übernehme hier für dich.“

Mit diesen Worten gab sie mir einen Stups mit der Hüfte.

„Ich … wir sind nicht …“

„Schon gut, Liv“, sagte Kathy. „Ich bin’s doch nur … *Ach du Scheiße!*“

Erschrocken über ihre plötzliche Lautstärke löste ich meinen Blick von Marc.

„Was ist?“

„Guck doch!“

Kathys Zeigefinger deutete in Richtung Haus. Von dort kam Franco über den Rasen gelaufen – direkt in Marcs Richtung – und er sah verdammt wütend aus.

„Komm zurück, du Wichser! Ich mach’ dich platt!“

Ich erstarrte. Alle Köpfe drehten sich nach dem brüllenden Franco um.

Kathy lief zu ihm und versuchte, sich ihm in den Weg zu stellen.

„Beruhige dich, Franco!“

Er weiß es, dachte ich. *Scheiße, er weiß es.* Franco packte Kathy an den Schultern und schob sie einfach zur Seite, bevor er wieder Marcs Verfolgung aufnahm. Dieser hatte mittlerweile all seine Lässigkeit verloren und rannte wie ein flüchtiger Bankräuber auf die Straße.

„Franco!“, rief ich, als er an mir vorbei kam, aber er ignorierte mich. Noch nie hatte ich meinen Vater so schnell laufen sehen. Trotzdem, Marc war schneller. Er sprang vor ein Taxi, das gerade gekommen war, zog den krawattierten Insassen auf die Straße und verbarrikadierte sich im Fahrzeug. Das Gesicht des Taxifahrers war voller Entsetzen, als er den Wagen am tobenden, brüllenden Franco vorbeilenkte, der plötzlich begann, auf die Windschutzscheibe einzuschlagen.

„Mach verdammt noch mal die Tür auf!“

Marc brüllte auch etwas, woraufhin der Taxifahrer aufs Gas drückte, Franco mit dem Rückspiegel erwischte und mit quietschenden Reifen davonfuhr. Ich sah dem Auto nach, starr vor Entsetzen. Er war weg. Franco hatte Marc vertrieben.

Nachdem der Rückspiegel ihn erwischt hatte, war er zu Boden gegangen. Jetzt rappelte er sich mit schmerzverzerrtem Gesicht von der Straße auf.

„Geht nach Hause!“, rief er den starrenden Gästen entgegen, „Die Party ist vorbei.“

Auf dem Weg zum Haus riss er einem Nadelstreifen-Affen einen Cocktail aus der Hand und verschwand.

Ich stand noch einen Moment ratlos im Garten, bevor ich ihm ins Haus folgte.

Drinnen war die Luft warm und schwer. Essensbehälter, Kühlschränke und Geschirrwagen versperrten die Durchgänge, auf jeder freien Fläche standen schmutzige Buffet-Teller, lagen Zahnstocher und zerknüllte Servietten. Der Weg zur Gästetoilette war mit Klopapierresten und Gartendreck markiert. Eine alte Dame schminkte sich an unserem Esstisch, während die Küchenmatrosen in gelangweilter Eintracht im hinteren Garten Zigaretten rauchten. Franco stand in der Küche und trank aus einer

Martiniflasche. Als ich mich ihm näherte, schnürte die Angst vor seiner Reaktion mir die Kehle zu.

„Franco?“

Er drehte sich um. Martini tropfte aus seinem Mundwinkel. „Sie wünschen?“

„Was ist passiert?“, fragte ich.

„Dein Lehrer ist ein widerliches, dummdreistes Arschloch! Das ist passiert!“

Ich verkrampfte.

„Warum?“

Meine Stimme zitterte, genau wie meine Hände. Ob Franco es bemerkte?

„Ich habe ihn mit deiner Mutter im Schlafzimmer erwischt!“

Stille.

„*Was?*“

„Du hast richtig gehört!“, sagte Franco. „Dein Lehrer ist eine Schlampe und dein Mutter ein Arschloch!“

Plötzlich war da ein Stein in meinem Magen, und er war tonnenschwer. Ich hatte Mühe, meine Gesichtszüge unter Kontrolle zu halten. Mir wurde schlecht, ich sah doppelt, taumelte rückwärts, meine Knie waren weich wie Gummi.

Franco setzte die Flasche wieder an.

„Was haben sie da gemacht?“, fragte ich.

Es war die blödeste Frage, die ich jemals in meinem Leben gestellt hatte. Franco verschüttete jede Menge Martini, während ihn ein verzweifeltes Lachen schüttelte.

„Gefickt, Mann! Sie haben ge*fickt*!“

Seine Worte peitschten brennende Striemen in mein Herz.

„Das kann nicht sein!"

„*Das* habe ich auch gedacht. Aber warum wundern wir uns eigentlich, Liv? Ihr altes Spielzeug ist kaputt gegangen. Sie brauchte dringend ein neues!"

Ich hatte keine Worte, schüttelte mich vor Grauen, glaubte, mich jeden Moment übergeben zu müssen.

„Wirklich?", fragte ich ein letztes Mal.

Franco war bereits auf dem Weg aus der Küche.

„Frag sie doch selbst!"

Mit trägen Schritten schleppte er sich die Treppe hoch – sicher wollte er auf den Dachboden. Ich folgte ihm ein Stück, rief seinen Namen, doch als er sich auf der obersten Stufe noch einmal umdrehte, wusste ich nicht mal mehr, was ich eigentlich sagen wollte. Meine Gedanken bestanden nur noch aus Schmerz. Ich ging auf mein Zimmer, schloss die Tür, warf mich mit dem Rücken dagegen und lauschte meinem panischen, gehetzten Atem.

Es *konnte* nicht sein!

Das Fenster stand offen. Jemand lachte. Gläser klirrten. Mein Atem stockte, während die Wahrheit langsam zu wirken begann.

Marc und Charlotte?

Der Schmerz fraß sich in mein Herz wie Batteriesäure.

Keine dreißig Sekunden, nachdem ich die Tür zugeschlagen hatte, hörte ich Walters Stimme auf der anderen Seite.

„Liv?"

Ich antwortete nicht. Kurt sah auf mich herab; in seinem Pappgesicht spiegelten sich die Lampions aus dem Garten.

„Kann ich reinkommen? Ich hab' gerade mit Franco gesprochen."

⚜ ⚜ ⚜

Mit letzter Kraft ging ich zum Bett, setzte mich und versuchte, die Tränen zurückzudrängen.

„Ist auf."

Walter öffnete langsam die Tür.

„Hey."

Ich sah ihn nicht an. Er schloss die Tür hinter sich, ging langsam durchs Zimmer und setzte sich an den Schreibtisch.

„Was denkst du?", fragte er. „Stimmt es?"

„Was denkst *du*?", fragte ich.

Walter zuckte mit den Schultern.

„Würde Franco mich anlügen?"

„Das glaube ich nicht. Es wird schon stimmen. Es passt zu ihm."

Ich konnte kaum noch atmen. Jedes bisschen Sauerstoff schürte das Feuer in meinem Inneren.

„Damit hast du nicht gerechnet, oder?", fragte ich.

Walter sah auf.

„Was?"

„Deine neue Verbündete hat dich offenbar angelogen."

„Wovon sprichst du?"

„Von deinem kleinen *Deal* mit Charlotte!"

„Ich komm' nicht mehr mit, Liv! Worum geht's hier?"

Walters Gesicht war schmerzverzerrt.

„Du hast uns bei Charlotte verraten!", sagte ich.

„Was?"

„Sie hat dich beauftragt, Dinge über Marc und mich herauszufinden!"

„Nein", sagte Walter nur.

„Und …“ Ich geriet ins Stocken. Walter schüttelte kontinuierlich den Kopf, wie ein Kind, das die Welt nicht versteht. Sein Blick war beinahe verzweifelt.

„Hat Marc das etwa gesagt?“, fragte er.

Ich nickte.

„Und du hast ihm *geglaubt*?“

Ich schloss die Augen, während die Wahrheit mir den Boden unter den Füßen wegzog. Langsam schüttelte ich den Kopf.

„Du Depp!“, sagte Walter.

Ich kämpfte gegen einen Heulkrampf.

„Tut mir leid … ich … aber Marc …“

„… ist ein dämlicher Idiot!“

„Warum tut er das alles?“, fragte ich, obwohl ich wusste, dass es keine Antwort gab.

„Es gibt keine logische Erklärung. Er tut es, weil er ein Idiot ist.“

Ich sah Walter an. Mein Kopf war leer.

„Er ist der größte Idiot, den ich kenne, Liv. Willst du wissen, was er gemacht hat, nachdem er von Dennis' Anschlag gehört hat? *Nichts!* Während ich bei Aylin Händchen gehalten habe, hat er Bier getrunken und HSV geguckt.“

„Aber er war immer rechtzeitig da, wenn ich in Schwierigkeiten war.“

Walter schnaufte.

„*Kurz nach* rechtzeitig, meinst du wohl. Hat er dir auf dem Schulhof geholfen, als Dennis auf dich losgegangen ist? Hat er ihn auf dem Bolleparkplatz davon abgehalten, dich plattzuhauen wie eine Briefmarke? Hat er verhindert, dass Dennis den Imbiss in Schutt und Asche legt?“

Ich schwieg.

Walter ging zum Fenster und sah in den Garten.

„Ich sag's dir zum letzten Mal, Liv: Marc ist nicht dein Retter. Genau genommen ist er das Gegenteil."

„Aber er wollte den Anschlag auf den Imbiss verhindern. Er hat sogar die Polizei gerufen!"

„Hat er nicht, wetten? Oder *wenn* er es getan hat, dann nur, um seinen eigenen Kopf aus der Schlinge zu ziehen. Weil Dennis so blöd ist, sich ständig erwischen zu lassen. Damit bringt er ja auch Marc in Schwierigkeiten. Lass dich nicht verarschen!"

Ich sah zu Boden. Scham, Wut und Trauer prügelten von allen Seiten auf mich ein.

„Weißt du, was ich nicht verstehe?", fragte Walter plötzlich. Ich sah auf.

„Was deine Mutter an ihm findet. Ich meine, dass *du* auf ihn reinfällst, ist eine Sache. Aber die Frau ist fast vierzig!"

Ich zog die Nase hoch und wischte mir mit dem Ärmel den Rotz aus dem Gesicht.

„Sie hat mir schon immer gerne Dinge weggenommen. Es scheint sie irgendwie glücklich zu machen."

„Aber warum denn?"

Ich schüttelte den Kopf, als könne ich die vielen unerwünschten Gedanken damit verscheuchen.

„Vergiss ihn, Liv", sagte Walter leise.

Seine nächsten Worte gingen in meinem Schluchzen unter.

Es dauerte eine Ewigkeit, bis ich aufhören konnte zu weinen.

„Willst du nicht mal mit ihr reden?", fragte Walter irgendwann.

„Mit wem?"

„Mit deiner Mutter."

„Hast du sie noch alle? Ich packe jetzt meine Sachen und bin morgen weg- Franco und ich hauen ab."

„Was? Wo wollt ihr denn hin?"

„Keine Ahnung, wohin. Franco redet die ganze Zeit vom Wegfahren. Ich war total fies zu ihm, weil ich unbedingt hierbleiben wollte – nur wegen Marc. Scheiße, ich bin echt so dumm!"

Mit diesen Worten stand ich auf und ging zum Kleiderschrank, um meine Reisetasche herauszuholen. Durch den Tränenschleier sahen meine Klamotten alle gleich aus: schwarz und verschwommen.

„Aber du kannst doch nicht vor dir selbst weglaufen", sagte Walter.

„Das weiß ich selber."

Ich zog einen Stapel T-Shirts aus dem Schrank und stopfte sie in die Tasche.

„Du wirst mir sehr fehlen, Liv."

Mitten in der Bewegung hielt ich inne. Ich sah ihn nicht an, als ich antwortete.

„Du mir auch."

„Und du hast echt keine Ahnung, wohin?"

„Nee. Franco redet immer von Palmen und Sonnenschein. Mir würde ja schon Altona reichen."

„Hm."

„Nimmst du dann Frances und Salem?"

„Klar."

Draußen verabschiedete sich jemand lautstark, Motoren brummten, Autotüren schlugen. Walters Stimme klang bereits tausende von Kilometern entfernt, als er mich um eine Zigarette bat.

Wir rauchten, er zündete eine Kerze auf meinem Schreibtisch an. Immer wieder musste Walter dabei zusehen, wie ich in Tränen ausbrach. Der Himmel über Quickborn lag bereits in pechschwarzem Samt, als jemand an die Tür klopfte. Keine Ahnung, warum ich mit Marc rechnete. Ich richtete mich auf und strich meine Haare glatt.

„Liv?“, fragte Kathy von draußen.

Ich ließ den Kopf hängen.

„Kommen Sie rein“, sagte Walter.

Am verschwommenen Rand meines Sichtfelds sah ich, wie Kathy den Kopf zur Tür hereinsteckte.

„Wie fühlst du dich?“, fragte sie.

Ich schloss die Augen und versuchte, den Schmerz zurückzudrängen.

„Du weißt es?“

„Ja. Es tut mir so leid, Kleines.“

Ich zeigte stumm auf meine Reisetasche. Kathy verstand. Sie trat in den Raum und schloss die Tür hinter sich.

„Du solltest unbedingt vorher mit deiner Mutter reden.“

„Fängst du jetzt auch noch damit an? Ich werde kein einziges Wort mehr mit der Schlampe reden. Nie wieder!“

„Es wird dich aber interessieren, was sie zu sagen hat. Ich habe gerade mit ihr gesprochen.“

Ich sah auf. Das tröstliche Licht der Flamme zerfloss vor meinen Augen.

„Was *Schlimmes*?“

Kathy nickte.

Wie schlimm konnte es überhaupt noch werden? Meine Stimmung änderte sich schlagartig. Aus meiner Trauer wurde eine unerträgliche, reißende Angst.

„Geh einfach zu ihr. Sie ist auf dem Dachboden.“

Was zur Hölle tat Charlotte auf Francos Dachboden?

Ich stand auf und ging zur Tür.

„Kommt ihr mit?“

Walter wollte zu einer Antwort ansetzen, aber Kathy kam ihm zuvor: „Nein. Wir warten in der Küche auf dich.“

Mit einem letzten Blick zurück ging ich in den Flur und kam unter der Dachluke zum Stehen. Nachdem ich einen Moment gelauscht hatte, zog ich mich vorsichtig an der Leiter hoch. Mein Herz klopfte wild, als ich über den Rand der Luke blickte. Dann sah ich sie.

44.

Charlotte saß im Halbdunkel des Dachbodens auf dem Teppich. Sie war gerade dabei, sich mit dem Saum ihres Kleides das Gesicht zu trocknen, ihre Schminke war zu schwarzgrauen Wolken verwischt und ein paar Haarsträhnen hatten sich aus ihrer Hochsteckfrisur gelöst. Zwischen ihren Fingern glomm eine Zigarette. Ich hatte meine Mutter noch nie rauchen gesehen – geschweige denn heulen.

„Scheiße", sagte sie, als sie mich bemerkte.

Der Riss in ihrem Cocktailkleid war viel zu groß, um ihn mit der Hand zu bedecken, aber sie versuchte es trotzdem. Ich krabbelte von der Leiter und richtete mich auf.

Charlotte ließ den Kopf hängen.

„Hat Kathy es dir gesagt?"

„Nein, Franco."

„Klar."

Sie nahm einen Zug von der Zigarette.

„Ich wusste es nicht", sagte sie.

„Was?"

„Dass du ihn auch liebst. Kathy hat es mir gesagt."

„Willst du mich *verarschen*?!"

Charlotte zog die Nase hoch.

„Glaubst du etwa, ich schlafe *absichtlich* mit deinem Freund, Liv? Nur so zum Spaß?"

„Allerdings! Es passt zu dir."

„Sag mal, spinnst du jetzt völlig?", rief Charlotte. „Guck mich an, Liv! Sehe ich wie jemand aus, der gerade seinen Triumph feiert?"

Ich zögerte, dachte über ihre Frage nach, kam zu keinem Ergebnis.

„Kathy *durfte* es dir nicht sagen", sagte ich schließlich.

Charlotte lachte bitter.

„Sei bloß froh, dass sie es getan hat! Oder hättest du Marc lieber als Stiefvater?"

Mein Magen zog sich schmerzhaft zusammen.

„Wenn der Kerl sich hier noch mal blicken lässt, mach' ich ihn fertig. Ich hoffe, du hilfst mir dabei."

Ein Schluchzen schüttelte ihren Körper. Ich krümmte mich vor Schmerzen.

„Es tut mir leid", sagte Charlotte plötzlich.

Ich richtete mich auf, starrte sie an. Vier Worte, die ich noch nie von ihr gehört hatte. Sie drangen in mich ein wie Röntgenstrahlen.

„Willst du?", fragte sie und hielt mir ihre Zigarette hin. Ihre Wangen glänzten feucht im Mondlicht. Ich rieb mir die Gänsehaut von den Armen und bewegte mich schließlich auf sie zu. Als ich den Arm ausstreckte, um die Zigarette zu nehmen, berührten sich aus Versehen unsere Finger und ich zog reflexartig die Hand weg.

„Du hasst mich", sagte Charlotte.

Ich griff erneut nach der Zigarette, bekam sie diesmal zu fassen und nahm einen tiefen Zug. Der Rauch beruhigte mich.

„Ja."

Ich betrachtete die Lippenstiftspuren auf dem Filter.

Charlotte schwieg.

„Du hast gerade *auch* gesagt. Soll das heißen, du liebst ihn?“, fragte ich.

Charlotte richtete sich auf, um sich die Zigarette zurückzuholen.

„Das dachte ich jedenfalls. Er ist so … mitreißend. Dieses Feuer in seinen Augen. Ein wilder, schöner Mann.“

Ich begann zu weinen.

„Es tut ganz schön weh, oder?“

So sehr ich mich auch dagegen wehrte, die Tränen flossen wie Sommerregen. Es war unmöglich, zwischen Charlottes und meinen Gefühlen zu unterscheiden. Alles war ein einziger, großer Schmerz.

Ich zeigte auf ihr zerrissenes Kleid.

„Hat *er* das gemacht?“

„Nein. Das war Franco.“

Ich erstarrte.

„*Was?*“

„Ja, Liv. Dein armer, unschuldiger Vater hat das gemacht.“

„So was würde er nie tun!“

Charlotte drückte die Zigarette auf dem Teppichboden aus und nahm wieder den Saum ihres Kleides in die Hände.

„Du bist kein Kind mehr, Liv. Spätestens seit heute. Können wir jetzt mal reden wie zwei erwachsene Frauen?“

Der Kloß in meinem Hals hinderte mich am Sprechen. Ich nickte nur.

„Gut. Hör zu: Dein Vater ist heute Abend ausgerastet, und es war nicht das erste Mal. Das geht schon seit Jahren so. Nicht ständig, aber immer mal wieder. Im einen Moment sitzt er einfach nur da, und im nächsten fliegt dir etwas an den Kopf. Seine Wut kommt wie aus dem Nichts! Er hat mich gegen die Wand geschleudert und gewürgt. Er hat einen Stuhl nach mir geworfen, einen Topf mit kochender Tomatensauce, auch mal ein Buch oder ein Glas. Einmal hat er mir sogar eine Rippe gebrochen."

„Das kann nicht sein", flüsterte ich.

Charlotte ordnete ihr zerfetztes Kleid und stand vom Boden auf. Meine Knie zitterten vor Aufregung.

„Ich hab dir nie was gesagt. Ich fand, dass du noch zu jung warst. Und irgendwie hab ich mich auch geschämt. So was passiert nur dummen kleinen Frauchen, die sich in dumme Ochsen verlieben. Aber doch nicht einer erfolgreichen Frau wie mir!"

Charlotte wandte sich ab.

„Aber es ist passiert, Liv."

Ich *wollte* ihr nicht glauben. Die Vorstellung, dass Franco zu solchen Dingen imstande sein sollte, widersprach allem, was ich über ihn wusste. Ich wehrte die Bilder ab wie ein Torwart, aber je panischer ich dagegen kämpfte, desto mehr gingen ins Netz.

Hatte ich mich nicht immer gefragt, wo Franco die ganze Wut eigentlich hinsteckte? Hatte ich es nicht für unmöglich gehalten, dass er Nacht für Nacht seelenruhig in die Sterne gucken konnte, nach diesen vielen, endlosen Stunden der Demütigung? Wenn ich ehrlich war, klang Charlottes Geschichte nach der Lösung des zweitgrößten Rätsels meines Lebens. Das einzige Rätsel, das noch größer war als Franco, war Charlotte selbst.

„Du hast ihn provoziert", sagte ich. „Jeden Tag."

Charlotte ging zu Francos Schreibtisch und schaltete die Lampe ein. Erst jetzt sah ich, dass ihr rechtes Auge blutunterlaufen war. Als sie meinen Blick bemerkte, drehte sie sich zum Fenster.

Wie oft hatte sie wohl diese Tonnen von Make-Up benutzt, um die Spuren von Francos Übergriffen zu verdecken?

„War mir schon klar, dass du zu ihm hältst", sagte Charlotte. „Du denkst, ich habe es nicht anders verdient, stimmt's?"

„Ich hätte allen Grund dazu", sagte ich.

„Das ist nicht wahr, Liv. Ich habe so viel für dich geopfert."

„Ich habe dich nicht darum gebeten!"

„Ach, du wolltest dein Leben gar nicht? Gut, dann gib es wieder her! Ich war *immer* einer gute Mutter, Liv."

Ich lachte hysterisch, sprachlos vor Entsetzen. Glaubte sie wirklich, was sie da sagte?

„Warum hast du überhaupt ein Kind bekommen? Du wolltest mich doch überhaupt nicht."

Charlotte fuhr herum.

„*Das war's?* Mehr gibt es nicht dazu zu sagen, dass dein Vater mich seit Jahren grün und blau prügelt?"

Während ihre Worte zu wirken begannen, rollten eiskalte Schauer durch meinen Körper. Es *durfte* nicht sein! Sie musste aufhören, so von Franco zu reden!

„Mich hast *du* grün und blau geprügelt. Nicht mit den Händen, aber trotzdem!"

„Das nennt man Erziehung", rief Charlotte.

„Das nennt man Arschloch!"

„Ich bin ein *Mensch*, Olivia. Menschen machen Fehler."

„Ach, seit wann stehst du denn zu deinen Fehlern?"

„Ich stehe *immer* zu meinen Fehlern."

„Ha!", machte ich. „Genau! Du stehst höchstens dazu, dass *andere* Leute sie gemacht haben. Oder du kehrst sie unter den Teppich."

„Das ist nicht wahr."

„Doch. Du lügst, manipulierst, machst jeden runter. Und wenn dann nach und nach alle um dich herum zu Zombies werden, wunderst du dich auch noch. Die meisten Leute würden sich am liebsten in Luft auflösen, wenn du einen Raum betrittst. Du bist *ätzend*, Charlotte. Sieh es ein!"

Charlotte zuckte zusammen. Begannen meine Worte vielleicht endlich, zu ihr durchzudringen?

„So ein Quatsch", sagte sie schließlich. „Niemand außer dir sagt so was!"

„Ja, weil alle Angst vor dir haben. Glaubst du, die Leute sind nett zu dir, weil sie dich *mögen*? Sie lügen dich an, weil sie ihre Ruhe haben wollen. Weil du ihnen sonst den Kopf abreißt."

Einen kurzen Moment lang sah es so aus, als würde ihr nichts mehr einfallen.

„Jeder außer dir?", fragte sie schließlich.

Ich antwortete nicht. Bilder von Franco suchten mich heim. Ich versuchte sie abzuschütteln, aber es gelang mir nicht. Charlotte seufzte und ließ sich auf den Schreibtischstuhl sinken.

„Ich *kann* nicht anders, Liv."

Ihre Stimme war leise, beinahe flehend. Ich musste näher heran gehen, um sie zu verstehen.

„Was?"

„Ich habe es versucht, ernsthaft! Ich habe versucht, nett zu sein. Aber es geht nicht."

„Warum denn nicht?", fragte ich.

„Weil ich dann die Kontrolle verliere."

„Die Kontrolle über was?"

„Menschen."

Ein paar Autoscheinwerfer erhellten den Dachboden. Ich hätte schwören können, dass ich draußen den Jeep hörte.

„Wozu brauchst du die Kontrolle?"

Charlotte sah mich an. Ich schauderte beim Anblick ihrer schwarz unterlaufenen Augen.

„Es ist ganz einfach, Liv: Entweder du kontrollierst, oder du *wirst* kontrolliert. Und wenn du auch nur *einmal* die Zügel aus der Hand gibst, dann werfen sie dich vom Pferd und du liegst unten. Für immer."

„Was ist so schlimm daran, unten zu liegen? Die meisten Leute liegen doch unten."

Charlotte lachte bitter.

„Ja, manchmal wünschte ich, ich könnte das auch: Unten liegen und zufrieden sein. Aber so bin ich nicht. Du hast keine Ahnung, wie es ist, täglich in den Spiegel zu gucken und sich völlig wertlos zu fühlen."

„Aber ..."

„Weißt du, wie hart *ich* um jedes bisschen Anerkennung in meinem Leben kämpfen musste? Deine Oma hat es mich schon immer spüren lassen: Ich bin nichts Besonderes. *Das sechste Kind, das kriegen wir auch noch irgendwie hin.* Um überhaupt von ihr bemerkt zu werden, musste ich laut sein, und in allem die Beste! Ich musste mir ihre Liebe *verdienen*! Erfolg war die einzige Währung bei uns zu Hause. Also musste ich einen Weg finden, um immer erfolgreich zu sein. Ach was, die Erfolgreichste! Das ist natürlich mit legalen Mitteln nicht zu schaffen. Da muss man sich was einfallen lassen."

„Lügen?", fragte ich, obwohl ich die Antwort bereits kannte.

„Genau."

Charlotte stand vom Stuhl auf, um die Schachtel Zigaretten vom Boden zu sammeln, zwei anzuzünden und mir eine hinzuhalten. Ich rührte mich nicht.

„Ich habe Folgendes gelernt: Wenn ich in etwas nicht gut bin, dann kann ich wenigstens dafür sorgen, dass alle anderen noch schlechter sind. Nehmen wir mal an, du kannst wundervoll malen. Wenn ich mich neben dein Bild stelle und sage, dass ich es scheiße finde, fangen die Leute an, dein Talent in Frage zu stellen. Sie denken automatisch, dass ich es besser kann – ich muss es ihnen noch nicht einmal beweisen."

Sie nahm einen knisternden Zug von ihrer Zigarette.

„Und wenn das nicht funktioniert, dann kann ich immer noch versuchen, dich so lange zu verunsichern, bis du von allein mit dem Malen aufhörst."

„Und wenn ich mich nicht verunsichern lasse?"

„Dann breche ich nachts in deine Galerie ein und beschmiere deine Bilder."

Charlottes Hand schwebte immer noch in der Luft und wartete darauf, dass ich die zweite Zigarette nahm.

„Wäre es nicht viel einfacher, selbst malen zu lernen?", fragte ich.

„Ich bin weitgehend talentfrei."

Endlich griff ich nach der Zigarette und nahm einen großen Zug.

„Und alles nur wegen Oma?"

Charlotte winkte ab.

„Ich hab längst verstanden, dass es Quatsch ist. Es ist ein Kampf gegen Windmühlen! Aber ich kann trotzdem nicht aufhören. Es ist, als würde eine Mini-Version von Oma den ganzen Tag auf meiner Schulter hocken und mir Befehle erteilen. Und sie gibt nur Ruhe, wenn ich kämpfe wie ein Tier. Aber das ist nicht alles, Liv. Ich fühle mich einsam. Sobald der Applaus aufhört, wird es kalt und dunkel hier drinnen."

„Das ist so krank", sagte ich.

Charlotte zuckte mit den Schultern.

„Ist mir klar."

Wir rauchten schweigend. So viel Wahnsinn. So viel Ehrlichkeit.

„Lässt du dich scheiden?“, fragte ich schließlich.

„Ja.“

„Und dann?“

„Keine Ahnung. Wir gehen zurück nach Hamburg, ich schlafe mit einem Fernsehproduzenten, du gehst auf eine ganz normale Schule. Wie wäre das?“

„Ich gehe mit Franco“, sagte ich.

Im selben Moment, in dem ich es aussprach, schlug die Wahrheit ein Loch in meine Magengrube. Franco war nicht mehr Franco. Wollte ich wirklich mit einem Fremden gehen?

„Dafür ist es zu spät“, sagte Charlotte.

„Warum?“

„Er ist weg. Dein Vater hat seit Wochen hier oben auf gepackten Koffern gesessen. Er wollte uns die ganze Zeit verlassen.“

Ich erstarrte.

„Was?“

„Er hat dich nicht eingeweiht? Das wundert mich ein bisschen.“

Ich hätte ihr widersprechen sollen. Franco hatte nicht *uns* verlassen wollen, sondern *sie*, und zwar mit mir zusammen. Aber ich hatte keine Kraft.

Er war gegangen – ohne mich.

„*Wann? Wohin?*“, fragte ich.

„Gerade eben. Und wohin, ist mir so was von egal.“

„*Warum hast du nichts gesagt*!? Ich hätte …“

„Was?“, fragte Charlotte.

Ja, was eigentlich?

Ich sank auf den Teppich.

„Nichts.“

Es begann zu regnen. Der Wind rüttelte am Fenster.

„Fühlst du dich jetzt toll, nachdem du mir den Vater *und* den Freund weggenommen hast? Bist du jetzt wieder *die Beste?*“

„Ich hab’ doch gesagt, dass ich das mit Marc nicht wusste.“

„Ich glaub’ dir kein Wort.“

„Glaub was du willst“, sagte Charlotte, „aber ich bin heute Nacht an meine Grenze gestoßen. Hätte ja selbst nicht gedacht, dass es eine gibt, aber beim Freund meiner Tochter hört der Spaß wirklich auf.“

Ich sah sie an.

„Du hast Tochter gesagt.“

„Ja.“

„Das hast du noch nie gesagt.“

Charlotte zog die Nase hoch und blinzelte.

„Vielleicht kapiere ich gerade erst, wer du eigentlich bist.“

„Ich hatte recht, oder? Du wolltest kein Kind.“

Charlotte wand sich unter dem Druck meiner Frage.

„So war es nicht. Ich wollte schon. Aber aus den falschen Gründen.“

„Was für Gründe?“

„Ich war unzufrieden. Ich kam nicht weiter im Leben. Oma hatte sich nach meiner hundertsten Talkshow spannenderen Menschen zugewandt, also brauchte ich mehr Stoff. Der Senderchef sah mich nicht in einer Samstag-Abend-Sendung.

Ich habe gedacht, ein Kind würde meine Situation verbessern.“

„Hat es aber nicht.“

„Im Gegenteil. Anstatt stolz auf mich zu sein, bezweifelte Mama ganz offen, dass ich überhaupt eine gute Mutter sein könnte. Sie hat vom ersten Tag an ständig nach Fehlern gesucht. Und nicht nur sie. Ich habe mit Bekanntgabe meiner Schwangerschaft quasi über Nacht meine Persönlichkeitsrechte abgegeben. Plötzlich wusste jeder, was gut für mich war, was ich essen durfte und was nicht, ob ich zur Maniküre oder zum Reiten gehen durfte, wie viel ich schlafen oder arbeiten durfte. Schwangere Frauen sind hierzulande scheinbar so was wie öffentliches Eigentum. Ich konnte mich nicht wehren. Ich war so verunsichert über das Ding in meinem Bauch. Es hat mir Angst gemacht."

„*Das Ding*!", sagte ich. „Gefällt mir. Kannst du mich ab heute so nennen?"

„Sorry", sagte Charlotte. „Du weißt doch, was ich meine. Du hattest die Kontrolle über meinen Körper übernommen. Wie ein Parasit! Das war überhaupt nicht lustig."

„Und als ich draußen war, dachtest du: *Ha ha, jetzt räche ich mich?*"

„Pah! Als du draußen warst, ging es ja erst richtig los. Was du von mir verlangt hast, war die komplette Selbstaufgabe. Du hast mich echt fertig gemacht, Liv."

„Ich hab's mir nicht ausgesucht", sagte ich.

„Ich weiß. Es war mein Fehler."

„Hättest du mich lieber abgetrieben?"

Charlotte kräuselte die Stirn.

„Nein. Ich bin heute irgendwie ganz froh, dass wir uns getroffen haben. Du bist eine faszinierende Person, Liv."

„Aber du kennst mich gar nicht."

„Das kann sich ja noch ändern."

Der Regen wurde stärker. Charlotte öffnete das Fenster und hielt den Kopf raus. Als sie wieder nach drinnen kam, waren ihre Haare nass.

„Lass uns neu anfangen."

„Ich … Was …", stammelte ich. „Das kann ich nicht."

„Warum nicht?", fragte Charlotte.

„Glaubst du, ich vergesse einfach alles, was du getan hast?“

„Das kann ich nicht verlangen.“

„Und genauso wenig ist zu erwarten, dass du dich änderst, stimmt’s?“

Charlotte wischte sich eine Haarsträhne aus dem Gesicht.

„Ich bin dabei, alles zu verlieren, Liv. Wo soll denn der Hochmut noch herkommen? *Natürlich* ändere ich mich.“

Ich sah sie lange an.

„Ich traue dir nicht.“

„Ich weiß.“

Charlotte schloss das Fenster und kam auf mich zu. Aus reinem Reflex wich ich zurück, aber sie hielt mir die Hand hin.

„Hallo, ich bin Charlotte.“

Es war unangenehm, geradezu ekelerregend. Ich wollte weglaufen. Aber sie blieb hartnäckig vor mir stehen.

Vielleicht war es der Alkohol, der mich schließlich dazu brachte, nachzugeben. Ich gab ihr die Hand.

„Liv.“

„Freut mich, dich kennenzulernen, Liv.“

Ich sah zu Boden.

„Alles okay da oben?“, rief Kathy durch die Luke.

Charlotte atmete tief durch, wischte sich ein letztes Mal durchs Gesicht und nickte dann.

„Ja“, rief ich. „Wir kommen runter.“

Rund ums Haus war es still geworden. Vielleicht stand noch ein Betrunkener im strömenden Regen am Buffet und stopfte sich mit Sushi voll, vielleicht knutschte noch ein Liebespaar im Schutz der Hollywoodschaukel. Kathy erwartete uns mit besorgtem Blick am Fuß der Leiter. Ich konnte sehen, wie ein Ruck durch ihren Körper ging, als ich Charlotte die Hand reichte, damit sie sicher auf die obersten Sprossen treten konnte.

„Was ist da oben passiert?“, fragte Kathy. „Habt ihr euch verbrüdert?“

Ich schwang mich auf die Leiter. Kathy schien mit ihrem Kopfschütteln gewartet zu haben, bis ich unten war.

„Dass ich das noch erleben darf!“

Wir gingen in die Küche, wo Walter im Schein der Herdbeleuchtung am Tisch saß und Reste vom Buffet aß. Als er Charlotte sah, staunte er mit dicken Backen.

„Ich kann Franco nicht finden“, sagte Kathy. „Ob er zu deinem Lehrer gefahren ist, um ihn zu vermöbeln?“

Ich schwieg. Der Stein in meinem Magen wurde schwerer. Auch Charlotte schienen die Worte zu fehlen.

„Ich würde an seiner Stelle ja echt abhauen“, sagte Walter mit vollem Mund. „Sie haben ihn ganz schön blamiert.“

Ich starrte ihn schockiert an. Charlotte musste dasselbe getan haben, denn plötzlich wurden seine Augen riesengroß und er ließ die Gabel sinken.

„Nee, oder? Ist er wirklich abgehauen?“

Kathy schob sich zwischen Walter und uns.

„Was? Ist das wahr?“

„Ja“, sagte Charlotte. „Es ist wahr.“

Kathy erhob die Hand, als würde sie Charlotte eine scheuern wollen, aber im letzten Moment drehte sie ab und stampfte mit dem Fuß auf.

„Du hast ihn vertrieben. Du und deine Gemeinheiten!“

„Er hat sie geschlagen“, sagte ich.

Warum ich plötzlich das Bedürfnis hatte, Charlotte zu verteidigen, war mir selbst nicht klar.

Kathy fuhr herum.

„Niemals.“

„Doch. Guck sie doch mal an.“

Kathy machte einen Schritt auf Charlotte zu. Ihr Blick war misstrauisch.

„Das könnte auch dein dummer Lehrer gewesen sein.“

„War er aber nicht.“

„Woher willst du das wissen, Liv? Deine Mutter lügt, wenn sie nur den Mund aufmacht.“

„Der Skiunfall vor fünf Jahren“, sagte Charlotte plötzlich.

„Was ist damit?“

„Kannst du dich an meine gebrochene Rippe erinnern?“

„Ja.“

„Wir waren gar nicht Skifahren.“

„Ach …“, machte Kathy und winkte ab.

„Oder die blauen Flecken an meinen Armen. Weißt du noch? Ich habe gesagt, dass ich sie mir beim Umzug ins neue Haus zugezogen habe.“

Kathy regte sich nicht.

„Ich habe für unseren Umzug keinen Finger gerührt. Keine Kiste geschleppt, keinen Schrank aufgebaut.“

„Das sieht dir ähnlich!“, fauchte Kathy.

Und plötzlich veränderte sich ihr Ausdruck. Mit der Erkenntnis wich die Härte aus ihrem Gesicht.

„Der Hexenschuss?“, fragte sie schließlich.

Charlotte zeigte auf den Platz, auf dem Walters Teller stand.

„Mit voller Wucht gegen die Tischkante.“

Walter rückte entsetzt vom Tisch ab.

Einen Moment lang sagte niemand etwas. Dann drehte Kathy sich zu mir um.

„Wo ist er hingefahren? Ich muss mit ihm reden.“

„Keine Ahnung.“

„Scheiße. Charlotte?“

Charlotte schüttelte den Kopf.

„Ich weiß auch nichts."

„Verdammt!"

Kathy setzte sich an den Tisch und starrte schweigend vor sich hin. Ich tat dasselbe, denn ich war am Ende meiner Kräfte. Irgendwann verließ Charlotte die Küche und kam mit einer Flasche Grappa zurück.

Sie nahm vier Gläser aus dem Schrank und goss uns ein. Dann tranken wir schweigend.

„Und jetzt?", fragte Kathy irgendwann.

„Zurück nach Hamburg", sagte Charlotte.

„Du verkaufst das Haus?"

„Muss ich ja. Ich habe keinen Job mehr. Ich brauche sofort einen Käufer."

„Bekommst du denn keine Abfindung?"

Charlotte zog die Augenbrauen hoch und sah zu Walter.

„Na ja", begann er. „Also ... Vielleicht gibt es ja eine Möglichkeit. Dürfte ich mal telefonieren?"

„Das Telefon hängt an der Wand", sagte Charlotte und zeigte darauf.

Walter stand auf, nahm den Hörer und verschwand damit aus der Küche.

Während Charlotte der verwirrten Kathy erklärte, was Walter mit dem Fall zu tun hatte, hörten wir ihn im Esszimmer lautstark diskutieren. Ein paar Minuten später kam er zurück.

„Folgender Deal: Sie machen meinem Vater einen guten Preis für das Haus. Dafür wird er sich vor Gericht auf einen Vergleich einlassen."

Charlotte lachte bitter.

„Auf die Korruption der oberen Zehntausend ist immer Verlass!"

„Und? Was sagen Sie?"

Während Charlotte noch nachdachte, wandte ich mich an Kathy.

„Steht dein Angebot noch, dass wir eine Weile bei dir wohnen können?“

Kathy machte große Augen.

„Das war für …“

„Franco und mich, ich weiß.“

„Und was ist dann mit der Schule?“, fragte Walter. „Kommst du am Montag trotzdem?“

Ich wollte etwas sagen, aber Charlotte ging dazwischen:

„Du wirst keinen Fuß mehr in diese Schule setzen. Ich gehe am Montag zu Direktor Frankfurter, erkläre ihm alles.“

„Er wird Marc rausschmeißen“, sagte Walter.

Es tat weh, seinen Namen zu hören. Der Horrorfilm in meinem Kopf begann von neuem.

„Wäre das in Ordnung für dich, Liv?“, fragte Charlotte.

Ich schrak hoch. „Was?“

„Darf ich dem Direktor die Wahrheit sagen?“

„Ich weiß nicht.“

„Wir können ja nicht einfach abhauen. Irgendwas muss ich der Schule erzählen. Und mir wäre es nur recht, wenn Marc bekommt, was er verdient.“

„Lass sie doch eine Nacht darüber schlafen“, sagte Kathy. „Schlafen wir alle eine Nacht drüber, okay?“

„Gut. Tun wir das.“

Charlotte schenkte Grappa nach.

September

Ich sehe aus meinem Fenster auf den Thornton Creek, dessen Wasser schwach in der Sonne glitzert. Vor mir auf dem Schreibtisch liegt der erste Geschichtsaufsatz, den ich an der neuen Schule aufbekommen habe. Ich muss zugeben, dass ich das alles etwas unterschätzt habe: Lernen, arbeiten, Freundschaften schließen – alles auf Englisch. Es ist viel mehr Arbeit als zu Hause. Schummeln ist schwieriger, das Zwischen-den-Zeilen-Lesen unmöglich. Ich bin immer die letzte, die über einen Witz lacht, ich bin die, die fünfmal nachfragen muss. Und wenn ich etwas sagen will, fehlen mir ständig die Worte. Die meiste Zeit komme ich mir ziemlich dumm vor. Auch sonst ist es anders, als ich dachte: Der Sommer ist milder, die Menschen älter, die Wege länger. Ich bin ziemlich weit draußen gelandet. Stromleitungen hängen über den Straßen wie in den alten Filmen, verlieren sich in Baumkronen. Der Zeitungsjunge wirft die Zeitungen quer durch den Vorgarten, morgens gibt es Pancakes und Milch aus Plastikkanistern. Eigentlich dachte ich, dass ich, nachdem Marc aus meinem Leben verschwunden ist, mit dem Kaffeetrinken aufhören würde, aber das habe ich nicht. Ich trinke ihn stark und schwarz, mit einem Stück Zucker. Jeden Morgen erinnert er mich an diesen einen wilden Monat in Quickborn. Kaum zu glauben, dass es nur ein Monat war. Kam mir vor wie ein ganzes Jahr.

Es ist zwei Wochen her, dass ich die grüne Hölle Quickborns gegen die grüne Hölle der 25th Avenue Northeast eingetauscht habe. Charlotte hat einen Teil des Geldes aus dem Hausverkauf genommen, um mir ein Austauschjahr in Seattle zu bezahlen. Alles ging plötzlich schrecklich schnell – ich hatte nicht einmal mehr Zeit, um mein Zimmer selbst auszuräumen. Walter kam am Tag meines Abflugs, um die Ratten zu holen. Wenn ich an diesen Moment denke, kommen mir noch immer die Tränen. Mein armer kleiner Salem. Hoffentlich geht es ihm gut. Hoffentlich ist er noch da, wenn ich zurückkomme.

Warum die Eile? Vielleicht wollte Charlotte mich so schnell wie möglich aus dem Weg haben, um den Umzug abzuwickeln. Oder – dieser Gedanke fällt mir noch immer schwer, obwohl ich weiß, dass ich mich irgendwann damit beschäftigten muss – sie wollte mir einfach etwas Gutes tun. Ich bin noch nicht soweit. Ich kann in Charlotte einfach noch nicht diesen Menschen sehen. Vielleicht wird das Jahr in Seattle etwas daran ändern. Sie gibt sich Mühe, das weiß ich. Und sie hat sofort am Tag nach der Party damit angefangen.

Wir waren in Ruinen erwacht, mit puckernden Kopfschmerzen und blutenden Herzen. Charlotte, Kathy, Walter und ich. Jeder von uns hatte in dieser Nacht jemanden verloren – oder war, im Fall von Walter, auf dem besten Weg dorthin. Die Reste unserer Vergangenheit lagen im Haus verteilt wie weggeworfenes Bonbonpapier: Charlottes Ehering. Mein Schlüssel zum Proberaum – daneben der von Walter. Meine geheime Kugelschreiberbotschaft für Marc, mein *NIRVANA*-Kleid. Charlotte machte Rührei und Toast, ungeschminkt und im Nachthemd. Wie eine richtige Familie haben wir anderen am Küchentisch gesessen und uns still gewundert. Nach dem Frühstück bestellte Charlotte den Aufräumdienst ab, ging barfuß in den Garten und begann mit der Arbeit. Alles war feucht vom nächtlichen Regen – ihre Füße mussten eiskalt gewesen sein. Aber sie arbeitete ohne Pause bis zum Abend durch. Die Blicke der Nachbarn störten sie genauso wenig wie die garstige alte Frau, die die ganze Zeit auf ihrer Schulter saß und ihr befahl, die Drecksarbeit den anderen zu überlassen.

Sie hält das nun schon seit Wochen durch, und ich wünschte, ich könnte ihr endlich glauben. Aber ich kann nicht. Das Messer sitzt zu tief. Es tut mir so leid. Ich *möchte* ihr ja glauben, auch für meinen eigenen Frieden, aber Charlotte verwandelt sich in Lichtgeschwindigkeit. Es kommt mir immer mehr vor wie ein Schauspiel, ein Imagewechsel für die Öffentlichkeit. Möglicherweise muss auch ich an mir arbeiten. Ich habe nie gelernt, wie man jemandem verzeiht.

Apropos. Seit der Partynacht habe ich jede Minute an Franco gedacht. Komisch, aber bei ihm ist es ganz anders als bei Charlotte. Ich schaffe es einfach nicht, ihm böse zu sein. Nicht dafür, dass er sich nicht anders zu wehren wusste. Nicht dafür, dass er gegangen ist. Wäre es denn besser gewesen, so weiterzumachen wie bisher? Wahrscheinlich wäre Franco irgendwann an einem Herzinfarkt gestorben, oder er hätte Charlotte die Treppe heruntergestoßen und aus Versehen umgebracht. Oder ich hätte diesen Part übernommen. Nein. Franco hatte das einzig Richtige getan. Ich vermisse ihn jeden Tag. Ich habe viel geweint. Und trotzdem weiß ich, dass er mich mit seinem Verschwinden vor noch schlimmeren Gefühlen bewahrt hat. Irgendwie bin ich doch froh, dem Mann, den ich als sanftmütigen, liebenden Vater kennengelernt habe, und der sich offenbar so sehr verändert hat, nicht in die Augen sehen zu müssen. Vielleicht wird er eines Tages vor meiner Tür stehen und reden wollen. Vielleicht bin ich dann soweit. Aber jetzt noch nicht.

Und Marc? Keine Ahnung, was mit ihm passiert ist. Ich habe seit der Party nichts von ihm gehört. Die Entscheidung, ob sie mit Frankfurter sprechen sollte oder nicht, habe ich Charlotte allein überlassen. Und dann habe ich alle gebeten, in meiner Gegenwart nie wieder ein Wort über Marc zu verlieren. Ich weiß genau, dass Walter sich nicht daran halten wird, wenn er in den Herbstferien nach Seattle kommt, aber vielleicht ist es dann auch Zeit.

Ich bin jetzt sechzehn. Das heißt, ich kann endlich meinen Führerschein machen. Das muss ich auch, denn es ist unmöglich, hier mit dem Fahrrad klarzukommen. Was ich erwartet hatte, war eine kompakte, mit coolen jungen Grungern vollgesogene Großstadt. Was ich allerdings bekommen habe, ist ein Dorf, so groß, dass man Quickborn hundert Mal darin unterbringen könnte. Wenn ich aus dem Haus trete und die Straße entlanglaufe, treffe ich an manchen Tagen keine einzige Menschenseele. Auf dem Weg zur Schule fahre ich durch einen Tunnel aus Baumkronen, der sich erst lichtet, wenn die Laubbäume aufhören und die Tannen anfangen. Endlos. Grüne Hölle hoch zehn! Mit dem Auto wären es ungefähr zwanzig Minuten bis zu Kurts Haus in Lake Washington. Ich dachte eigentlich, dass ich sofort nach meiner Ankunft alles stehen und liegen lassen würde, um hinzufahren, aber bis jetzt habe ich mich davor gedrückt. Irgendwie habe ich Angst, dass ich dann vor seinem Haus stehe und mir plötzlich zum ersten Mal klar wird, dass Kurt wirklich tot ist. Zum Glück gibt es kein Grab, das ich besuchen kann, denn sie haben seine Asche überall im State Washington verstreut. Ein schöner Gedanke. Kurt ist jetzt überall um mich herum. In jedem Baum, in jedem Atemzug, in jedem Schluck Wasser, den ich trinke.

Ich bin in Seattle. Und obwohl ich mich seit meiner Ankunft weigere, tatsächlich auch hier anzukommen, fühle ich, dass es bald soweit sein wird. Jemand wird den Vorhang wegziehen und ich werde endlich verstehen.

Danksagung:

Danke an **Danilo Voß** *– dafür, dass ich dein perfektes Gefühl für Literatur jederzeit anzapfen darf.* **Susi Bornholdt** *– schlaueste Leserin und schlimmster Scrabble-Gegner aller Zeiten.* **Dirk Bornholdt** *für Ehrlichkeit, Liebe und Präzision,* **Harry Bannoehr** *für einfach alles,* **Ernst Piper** *und* **Dorothea Kenneweg** *für Glauben, Hingabe und Geduld auch in turbulenten Zeiten,* **Ute und Klaus Messerschmidt** - *wer euch beide hat, braucht keine Weltreisen,* **Evelyn Narciso und Christina Eck** *– Nerds forever! Und meine liebste Seelenschwester* **Cornelia Pemöller** - *weil du immer da bist. Ein besonderer Dank geht an Schuldirektor* **Michael Bülck** *vom Elsensee-Gymnasium in Quickborn und den* **Plausus Theaterverlag** *für das Stück „Aperitif mit dem Teufel“.*

36918369R00235

Printed in Poland
by Amazon Fulfillment
Poland Sp. z o.o., Wrocław